문학,
교양의 시간

서은주(徐銀珠, Seo Eun-ju) 연세대학교 국어국문학과를 졸업하고 같은 학교 대학원에서 석사와 박사 학위를 받았다. 현재 연세대학교 국학연구원 HK연구교수로 재직하고 있다. 지은 책으로『한국 인문학의 형성』(공저),『권력과 학술장—1960년대~1980년대 초반』(공저) 등이 있으며, 최근 논문으로「해방 후 이광수의 '자기서술'과 고백의 윤리」,「지식인담론의 지형과 '비판적' 지성의 거처」등이 있다.

문학, 교양의 시간

초판인쇄 2014년 5월 20일 **초판발행** 2014년 5월 30일
지은이 서은주 **펴낸이** 박성모 **펴낸곳** 소명출판 **출판등록** 제13-522호
주소 서울시 서초구 서초중앙로6길 15(란빌딩 2층)
전화 02-585-7840 **팩스** 02-585-7848 **전자우편** somyong@korea.com **홈페이지** www.somyong.co.kr

값 20,000원
ⓒ 서은주, 2014
ISBN 978-89-5626-588-9 93800

이 책은 2008년도 정부재원(교육과학기술부 학술연구조성사업비)으로 한국연구재단의 지원을 받아 연구되었음.
(NRF-2008-361-A00003)

문학,
교양의 시간

READING LITERATURE, THE TIME OF *KYOYANG*

서은주

소명출판

문학의 위기가 말해진 지도, 교양의 부재가 질타당한 지도 꽤 오래된
듯하다. '위기'와 '부재'를 문제 삼는 것 자체는 그것들에 대해 아직 미련
이 있음을 의미한다. 마땅히 있어야 할 것들이 사라져 가는, 혹은 있어
도 제 역할을 다 하지 못하는 사태에 대한 안타까움이 곳곳에서 터져 나
온다. 물론 이에 대한 견제나 저항도 만만치 않다. 위기를 맞은 것은 문
학 전체가 아니라 특정의 문학적 범주 혹은 경향이며, 교양이 부재한다
기보다 변화하는 현실에 맞춰 교양의 내용성을 달리했을 뿐이라는 것
이다. 그런 차원에서 보면 문학의 위기와 교양의 부재를 담론화하는 사
람들이야말로 근대적 엘리트주의에 갇힌 시대착오적 인물인 셈이다.

문학과 교양을 키워드로 이 책을 꾸리면서 나 역시도 상반되는 두
입장 사이를 왔다 갔다 했다. 그러나 대학 강단에서의 경험이나 문단
혹은 출판가 주변에서 듣는 얘기는 이런 고민 자체가 무색할 만큼 심
각했다. 딱히 고급문학 / 대중문학 할 것 없이 더 이상 독자들이 '자발
적으로' 문학을 찾지 않는다는 것이다. 문학의 위기가 문학시장의 다
변화로 전환하고 있을 것이란 기대와는 달리 문학시장 자체가 현저히
축소되고 있다는 얘기다. 이러한 변화를 추동한 기저에는 무엇보다 디
지털로의 매체환경 변화가 자리 잡고 있을 것이다. 또한 여러 분석에

서 반복해서 나왔듯이 신자유주의 경쟁 속에서 사람들이 관심을 갖고 매진해야 할 '실용적인' 일들이 너무 많은 것도 문학을 찾지 않는 이유가 될 것이다. 그나마 문학은, 특히 한국문학은 학교교육을 근간으로 하는 제도가 온전히 떠받치고 있는 것인지도 모른다. 중고등학교의 국어·문학교과서, 대학의 교양수업, 입시논술과 대학글쓰기 같은 제도가 없었다면 과연 문학이 이렇게라도 유지될 수 있었을까 싶다. 그러나 약이 어느 순간 독이 되듯, 제도가 감싸온 문학은 그 제도가 만들어 놓은 타율성의 부작용을 고스란히 자신에게로 되돌려 놓는다. 문학은 이제 읽으라고 해서 어쩔 수 없이 읽는, 타율성을 환기시키는 존재로 전락해 버렸다. 문학 독서를 근간으로 구성되었던 교양의 상황도 열악하기는 마찬가지다. 최근 인문학에 대한 사회적 관심이 강조되고는 있지만, 그 역시도 위기의 다른 표현임을 감안하면 '인문학 붐'은 아직 도래하지 않은 희망사항일 뿐이다.

독일의 영문학자 디트리히 슈바니츠에 의하면 교양이란 "사람이 알아야 할 모든 것"이다. 교양의 개념과 실제적 효용을 둘러싼 동서양의 복잡한 담론과 그것의 역사적 존재방식을 떠올려 보면 이 문장은 교양의 포괄적 정의로 손색이 없지만, 내포와 외연이 모두 불확정적이라는 점에서 텅 빈 서술이기도 하다. 실제로 근대적 교양 개념은 단순히 지식의 축적만을 의미하지 않으며 예술적·문화적 감수성, 그리고 인격 도야나 정치적 실천을 가능하게 하는 성찰력과 의사소통성을 포괄한다. 말하자면 인간이 지녀야 할 총체적 덕목이 교양인 셈이다. 그러나 구체적 현실 속에서 만나게 되는 교양의 성격은 자기과시에 급급한 속물성이거나 '만들어진 보편성'에 휘둘리는 비주체성일 가능성이 높다. 물론 교양을 둘러싼 이상과 현실의 이원성은 어느 사회에서나 존재한다. 문제는 식민지와 분단을 거쳐 개발주의를 지상과제로 삼는 한국사회에서 이러한 교양의 이원성이 보다 심각한 양상으로 드러난다는 점이다.

교양의 정의가 무엇이든 인류가 이룩해온 지식과 지혜의 기록이 책이라고 한다면 교양으로 통하는 근본적인 길은 책읽기이다. 특히 근대적 독서물로서 구성된 고전 혹은 정전의 중심에는 항상 문학이 있었다. 근대 시기 문학과 교양은 동반관계 속에서 함께 권위를 누렸다. 문학은, 시공간을 초월하여 '보편성'을 실어 나르기에 가장 유용하면서도 대중적인 매개였으며, 교양을 체득할 수 있는 매우 값싸고 풍부한 자원이었다. 그러나 안타깝게도 식민지와 분단을 거친 한국사회에서 그 '보편성'은 대개 선택과 배제를 거쳐 번역된 것이거나 이념적으로 통제된 것이었다. 문학이라는 매개를 통해 교양의 차원을 고민하고 있는 이 책의 문제의식은 여기에서 출발한다. 문학과 교양의 문제를 근현대 한국의 문학장이나 학술장, 그리고 대학과 같은 제도의 차원과 관련시켜 고민함으로써 문학의 현재, 교양의 현재를 재성찰하는 것이 이 책의 의도이다.

이 책은 애초에 기획을 가지고 체계적으로 집필한 것은 아니다. 그러나 문학과 교양이라는 두 축을 매개로 최근 수년간 지속적으로 작업해온 글들만을 모음으로써 일관된 문제의식을 공유하고 있다. 이 책의 1부에서는 식민지기를 대상으로 한국 근대문학의 형성에 외국문학이 어떤 존재 혹은 의미로 위치하는지를 살펴본다. 여기서는 외국문학의 번역과 수용과정에서 필연적으로 부딪히게 되는 언어의 문제와 더불어 문학의 위계화 속에서 민족문학과 세계문학의 길항, 식민성과 탈식민성의 칙종 등의 문제가 중요하게 다뤄진다. 일본을 경유해 수용된 서구문학이 식민지 문인들에게 일방적인 모방의 대상으로 자리 잡는 양상과 함께, 자기화하거나 그 영향을 은폐하는 방식으로 처리되었던 일본문학의 수용도 다룬다. 또한 파시즘기의 외국문학이 이성적 사유를 가능하게 하는 최후의 보루로 잠시나마 기능했던 지점을 검토하고, 결과적으로 합리성으로부터 탈각해가는 교양의 불가능성을 확인한다. 교양을 호명하면서도 교양이 지녀야할 최소한의 합리성도 유지하지 못했던 파시즘 시기의 그로테스크함을 읽을 수 있는 지점이다. 여기에 묶은 글들은 『인문평론』을 다룬 마지막 글을 제외하면 이 주제의 연구들 가운데 시기적으로 비교적 앞선 것들이다. 그 동안 식민지기 번역과 외국문학 수용에 대한 연구가 폭발적으로 축적되었다. 원고를 정리하면서 현재의 시점에서 다시 써보고 싶은 생각도 없지 않았다. 그러나 연구결과의 시간적 거리, 물리적 선후가 엄연히 존재하는 것이고, 그것은 나름대로 존중되어야 한다고 스스로 합리화하면서 소소한 손질에 만족하기로 한다.

2부에서는 해방 이후 국가형성과 분단의 상황에서 문학과 교양이 대학의 제도적·학술적 체제의 정비과정에 어떻게 연루되는지, 또는 대학 밖의 학술장에서는 어떻게 그 위상을 만들어 나가는지를 살펴본다. 문학은 대학이라는 제도의 틀 속에 위치하면서 확실히 감상하는 향수(享受)의 대상보다는 지식의 대상으로 전화한다. 문학개론이라는 형식은 대학을 매개로 문학지(知)의 대표적 사례로서 제도화된다. 이 과정은 문학이 인문학의 분과학문으로 과학성을 담보하기 위해 표준화된 지식을 생산해내야 하는 과제와 연결된다. 여기서는 문학개론이라는 형식이 서구문학을 보편성으로 확정·유포하는 확실한 제도로 정착하는 양상을 확인할 수 있을 것이다. 또한 전후 양적으로 급성장하는 대학과 학술 장을 대상으로 교양의 개념, 교양의 가치 등이 어떻게 논의되는가를 검토하고, 교양에 대한 대중들의 열망을 분석한다.

전후의 폐허 속에서 지식과 교양에 대한 관심은 눈물겨운 측면이 있다. 이미 많은 연구자들이 밝혔듯이, 새롭게 구성되는 신분사회에 어떻게 편입할 것인가와 관련하여 학력 혹은 학벌은 출세와 연결된다. 그러나 그것이 전부는 아니다. 신체와 정신의 조화로운 계발, 특히 몸에 익히는 문화적 교양이 불가능한 상황에서, 전후 한국의 교양은 정신의 차원에서만 병적으로 비대해졌던 측면이 있다. 이와는 대조적으로 전혜린의 경우는 오히려 외국유학 체험을 지닌 인텔리 여성이라는 예외성이 그녀를 당대의 문학제도 밖에 위치 짓게 만들었다. 전혜린의 사례는 문학이 환기하는 어떤 부분에 대중들이 매혹되는지를 잘 보여준다. 문학사회학에 대한 1970년대 담론장의 쟁점을 분석한 글은, 문학이란 무엇인가 라는 근본적인 물음에 대한 당대 연구자들의 문제의식을 조명하는 데 초점을 맞춘다. 인문학의 한 분과로서 문학연구는 그 자체로 늘 배타적인 전문성을 통해 자신의 영역화를 꾀한다. 그러나 그 협소한 조밀성은 자기 폐쇄성에 갇혀 소통의 문제나 사회적 역할을 의심받게 된다. 문학논쟁의 오랜 단골주제인 소위 문학성과 사회성의 갈등은 그런 차원에서 결코 해결될 수 없는 딜레마다. "문학은 써먹는 것이 아니다"라는 존재론적 선언이 과연 전장(戰場)같은 세계에서 얼마나 사람들을 위무할 수 있을까? 이러한 질문들이 문학사회학이라는 일종의 타협적인 범주에서 어떻게 전개되는지 살펴본다.

덧붙이고 싶은 것은, 여기에 실린 모든 글을 쓸 때마다 자신의 문제의식을 구현해낼 수 있는 방법론의 부재 혹은 부적절함에 대한 고민에 허덕였다는 사실이다. 경계를 넘나드는 학제간연구가 광범위하게 진행되고 있고 어설프나마 나도 그런 흐름에 발을 들여 놓았다. 꼭 학제간연구가 아닌 문학텍스트를 대상으로 하더라도 익숙했던 연구방법에서 벗어나 새로운 시각과 개념으로 접근해야 한다는 강박은 연구자에게 어느 정도는 필요한 자극이다. 그러나 고백하건대, 의식적 부담에 비해 새로움을 갈망하는 연구자로서의 내 노력은 아직 초라하다. 이 책에서 그 문제에 대해 만족할 만한 답을 내놓지는 못했지만, 그 해결의 실마리를 찾기 위해 지속적으로 노력하겠다는 다짐으로 아쉬움을 대신하고자 한다.

박사논문을 쓰고도 10여 년을 훌쩍 넘긴 지금에서야 첫 책을 내는 기분은 생각보다 덤덤하다. 무언가를 남 앞에 내놓는 것이 쑥스럽고 부끄럽다. 글로써 세상과 소통하는 것이 연구자의 운명인데도 글 쓰는 일은 늘 서툴고 낯설다. 그나마 이제라도 책을 낼 용기를 낸 것은 시간의 의미를 절감했기 때문인지도 모른다. 살아낼수록, 시간을 견딜수록 좋은 쪽으로든 나쁜 쪽으로든 모호했던 것들이 선명하게 잡히기 때문이다. 견뎌내야 하는 시간의 의미를 생각하면서 내 박사논문의 대상이었던 최인훈 소설의 한 대목이 생각났다. 심각하다 못해 장엄하기까지 했던 소설 속 사유의 결말이 '사랑과 시간'의 문제로 귀결되는 것에 나는 심한 허탈감을 느꼈다. '사랑과 시간'이라니 너무 진부하고 무책임하지 않은가? 실패한 소설적 결말이자 작가로서의 책임회피가 아닌가? 그때의 나는 수동적 견딤이 어떻게 문제해결이 될 수 있느냐고 생각했던 것 같다. 그때의 생각을 전면적으로 철회할 생각은 없다. 그러나 연구의 질과는 무관하게 꽤 오랫동안 연구자로서의 자리를 지속했다는 사실 자체에 위안을 받는 것을 보면 역시 시간의 힘은 무시할 수 없는 듯하다.

처음 시작이 힘들지 다음은 좀 쉬울 것이라 기대해 본다. 오래된 빚을 청산하는 느낌으로 이 책을 내면서 내 의식의 채권자들에게 말할 수 없는 고마움을 전한다. 모자라지만 늘 모자라지 않다고 말해주는 주변의 따듯한 거짓말쟁이들에게 많은 힘을 얻었다. 특히 북악산 자락의 그녀들과 나눈 즐거운 수다가 활력을 주었다. 일일이 열거하지는 못하지만 고마운 분들께는 가까이 지내면서 어떤 식으로든 마음을 전달할 것이다. 지지부진했던 나 때문에 마음고생, 몸고생이 심했을 소명출판의 김하얀 님에게 말할 수 없는 미안함과 고마움을 전한다. 또한 멀리서 늘 든든한 위로가 되어준 박성모 사장님께도 감사드린다. 마지막으로 아버지와 내 가족들에게 이 책이 작은 선물이 되기를 기대해 본다.

2014년 초여름에
서은주 씀

차례

제
1
부

제1장　　　　번역과 문학 장(場)의 내셔널리티

해외문학파를 중심으로

1. 한국 근대문학사와 해외문학파

임화는 일찍이 조선의 "신문학사란 이식 문화의 역사"라고 규정한 바 있다.[1] 이는 식민지 조선의 근대문학이 태생적으로 외래성을 띤다는 사실에 대한 인정이라고 볼 수 있다. 실제로 조선의 신문학, 혹은 근대문학이 일본을 통한 서구문학의 광범위한 수용과 변형의 결과라는 인식은 그 당대에도 널리 유포되어 있는 하나의 전제였으며, 조선의 문인들이 서구작가의 작품을 정전 삼아 사숙(私淑)한 것은 공공연한 사실이었다. 그들이 접한 러시아나 유럽의 문학작품은 더러 원어판인 경우도 있었지만 대부분은 일본어 번역판이었다. 따라서 서구문학을 참

1　임화, 임규찬·한진일 편, 『신문학사』, 한길사, 1993, 378쪽.

조한 조선의 근대문학은 그 성립 과정에 필연적으로 번역이라는 실천 행위를 동반하게 되며, 특히 조선어와 일본어의 이중언어 상황에 놓여 있던 식민지 조선의 경우에 이러한 번역의 문제는 보다 중층적인 의미망을 형성하게 된다.

1927년 『해외문학』을 창간하며 등장한 '해외문학파'는 외국문학의 번역·연구를 본격적으로 표방했던 문인 집단이다. 해외문학파라 불리는 일군의 집단은 1926년 동경에서 결성된 '외국문학연구회'가 그 출발이며, 1927년 1월 『해외문학』을 창간하면서 조선의 문단에 정식으로 등장하였다.[2] 외국문학연구회는 정인섭·김진섭·이하윤·손우성·이선근·장기제·김온 등의 외국문학을 전공하는 동경유학생들을 중심으로 결성된 모임이다. 그러나 『해외문학』이 같은 해 2호로 종간됨으로써 애초에 기획했던 그들의 문학활동은 새로운 매체를 통해, 혹은 다른 인적 구성을 기반으로 확대·재편될 수밖에 없게 된다. 외국문학연구회의 구성원들은 1920년대 말에 대부분 학업을 마치고 귀국하여 『시문학』, 『문예월간』 등에 관여하였으며, '극예술연구회'를 조직하여 『극예술』을 발간하였다. 이 무렵 이헌구·김광섭·박용철·함대훈·서항석 등이 이들 그룹에 합류한다.[3] 이처럼 해외문학파는 단일한 문

---

2 '해외문학파'란 명칭은 그들 자신이 명명한 것이 아니라 카프의 논자들에 의해 처음으로 사용되었던 이름으로 보인다(백철, 『신문학사조사』, 신구문화사, 1980, 397쪽).
3 정인섭은 해외문학파의 활동을 4기로 나눠 설명하고 있다(「조선현문단에 호소함」, 『조선일보』, 1931.1.3~17).
'동경시대' 제1기 : 동호적 시련(2년간의 상호의견 교환과 대내적 연구)
제2기 : 대내적 선언(2년간의 외부에 대한 서술과 사업 – 해외문학 발간, 지상문 호백년제 등 속, 세계 아동 예술 지방 순회전람, 한국 최초의 다방 '카카듀' 개시 기타)
'경성시대' 제3기 : 세계문학 소개(1929~1930의 2년간 – 각 신문 잡지에 해외문학 소식과 연구발표)
제4기 : 금후 전망(1931년을 출발하여)
김윤식은 정인섭의 단계별 고찰에 이어서 "5기 : 『문예월간』, 『극예술』운동, 6기

학 이념과 조직적 체계를 지닌 문학 단체는 아니지만 하나의 집단으로 묶일 수 있는 공통의 분모는 분명히 지니고 있었다. 해외문학파의 중심 논자인 정인섭은 『해외문학』의 창간을 앞두고 그것을 다음과 같이 밝히고 있다.

『海外文學』은 그 이름 자체가 표시함과 같이 外國文藝의 硏究와 紹介와 飜譯, 그리고 創作 기타 문학의 모든 부문에 亘하여 각기 專門的인 部門과 語學을 통하여 소산되는 일체의 文學的 材料를 발표하려는 것이며 결코 몇 사람의 同人的 야심을 가진 것이 아니다. (…중략…) 『海外文學』은 결코 단순한 『코스모폴리탄』이 아니요 또는 皮相的인 西洋崇拜兒가 아니며 우리의 精神을 賤視하는 그런 천박한 自我沒常識의 愚者도 아니다.[4]

이 글에 의하면 해외문학파는 외국어에 대한 전문적인 지식을 기반으로 외국문예의 연구와 소개, 그리고 번역과 창작을 포괄하는 문학 활동을 그 목적으로 천명하고 있다. 공식적으로 어떤 정치적 이념에 대한 선호를 표명하지 않았고, 따라서 문면에 나타난 내용으로 보아 외국어에 능통한 전문인들의 가치중립적인 모임으로 이해할 수 있다. 그런데 당대의 기성 문단은 해외문학파의 등장에 호의적이기보다 부정적이었다. 정치적 이데올로기의 대립으로 문학 진영이 양분되어 있던 1920~1930년대 조선의 문단에서, 기존의 정치적 관점이나 예술적 유파 개념으로 분류하기 어려운 『해외문학』의 성격을 놓고 양쪽 모두

: 고전론과 수필·기행의 전개"라고 덧붙인다(김윤식, 『한국근대문예비평사연구』, 일지사, 1976, 139쪽).
4 정인섭, 「『해외문학』의 창간」, 『한국문단논고』, 신흥출판사, 1957, 17쪽.

경계의 시선을 보낼 수밖에 없었던 것이다. 실제로 해외문학파의 외국문학 전공자들은 이후 외국문학의 번역·연구가 기존의 조선문학에 어떤 자극을 제공하고 기여할 것인가를 논의하는 과정에서 민족파·계급파의 보수성과 편향성을 모두 비판하였기 때문에 어쩌면 그들과의 대립은 애초부터 불가피한 것이었다. 따라서 카프의 주요 논자들은 해외문학파의 정체성을 문제삼아 전방위로 공격하고 나선다. 해외문학파를 둘러싼 일련의 논쟁 과정은 본의 아니게 해외문학파를 조선문학의 담론 장 속으로 호명하는 계기로 작용한다.

해외문학파의 활동에 대한 구체적인 대응은 둘로 대별된다. 하나는 『해외문학』이 발간되던 1927년 무렵에 즉각적으로 해외문학파의 활동에 대응한 양주동의 경우이고, 다른 하나는 해외문학파의 활동이 본격화되던 1930년대 초반에야 공격에 나선 카프의 경우이다. 외국문학 전공자로 『금성』을 통해 시 번역에 주력했던 양주동의 문제의식이 주로 직역, 의역 등의 번역 방식과 번역문체에 관한 것에 국한되어 있었다면, 송영, 임화, 이갑기 등의 카프 문인들은 해외문학파를 민족주의 계열에 가까운 우파라고 규정하고 그들의 정치적 성향을 문제삼았다. 객관적 상황의 불리해져서 활동의 위축을 받았던 당시의 카프 진영으로서는, 이광수를 비롯한 민족주의 우파 문학이 더욱 보수성을 띠면서 침체되어가던 상황에서 새롭게 부상하는 해외문학파의 존재를 경계의 대상으로 파악할 수밖에 없었던 것이다. 이러한 상황은 1930년대 초반의 조선 문단에서 해외문학파의 활동이 상대적으로 활발했음을 반증하는 것이기도 하다. 어쨌든 해외문학파의 존재에 대한 당대 문단의 반응은 번역 태도, 번역 능력과 관련된 구체적인 문제에서부터 우파적 이데올로기를 지향하는 문학조직이라는 시비, 세계주의와 서양

숭배의 딜레땅티즘이라는 비판 등으로 요약할 수 있다.

그런데 카프 진영이 해외문학파를 상대로 벌였던 일종의 이데올로기 논쟁이 이후 한국 근대문학사에서 해외문학파에 대한 연구의 중심 테마로 계승된다는 사실은 주목할 만하다. 김윤식과 김영민의 연구는 비평논쟁사적인 관점에서 카프문학이나 민족주의 문학과의 대립에 초점을 맞춰 해외문학파에 접근하고 있다. 김윤식[5]은 해외문학파가 민족주의 문학과 프로문학 양자를 의식하고 출발하였으며, 특히 프로문학에 대해 철저한 대립 의식을 지니고 있었다고 평가한다. 따라서 프로문학이 퇴조하자 존재 이유를 대부분 상실하며 극예술, 고전론, 수필화, 창작화로 기울어 유파로서의 의의를 소멸하고 말았다는 것이다. 그러나 한편으로 기존의 프로문학이 이데올로기 일변도의 공식성으로 문학을 위축시켰고, 민족문학은 신념적, 심정적인 이데올로기의 매너리즘에 빠져 창작을 황폐화시켰던 상황에서 해외문학연구가들의 외국문학 소개 및 이론은 참신한 매력으로 문단에 받아들여졌다고 본다. 따라서 그는 해외문학파가 편협한 전통적 보수주의, 공식적 계급주의를 모두 반대함으로써 민족의 특수성을 부인하지 않는 국제적 세계주의를 지향했다고 결론짓고 있다. 김영민[6]은 해외문학파와 관련한 논쟁을 번역의 태도와 수준을 문제 삼은 양주동과의 논쟁, 해외문학파의 성향과 조직 문제를 거론한 카프와의 논쟁으로 유형화한다. 전자의 경우는 양주동의 문제제기가 대부분 정당했다고 평가하고 있으며, 임화 등의 카프 논자들이 해외문학파에 대해 강경 대처한 상황은 1930년대 초반 프로문학이 볼셰비키화 되는 분위기와 관련하여 설명하고 있

---

5 김윤식, 『한국근대문예비평사 연구』, 일지사, 1976, 134~163쪽 참조.
6 김영민, 『한국문학비평논쟁사』, 한길사, 1992, 429~450쪽.

다. 어쨌든 이들은 공통적으로 임화 중심의 프로문학 진영이 해외문학파를 "소부르적 그룹"[7]이라고 평가한 것에 근거하여 해외문학파가 당대 문단의 세력 구도 속에서 우파 자유주의로 귀결될 수밖에 없었던 과정에 주목함으로써, 해외문학파의 존재 의미를 이데올로기적 층위에서 주로 접근하고 있다. 특히 김윤식의 논의는 해외문학의 문학적 정체성을 카프에 대한 대타의식에서 찾음으로써 그 존재 의미를 협소화하고 있다는 점에서 한계를 지닌다. 실제로 카프의 실제 활동이 위축되어가던 30년대 초반 이후부터 해외문학파의 활동은 오히려 본격화되어 주요 논자들이 신문 학예면의 외국문학 소개나 번역 작업을 거의 독점하였다.[8] 뿐만 아니라 정인섭은 30년대 후반 유럽 각지를 직접 순례하고 그 문화와 문학을 『조광』 등의 매체에 연재함으로써 문화 번역자로서의 역할을 광범위하게 수행하였던 점이나, 김진섭, 이헌구 등이 고전론, 문화론 등의 담론에 주도적으로 참여했던 사실은, 해외문학파의 존재 의미를 프로문학에 대한 대타의식에 한정시키는 태도의 문제를 확인시켜 준다.

이들 연구와는 달리 영문학자 김병철의 연구[9]는 이데올로기적인 문제들을 배제하고 번역문학사의 관점에서 해외문학파를 조명함으로써 주로 번역을 둘러싼 실제적이고 구체적인 논쟁의 지점을 서술하고 있다. 그는 해외문학파의 외국문학 수입, 외국문학 연구가 철저히 원전 번역에 의해 이루어진 공적을 평가하고, 이헌구나 정인섭이 외국문학 번역자의 입장에서 추구한 것은 "세계성이라는 모더니티의 추구"이며,

---

7 임화, 「1931년간의 카프 예술운동의 정황」, 『조선중앙일보』, 1931.12.7~13.
8 이하윤은 1930년 『중외일보』의 학예부 기자를 거쳐 1937년에는 『동아일보』 학예부 기자가 되며, 이헌구는 1936년 『조선일보』 학예부 기자를 맡는다.
9 김병철, 『한국근대번역문학사연구』 하, 을유문화사, 1975, 755~766쪽 참조.

이 과정에서 "국어의 풍부한 조출, 신조어의 문제" 등에 관심을 가짐으로써 당대 조선문학과 조선어에 대한 인식을 심화시켰다고 본다. 그럼에도 그들의 번역 대상이 19세기 후반의 서구문학에 편중되었다는 점을 문제적으로 지적하고, 이는 최재서 등이 언급한대로 해외문학파의 안이한 딜레땅띠즘과 전문가적 위치의 미확보라고 설명한다. 그러나 김병철의 연구는 그 방대한 실증성에도 불구하고 번역의 실천적 결과에 집중함으로써 외국문학 연구자로서 해외문학파가 조선문단에 개입하는 문학적 내용에 대해서는 언급이 부족하다. 다시 말해 외국문학을 직접 수용함으로써 당대 조선문학의 외연을 확장하고, 당대의 조선문학의 성격과 수준을 논하는 비평적 담론을 통해 조선문학에 관여한 측면에 대해서는 논의의 성격상 소화하지 못하고 있다고 볼 수 있다.

이 글은 그간 한국 근대문학 장의 주변부로 소외되어온 해외문학파의 존재의미를 재조명하는 것을 목적으로 한다. 최근 근대 국민국가의 형성과정에서의 번역의 역할에 대한 관심이 증대되고 있는 상황에서, 외국문학의 번역과 연구에 집중했던 해외문학파가 한국 근대문학의 형성과정에 개입한 방식과 그것의 공과를 규명하는 작업은 필요하다고 판단된다. 외국문학의 번역·연구는 세계문학이라는 대타자를 보편성으로 인식시키고 개별의 국민문학을 특수성으로 이해시키는 데 결정적인 역할을 수행하였다. 즉 외국문학 연구는 자국문학의 창안을 유도하고 자극한다. 이런 관점에서 해외문학파의 정체성을 고찰하는 것은, 한국 근대문학을 구성하는 다양한 층위들을 분별적으로 이해하려는 노력의 일환이며, 이는 동시에 서구 지향의 근대주의가 그것이 소유한 정보나 지식의 양과는 무관하게 맹목적이고 종속적인 자리에 머무를 수밖에 없는 식민지적 현실을 확인하는 작업이기도 하다.

2. 조선문학 장에서의 외국문학 번역·연구의 의미

식민지 조선문단은 통상의 조선문학 범주[10] 안에서, 외국문학을 번역, 연구한 해외문학파의 활동을 평가하는 문제에 상당히 인색했던 것으로 보인다. 이는 식민지 문단의 문제만은 아니어서, 외국문학작품의 번역과 연구를 '국문학'의 범주에서 배제시키는 현재의 학제간 경계를 염두에 둘 때 당대 문단의 태도는 어쩌면 너무도 당연한 것이라고 볼 수 있다. 근대문학이라는 것이 근대 민족국가의 구성과 불가분의 관계에 있다고 전제할 때, 국문학과 외국문학의 구별의식 또한 근대의 산물이다. 따라서 조선의 경우도 근대 초기부터 참조의 대상이자 모방의 모델로서 서구문화 혹은 문학을 수용하였음에도 불구하고, 한편으로는 끊임없이 그것으로부터 조선문화와 문학을 변별하고자 하는 욕망이 존재했던 것이다. 이러한 욕망은 경우에 따라, 자신들의 식민성을 은폐하기 위해 너무도 자명한 문화의 외래성을 의식적으로 외면하거나, 심지어는 외국문화·문학의 수용을 공공연하게 표방하는 태도에 대해 거부감을 갖는 것으로 표출된다. 식민지 조선 문단이 해외문학파의 존재에 대해 가졌던 불편함은 기본적으로 이러한 이중심리와 관련된다고 볼 수 있다.

그러나 이러한 심리가 구체적으로 표현되기는 힘들었을 것이고, 따라서 그것을 입증하는 언설들을 자료로 확인하기는 쉽지 않다. 그렇지

---

10 식민지 시대 '조선문학'에 대한 개념·범주 설정은 다소의 이견이 있으나, 일반적으로 조선문학은 "조선 사람이, 조선 사람에게 읽히기 위해, 조선말로 쓴 문학"(「조선문학 정의」, 『삼천리』, 1936.8)이라고 이해하고 있다.

만 외국문학을 번역·연구하는 해외문학파를 조선문학의 장(場) 밖으로 배제시키고자 하는 의도는 분명히 존재했던 것으로 보인다. 해외문학파 스스로가 감지한 당대 문단의 시선을 이하윤은 다음과 같이 말하고 있다.

이 一派에 屬한다고 한번 區分되면 詩를 써도 詩人이 아니요 研究家로되 그 研究가 外國文學인 까닭에 研究家나 學者 되기에 앞서 海外文學人이 되고 마는 것이니 小說을 써도 그 이전에 飜譯이 있으면 그는 小說家조차 되기 어려운 정도쯤 되어 있다. 實로 朝鮮에 있어서 이 海外文學派라는 한 奇異한 區別的 存在 待遇를 받고 있는 一群의 稱은 朝鮮文壇이 아니고서는 찾아보기 힘든 일일까 한다. 이것이야말로 朝鮮의 아니 朝鮮文壇을 形成하고 云謂하는 文人 내지 批評家들의 無知를 餘地없이 暴露하는 너무나 朝鮮人的인 한 가지의 左證이라 할 수 있을 것이다. 이리하여 우리는 朝鮮文學의 '레벨' 乃至 朝鮮文化의 程度를 歎息할 수밖에 없이 되고야 만다.[11]

이 글에 의하면, 해외문학파라는 호명은 마치 낙인과도 같아서 한번 찍히면 그 규정성으로부터 결코 벗어날 수 없다. '해외문학인'으로 부르는 것은 당연히 조선문학인과 구별하기 위한 의도의 표현이다. 해외문학파 구성원들이 조선어로 시나 소설, 희곡을 창작하고 비평을 하더라도 당대 조선문단에서 그들을 조선문학인으로 인정하지 않는 것은, 해외문학파라는 호명 과정 속에서 이미 그들의 내셔널리티를 삭제해버렸기 때문이다. 다시 말해 아무리 조선어로써 창자에 가까운 시번

11 이하윤, 「세계문학과 조선의 번역운동」, 『조선중앙일보』, 1933.1.1.

역을 하고, 다양한 외국문예 이론을 소개하여 조선문학에 접목시키려고 노력해봤자, 외국문학 번역·연구자로서의 정체성이 우선적으로 표명된 이상 여타의 문학 활동은 조선문학 범주에서 고려의 대상이 되지 못했던 것이다. 그러나 이러한 판단은 근대의 번역이 선진 문명에 대한 추수이자 동시에 내셔널 아이덴티티를 구성하는 과정임을 고려할 때 일면적인 사고일 수밖에 없다.[12] 따라서 해외문학파의 입장에서는 자신들이 외국문학의 번역과 연구를 통해 조선문학의 질적 발전에 기여하고, 조선어의 정비와 확장에 공헌한다고 자부하고 있었으므로, 자신들의 내셔널리티를 인정하지 않는 당대 조선문단의 태도에 울분과 탄식으로 대응했던 것이다.

한편 카프는 해외문학파가 소개하는 외국문학이 주로 서구 자본주의의 문학이고, 그것은 자연히 친부르주아적인 반계급성의 문학이라는 점에서 공격의 날을 세운다. 특히 카프로서는 해외문학파가 조직 여부를 부정하고, 문학적 유파나 주의를 공백으로 남겨놓은 채 문학활동을 하는 것에 대해 묵과할 수 없었다. 계급적 기반과 이데올로기를 표명하지 않는 것이 부르주아 자유주의자들의 전형적인 방식이라고 이해하고 있던 그들로서는 해외문학파야말로 공격하기 좋은 대상이었다. 송영은 해외문학파가 계급이 없는 중간파를 자처하지만 실제 그들이 번역한 것은 소시민과 인텔리층을 표준으로 삼고 있다고 지적하면서 구체적인 예증을 제시하고 있다.[13] 즉 해외문학파의 구성원들이

---

12 이러한 견해는 일본의 근대를 번역에 초점을 맞춰 설명하고 있는 마루야마 마사오·가토 슈이치의 『번역과 일본의 근대』(이산, 2000)와 근대 국민국가와 '국어'의 문제를 고찰하는 코모리 요이치의 『일본어의 근대』(소명출판, 2003)에 공통적으로 전제되고 있다.
13 송영, 「1931년의 조선문단 개관」, 『조선일보』, 1931.12.23~27.

주도적으로 참여한 『삼천리』의 「약소민족특집문예」(1931.11)에 주로 연애, 절망 등을 주조로 하는 문학을 실은 점과, 거기서 남로(南露)를 약소민족에 포함시켜 놓은 것은 명백하게 미국이나 영국, 프랑스의 부르주아의 관점을 따른 것이라는 점이 그 근거이다. 또한 『문예월간』의 특집이 「크리스마스 시(詩)」(1931.12)로 기획된 것을 비난하며 비판의 근거로 마르크스가 말한 "종교는 아편이다"라는 문구를 들고 있다. 해외문학파의 번역 작품이 낭만주의나 상징주의에 편향된 것은 사실이지만, 약소민족의 규정 문제나 종교와 관련된 송영의 문제의식은 매우 교조적이라고 볼 수 있다. 한편 임화는 해외문학파가 민족개량주의문학보다 한층 위험한 "프로예술의 적"이라고 규정하고,[14] "동경유학생 도련님", "기만적인 배우집단"이라는 표현을 써가며 노골적으로 "타도 해외문학狂"을 주장하였다.[15] 이갑기 또한 이와 유사한 논조로 해외문학파의 계급적 성향을 분석, 비판하고 있다.

> 學究的인, 高踏的이면서 사회의 계급적 현실을 증오하고 이에 의한 중간적 계급층의 解消 현상에 무한한 비애를 느끼어 소위 자유로운 입장 운운하는 회색의 樂國에 연연한 동경을 버리지 못한다. 그럼으로 彼씨들의 우유부단은 ××에로, 반동에로의 두 岐路에서 자신이 投足한 현실적 결단을 내리지 못하고 다만 이러한 환상으로서 실현된 주관적 현실을 創設하여 安住의 이상을 찾으려 역사적 현실을 도피하려는 것이니 이는 실로 彼씨들의 友誼的 결합을 誘致한 근본적 조건이다. (…중략…) 그뿐 아니라 友誼的 결합에 條件附로 되어 있는 자유로운 입장이란 실로 彼氏들외 초계급적 흰

---

14 임화, 「당면 정세의 특질과 예술운동의 일반적 방향」, 『조선일보』, 1932.1.27.
15 김철우(임화), 「소위 '해외문학파'의 정체와 임무」, 『조선지광』, 1932.2.

상의 본체도 되어 있으니 이러한 常套的 口吻은 彼氏들이 小부르적 개인주의자란 선명한 렛텔을 자부하는 것이니 절대자유에 관한 일체의 언사는 一個의 虛飾이다.[16]

사실 임화나 이갑기가 분석한대로 해외문학파의 계급적 성향은 "소부르적 개인주의자"에 가깝다고 볼 수 있다. 문제는 아무리 카프 진영의 현실적 절박함이 증대되는 시기라 하더라도 해외문학파가 소위 '동반자 그룹'으로 연대할 수 있는 여지까지도 제거하면서 공격했다는 사실이다. 문단 일반이 조선문학의 범주에서 외국문학을 구별하는 방식으로 해외문학파를 배제시켰다면, 카프 진영은 해외문학파의 계급성과 이념적 지향을 공격함으로써 윤리적 차원에서 배제시켰다. 즉 실천적 조직으로서의 견고한 잣대가 해외문학파를 "비겁하게 상아탑에 피신한"[17] 존재로 단죄하게 만들었던 것이다.

한편 최재서는 같은 외국문학 전공자로서 번역은 물론이고 외국 문예 이론의 수용에 적극적이었던 인물임에도 불구하고 해외문학파에 대해 신랄한 비판을 가했다. 최재서는 조선문학을 대상으로 비평활동을 하고 있다는 자부심을 지니고 있었고, 자신이 해외문학파의 인물들과는 다른 수준에서 외국문학을 수용한 전문가라는 의식이 강했다.[18] 사실 해외문학파가 조선문학에의 기여를 내세웠지만, 구체적인 조선

---

16 이갑기, 「해외문학파와 그의 기본적 동향」, 『조선일보』, 1933.2.18.
17 이갑기, 「해외문학파와 그의 기본적 동향」, 『조선일보』, 1932.2.19.
18 최재서는 엘리어트, 리드, 헉슬리 등의 이론을 소개하며 영문학의 주지주의를 도입하였다. 김윤식은 해외문학파가 "금세기 이후의 서구 문예사조의 소개, 도입, 비판에서 거의 업적이 없었다"고 하면서 "차라리 최재서 一人을 당할 수가 없었다"고 말한 바 있다(김윤식, 「해외문학파考」, 『연포 이하윤선생 화갑기념 논총』, 1966, 82쪽).

작품을 대상으로 서구의 문예 이론을 적용하지 못한 점은 아쉬운 부분이다. 그러나 최재서가 해외문학파를 공격하는 태도는 객관적이고 논리적이기보다는 주관적이고 감정적이다. 그는 해외문학파의 존재를 희화적으로 묘사함으로써 그들과 자신을 구별하고자 한다.

그것은 外國文學研究家라는 無籍者의 一群이다. 그들은 세계를 放浪하는 집시 모양으로 문단을 이곳저곳 彷徨하면서 틈만 있으면 한축 끼어들려고 들먹들먹한다. 대체 그들의 정체는 무엇인가?[19]

그러나 나오고 보니 문단이란 野人의 세계라 비위에 맞지 않을뿐더러 서로 치고 때리는 바람에 무서운 생각부터 앞선다. 그는 일시 避身을 도모한다. 혹은 학교로 혹은 신문사로- 이 피난소에서 틈만 보고 있다가 외국 작가가 하나 죽으면 虎飛林格으로 출현하여 文壇造出을 선언한다. 文壇國에 自由移民이 이렇게 해서 또 하나 늘게 된다."[20]

이러한 냉소에 이어서 그는 조선과 일본의 외국문학 연구를 비교하고 있는데, 일본의 외국문학 연구가 비록 관학화하여 문단과의 구체적인 접촉이 드물기는 하지만 적어도 "그들의 입장"을 지니고 있는 데 반해, 조선의 젊은 외국문학연구가들은 문단과 접촉하지만 "호적이 없는 집단"이라고 비판한다. 또한 해외문학파의 외국문학 번역, 연구가 단순한 소개 차원의 아마추어리즘이라고 폄하하면서 그들의 "듸렛탄티즘"을 축출하자고 역설한다.[21] 해외문학파를 문단의 기회주의자, 비전

---

19   최재서, 「호적없는 외국문학연구가」, 『조선일보』, 1936.4.26.
20   최재서, 「호적없는 외국문학연구가」, 『조선일보』, 1936.4.27.

문적인 아마츄어라고 공격하고 있지만, 그가 말하는 '입장'의 의미가 구체적으로 어떤 성격의 것인지가 불분명하고, 딜레땅띠즘이라는 비판 또한 그러한 판단의 근거나 기준이 무엇인지 제시되어 있지 않다. 해외문학파는 구성원들마다 개인적인 능력의 차이가 있고, 때로는 지속적인 학습이 진행되지 않을 수도 있다. 또한 체계적인 조직도 아니고 경제성이 담보되지 않은 한 지속적인 번역 활동이나 연구가 진행되기는 쉽지 않다. 따라서 해외문학파라는 틀 속에 균질화하기 어려운 개인적 차이가 엄연히 존재한다. 영문학의 정인섭, 이하윤, 불문학의 이헌구, 그리고 독문학의 김진섭 등은 번역과 연구에서 아마츄어리즘이나 단순한 소개 차원을 넘어서는 면모를 보여주고 있다. 정인섭은 포우의 소설 「적사(赤死)의 가면(假面)」을 번역함과 동시에, 그의 문학세계와 그것의 유럽적 수용을 고찰하는 평문도 집필하였다.[22] 대학 교수로서 외국문학 연구에 집중하였던 그는 주로 당대 세계문학의 경향과 서구 문예사조의 동향을 선구적인 위치에서 조선문단에 소개한 인물로 평가할 수 있다.[23] 이하윤도 서구의 낭만주의, 상징주의 시들을 모아 『실향(失香)의 화원(花園)』(1934)이라는 역시집을 출간하였다. 이헌구는 『제르미날』을 연구한 학위논문을 쓸 정도로 사회학적 예술 비평에 일가견이 있었고, 김진섭은 표현주의 문학에 심취하여 「표현주의문학론」[24]을 썼다. 이런 사정을 감안하고, 해외문학파가 대표적 신문을 비

---

21 최재서, 「'딜렛탄티즘'을 축출하자」, 『조선일보』, 1936.4.28.
22 정인섭은 『해외문학』 창간호(1927.1)에 포우의 소설을 번역한 작품과, 花藏山人이라는 이름으로 「'포오'를 論하야 外國文學硏究의 必要에 及하고 『해외문학』 創刊을 祝함」이라는 평론을 동시에 발표했다.
23 정인섭은 1959년 『世界文學散考』(동국문화사)를 발간하였는데, 거기에 실린 다수의 글이 식민지 시기에 발표된 글이다.
24 『해외문학』 창간호, 1927.1.

롯해 매체와 긴밀한 관계를 맺음으로써 문단에서 무시할 수 없는 입지를 지니고 있었다는 상황을 고려할 때, 해외문학파에 대한 최재서의 비판은 동종의 외국문학 연구자로서의 일종의 헤게모니 투쟁의 성격을 띤다고 볼 수 있다.

해외문학파를 바라보는 외부의 시선이 이러한 가운데, 해외문학파는 나름대로 자신들의 존재 의의를 조선문학과의 관계 속에서 찾고자 노력했다. 그들은 문화적 계몽주의에 입각해 조선문학을 바라보았고, 외국문화나 문학에 대한 지식 추구를 인문적 교양주의로 설명하고자 했다. 그러나 내면적으로는 당대 조선의 저열한 문화적 환경에 대한 환멸과, 도구로서의 외국어를 선점하고 있다는 우월감이 착종되어 있었다.

정인섭은 「조선 현문단에 호소함」[25]이라는 글에서 조선문단이 그 역사가 짧음에도 불구하고 "첨단적 조숙성"과 "퇴영적 점잔성"이 동시에 존재한다고 지적하고, 두 형상이 상이해 보이지만 그 조숙성은 "초조의 막다른 골목"에서 은둔, 타락, 방관 등의 "점잔성"과 야합하고 있다고 비판한다. 이를 해결하기 위해 "문학에도 연구가 필요"함을 강조하고, 서구문학을 통해 졸라의 조사정신, 발자크의 감각, 톨스토이의 대작, 고리키의 체험, 레마르크의 보고, 싱크레어의 폭로 등을 배워야 한다고 주장한다. 그는 1930년부터 한국의 대신문 학예란(『조선일보』, 『동아일보』, 『중외일보』)에 해외문학 소식란이 일률로 시작된 것에 주목하여, 세계문단의 동향에 대한 관심이 심각할수록 한국문단의 한계가 넓어질 것이라고 덧붙이고 있다.

이헌구도 「조선문학은 어디로」[26]에서 조선문학의 필요성을 역설한

---

25 『조선일보』, 1931.1.3~17.
26 『동아일보』, 1934.1.1.

다. 조선의 옷과 집, 음식을 고치고 바꾼다 하더라도 우리의 말과 글을 버릴 수는 없는 것이며, 조선말과 글을 세련시키고 문화의 유일한 실용도구로 형상화하려면 문학의 힘이 아니고서는 불가능하다는 것이다. 왜냐하면 조선문학이 문학의 사적, 세계적 지위에 있어서는 비록 유치하고 발달하지 못하였지만, 조선문화의 분야에 있어서는 조선문학이 중요한 지위를 가지기 때문이다. 그는 더 나아가 조선말과 글이 학대당하고 있는 현실에서 문학을 통하여 사상감정을 조선민중에게 전달하는 조선문학운동은 다른 고유한 자국문화를 가진 민족과 달라 거기에는 "광범한 계몽적 보급의 중대한 특수사명이 존재"한다고 설명한다. 이하윤[27] 또한 영양부족인 조선문단에서 외국문학의 연구, 이식 운동의 절실함을 주장하며 세계문학 속의 국민문학으로서의 조선문학의 가치를 강조하고 있다.

이처럼 해외문학파의 논자들이 외국문학과 조선문학을 대비시켜 논의하는 것은, 일차적으로 자신들의 연구와 번역이 조선문학의 발전에 반드시 일조한다는 자부심에 근거한다. 실제로 논의가 진행될수록 해외문학파는 외국문학의 사례를 참조하여 민속학의 필요성과 고전 연구의 중요성을 강조하였으며, 조선문학이 통시적·공시적으로 확장되어야 한다고 주장하였다. 그런 면에서 해외문학파의 담론은 사카이가 설명하고 있는 번역에서의 대(對)형상화 도식을 충실하게 체현하고 있다.[28] 외국문학의 번역은 외국어에 상응하는 자국어를 발견하고 창조하는 과정, 즉 대형상화 도식을 창조함으로써 비교문학에 대한 의

---

27 이하윤, 「외국문학연구서론 – 우리는 왜 외국문학에 관심해야 하나」, 『조선일보』, 1934.8.14~19.
28 Sakai Naoki, *Translation and Subjectivity*, Minneapolis : University of Minnesota Press, 1997.5.1~2.

식과 동시에 민족문학의 자의식도 필연적으로 동반하고 있음을, 해외문학파는 경험적으로 체득하고 있었다고 볼 수 있다. 사카이가 말하는 대형상화의 역사는 한 네이션이 다른 네이션의 모습을 모방하고자하는 욕망, 한편으로는 자신의 특이성을 강조함으로써 자신을 구별하고자 하는 욕망을 동시에 품고 있는 역사이다. 이것이야말로 외국문학 번역·연구가이자 동시에 조선문학인인 해외문학파의 중층적 정체성을 대변해주는 중요한 문맥이라 할 수 있다. 그런 점에서 민족 문학의 건설은 이미 처음부터 비교문학이라는 것을 벗어날 수 없으며, 민족문학은 그 속성에서부터 비교문학이었던 것이다.

3. 번역의 이율배반—문명어 지향과 조선어 순정 의식

조선의 근대화는 비록 일본을 매개로 이루어졌다 하더라도 서구사회를 모델로 하는 서구화의 과정이었다는 점은 주지의 사실이다. 근대화라는 것이 서구적 자본주의를 모방하고 이식하는 일종의 문명화 과정이라고 볼 때, 일본의 메이지 초기의 근대화 작업이 증명하듯 그것은 번역과 분리해서는 생각할 수 없다. 그런 의미에서 문명개화라는 대전제 아래 이루어졌던 일본의 번역은 표면적으로는 서구문명의 수용과정이지만, 실제적으로는 '국어'라는 언어의식의 형성이나 내셔널 아이덴티티 같은 근대 국민국가로서의 자격 요건을 구성하는 과정을 동시에 수반하고 있었다. 다시 말해 근대화 과정에서의 번역은 필연적으로 '어떤' 언어로 '어떻게' 번역하느냐의 문제에 직면함으로써 무엇보다 근대적 언어의 정비 작업을 필수적으로 요구하게 되며, 더불어 그러한 근대 '국어'의 형성은 신문이나 잡지 등의 근대적 매체, 교육 제도 등을 매개로 근대 국민 국가로서의 정체성을 구성하는 과정과 궤를 같이 한다는 것이다.[29]

그런데 조선의 근대화 과정을 번역과 관련시켜 볼 때 피할 수 없는 문제는 결국 그것이 서구문명의 직접 번역이 아닌, 중국, 일본을 거친 간접 혹은 이중 번역의 절차를 거쳤다는 사실이다. 식민지 이전의 근대 초기에는 대부분의 번역이 한(漢)·일역본(日譯本)을 대본으로 한 중역(重譯)이었으며, 식민지로 접어들면서는 중국에 대한 영향이 현저히 줄어들면서 일역본(日譯本), 혹은 일서(日書)를 주로 번역의 대상으로 삼게 된다. 더 나아가 일본어 교육이 강화되고 일어 해독층이 증가하면서 굳이 조선어로서의 번역이 필요한가라는 번역 무용론이 대두하기도 한다.[30]

일어의 중역이 아닌 영·불어의 직역은 『해외문학』의 등장 이전에도 존재했다. 김억을 중심으로 외국문예물의 번역을 주목적으로 하는 주간지 『태서문예신보』(1918~1919)와, 대학에서 외국어를 이수한 양주동, 이장희가 활동한 시동인지 『금성』(1923~1924)은 비록 시 번역에 한정되기는 했지만 원어를 텍스트로 삼아 직접 번역했다는 점에서 그 의의가 있다. 근대 초기의 번역이 계몽성이나 대중성을 표방하여 번역에 대한 전문성이나 자의식이 없는 번안, 의역, 경개역(梗槪譯), 초역(抄譯)

---

29 코모리 요이치, 정선태 역, 『일본어의 근대』, 소명출판, 2003, 1·2장 참조.
30 단행본이나 잡지를 막론하고 1924년을 전후해 번역의 양이 감소한다. 이는 이 시기에 일반 독자들의 일어해득력이 높아진 것과 관련되며, 번역의 질이 우수하면서도 값이 싼 일역서가 조선어 번역서를 밀어낸 상황 탓으로도 설명할 수 있다 (김병철, 앞의 책, 681~691쪽).

등이 지배적이었음에 비해, 20년대로 갈수록 중역이나 초역의 무책임한 번역 태도를 지양하고 원작명이나 원작자, 역자의 이름을 명기하는 방식을 취하게 되었던 것이다. 그런 의미에서 『해외문학』의 창간은 외국문학작품의 번역이 어느 정도 정상적인 궤도에 올랐음을 보여주는 것이며, 외국문학에 대비되는 대타항으로서의 '조선문학'을 의식함과 동시에 필연적으로 서구의 외국어에 상응하는 조선어의 확장과 정비라는 실질적인 문제를 제기하기에 이른다.

해외문학파들의 번역과 언어에 대한 구체적인 인식은 『해외문학』이 발간되면서 벌어진 양주동과의 시비에서 그 출발을 보인다. 양주동의 논지는 해외문학파의 번역이 엄밀한 직역주의라는 점, 따라서 당대의 조선어에는 없는 비어(非語)가 많아 문체가 경문(硬文)이라는 점, 외국어를 그대로 사용하고 있다는 점으로 요약된다.[31] 이러한 지적에 대해 해외문학파의 이하윤과 김진섭이 대응하는데, 기본적으로 그들은 직역에 의존하지만 필요나 기호에 따라 의역도 선택할 수 있다고 본다. 그리고 번역어와 문체의 문제에 대해서는 미발달과 미세분화 과정에 있는 조선어로서는 비어를 쓸 수밖에 없으며, 외래어의 차용이나 신조어의 사용은 자국어에 없는 것을 보충하기 위한 필연적인 과정이라고 대응한다. 이하윤은[32] 연문체(軟文體)나 대중화를 주장하는 양주동이 중역과 오역, 통속화라는 기존 번역문화의 문제를 보지 못한다고 비판하면서, "번역 때문에 일어가 얼마나 발달했는지를 수긍"한다면 대중화할 수 있는 문체가 아닌 번역문체가 "오늘 일본의 문예작품의 모든 것을 지배"하고 있음을 부정할 수 없을 것이라고 결론짓는다. 김진섭은[33] "완전한

---

31 양주동, 「文壇如是我觀」, 『신민』 제26호, 1927.6.1.
32 이하윤, 「『해외문학』 독자—양주동씨에게」, 『동아일보』, 1927.3.19~20.

역시란 없다"라는 전제하에 시를 번역하는 작업은 "그것에 충실하면 미를 잃고 아름다우면 충실하지 않은 것"으로 일종의 딜레마를 수반한다고 규정하면서, 비어나 외래어를 문제삼는 것은 "우리의 생활이 원어가 요구하는 언어내용을 가지지 못"함을 인정하지 못하는 소치이며 언어발달사 내지 번역문화에 대한 몰이해라고 공격한다. 그는 더 나아가 조선어 어휘의 풍부를 도모하고 조출하기 위해 외래어 차용, 외국어를 될 수록 문자에 측하여 직역, 옛부터 있는 말에 새로운 내용을 부여하는 것 등의 구체적인 방법을 제시하고 있으며, "예술이 현대에 각국의 공동로작(共同勞作)이 되고 이른바 세계문학의 개념이 실현된 오늘날 '비어(非語)'에의 혐오는 실로 하나의 우둔"이라고 주장한다. 특히 조선의 연문이 빈약하여 내용가치와 형식미를 가지고 있지 않으므로 서양의 문학을 번역함에는 한자가 보다 중요한 표현의 도구가 됨을 인정한다. 따라서 그가 최종적으로 강조하는 것은 언어표현에서 문체까지도 서양에서 배워야 한다는 것이며, "조선어가 서양의 그것과 대등한 문화력을 가지고 있다면 모르되 그렇지 못한 이상 고정한 형식이 없이 항상 동요하고 있는 우리글에 서양의 문체를 그대로 번역하는 것도 큰 참고가 되는 것"이라면서 서양 작가의 개인적 문체를 그대로 번역하는 것의 의미를 강조한다.

사실 해외문학파의 조선어 인식은 1926년의 '가갸날' 선포, 1931년 조선어학회 결성을 중심으로 하는 한글운동의 흐름과 긴밀한 상관성을 가지고 있다. 정인섭은 조선어학회의 정식 멤버로 1942년 조선어학회 사건으로 검거되기도 했으며, 이하윤, 이헌구, 함대훈 등도 35년 창

---

33 김진섭, 「괴이한 비평현상―양주동씨에게」, 『동아일보』, 1927.3.22~26.

립된 조선음성학회에 가담하였다.[34] 정인섭은 『해외문학』 창간을 전후하여 누구보다도 먼저 외국문학 번역과 조선어의 상관성에 주목하고 있는데, 「해외문학의 창간」(1926)에서는 해외문학 소개에서 가장 큰 어려움은 우리말이 외국어에 비해 정돈되지 않은 점이며, 원문의 세밀한 맛을 전달할 역어(譯語)가 부족함을 안타까워하고 있다.[35] 「'가갸날'과 외국문학 연구」(1927)라는 글을 통해서는 외국문학 연구와 모어 발달의 상관성을 설명하고 있다.

> 그런데 外國文學 輸入에는 國語의 발달이 同伴할뿐더러 母語硏究가 필요하게 된다. 飜譯文學이란 것을 생각해 보면 그 結果로서 飜譯은 여러 가지 附隨的 效果를 볼 수 있는 것이다. 어느 나라를 莫論하고 飜譯時期라는 것이 있는 것이요 그것이 어느 程度까지 發達된 때에 비로소 그 文學 範圍가 넓어질뿐더러 세계적 批評眼으로서 文學을 論하게 된다. 따라서 國語가 발달되고 創作 範圍도 훨씬 넓어질 것이다. '가갸날'과 飜譯-- 이러한 問題도 상당히 重要性을 가졌다.[36]

물론 여기서 말하는 국어의 발달은 구체적으로 외국어에 상응하는 조선어를 발견하는 과정을 지칭하는 것이며, 이는 필연적으로 조선어의 협소함을 확인하는 과정이 됨으로써 무엇보다도 조선어의 확장을 요구하게 된다. 따라서 「번역 예술의 유기적 기능」(1927)에서는 번역에서 신어(新語)와 외래어의 사용은 당연한 것으로, "자기에게 없는 것을

---

34 조태린, 「일제 시대의 언어정책과 언어운동에 관한 연구」, 연세대 석사논문, 1997, 69～72쪽.
35 정인섭, 「해외문학의 창간」, 『한국문단논고』, 신흥출판사, 1959, 17～19쪽.
36 위의 책, 38쪽.

타에서 발견하여 거기에 긍정을 느낀다면 그것은 결코 자기의 무시가 아니고 타율적 자기완성"이며 그를 통해 "조선아(朝鮮我)에서 세계아(世界我)를 발견할 수 있으며 자기능력의 가능한 위대성을 자각하는 것"이라고 설명하고 있다. 또한 당시의 한글 학자들이 한글이 현대화되고 광범화되기를 꺼리는 점을 들어 "완고한 고전어학자의 현대의식 구축(驅逐)"이라고 비판한다.[37] 이처럼 해외문학파는 조선어 운동의 문화적 민족주의와 일정 부분 이해를 같이 하면서도, 서구문학의 연구·소개라는 고유의 입지점으로 인해 언어에 있어 보다 개방적인 근대주의의 면모를 보여준다.

이헌구도 「조선문학은 어디로」[38]에서 조선의 옷과, 집, 음식 등은 바꾼다 하더라도 고유의 말과 글을 버릴 수는 없다고 하면서, 문학을 통해 조선말과 글을 문화의 유일한 실용도구로 발전시킬 수 있음을 강조한다. 그는 구한말, 근대 초에 카톨릭, 기독교가 조선에 보급될 때 복음인 성경을 조선말로, 조선문자로 번역하여 민중에게 읽혔던 사실을 상기하면서, 당시의 언론기관이나 문화기관, 혹은 교육기관이 나날이 비조선어로의 교화에 침윤당하고 있음을 지적하고, "조선의 문화운동, 문학운동은 이 조선문자 보편화적 계몽운동이라는 인식"을 고취할 것을 주장한다. 그러면서도 마찬가지로 조선의 창작가나 번역가가 조선어의 부족과 표현 어휘의 빈곤으로 고통을 받고 있음을 인정하고 역시 외국문학의 번역을 통해 표현어구의 모색을 추구해야 한다고 결론짓고 있다.

조선어로서 외국문학을 번역하려는 해외문학파의 시도는 그들의 의욕만큼 결과에 있어 성공적이지만은 않았다. 『해외문학』이 2호로

37 　위의 책, 55~57쪽.
38 　『동아일보』, 1934.1.1.

종간되어 버렸고, 이후 그들의 기관지로 지목되었던 『시문학』(1930~1931)이나 『문예월간』(1931~1932)도 3호를 내고 종간되어 버림으로써 집단적인 번역운동은 한계를 지닐 수밖에 없었다. 이를 두고 유진오나, 최재서, 김동인 등이 가세하여 일역이 없는 최신의 서구문학을 번역하지 못하는 "무능력"을 지적하였고, 김동인의 경우는 극단적으로 "왜 일역 이용을 버리고 유치한 번역문화를 수립해야 하는가"를 반문하며 국역무용론을 주장하기도 한다.[39] 김동인에게서 드러난 이러한 언어 인식은 당대 지식들에게 어느 정도 보편화된 의식이기도 한데, 이는 일어가 '국어'라는 독점적 지위를 갖고 있는 사회적 조건 속에서 한글이 하층민의 언어로 전락하여 언어의 위계화가 형성되었음을 보여준다.[40] "해외문학파의 무능력과 조선어 번역의 무용성"이라는 문제에 대해 즉각 반응한 논자는 함대훈인데, 그는 일반대중의 일어 독서 능력의 부족을 들면서, 개별 문학의 훈향을 살리기 위해서는 원문에서의 직접역이 필요하다는 수준에서 대응하고 있다.[41] 이와는 달리 이헌구는 「출판계에 대한 제언―국외(局外)의 일학도로서」[42]에서 이 문제에 대해 보다 구체적으로 접근하고 있다. 당시 조선은 7할 이상이 문맹이며, 그나마 중등학생 정도에서는 일본의 잡지나 서적을 읽음으로써 "일체의 문화적 보급과 전달이 자문자(自文字)를 통하지 아니한 이문자(異文字)로써 대행"되고 있음을 지적한다. 조선어의 단순성과 표현의 한계라는 문제를 외국문학의 직접 번역의 무용성으로 곧바로 환치시킴

---

39 김동인, 「번역문학」, 『매일신보』, 1935.8.31.
40 박정우, 「일제하 언어민족주의―식민지시기 문맹퇴치 / 한글보급운동을 중심으로」, 서울대 석사논문, 2001, 64쪽.
41 함대훈, 「해외문학과 조선문학」, 『동아일보』, 1933.11.11~14.
42 『조선일보』, 1934.7.23(『모색의 도정』, 정음사, 1965, 153~163쪽에서 재인용).

으로써 조선어 또는 조선문학의 발전을 창작에서만 찾으려는 일부의 주장에 대해 그는 우려를 표명한다. 조선어휘의 풍부와 표현어의 확충을 위해서는 새로운 언어와 문자가 필요하며, 이는 단순히 토착어, 민속어의 고유한 언어의 집대성만으로 완성할 수는 없다. 특히 외어(外語)로 된 명저를 탐독할 수는 있으나 그것을 자어로써 감상하게 한다면 "치졸한 형식"에 머물 것이며, 따라서 외국문학의 번역을 통해 풍부한 조선어 표현을 창조하지 않는 한, 기형적인 조선문장을 산출할 수밖에 없다는 점을 강조하고 있다.

한편 번역을 국제적 "문화교역의 제일보"라고 전제하고 조선의 번역문화에 대해 가장 심도있는 고찰을 보여준 이는 독문학을 전공한 김진섭인데, 일반적으로 번역이 처해 있는 상황을 "이율배반"이라는 용어로 접근하고 있다.

"세계는 이제 오직 하나의 문명어를 가지려하고 있다"고 일찍이 '메이에' 는 말하였다. 그러나 그는 이 말이 끝나기가 무섭게 곧 附言치 않을 수 없었으니 "그러면서 각국에서는 國語純正에의 요구도 활발하다"는 것이었다. 사실에 있어서 이 二律背反은 異常하게도 '調和있게' 이 世界를 支配하고 있는 것이니 문화의 緊密한 國際的 交通이 前者의 眞理임을 證明하는데 對하야 그러나 오늘에 있어서도 오히려 依然히 政治的 國境이 言語的 國境이 되는 事實은 後者의 眞理임을 亦是 證明하고 있는 까닭이다. 異常하게도 調和있게라고 나는 말하였지만 이 言語的 二律背反을 圓滿히 操縱하여 가는 者가 文化의 發達者이며 紹介者인 飜譯임은 呶呶할 必要가 없다.[43]

---

43 김진섭, 「번역과 문화 – 번역의 가치」, 『조선중앙일보』, 1935.4.24.

역사적으로 제국주의 언어에 대한 피식민자의 번역은 식민화의 채널로서 기능하며, 그 자체가 식민화의 교육에 필적하는 과정으로서 이해될 수 있다.[44] 또한 번역은 대부분 '위에서 아래로 흐르는' 행위로서, 문명화의 기준으로 위계화되는 근대 국가들의 세계적 시스템의 질서 속에 종속될 수밖에 없다. 그런 점에서 김진섭이 조선에서의 번역을 문명어에 대한 욕망으로 설명하면서 동시에 번역을 매개로 "정치적 국경이 언어적 국경"을 구성하게 되는 구조를 파악하고 있는 대목은 탁월하다. 다시 사카이의 견해를 참조하면, 번역은 기본적으로 하나의 언어와 다른 언어간의 대칭 관계를 전제해야지만 가능한 행위인지라, 은연중에 각각의 언어를 체계적인 전체로 파악하고 그것 사이의 등가 관계를 추구하게 된다. 그런데 언어가 체계적인 전체라는 전제 자체는 매우 상상적인 것이며, 오히려 대비의 방식으로 이질적인 언어를 관련시키는 번역행위를 통해 동일화의 과정을 수행함으로써 비로소 '국어'라는 근대적 체계가 창안된다는 것이다. 번역과 '국어'의 이러한 함수관계에 대해 해외문학파의 구성원들도 어느 정도 자각하고 있었으며, 이런 의식이 소위 비어(非語)나 경문(硬文)에 대한 시비에 자신있게 대처할 수 있게 만들었다고 볼 수 있다. 그런 점에서 김진섭이 언급한 언어의 "순정의식"이란 고유어의 사용이나 맞춤법 통일과 같은 제한된 관점을 의미하는 것은 아니며 근대적 언어로서의 '국어'(조선어)의 체계화를 염두에 둔 표현으로 해석할 수 있다. 따라서 문명어 지향과 조선어 순정의식은 표면적으로는 "이율배반"적이지만 실제적으로는 안정적인 동반 관계에 있다고 볼 수 있다. 요컨대 해외문학파는 협소한 조선어, 체계가 불안정한 조선어

---

44 더글러스 로빈슨, 정혜욱 역, 『번역과 제국』, 동문선, 2002, 51쪽.

를 번역 과정을 통해 문명어로 발전시킬 수 있다고 확신했으며, 그것이야말로 조선문학의 근대화에 기여하는 초석이라고 인식했던 것이다.

4. 근대주의와 언어 내셔널리즘

근대의 역사는 경계를 창출하고 그 속에 질서를 부여함으로써 구성된 것이라 해도 틀린 말은 아닐 것이다. 어쩌면 무수한 이항 대립을 설정하고 그것을 수직적 위계질서의 틀 속에 포섭시키는 방식이야말로 근대를 가능하게 한 성장의 동력이었는지도 모른다. 그러나 그러한 경계들이 경직되어 하나의 폭력이 됨으로써 근대는 또한 엄청난 갈등과 고통이 지배하는 어두운 이면을 자기의 것으로 할 수밖에 없었다.

해외문학파를 재조명하는 작업은 그들의 정체성이 그러한 근대의 경계를 가로지르는, 혹은 그것을 더욱 공고화하는 번역과 관련된다는 점에서 문제적이다. 즉 번역이라는 실천 행위는 타문화의 개념과 사상을 자기 문화 속에서 전유하려는 동일화의 과정이자, 외국어를 대체하는 자국어를 발견함으로써 언어적 경계를 체계화하는 차이화의 과정이기도 하다. 또한 번역의 과정은 개념과 사상의 수용을 넘어서 타자와의 대화를 통해 자기 정체성을 자각하는 문화적 실천이기도 하다. 근대주의를 지향했던 해외문학파 역시 서구문명이라는 내용성을 일방적으로 추수하였다는 점에서 식민성의 혐의를 벗을 수는 없다. 그럼에도 제국의 언어인 일본어가 '국어'로 제도화된 상황 속에서도 조선어로써 번역하는 것의 중요성을 역설하고 견지한 점은 언어 내셔널리즘의 한 증좌로 해석할 수 있다.

사실 이광수를 비롯한 민족주의 계열이나 카프의 프로문학 진영은 모두 문학의 내셔널리즘을 공공연히 표방해 왔다. 이들을 주류로 하는 당대 조선 문단이 해외문학파를 배타시한 표면적인 이유는 무엇보다 그들이 내셔널리티를 삭제하고 있다는 혐의 때문이었다. 어쩌면 해외문학파를 전방위로 공격했던 담론의 이면에는 서구문학에 대한 선망과 그 수용의 욕망을 서슴없이 천명했던 해외문학파의 투명성에 대한 당혹감과 거부감이 작동했다고 볼 수 있다. 톨스토이를 흠모하며 세계의 대문호를 소망했던 이광수나 "마르크스주의의 직역적 국제주의"[45]라고 지목된 카프나 모두 서구문학의 모방자이기는 마찬가지였다. 특히 번역무용론을 제기하는 의식의 이면에는 이미 조선어, 혹은 조선문학을 결함과 결핍의 대상으로 규정하는 피식민자의 열패감이 깔려 있었다. 따라서 해외문학파의 정체성 혹은 존재 의미를 둘러싸고 안팎에서 전개된 담론들은, 오히려 문학의 내셔널리티가 기만적인 은폐와 자의적인 배제 속에서 구성되는 실상을 적나라하게 반증한다.

요컨대 해외문학파에 대한 평가에서 무엇보다 중요한 것은, 그들이 식민지 근대문학의 모더니티를 획득하는 중요한 방법으로써 외국문학의 직접 번역, 연구의 필요성을 인식했고, 더불어 번역의 과정에서 문명의 이입과 조선어에 대한 근대적 의식을 획득한 것이라고 하겠다.

---

[45] 정인섭, 「조선 현문단에 호소함」, 『조선일보』, 1931.1.3～17.

제2장

외국문학 수용의 좌표

1. 식민지 외국문학 연구자의 내면

해외문학파의 주요 구성원이자 영문학자인 정인섭은 1930년대 후반에 지금의 아일랜드를 여행하고 「애란문단 방문기」를 집필한다.[1] 이국적 풍경에 대한 매혹과 여행자의 감회가 녹아 있는 이 글에서 무엇보다 흥미로운 것은 식민지 조선의 한 외국문학 연구자가 보여주는 자신감과 사명감이다. 그는 더블린에 도착하자마자 안내자도 없이 홀로 '애란문예부흥'의 중심지였던 '아베' 극장을 찾아보고, 수소문 끝에 아일랜드 출신의 시인 예이츠의 집을 방문한다. 자신을 '정객'이 아닌 '예술가'라고 소개하면서 병환 중인 노문호 예이츠를 상대로 아일랜드의 고유 언

---

1   정인섭, 「애란문단 방문기(1) · (2)」, 『삼천리문학』, 1938.1 · 4.

어인 '켈트어' 대신 영어로 창작하게 된 배경을 물어본다. 갑작스러운 질문에 난감해진 예이츠는 "영어밖에 몰라서"이기도 하지만 많은 사람들에게 "더 널리 알릴 수 있어서" 영어로 썼다고 '변명'한다.[2] 예이츠와 '정형시의 장래'에 대해 담소를 나눈 정인섭은 그에게 자신이 참석했던 '국제언어학자대회'의 자료와, 출판을 앞둔 영역시집(英譯詩集)을 건네며 책의 서문을 부탁한다. 즉석에서 타이핑한 서문과 친필 서명을 받은 정인섭은 흡족한 마음으로 병석의 예이츠와 기념사진을 찍고, 그것도 부족해 예이츠의 아들을 현관 앞에 세워 놓고 자택 전경 사진을 찍는다.

이 여행기의 몇몇 장면에서 식민지의 외국문학 연구자의 의식세계가 조감된다. 하나는 식민지 약소국이라는 유사한 처지에서 아일랜드의 문예부흥운동으로부터 어떤 시사점을 얻고자 하는 탈식민적 지향이다. 또 하나는 노벨문학상 수상자인 세계적 대문호 예이츠와 대화하고, 서문을 얻고, 기념촬영을 했다는 사실에 흡족해 있는 주변부 지식인의 식민적 성향이다. 그리고 무엇보다 중요한 것은 그 모든 과정을 언어적 제약 없이 이루어냄으로써 얻게 된 외국문학 연구자, 혹은 번역자로서의 정체성에 대한 자부심과 자각이다. 요컨대 정인섭의 여행기에서 발견되는 이 세 가지 의식의 풍경은 바로 식민지의 외국문학 연구자들의 내면을 구성하는 핵심이다. 식민성과 탈식민성이 혼재하

---

2 당대 아일랜드문학은 아일랜드적 정취를 지니지만 영어로 창작된 문학과, 아일랜드의 고유어인 켈트어로서 창작된 문학으로 대별된다. 예이츠나 쇼 등 세계문단에 알려진 아일랜드 작가는 대부분 영어로 창작했던 사람들로 전자에 속하며, 후자는 언어와 혈통에서의 아일랜드적 정체성을 강조하며 정치성을 강하게 표출하였다. 당시 아일랜드에서는 사멸해가는 고유의 켈트어를 재생시키려는 '국어운동'이 활발했던 만큼, 영어로 창작활동을 했던 예이츠 같은 문인들에게 창작 언어 문제는 난감한 사안이었음에 틀림없다. 정인섭과의 대화에서 예이츠는 켈트어를 부흥하려는 분위기를 긍정하면서도 더 널리 알릴 수 있다는 면에서 "영어를 배척할 필요는 없다"는 자신의 생각을 밝히고 있다.

고, 문화 매개자로서의 번역자의 정체성이 자부심과 소외감 사이에서 동요하는 현실이 바로 식민지 조선의 외국문학 연구자들이 처한 근원적 상황이었던 것이다.

1930년대는 외국문학 수용의 전성기로서, 전문적 인력과 매체에 의해 외국문학에 대한 소개와 연구가 보다 체계적으로 정비되는 시기였다. 1920년대는 매체가 확대됨으로써 다양한 경향의 외국문학이 수용되지만 여전히 산발적이었고, 수용자의 수준에 따라 그 편차가 컸다. 그러다가 1920년대 후반에 이르러서는 외국문학 전공자들의 집단적인 등장과 함께 보다 정비된 수용 체제로 전환되었고, 1930년대부터는 신문 학예란이나 잡지를 통해 외국문학에 대한 번역이나 소개가 상설화된다. 따라서 1930년대의 외국문학 수용은 전문성에 의해 역할분담이 이루어지고, 안정된 지면의 확보와 기획에 의해 체계성을 갖추게 된다.

외국문학의 수용에 관한 기존 연구는 그 대상이 일본이든 서구이든 간에 주로 비교문학적 관점에서 개별 작가나 작품의 영향관계를 다루거나, 아니면 문예사조 같은 보다 큰 범주의 이입사에 초점을 맞추고 있다. 그런데 이러한 연구는 대개 한국 근대문학의 이식성을 실증하거나, 혹은 서구적 오리지널리티와의 현격한 거리를 확인하는 것으로 귀결되곤 했다. 특히 비교문학적 연구가 한국문학과 외국문학이라는 이분법 위에서 그것이 연루되는 양상을 분석하는 것이지만, 그 중심을 한국문학에 두고 있기 때문에 순수하게 외국문학을 소개하는 논의는 대상에서 제외될 수밖에 없다. 요컨대 외국문학 수용에 대한 기존 연구가 주로 비교문학적 관점에서 제한된 대상끼리의 영향관계에 한정되어 진행됨으로써 외국문학에 대한 소개와 연구의 보다 총체적인 양상이나, 수용의 준거틀과 같은 보다 거시적인 층위의 문제를 제대로 조명해내지 못했다는 것이다.[3] 한국 근대문학의 형성에서 외국문학이 미친 영향력은 인정하면서도 그 수용사에 대한 다각적인 연구가 미흡한 것은 학제간 경계의 완고함도 작용했다고 볼 수 있다. 따라서 식민지 시대 외국문학 연구자들의 논의는, 그것이 당대 한국문학 장과 교섭하는 구체적이고 직접적인 내용이 아니면 한국문학 연구의 대상에서 제외될 수밖에 없었다.

식민지의 외국문학 연구자들은 보다 적극적으로 외국문학을 참조함으로써 한국문학의 모더니티, 혹은 보편성의 방향을 제시할 수 있다고 판단했다. 비록 한국문학 내부에 구체적으로 관여하지는 않았다 하더라도 외국의 문학 작품, 혹은 문학 담론을 소개하는 외국문학 연구자들의 내면은 항상 한국문학의 내셔널리티를 의식하고 있었다. 특히 1930년대는 일제의 파시즘화로 인한 국내 정세의 악화와 세계적 전변의 혼란 속에서 서구문학이 당대 식민지 지식인들에게 절실한 호소력을 가질 수 있었던 한국문학 내부의 상황이 존재했다고 볼 수 있다. 자본주의의 모순이 조선의 현실이 되어 이데올로기 대립을 심화시켰고, 식민지로서 전쟁의 소용돌이를 피할 수 없었던 조선의 상황은 당시의 서구 사회가 당면한 절박한 현실과 닮아 있다.[4] 한 마디로 1930년대는 전 세계

---

3 그런 측면에서 방대한 자료를 백과전서식으로 총망라하고 있는 김병철의 연구는 객관적 사실의 제시에 무엇보다 충실하다는 점에서 외국문학 수용에 관한 연구 분야에서 단연 독보적이다. 서구문학의 이입사에 집중함으로써 일본이나 중국이 제외되어 있는 것이 아쉽기는 하지만, 한국문학의 장에서 거의 배제되어왔던 외국문학 수용자들의 논의나 그에 대한 자료들이 언급되어 있어 한국 근대문학의 형성에 관계한 외국문학의 영향을 보다 확장해서 조감해 볼 수 있는 장점이 있다(김병철,『한국근대서양문학이입사연구』상·하, 을유문화사, 1980·1982).
4 김우창은, 한국 근대문학을 서구문학의 서투른 모방품으로 매도하는 부정적 시각을 경계해야 한다고 전제하고, 서구문학이 수입되어 풍미할 수 있었던 상황적 유사성에 대한 보다 다면적인 이해와 접근이 필요하다고 강조한다(정명환·김우창·김윤식 대담,「외국문학의 수용과 한국문학의 방향」,『외국문학』, 1984 여름, 24~25쪽 참조).

적으로 전쟁이 시대 상황을 규정했던 시기였다. 따라서 이 시기의 외국문학 연구자들의 작업은, 한국 근대문학이 외부의 참조틀을 통해 자기의 내셔널리티를 구성해나가는 중요한 경로였다고 볼 수 있다. 이 글은 이러한 이해를 전제로, 보다 체계적이고 전문화된 수준에서 외국문학이 수용된 1930년대를 중심으로 그 수용 양상의 특징을 개괄해 보고자 한다. 잡지나 신문 등의 매체를 통해 외국문학의 수용 범주나 층위의 변화, 그리고 대상의 선택과 배치의 양상을 분석함으로써, 그 과정에서 작동하는 외국문학 연구자들의 의식과 내면의 욕망을 추론해볼 것이다.[5]

2. 외국문학 수용 범주의 변화—개체에서 집단으로

1920년대 후반 해외문학파의 등장과 함께 잡지나 신문을 통해 외국문학에 대한 소개나 연구가 활발해지면서 무엇보다도 주목되는 현상은 수용의 중심 범주가 변화하고 있다는 점이다. 사실 매체에 나타난 외국문학의 이입 양상을 보면 특히 신문의 경우, 단순한 인물 동정이나 사실 전달 수준의 기사류에서부터 특집 기획물, 장기간에 걸쳐 연재되는 심층 연구논문에 이르기까지 그 양상이 무질서하고 산발적인 성격이 강했다. 잡지의 경우는 단발성 기사가 적고 기획물이 주종을

---

5 문학 작품의 번역을 통한 수용의 영역은 이 글의 논의에서 제외된다. 이 글이 대상으로 삼은 자료는 신문과 잡지에 게재된 외국문학에 대한 기사(인물 동정 포함), 일화, 문단 리뷰, 작가론, 작품론, 문학사 등에 해당하는 글들이다.

이룬다는 점에서 신문보다 안정감 있는 편집을 보여주고 있지만, 대개의 잡지가 단명하였고 정치적 상황 등의 외부적 요인에 민감한 영향을 받을 수밖에 없었으므로 외국문학의 수용에서도 지속성을 확보하지는 못했다. 따라서 외국문학 이입의 양상을 일관된 경향이나 특성으로 설명하는 것은 무리가 따른다. 이런 사정을 감안하고 외국문학 수용의 큰 흐름을 살펴보면, 외국문학 수용 전반기에는(1910~1920년대 중반) 주로 개별 문인이나 작품의 단위로 수용되거나, 문예 사조와 같은 광범위한 개괄 차원의 소개가 주종을 이루었다. 1910년대의 외국문학 수용은 문학작품의 번안이나 번역이 많은 반면 상대적으로 소개나 비평의 글은 극히 드물었다. 김병철의 연구에서도 확인할 수 있듯이 이 시기는 민족문학에 대한 인식이 부재하거나 약했던 시기로, 예외가 있기는 하지만 대개 서구문학 전반을 '태서문학'으로 명명하며 소개하는 것이 일반적이었다. 1920년대에 오면 "영문단", "노서아문단" 등의 명칭을 사용하고 있지만 산발적이고 단편적인 소개 차원에 머물고 있다. 그러나 1930년을 전후하여 개별 국가를 단위로 각국 문학의 성격이나 동향을 소개하거나 이를 포괄해 '세계문학'으로 재구성하는 방식이 현저하게 두드러진다. 특히 기획에 의한 특집물을 비교해보면 1920년대 말을 기점으로 그 수용 범주의 변화를 확연하게 발견할 수 있다.

1920년대 문인 중심의 기획

* 『世界十大文豪傳』(단행본), 이문당 (1921) : 셰익스피어, 밀턴, 괴테, 하이네, 유고, 톨스토이 등
* 「八大文豪略傳」, 『신천지』(1922.1.18) : 셰익스피어, 바이런, 유고, 입센, 졸라, 괴테, 톨스토이, 소동파

* 「근대문호소개」, 『동아일보』(1925.4.21~) : 모파상, 랑보, 구르몽, 도데, 릭낭, 발작크, 모레아스, 모리에르 등

* 「世界文豪歷訪」, 『조선문단』(1926.4~6) : 셰익스피어, 로망 롤랑, 도스토예프스키

* 「현대사회문학자소개」, 『조선일보』(1927.10.16~23) : 루나찰스키, 토르라, 쇼오

* 「근대문학자소개」, 『조선문예』(1929.5) : 로망 롤랑, 르네 파상, 카이젤, 코론타이 여사 등

1930년대 '민족 / 세계문학'의 기획

* 이하윤, 「세계문단의 일년간 변동」, 『조선일보』, 1931.1.1~9.

* 「해외문단총관」, 『신동아』, 1931.11.1~1932.1.1.
  - 서항석, 독일; 함대훈, 신흥국가편; 함대훈, 혁명 후의 노서아

* 「세계문학운동의 신경향」, 『혜성』, 1932.2.15.
  - 김진섭, 독일문학의 신동향; 이헌구, 불란서문학의 신전망; 백철, 오개년 계획의 달성과 싸베트문학; ○○○아미리가 문학의 신전망; 김용제, 일본문학의 신경향

* 「구미현대문단총관」, 『조선일보』, 1933.4.2~8.
  - 최재서, 영국; 이헌구, 불국; 조희순, 독일; 이하윤, 아메리카 리얼리즘

* 「세계문단총관」, 『동아일보』, 1933.6.18.
  - 이헌구, 불국; 정인섭, 영국; 서항석, 독일; 함대훈, 소련; 이하윤, 미국; 이무영, 일본

* 이헌구, 「비상시 세계문단의 신동향」, 『조선일보』, 1934.1.1~12.

* 서항석, 「세계문학-회고와 전망」, 『동아일보』, 1934.1.1~2.1.

* 「건설기의 민족문학」, 『동아일보』, 1935.1.5~3.23.
  - 이헌구, 불란서; 서항석, 독일; 이하윤, 미국; 김광섭, 애란; 하인리, 러시아
* 「신춘 세계문단 총관」, 『조선일보』, 1935.1.1~12.
  - 조희순, 금후 독일문단의 전망; 이헌구, 불문단사조의 동태; 김광섭, 영문단의 금후진전; 함대훈, 싸베트문학의 주조
* 일기자, 「세계문단총관」, 『예술』, 1935.4.1.
* 「세계문단점고」, 『동아일보』, 1936.1.1~11.
* 「세계전쟁문학의 전모」, 『조광』, 1939.2.1.
  - 백철, 일본문학 상의 전쟁; 김진섭, 전쟁과 독일문학
* 「대전이 낳은 문학」, 『조광』, 1939.11.1.
  - 이헌구, 대전과 불란서문학; 김사량, 독일과 대전문학; 김환태, 영국의 대전문학

외국문학 수용 초기에는 '문호(文豪)'라는 용어를 사용하여 '위대한 창조자'로서 세계적 문인들을 부각시키는 태도, 즉 특수한 개인에 초점을 맞춰 문학 현상을 이해하는 태도가 일반적이었다. 1920년대 신문·잡지 등의 매체에는 세계적 문인들을 묶어 시리즈로 소개하는 기획물이 두드러졌고, 문인들의 동정이나 그들과 관련된 일화 등이 자주 소개되었다. 그러던 것이 1930년대로 갈수록 자연스럽게 「싸베트노서아문단의 현상」,[6] 「영문단의 금후진전」,[7] 「독일문학의 신동향」,[8] 「불

6 함대훈, 『문예월간』, 1932.1.1.
7 김광섭, 『예술』, 1935.4.1.
8 김진섭, 『혜성』, 1932.2.15.

란서문단종횡관」,[9] 등과 같은 국가별 문학 소개가 매체에 정착되었고, 더 나아가 '세계문단', '세계문학'이라는 제목 하에 개별 국가 단위의 문학이 배치되어 갔다. 물론 1930년대에도 작가를 중심으로 하는 외국문학 수용은 여전히 흔하게 존재하였고, 또한 1920년대에도 개별 국가 단위나 '세계문학'이라는 범주로 외국문학을 소개하는 경우가 없는 것은 아니다. 1921년에 발표된 안자산의 「세계문학관」[10]은 '독일, 노서아, 불란서, 영문단' 등으로 구분하여 '세계문학'의 전반을 광범위하게 소개하고 있어 이런 류의 시초라고 볼 수 있다. 그런가 하면 1924년 2월에 발행된 『개벽』에서는 「현문단의 세계적 경향」이라는 특집 하에 '중국・불란서・덕국・일본・노서아・영국・아메리카'의 문학 경향을 소개하고 있다. 그러나 이 시기의 글들은 매우 상식적인 이해 수준에서 단편적으로 개괄하고 있어 개별 '민족문학'의 특성을 규명하거나, 더 나아가 '세계문학'의 전체적 흐름을 포괄하는 보다 상위의 시각을 확보하고 있지는 못하다. 『개벽』특집의 경우, 영국문단을 소개하고 있는 변영로가 "주는 것보다는 받는 것이 많"다는 식의 주관적인 표현으로 운을 떼면서 "간단한 윤곽을 잡기가 더 어렵"고 또한 "이 글을 쓰는데 참고될 만한 책을 단 한 권도 수중에 갖지 못하였다"라고 고백한 것을 보면,[11] 이 기획이 외국문학에 대한 빈약한 이해 수준에서 전개되고 있음을 짐작할 수 있다.

이에 비해 해외문학파를 중심으로 외국문학 전공자로서의 면모를 갖춘 지식인들이 신문이나 잡지를 주도하게 되는 1920년대 후반부터

---

9   이헌구, 『문예월간』, 1931.12.1.
10   『아성』, 1921.5.15.
11   수주, 「주는 것보다 받는 편이 많은 영국문단」, 『개벽』, 1924.2.1.

는 각국 문학사에 대한 이해를 바탕으로 한층 심화된 논의들이 생산되었다. 해외문학파의 경우를 보면 자신들의 전공에 따라 역할 분담이 이루어져, 영미문학은 정인섭·이하윤, 독문학은 서항석·김진섭, 불문학은 이헌구, 노문학은 함대훈 등이 거의 전담하고 있다.[12] 따라서 1930년대에 보편화되는 '세계 / 민족 문학'이라는 구도는 개별 언어권의 전문 연구자들이 주로 그 나라 문학을 전담하여 소개함으로써 한층 전문적이고 입체적인 시선이 개입되었다. 이처럼 수용 범주의 변화는, 개체적 단위에서 집단적이고 집합적인 단위로 포괄할 수 있을 만큼의 외국문학 연구의 전문성과 체계성이 갖춰졌다는 것을 의미한다. 더불어 당시 전세계를 휩싸고 있었던 전쟁 상황도 이러한 변화를 가능하게 만든 배경적 요인으로 작용하였는데, 식민지 약소국의 지식인들은 결국 국제사회라는 보다 상위의 권력관계에 의해 자신들의 운명이 좌우됨을 분명히 인식하게 되었던 것이다. 따라서 이 시기 외국문학의 수용은 단순히 문학주의적 욕망에서만 진행되었다고 볼 수 없으며, 그것을 통해 국제사회의 동향을 파악하고 미래를 전망하려는 현실주의적 의도가 강하게 작용했다고 볼 수 있다.

외국문학의 수용을 대상 국가별로 살펴보면 영국이나 프랑스, 독일, 미국 등의 서구문학과 러시아문학에 관심을 집중하고 있음을 확인할

---

12 세칭 해외문학파는 잡지 『해외문학』 출판에 관여한 사람들에 한정하기보다, 외국문학 전공자로서 외국문학소개와 연구에 지속적인 관심을 보인 일련의 인맥을 포괄하여 지칭한다고 볼 수 있다. 해외문학파를 탄생시킨 최초의 모임은 1926년 결성된 '해외문학연구회'로 그 구성원은 이하윤, 김진섭, 홍재범, 손우성, 이선근, 정인섭, 김명엽, 김온 등이다. 여기에 1927년 『해외문학』 발간을 계기로 함일돈, 정규욱, 김한용, 장기제, 이병호, 유석동 등이 합류하며, 이후 『시문학』(1930.3), 『문예월간』(1931.11)의 창간과 '극예술연구회'(1931)의 결성을 통해 이헌구, 함대훈, 김광섭, 박용철, 최정우, 김상용, 조희순, 유치진 등이 가담한다(김윤식, 『한국근대문예비평사연구』, 일지사, 1976, 137~139쪽 참조).

수 있다. '세계문학'이라는 기획 속에는 서구 유럽의 문학이 중심을 이루고 있는 반면, 중국이나 일본의 문학에 대한 언급을 찾아보기는 힘들다. 당대 지식인들이 서유럽의 문학을 적극적으로 수용한 것은 그것이 근대문학의 전범이자 세계적 '보편성'의 준거라고 이해했기 때문이며, 이러한 태도는 식민지의 후진성과 결핍을 보상하려는 자연스럽고도 당연한 욕망이라고 볼 수 있다.

그런데 양에서뿐만 아니라 관심의 정도에 있어서도 결코 뒤지지 않았던 러시아문학의 수용에는 보다 복잡한 상황적 배경이 존재한다. 무엇보다 한국 근대문학의 형성에 러시아문학의 번역과 수용이 절대적인 영향을 미쳤음을 고려할 필요가 있다. 최남선이 1910년 『소년』을 통해 톨스토이를 소개한 이래 투르게네프, 체홉 등의 러시아 작가들은 식민지 전 시기에 걸쳐 지속적으로 언급되었으며, 고리키는 러시아 혁명을 계기로 형성된 사상적 전환과 맞물려 '소비에트' 문학의 기원으로서 1930년대에 들어 두드러지게 소개되었다.[13] 특히 러시아 문학은 개별 문인들에 대한 소개와 더불어 특정 장르에 국한하지 않고 그들의 시·소설·희곡·평론 등이 전방위적으로 번역되었기 때문에 당대 다른 외국문학 전공자들에 비해 러시아문학 연구자들이 '민족문학'으로서의 러시아문학을 총체적으로 파악하는 데 유리한 측면이 있었다. 러시아 문학이 식민지 조선에 광범위하게 수용될 수 있었던 것은 역시 일본의 영향이 컸다. 전 세계 톨스토이학에서 제일 중요한 지위를 점하고 있는 나라가 일본이라는 사실에서 보듯이, 일본은 1880년대부터 러시

---

13 러시아문학은 '노서아문학', '노문단'으로 불리다가 1930년대에 들어서서야 함대훈에 의해 처음으로 '소베-트'라는 명칭으로 소개된다(「이월혁명 이후 소베-트 문학의 경향」, 『동아일보』, 1930.11.1~9).

아문학에 대한 번역을 시작하였고 지속적인 서지 작업과 분석을 통해 러시아 문학에 대한 상당한 수준의 연구 결과를 축적하였다.[14] 러시아는 유럽과 아시아를 잇는 중간적 위치에 있으면서 그 정신과 문화가 '동양적인 것'에 가깝다고 이해되었기 때문에 특히 일본에서 선호되었고, 그 영향이 조선에도 미쳤다. 톨스토이의 경우, "톨스토이와 동양"이라는 주제가 그의 생전에 논의될 만큼 그 자신이 '동양적인 것'에 관심을 두었다. 세계적 대문호가 동양에 관심을 돌렸다는 사실이, '서양'을 모방함으로써 '동양의 중심이 되고자 했고, 나아가 '동양적인 것'으로 '서양'을 극복하고자 했던 일본의 의도에 더욱 부합되었던 것이다.

개별 국가 단위로서 일본문학에 대한 언급은 문단리뷰 수준의 단편적인 소개가 대부분이며, 그나마 1930년대 말에 가서 일본의 전쟁문학에 대한 백철의 글이나[15] 일본농민문학을 소개한 1940년의 임화의 글도[16] 일본문학 전체를 서술하는 접근은 아니다. 외국문학 수용에서 일본문학이 배제되는 것은 어쩌면 너무나 당연한 것으로, 식민-피식민의 관계 속에서 일본은 더 이상 조선에게 외국이 아니었던 것이다. 중국의 경우는 '세계문학'의 지형도 속에서 배제되고 있음은 분명하지만, 중국문학 자체에 대한 논의가 사라진 것은 아니다. 1920년대 중국문학을 적극적으로 수용한 양건식에 이어 1930년대에도 정래동과 김광주에 의해 중국문학의 동향이 지속적으로 소개되고 있다.[17] 중국문학에

---

14 김려춘, 「톨스토이와 동양」, 『톨스토이와 동양』, 인디북, 2004, 10~13쪽 참조.
15 백철, 「일본 전장문학 일고」, 『인문평론』, 1939.10.1.
16 임화, 「일본농민문학의 동향」, 『인문평론』, 1940.1.1.
17 정래동은 「중국문단 현상」(『동아일보』, 1933.10.26~27), 「중국 신시 개평(槪評)」(『조선문단』, 1935.5), 「중국문학의 특징」(『학등』, 1936.1) 등을 썼으며, 김광주는 동아일보 지면을 통해 「중국문단의 현세 일별」(1933.12.8~10)과 「중국의 국방예술」(1936. 7.15~23) 등을 연재했다.

대한 관심은 한문 소양이 풍부한 전문가들의 노력에 의해 명맥이 유지되었는데, 전통적으로 내려온 중화주의에 대한 존중심과 더불어 제국주의의 피해자라는 동류의식이 함께 작용해 중국문학에 나타난 반제국주의적 경향에 관심을 두었던 것이다. 그럼에도 '세계문학'의 대열에서 중국문학이 배제되는 배경에는 해외문학파에 중국문학 전문가가 없다는 사실도 있지만, 무엇보다도 동아시아에서 일본이 패권을 장악함으로써 중국의 국제적 지위 하락이라는 요인이 작용하였다. 중국을 '지나화' 하고자 하는 일본의 지속적인 노력이 더해져 식민지 조선에게 중국은 더 이상 참조할 근대적 타자가 아니었던 것이다.

한편 정인섭의 여행기에서도 보았듯이 당대 외국문학 연구자들은 유독 영국문학과 구별되는 아일랜드문학에 관심이 많았다. 식민지 상태에서 1921년 영국으로부터 자치를 인정받은 아일랜드는 식민지 약소국들에게 귀감이 되었는데, 특히 그 중심에 국어(켈트어)운동, 연극운동을 중심으로 하는 문예부흥운동이 큰 몫을 했다는 점은 식민지 문학인들에게 시사적이었다. 해외문학파 안에 정인섭을 비롯해 한글운동에 관여한 사람이 많았던 점이나, 구성원 대부분이 극예술연구회를 결성해 유난히 연극운동에 열성적이었던 사실은 결코 아일랜드의 경험과 무관하지 않을 것이다. 그들은 아일랜드의 민족문학 운동을 탈식민의 유용한 방법으로 참조했음이 분명하다. 그러나 아일랜드문학에 대한 외국문학 연구자들의 관심은 무엇보다도 그들이 소유한 '위대한' 작가와 작품에 의해 촉발되었다고 볼 수 있다. 아일랜드문학의 위대함은 노벨상을 수상한 윌리엄 B. 예이츠와 버나드 쇼를 비롯해 오스카 와일드, 제임스 조이스 등의 세계적 작가들 없이는 불가능한 것이다.[18] 따라서 외국문학 연구자들이 아일랜드문학에 가졌던 관심은, 저항적 민족문학에 대한 지향 때문이기도 하지만 더불어 '세계문학'의 보편성을 획득했다고 판단되는 특정 국가의 문학에 대한 동경이 더 크게 작용했다고 볼 수 있다.

근대가 개인의 발견과 동시에 국민국가의 구성이라는 두 축을 근간으로 발전하였다는 사실을 주지한다면, 식민지 조선의 외국문학 수용 과정에서 나타나는 개인에서 국가로의 시선 이동은 필연적이다. 특히 1930년대는 제국주의 열강 사이의 경쟁과 협조가 교차하는 가운데 결정적으로 전쟁이 모든 상황을 규정했던 시기였다. 독일과 이탈리아에서는 파시즘 정당이 체제를 강화한 후 대외 침략을 실행했고, 아시아의 제국 일본은 만주사변(1931)을 시작으로 전쟁을 통해 파시즘화의 과정을 밟았다.[19] 근대의 전쟁은 기본적으로 근대적 권리의 주체인 개인을 무력화시키는 전형적인 상황으로, 이때 개인은 국민국가의 결정에 철저히 귀속되는 수동적 존재일 뿐이다. 따라서 조선의 당대 외국문학 수용자들은 '돌출된 개인' 혹은 '위대한 작품'을 향한 동경에서, 그것을 가능하게 한 각국의 '민족 / 국민문학'과 그것을 아우르는 '세계문학'으로 관심을 전환함으로써 보다 총체적이고 거시적인 시각을 확보할 수 있었다.

---

18 영국계 아일랜드 문인들의 이중적 정체성의 문제에 대해서는 박지향의 『슬픈 아일랜드』(새물결, 2002) 2부를 참조할 것.

19 이준식, 「파시즘기 국제 정세의 변화와 전쟁 인식」, 『일제하 지식인의 파시즘체제 인식과 대응』(연세대 국학연구원 학술대회 자료집), 연세대 국학연구원, 2004, 38~39쪽 참조.

3. '세계문학', 코스모폴리탄적 지향

본격적인 외국문학 전문잡지인 『해외문학』의 창간사(1927.1)에는 당대 외국문학 연구자들의 지향이 단적으로 드러나 있다. 그것은 외국문학의 수입과 연구를 통해 궁극적으로 "우리 문화의 건설"과 "세계문학의 상호범위를 넓히는 것"으로 요약된다. 같은 지면에서 정인섭은 "인류의 문학적 소산인 종합적 범위를 가령 사람의 예술적 본능을 그 중심으로 한 일종의 원면적(圓面積)에 비할 수 있다면 국민문학과 세계문학은 그 반경과 원의 관계를 가졌다 할 수 있을 것"[20] 이라고 진술함으로써 '국민문학'과 '세계문학'의 상호관련성을 강조하고 있다. 뿐만 아니라 해외문학파가 주도적으로 참여하여 외국문학의 소개·연구에 많은 지면을 할애한 『문예월간』의 창간사(1931.11)에서도 "이제 모든 문예운동은 세계를 무대로 하여 향상하고 진전해 나간다. 일개인 일유파(一個人 一流波)의 문학은 그것이 일국민문학(一國民文學)이 되기도 하는 동시에 또한 세계문학(世界文學)의 권내(圈內)로 포괄되어야만 하는 것" 이라고 하면서 부끄럽지 않은 "우리다운 문학"을 통해 '세계문학'의 조류로 들어가자고 주장하고 있다.[21] 이처럼 외국문학 연구자들은 안과 밖이라는 이분법적 공간을 매개하는 그들의 특수한 입각점에 따라 '자국 / 타국'이라는 배타적이고 이분법적인 관점에서 벗어나 부분과 전체, 즉 전체에 포섭되는 부분이라는 일원론적 관점에 의거해 외국문학

---

20 화장산인(정인섭), 「'포오'를 논하여 외국문학연구의 필요에 급하고 "해외문학" 창간을 축함」, 『해외문학』, 1927.1.17.

21 이 창간사는 이하윤이 쓴 것이다.

수용의 정당성을 확보하고자 했다.

'세계문학'이란 모든 나라와 민족의 문학을 포괄하는 개념으로 괴테에 의해 처음으로 사용된 용어이다. 그는 문학이 인류 공동의 자산인을 강조하면서 상호 교류를 통해 '보편적 세계문학'의 가능성을 제기하고 있다. 괴테는 독일문학이 편협한 시각에 갇혀 낙후성을 면치 못함을 지적하고, 그런 상황에서는 훌륭한 작품이나 작가가 생산되더라도 '옹졸한 자만'에 빠질 위험이 있음을 경고하면서 '세계문학'의 시대를 예견하고 있다.[22] 괴테의 '세계문학' 개념이 생성된 배경에는 19세기 초 산업화, 근대화를 통한 기술과 교통수단, 커뮤니케이션의 발전이 크게 영향을 미쳤고, 또한 그 원경에는 나폴레옹 전쟁이라는 극도의 참상과 혼란의 경험이 작용하고 있었다. 전쟁은 인류의 문화유산이 철저하게 파괴되는 상황을 경험하게 함으로써 국가와 국가, 국민과 국민 사이의 상호 이해와 협력을 위한 지속적인 커뮤니케이션의 필요성을 자각하게 만든 것이다. 사실 노년의 괴테에 의해 다듬어진 '세계문학' 개념은, 근대화의 주역인 부르주아계급이 자신들의 정치적 목적을 민족문화의 고착화로 관철하려했던 시대정신에 대한 저항의 성격을 띤다.[23] 따라서 '세계문학' 개념이 가능하기 위해서는 자국문학이 외국문학에 대하여 가지게 되는 차별성보다는 유사성을, 특수성보다는 보편성을, 반역성보다는 순응성을 더 강조할 수밖에 없다. 그런 의미에서 해석의 차이가 존재한다 하더라도 괴테의 지향은 자국의 특성을 완화시키는 한편, 국제적인 협력과 문학 상호간의 역할을 강조하는 '세계문학'에 있었다고 볼 수 있다.[24]

---

22 임홍배, 「괴테의 세계문학론과 서구적 근대의 모험」, 『창작과 비평』, 2000 봄, 245~246쪽 참조.
23 김규창, 「괴테의 "세계문학" 개념과 그 한국적 수용」, 『독일어문학』 제16집, 2001, 10쪽.
24 윤호병, 『비교문학』, 민음사, 1994, 25~28쪽 참조.

괴테의 '세계문학' 개념을 소개하면서 그것의 전망을 피력한 김진섭은[25] '국민문학'과 '세계문학'의 상호관련성에 대해 심도있는 견해를 보여준다.

국가적 개성이 세계의지의 最高綜合의 밑에 여지없이 周角없이 圓形的으로 包容되어 旣往에 '世界宗敎'의 개념과 '世界都市'의 실체가 넓은 세계의 胸部에 현실적으로 形態化한 사실을 이곳에 擧證할 필요도 없이 모든 文化價値를 오늘의 문명인이 항상 세계적으로 고찰하며 세계적으로 評定하며 그뿐 아니라 보다 큰 문화가치가 세계적으로 자기를 형성하며 있다는 것은 우리가 거부치 못할 사회적 과정이다. 그 하나가 '世界文學'의 형태다. 문학이 일개국이란 基盤을 떠나서 세계적으로 자기를 형성한 것이다.[26]

김진섭은, 괴테 이전의 '세계문학' 개념이 "각국의 문학을 가산적(加算的)으로 총괄하는 것 외에 별로이 세밀한 의미를 예정치 않"는 것으로 "문학의 본질이 국가적 요소에 종시(終始)하는 국민문학"이었다면, 괴테 이후에는 "국민적 특질보다 더욱 많이 세계적 공통성을 각국의 문학이 구장(句藏)함으로써 독특한 형식에 결합한 세계문학을 구성"하였다고 본다. 사회의 확대와 분화의 작용이 세계이념에의 사고를 촉진시켜 '국민문학'이 고양되고 또한 "세계문학이란 광활적(廣闊的) 형식"을 형성시켰다는 것이다. 그는 '국민문학'은 '세계문학'의 전제이며 따라서 '국민문학'에서 '세계문학'으로 근대문학의 방향이 진행되어야 한다고 판단한다. 김진섭의 견해에서 주목할 부분은, 괴테에 의해 수립

---

25 김진섭, 「세계문학에의 전망」, 『현대평론』, 1927.5.1.
26 위의 글.

된 '세계문학'의 개념이 적어도 구주제국 사이에 문예적으로 국민적 경계를 인식할 수 없었던 1차 세계대전 이전까지는 실현되지만, 세계대전의 발발로 인해 '국민문학'이 고양됨으로써 '위대한 세계문학' 개념이 약화되었다고 판단하는 대목이다. 괴테에게는 전쟁의 경험이 '세계문학'의 상을 제안하게 만든 계기로 기능했지만, 김진섭이 보기에 전쟁은 오히려 배타적 '국민문학'을 추동하는 강력한 동인이었던 것이다. 김진섭의 논의는 외국문학 수용 잡지의 창간사에서 막연히 표명된 '국민문학과 세계문학의 상호관련성'이라는 문제를 보다 분명하게 규정하고 있다고 볼 수 있다. 그는 '국민문학'의 특수성과 '세계문학'의 보편성을 동반 상승의 포섭관계로 이해하기보다 서로 각축하는 길항관계로 파악하고 있으며, 그의 궁극적 지향점은 '세계문학'이라고 하겠다.

세계문단의 정세에 누구보다도 지식이 많았던 정인섭은 여러 지면에서 지속적으로 '국민문학'과 '세계문학'의 관계를 고찰하고 있다. 그는 대전 이후에 전개되는 국제 사회의 정세를 '분리와 집합'으로 요약한다.[27] 세계대전 이전에 무리하게 강제적으로 합병되어 국경을 잃어버린 다수의 민족과 그들의 영토는 대전을 통과하는 동안에 자기 존재를 명백히 자각함으로써, 전후에는 "일종의 자연스러운 상태에 복귀하려는 분립"이 농후해졌다는 것이다. 그러나 한편으로는 "자연스런 민족의 분리에 반하여 그 각 국민간의 대립적 적대행동을 소멸케 하려는 일종의 국제적 관심이 농후해졌다는 것도 대전의 결과"라고 분석한다. 따라서 이러한 사회상의 주요 파동이 문학 영역에도 반영되어, 민족적이면서도 국가적인 '전통적 문학'과 국제적이며 계급적인 '세계주의 문학'의

---

27 정인섭, 「세계문단의 주조와 파동 – 제1차 세계대전 직후의 구주문단」, 1930.8.2
   (『世界文學散考』, 동국문화사, 1960, 4~8쪽 참조).

양대 축을 형성시켰다고 본다. 또한 '민족적, 국가적 전통문학'이 각국에서 전개되는 양상을 비교적 상세히 소개하면서 그 위험성을 경계한다. 그는 프랑스의 '락시온 프랑세이즈' 운동을 예로 들고 있는데, 드레퓨즈 사건에서 발아한 이 운동이 인종차별적인 애국운동으로 진행되어 전통의 정신과 과거를 찬미함으로써 배타적이고 국수적인 국민정신을 함양하려는 어용적 운동으로 발전하였음을 지적하고 있다. 특히 그가 우려하는 것은, 이 운동의 영향이 영국을 거쳐 독일, 이탈리아, 일본으로 파급되어 어용적 파시즘 문학이 세계적으로 확산되는 조짐이다.

> 요컨대 이태리의 '파시즘 예술'은 세계의 문단에서 統觀하면 상술한 바 일종의 地方主義的 운동으로 볼 수 있고 불란서의 '락시온 프랑세이즈' 운동의 이태리적 樣式으로 생각할 수 있다. 이러한 근대의 '목적론적 그로테스크'가 특히 위정자에 영향을 주는 것은 하필 일본의 田中內閣을 例證하지 않더라도 각국에 이상한 波動을 일으키고 있다.
>
> 특히 영국에서는 그들이 벌써 상식적으로 凡常하게 생각하는 마르크스주의보다 이 '파시즘'의 사상이 훨씬 일반의 주목을 끌게 되어 「파시즘 起源」, 「파시즘 槪觀」, 「이태리의 파시스트」 등 기타 여러 가지 팜플레트가 한동안은 영국의 讀書界에 유행되었던 것이다. 그리하여 국가주의적 성격에 많은 동감을 가지는 자와 그와 반대의 입장을 취하는 사회평론가들도 생겼던 것이다.[28]

정인섭은 애국적 '국민문학'이 전통적 향토문학을 내세워 자본주의

---

28 위의 책, 13쪽.

적 근대의 도시문화를 비판함으로써 세계 각국의 광범위한 대중적 호응을 얻고 있음에 주목한다. 그는 당대 미국에서 유행하던 '신인문주의'가 '미국제일주의적 애국주의'를 내장하고 있다고 보면서, 미국평론가 칼버튼의 말을 빌어 그것은 "겉으로는 미국의 경제번영에 대한 반성적 극기 같지만 실은 유물변증법적 경제학에 대립하여 기성의 자본주의적 생활양식을 철학적으로 옹호"하는 '문학적 파시즘'이라고 규정한다. 이처럼 정인섭은 인도나 애란 등과 같은 식민지 혹은 약소국의 경우를 제외하고는 전통과 정신주의를 주장하는 '국민문학'이 결국 파시즘문학으로 귀결될 위험을 경고하고 있다.

한편 이하윤은, '국민문학'이란 그 국민이 어떠한 의미로서든지 관여하고 있는 문학으로서 "그 국민의 특성과 생활방법과 역사적 운동"이 반영되어야 한다고 정의한다.[29] 그는 '국민문학'을 일차적으로 규정하는 요소를 국민정신으로 간주함으로써, 많은 논자들이 강조했던 언어의 문제를 부차화시키고 있다. '세계문학'에 대한 언급에서는, 자국의 특질에 대한 의식을 갖는 동시에 또 다른 국민의 특성에 대해서도 공명정대해야 함을 강조한다. 흥미로운 것은, '세계문학' 안에서의 분업을 강조하고 있는 부분인데, 개별 국민성이 각자의 소임을 다할 때 한층 높은 조화를 이룰 수 있다는 것이다. '국민문학'은 '세계문학'의 일분기, 일현상으로서만 그 존재의의를 가지며 "확대된 조국을 가질 수 있으므로 세계문학의 범주에 들어갈 수 있는 작품을 영어로도 조선어로도 써낼 수가 있다"고 본다.

확실히 해외문학파를 비롯한 외국문학 연구자들의 의식 속에는 '국

---

29 이하윤, 「외국문학연구서론」, 『조선일보』, 1934.8.14~19.

민문학' 자체에 대한 관심보다는 '세계문학'이라는 보편성에의 지향이 지배적이다. 이는 달리 말해 코스모폴리탄적 열망이기도 하다. 세계시민정신으로서의 코스모폴리타니즘은 대개 영토적, 문화적, 언어적 경계를 넘어서려는 태도를 지칭하는 개념이다. 칸트는 이것을 이상적 지향으로 설정하기도 했지만, 마르크스에 의해 세계시장을 대상으로 하는 부르주아들의 착취에 언급됨으로써 코스모폴리타니즘은 제국주의적이고 식민주의적인 것과 연루되어 버렸다.[30] 그런가 하면 문학사회학에서 경계하는 것처럼 그것은 박식을 과시하는 문화적 엘리트들의 '가면'으로 사용될 소지도 무시할 수 없다.[31] 해외문학파를 서구 부르주아적 가치의 대변자로 비판했던 프로문학 진영의 이해는 마르크스의 견해를 충실히 따르고 있다고 볼 수 있다. 한편 최재서도 해외문학파를 "무적자(無籍者)", "문단국(文壇國)의 자유이민(自由移民)(者)"라고 규정하면서 그들의 코스모폴리탄적 지향을 비판하고 있다.[32] 최재서는 자신도 외국문학 연구자이지만 조선문학 장(場) 안에서 활동한다는 자

---

30 코스모폴리타니즘 개념에 대한 칸트와 마르크스의 시각차는 그러한 논의를 가능하게 했던 역사적 상황의 차이에 대응한다. 칸트의 코스모폴리타니즘 개념이 민족국가 형성 이전에 형성된 것이라면, 마르크스의 개념은 민족국가가 자본주의와 연계되면서 제국주의로 팽창해나가던 역사적 단계를 배경으로 한다. 따라서 근대 이후 유럽의 철학이나 문화의 영역에서 언급되는 코스모폴리타니즘은 국가의 경계를 넘어 다른 문화를 향유하려는 일부 특권계층의 행태로 비난받을 수 있는 여지가 많다. 코스모폴리타니즘 개념에 대해서는 조규형의 「코스모폴리탄 문학과 민족문학—루쉬디의 함의」(『안과 밖』 제8호, 영미문학연구회, 2000.1) 참조.
31 코스모폴리탄 개념을 문학에 적용하는 것이 적절한가에 대한 문제는 비교문학계에서 논란의 대상이다. 방티겜 등에 의해 유럽문학에 있어서의 코스모폴리타니즘의 중요성이 논의되었지만, 한편으로는 그것의 이면에 자리잡은 정치적 의도에 대한 회의도 만만치 않게 존재한다. 이는 자본의 세계화와 맞물려 지금까지도 여전히 진행되고 있는 주제이다(울리히 바이슈타인, 이유영 역, 『비교문학론』, 기린원, 1989, 30~32면 참조).
32 최재서, 「호적없는 외국문학연구가」, 『조선일보』, 1936.4.27.

부심으로 해외문학파와 자신을 구별하고자 했던 것이다. 그러나 근대에 미달하는 식민지 상황에서 번역자, 혹은 문화의 소개자로서 근대적인 서구문화의 세례를 받은 외국문학 연구자들이 갖는 코스모폴리탄적 지향은 현실의 결핍과 제약성에서 탈출하고자 하는 일종의 유토피아적 열망에 다름 아니다. 문학이야말로 상상력이 작동하는 열린 세계로서, 현실이 제약하는 모든 경계를 초월할 수 있는 전복의 영역이다. 따라서 '상상된 공동체'로서의 '민족'보다 더 확대된 '세계'를 '상상'할 수 있는 선택은 그나마 식민지 외국문학 연구자에게 허용된 유일한 것일지도 모른다. 김진섭의 말대로 "정신생활에 있어서는 나라와 나라는 어떠한 국경도 가질 수 없"기 때문이다.[33] 서구문학의 경험에서 '민족/국민' 단위를 강조하는 애국주의적 문학이 배타적이고 공격적인 제국주의를 향해 달려가는 것을 목격한 외국문학 연구자들에게 '세계'는 열린 가능성으로 존재했던 것이다.

4. 동시성 전유의 욕망

1차 세계대전 이후 전개된 정치적·경제적 격변에 자극되어, 개별 국가의 운명이 세계사의 거대한 조류에 좌우된다는 의식이 당대 조선의 지식인들을 지배했다. 따라서 영구과 독일, 프랑스를 비롯한 소비

---

[33] 김진섭, 「번역과 문화」, 『조선중앙일보』, 1935.4.17.

에트, 미국과 같은 제 열강들의 정치적 동향이나 국제관계에 대한 정보 소유의 욕망이 한층 증대되었다. 외국문학의 연구자들이 서구를 중심으로 전개되는 문예사상의 흐름에 민감하게 촉각을 세우고, 그것을 번역하고 소개하려고 했던 것도 바로 이러한 욕망과 무관하지 않다. 외국문학 수용의 양이나 질에 있어서도 1930년을 전후하여 중일전쟁이 본격화되기 직전인 1936년까지의 시기는 서양문학의 이입이 가장 활발하던 시기였다.[34] 앞에서도 언급한 것처럼 이 시기에 오면 작가와 작품, 나아가 각국 문학의 현상을 소개하는 데서도 반드시 그러한 경향을 산출한 배경을 국제 사회와의 관련, 혹은 세계사라는 지평 속에서 도출하려는 태도를 보였다.

외국문학 연구자들의 이러한 태도는 당시 조선문단을 형성한 양대 주류인 민족주의 문학과 프로문학 양자로부터 자신들을 차별화시키는 근거이기도 했다. 1930년대 이후 일국 사회주의론이 소비에트에 관철되어 약소민족에 대한 탄압이 이루어짐으로써 소비에트가 식민지·반식민지에서의 민족 해방의 지원세력이라는 기대감을 약화시켰다. 물론 이러한 상황이 프로문학을 약화시킨 결정적 계기는 아니었다 하더라도, 소비에트에 정향되어 있던 조선의 프로문학 진영으로서는 일제의 탄압과 더불어 사회주의 인터내셔널리즘이라는 그들의 대의명분에 타격을 입은 것은 분명하다. 이에 반해 민족주의 문학 진영은 객관적 국제 현실의 변동에 일정한 거리를 두는 일종의 정신주의적 태도를 보임으로써 고립을 자초하였다. 이런 상황에서 외국문학 연구자들의 입지는 유리할 수밖에 없었고, 서구문학을 매개하는 번역자로서의 자신

34 김병철, 『한국근대서양문학이입사연구』 하, 을유문화사, 1982.

들의 위치에 대해 자부심을 키워주었다. 따라서 외국문학 연구자로서의 정체성을 확립해가던 그들에게 서구문학을 통한 세계적 동향에 대한 이해는 단순한 정보 습득의 차원을 넘어 '보편적 지식', 혹은 문명화된 교양의 획득으로 인식된다. 이러한 '앎'은 결국 서구적 근대를 동시적으로 전유하려는 외국문학 연구자들의 욕망을 극대화시킨다.

서구적 근대를 전유하려는 외국문학 연구자들의 욕망은 매체를 통해 구체적으로 실천된다. 외국문단의 동향에 대해 가장 발 빠르게 대응해야 한다는 판단 아래 외국문학 수용자들은 그 무엇보다도 '세계문학'의 권위를 담보한다는 노벨상에 관심을 기울였다. 노벨상에 대한 소개는 1910년대나 1920년대에도 간헐적으로 있기는 했지만, 신문과 잡지를 막론하고 연중 행사처럼 지속적으로 소개하게 된 것은 1920년대 후반에 가서이다. 노벨문학상 수상 소식은 기사 형식으로 먼저 간략하게 소개된 다음에, 시차를 두고 해당 언어권의 전문가를 동원해 작가의식과 작품세계를 조명하는 평론 성격의 글이 게재되었다. 사실 노벨문학상을 수상한 작가 가운데 조선의 외국문학 연구자들에게는 생소한 인물이 많았고, 최소한 그들에 대한 자료나 정보를 얻기 위해서는 어느 정도의 시간이 필요했다. 따라서 수상 작가들에 대한 작가론이나 작품론은 수상 당해 연도보다 그 이후에 게재되는 경우가 많았다. 1925년 수상자인 버나드 쇼나 1929년의 토마스 만, 1930년도의 수상자인 싱클레어 루이스와 1932년의 존 골즈워디, 그리고 이반 부닌(1933), 유진 오닐(1936), 펄 벅(1938) 등은 대개가 수상 이후에 가서 경력이나 작품세계가 본격적으로 알려지기 시작했다. 요컨대 외국문학 연구지들은 노벨상 수상 작가의 문학적 경향과 작품의 주제의식을 통해 '세계성'의 구체적 예증을 확인하고자 했으며, 이러한 과정은 서구 사회의 중심에서 진행되는 문학적 이벤트를 동시적으로 공유하는 경험 그 자체였다.

그러나 노벨문학상은 근본적으로 북구의 한 나라에 불과한 스웨덴의 아카데미가 전 세계의 문학을 대상으로 평가한다는 점에서 근본적으로 공정성과 타당성에 한계를 지닐 수밖에 없다. 실제로 노벨의 유지를 받들어 종교적인 색채의 이상주의를 선호했던 초기의(1901~1920) 노벨 문학상은 무정부주의라는 점에서 톨스토이를, 결정론과 염세주의라는 점에서 졸라를 배제함으로써 보수적 경향을 보여주었고, 이로 인해 당시 세계 문인들로부터 비난받기도 했다. 그런가 하면 아카데미의 구성원이나 권력의 성향에 좌우되는 측면이 강해, 1930년대로 가면서는 이상주의는 퇴색되고 '보편적 흥미'를 중시함으로써 싱클레어나 펄벅 같이 광범위한 독자층을 가진 작가에게 시상하는 변화를 보이기도 했다.[35]

노벨상을 수상한 작가나 작품에 대해 외국문학 연구자들은 대개 그 권위를 그대로 수용하는 태도를 보인다. 따라서 작가를 조명하는 글은 대개 객관적이기보다는 이상화에 가까웠으며, 노벨상을 받을 수밖에 없는 '미덕'을 소개하는 데 초점을 맞추었다고 볼 수 있다. 그러나 예외적으로 김진섭은 '세계문학'의 가치를 역설하는 자리에서 노벨상의 권위에 의문을 제기하고 있어 주목된다.

노벨상이라는 것이 있다. 버너드 쇼오가 이번에 수상의 영광을 가졌다

---

[35] 노벨상의 선정 기준은 해당 시기의 아카데미 회원의 성향과 시대적 추세에 따라 변화에 따라 큰 변화를 겪었다. 1940년대부터는 선구자 중시하는 경향을, 1970년 이후로는 실용주의 노선을 선택하여 소외된 언어권과 국가들의 작가들에게 수상 기회 확대하는 정치적인 성향을 드러냈다(박철, 「노벨문학상 수상작가 연구」, 박철 외, 『노벨문학상과 한국문학』, 월인, 2001, 45~48쪽 참조).

한다. 그러하다. 결국 세계문학은 노벨상의 가치에 換算될 수밖에 없는 문학인가보다. 그것이 그 이외에 세계의 心靈을 흔드는 아무것도 아니다. 노벨상이 규정하는 세계문학의 가장 무거운 重量—그것은 실로 우리의 마음에 별로이 큰 興奮을 경험시키지도 않는다.[36]

코스모폴리탄적 지향 속에서 '세계문학'의 가능성을 꿈꾸던 김진섭은, 서구 유럽 사회에 새로운 전운이 감돌고 문학에 있어서도 애국주의를 호소하는 '국민문학'의 기치가 높아지자 실망을 금치 못하였다. '국민문학'의 주창이 김진섭에게는 '세계문학'의 전망을 어둡게 하는 걸림돌이기 때문이다. 따라서 '국민문학'적 정치성을 지닌 버나드 쇼가 노벨상을 수상하자 김진섭은 낙담할 수밖에 없었던 것이다. 버나드 쇼의 문학이 보여주는 정치적 풍자성을 대개의 연구자들은 긍정적으로 이해한 데 반해, 김진섭은 '세계문학'에 대한 자신의 일관된 지향에 입각해 노벨상이라는 권위에 비판적 거리를 확보하고 있다.

그런가 하면 노벨문학상에 보인 외국문학 연구자들의 관심과 동일한 맥락에서 선호된 것은 유명 대문호의 탄생·서거·사후 기념제 등의 문학적 세레머니의 수용이다. 외국에서 행해지는 유명 작가의 탄생·서거·사후 기념제 등을 모방하여 국내의 신문과 잡지에서도 그것을 특집으로 구성했다. 『동아일보』와 『조선일보』, 『조선중앙일보』를 중심으로 대부분의 신문이 이러한 기획을 실었고, 잡지는 주로 『문예월간』, 『조광』, 『비판』, 『조선문학』 등이 참여하였다.[37] 노벨상 소개와

---

36 김진섭, 「세계문학에의 전망」, 『현대평론』, 1927.5.1.
37 『문예월간』은 '괴테사후백년제'(1932.3)를, 『조광』은 '푸쉬킨사후백년제'(1937.2)와 '막심고리키일주년제'(1937.6)를, 『비판』과 『조선문학』은 '고리키 서거'(1936.7·9)를 각각 특집으로 기획했다.

마찬가지로 이러한 방식의 수용을 통해 자연스럽게 세계적 대문호와 명작 혹은 고전을 곧바로 승인함으로써, 흔히 대중이 생각하는 '세계문학전집'의 구체적 내용들이 선택, 배치되는 상황으로 이어졌다. 이 시기 매체를 통해 기획된 외국문호 기념제는 다음과 같다.

* 톨스토이, 입센 탄생 백 년, 1928.

* 브레이크 사후 백 년제, 1928.

* 체홉의 이십오주기 기념제, 1929.

* 괴테 사후 백 년제, 1932.

* 뚜르게네프 사후 오십 년제, 1933.

* 마크 트웨인 탄생 백 년제, 1934.

* 위고 사후 50주년, 1935.

* 고리키 서거, 1936.

* 푸쉬킨 탄생 백 년제, 1937.

* 예이츠 서거, 1939.

* 졸라 탄생 백 년제, 안데르센 사후 65주년, 1940.

이들 중 대표적인 것으로 1932년 3월에 이루어진 "괴테 사후 100주년 기념제"를 들 수 있다. 독문학을 전공한 김진섭, 서항석, 조희순 등이 주축이 되어 『문예월간』,[38] 『동아일보』,[39] 『조선일보』 등에서 괴테

---

38 1931년 1월에 발간된 『문예월간』 3호에 실린 "괴테百年記念" 특집은 다음과 같다.
   괴테의 예술-김진섭 / 괴테의 시-서항석 / 괴테의 생애와 그 작품-조희순 / 중요 작품의 梗槪-박용철 / 抒情詩飜譯-서항석, 박용철 / 괴테와 나-文壇諸氏 총집필 / 괴테와 여성-편집실 / 괴테의 일화-편집실
39 1932년 3월 22일 『동아일보』에 실린 괴테 특집 평문과 기사는 다음과 같다.
   평문 : 서항석, 「독일의 세계적 시성 괴테의 경력과 작품-그의 사후 백년제를 제

특집이 기획된다. 김진섭은 「괴테의 예술」이라는 글에서 괴테의 문학은 순수한 인간성의 승리이자 자아완성의 산물이라고 평가하며 대문호의 위대함을 부각시켰으며, 조희순은 「괴테의 희곡에 나타난 정치, 사회사상」을 통해 시민계급을 옹호했던 괴테의 정치의식을 고평 하였다. 이들 특집 기획에는 작품의 내용이나 주제의식을 해설하는 것 외에도 작가 연보나 일화, 심지어 은밀한 사생활까지도 언급한 것으로 보아, 독자 대중을 의식하여 보다 다채로운 방식으로 작가의 전모를 제시하고자 노력했던 것으로 판단된다.

한편 동시성 전유의 욕망은 서구 사회에서 개최되는 세계적 규모의 문학대회의 이슈를 공유함으로써 가장 선진의 문학의식을 선취하려는 노력으로도 표출된다. 해외문학파를 중심으로 하는 외국문학자들은 연구자로서의 이론적 작업도 중요하지만, 우선은 사실에 기반한 외국문단의 동향에 대한 정보를 제공하는 것이 현실적으로 더 시급하고 중요하다고 판단하였다. 해외문학파의 대표 논자인 정인섭은 세계문단의 동향을 서술하는 글 서두에서 자신이 "뉴우스 밸류를 중요시하고 이론보다 실제 사실의 보도를 위주"로 함을 솔직히 밝힌 바 있다.[40] 외국문학 연구자들은 신문과 잡지에 '해외문예소식'란을 상설화하고 각국 문단의 동태를 발췌 소개하는 기획도 시도한다. 여기서는 대개 특정 문인들의 활동 양상이나 상호 교류, 집회 등을 소개하고 있는데, 대서특필하는 경우는 다수의 유명 문인들이 대거 참여한 국제적 규모의

하야」(이 글은 4월 6일까지 모두 11회에 걸쳐 연재된다) / 김진섭, 「현자 괴테」 / 조희순, 「괴테의 희곡에 나타난 정치, 사회사상」(3월 24일까지 3회 연재)
기사 : 「괴테의 밤 백년제 기념회합」 / 「괴테 연보」 / 「괴테 어록」 / 「이태리 여행 중의 괴테」(사진 기사) / 「괴테의 절필」(사진 기사)
40 정인섭, 「최근 세계문예사조」, 『조선일보』, 1935.6.17.

문학대회에 관해서이다. 외국문학 연구자들이 가장 관심을 보였던 대회는 1935년 6월 파리에서 열린 '문화옹호국제작가회의'이다. 이헌구는 파리 국제작가대회의 의미를 다음과 같이 설명하고 있다.

　　과거 또는 현재의 펜・클럽의 활동은 자본주의 사회의 자유주의, 또는 데모크라시의 정신을 가진 작가를 중심한 것이었으나, 근년에 와서 獨・伊 등의 國粹的 정치 형태로 말미암아 그 활동이 앞으로의 發展性을 저지당하고 있다는 객관적 정세가 원인의 하나려니와, (…중략…) 환원하면, 펜・클럽의 광범한 國際親善의 藝術擁護는 그것이 나날이 격심해가는 사상적, 또는 정치적 동향에 대하여 너무나 現實的 能動性이 결여되어 있고, 소련작가대회는 그것이 建設途程의 새로운 국가사회의 문제와 자본주의 형태에서 지배받는 문예 — 문화의 나갈 길, 또는 취한 바 길과는 거기에 공통된 문제가 내포되었다고 하더라도, 당면된 부르조아 사회에 있는 작가, 양심적 인간 — 의 절실한 特殊性과는 다소의 거리가 있었던 것이다. 그리하여 불란서의 양심적 작가는 모든 자본주의 사회에 생활하고 있는 國際的 작가의 가장 절실한 당면의 과제에 대하여 그들로서 당연히 취하여야 하고, 또 深重한 사고와 행동이 요구되어야 할 그 해결의 열쇠를 위하여 회의를 창설하였고, 또 앞으로도 활약될 것을 예상한다면, 실로 一九三五年 六月二十一日은 세계문학사상에 있어 작가가 一人間으로서 인류문화와 더불어 그 운명을 함께 하려는 절대한 계기요, 또 사실이었음을 인식할 것이다. [41]

히틀러의 쇄국적 문예정책이 서구 문단 전체를 억압적인 분위기로

몰아갔고, 소련에서 주창된 사회주의 리얼리즘은 위기의 서구 문단을 구원하기에는 너무 거리가 있었던 상황에서, 좌우연합의 반파시즘을 의결했던 파리대회는 유럽의 문학인들뿐만 아니라 조선의 외국문학 연구자들에게도 반색하게 만드는 대단한 사건이었다. 프로문학으로부터 총공세를 받으면서 사상 검증에 시달렸던 외국문학 수용자들로서는 '세계회의'가 결정한 중도 노선이 자신들의 입지를 정당화시켜주는 명분이 될 수 있다고 판단했던 것이다.

외국문학 연구자들은 1930년대 초부터 세계문단을 총괄하는 글에서 자신들의 사상적 지향을 간접적으로 드러낸 바 있다. 정인섭은 세계문단의 전체 지형도를 보여준다는 차원에서 객관적 태도를 견지하면서도 문학의 파시즘적 경향을 경계했다. 이헌구도 프랑스 문단의 반파시즘 운동을 가장 진보적인 문학 활동으로 자주 소개했고, 김진섭은 애국주의적 '국민문학'의 파시즘화에 대해 누구보다도 강한 환멸을 표했다. 이들 외국문학 연구자들은 계급주의문학에 대해서는 주로 판단을 유보하는 태도를 보이면서도 함대훈 등을 내세워 소비에트문학의 동향에 대해 꾸준한 관심과 기대를 나타낸 것도 사실이다. 따라서 그들은 반파시즘 인민전선의 기치를 방패삼아, 무엇보다도 프로문학 진영으로부터 얻은 불명예에서 벗어나고자 했다. 그러나 프로문학 진영을 비롯한 조선문학 장과의 불화는 계속되었고, 일제 말기의 총동원체제라는 전면적 탄압 국면을 맞아 아이러니컬하게도 총독부 산하 어용단체인 '조선문인협회'를 통해 회합하게 된다.[42] 반파시즘의 전선은,

---

42 '조선문인협회'는 1939년 창설된 친일 단체로, 조선어문의 말살과 반민족적 행사를 주관했다. 이광수가 회장이며, 해외문학파의 정인섭, 이헌구를 비롯해, 프로문학 진영의 이기영, 그리고 이태준도 이름이 올라 있다.

파시즘의 위력 앞에 무기력하게 무너져 내리고 말았던 것이다. 결국 서구적 근대를 동시적으로 전유하고자 했던 외국문학 연구자들의 욕망은 구체적이고도 실천적인 노력에도 불구하고 객관적 상황의 폭압 속에 1940년을 전후해 좌절되고 만다.

5. 식민과 탈식민, 서구문학 수용의 딜레마

근대는 그 이전 시대와는 비교도 할 수 없는 차원에서 시간과 공간의 거리를 압축시켰다. 교통과 통신의 발달에 힘입어 탐험과 정복의 제국주의 역사에는 가속도가 붙었고, 변방의 약자들에게는 더 이상 고립과 단절의 선택권이 보장되지 못했다. 바야흐로 근대는 교섭과 변화의 큰 흐름 속에서 '세계'라는 단일한 영토를 발견하였고, 그 속에서 중심과 주변의 국가적 위계질서를 구축함으로써 비로소 자기를 구성하였던 것이다.

한국 근대문학 또한 식민지라는 주변성으로 인해 일본문학의 모방과 이식이라는 교섭의 일방성을 피할 수 없었다. 물론 일본 근대문학 역시 서구문학을 타자로 설정하여 발전했음은 주지의 사실이다. 그런 의미에서 보면 서구문학이 한국 근대문학을 추동한 보다 상위의 중심이었다고 볼 수 있다. 사실 식민지의 지식인들은 일본을 경유해, 일본어로 쓰여지거나 번역된 근대적 지식과 문화를 섭취하면서도 마치 일본을 '투명한 매개, 혹은 통로' 정도로 인식하는 경향이 있었다. 자국어 번역을 통한 서구문학의 수용, 그리고 그것의 모방·이식의 과정이 결코 원본의 단순한 복사로 결과하지 않음을 전제할 때, 이러한 인식은 의도적 배제심리가 작용했다 하더라도 적절한 것은 아니다. 문학의 '고전'이나 '보편성'이라는 개념 안에는, 혹은 '세계문학'이라는 이상적 목록 속에는 항상 서구 작가들의 작품만이 선택되고 있다. 가까이 존재하는 제국 일본에 대한 거부감은 멀리 존재하는 또 다른 서구 제국에 대한 선망과 짝을 이루며 공존했던 것이다. 그런 점에서 한국 근대 문학에 드리워진 식민성의 그늘에는 은폐와 부정, 혹은 노골적 선망이 착종되어 있다.

1930년대의 외국문학 수용은 그 중심 범주를 개별 작품이나 작가에서 민족이나 국가 단위로 이동시킴으로써, 흩뿌려져 있던 낱낱의 문학 현상을 특정의 '민족문학'이라는 외연 속에 수렴시키는 체계화의 과정을 수행했다. 각각의 '민족문학'은 '세계문학'이라는 구도 속에 배치되며 이 과정에서 배제와 위계화가 자연스럽게 이루어진다. 그런 의미에서 '세계문학'은 지구상에 존재하는 각국 문학의 산술적 총합이 아니라, 분명 서구문학의 '보편성'을 지칭하는 가치 개념이다.

김진섭, 이하윤을 비롯한 해외문학파 또한 외국문학의 번역과 수용을 통해 '민족문학'의 존재적 당위성을 경험했음에도 결국은 '보편성'이라는 이름의 근대주의로 경도된다. 당대 서구 유럽 국가들의 '민족문학'이 애국주의적 경향을 강화하며 파시즘화 되는 상황을 목격하면서, 문학이 배타적 내셔널리티에 집착하기보다는 코스모폴리탄적 이상의 추구로 나가야 한다고 판단했던 것이다. 다시 말해 식민지의 외국문학 연구자들은 문화 번역자의 위치에서 언어의 내셔널리티 문제에 누구보다도 민감했고[43] 제국 일본에 대한 탈식민적 태도를 보여주었음에도 불구하고, 결국 파시즘에 대한 거부감과 '세계문학'이라는 '보편성'에 매혹되어 코스모폴리탄적 지향을 포기하지 않았다. 그러나 식민지 현실에서 그들이 추구했던 코스모폴리타니즘은 서구 제국주의를 '보편성'으로 승인하는 또 다른 식민주의라는 혐의에서 자유롭지 못하다. 요컨대 언어적 경계를 극복한 자신감을 바탕으로 '민족문학'이라는 가시적인 경계를 넘어 '세계문학'을 상상하였던 해외문학파의 노력은 역사적 상황의 규정력에 의해 탈식민과 식민의 근원적 딜레마에 봉착할 수밖에 없었던 것이다.

---

43 해외문학파의 번역에 대한 의식과 언어 내셔널리즘의 문제는 이 책의 1부 1장 참조.

일본문학의 언표화와
식민지 문학의 내면

1. 일본문학에 대한 식민지 문인의 자의식

한국 근대문학을 대표하는 작가 김동인과 염상섭은 자신들의 회고록에서 문학소년 시절의 독서 경험을 다음과 같이 술회하고 있다.

나는 그 때 소년다운 야심이 만만하던 시절이라, 더욱이 나의 아버지가 나를 기르실 적에 유아독존의 사상을 나의 어린 머리에 깊이 처박았으니만치 일본문학 따위는 미리부터 깔보고 들었으며 '빅토르 위고'까지도 통속작가라 경멸할이만치 유아독존의 시절이었다. 따라서 일본 동창 아이들과 문학담을 하면서도 너의 섬나래(島國) 인종에게서 무슨 큰 문학생이 나랴 하는 생각이 늘 속에 품고 있었다.[1]

이 시절의 우리가 받은 교육이 일어를 통하여 일본 문화의 주입을 생으로 받은 것임은 합병 후의 고통한 운명이었지마는, 나는 소년기의 후반을 좀 더 한국적인 것에서 떨어져 지냈다는 것이 더욱 불리하였다. 가령 춘향전을 문학적으로 음미하기 전에 도쿠토미 로카[德富蘆花]의 『不如歸』를 읽었고, 이인직의 『治岳山』은 어머님이 읽으실 때 옆에서 몰래 눈물을 감추며 들었을 뿐인데 오자키 코요[尾崎紅葉]의 『金色夜叉』를 하숙의 모녀에게 읽어 들려주었다든지 하는 것은, 문학적 출발에 있어 한국사람으로서, 나 개인으로서 불명예요, 불행이라 할 것이다. 일본작품으로서는 나쓰메 소세키[夏目漱石]의 것, 타카야마 초규[高山樗牛]의 것을 좋아하여, 이 두 사람의 작품은 거지반 다 읽었다. 자연주의 전성시대라, 그들 대표작가들의 작품에서, 사조상으로나, 수법으로나, 영향을 적지 않게 받았을 것도 부인할 수 없다. 시조는 이때껏 한 수도 지어본 일이 없으면서, 소년 시절에 일본의 和歌는 지은 일이 있었다. 이것이 결코 자랑은 아니다. 일본에 있는 동안 대학 시절이 겨우 2년쯤 되고 3·1운동을 치른 뒤에 귀국하였으니, 나의 문학수업이란 중학시절 5년간 문학소년으로서 닥치는 대로 체계 없이 읽은 것뿐이었지마는, 초기의 문학지식의 계몽은 주로 『早稲田文學』(월간지)에서 얻은 것이라 하겠다. 작품을 읽고 나서는 월평이나 합평을 쫓아다니며 구독하는 데서 문학 지식이나 감상안이 높아갔다고 하겠지마는, 『中央公論』·『改造』 기타 문학지 중에서도 태서작품의 번역·소개와 비판 및 문학이론 전개에 있어 『早稲田文學』은 나에게 있어 독학자의 강의록이었다.[2]

1 김동인, 「문단 30년의 자취 – 문학과 나」, 『신천지』, 1948.4(『김동인평론전집』, 삼영사, 1984, 432~433쪽 재인용).
2 염상섭, 「문학소년시대의 회상」, 양주동 편, 『민족문화독본』, 문연사, 1955(『염상섭전집』 12, 민음사, 1987, 215쪽에서 재인용).

두 사람 모두 비슷한 시기에 문학 활동을 시작했고 일본유학의 경험 또한 공유하고 있었지만, 일본문학의 영향을 둘러싼 기억에서는 커다란 차이를 보인다. 나쓰메 소세키가 활약하던 시절에 동경 명치학원에서 유학생활을 했던 김동인은 일본문학을 얕잡아보고 서구의 번역소설, 특히 톨스토이의 문학에 심취했다고 술회하고 있다.[3] 일본 자연주의 문학이 김동인의 문학에 습합되었음은 이미 여러 비교 연구를 통해 실증된 바 있는데, 일본문학에 대한 김동인의 이런 발언은 그의 기질 탓도 있겠지만 무엇보다 이 발화가 이루어진 시점의 사회적 분위기 탓도 있을 것이다. 식민지 말기의 친일 혐의로부터 자유로울 수 없었던 김동인으로서는 해방 공간에서 일본문학의 영향을 부정할 수밖에 없었을 것이다. 이에 비해 염상섭은 어려서부터 일본문학 작품을 탐독하고 일어로 시를 짓고, 일본문학 잡지를 통해 문학적 식견을 축적했음을 솔직하게 고백하고 있다. 일견 김동인의 회고보다 염상섭의 고백이 객관적 사실에 가깝게 느껴지지만, 시각을 달리해 보면 일본문학을 둘러싼 두 작가의 기억은 제각기 진실의 일면을 투영하고 있다. 일본문학의 영토 안에서 문학적 성장을 이룬 것이 식민지 문인의 자연스러운 운명이었다면, 피식민자로서의 자의식이 제국의 문학을 순수하게 승인하지 못하게 만드는 상황의 객관성도 외면할 수 없는 진실이기 때문이다.

한국 근대문학의 성립과 발전이 일본문학의 수용을 통해 그 기반을 구축해 나갔음은 주지의 사실이다.[4] 그런데 한국 근대문학 초창기의

---

3 김동인, 앞의 글, 432~433쪽.
4 임화는 조선의 신문학이 "서구문학의 이식과 모방" 가운데 성장했고, 그 서구문학을 "일본문학을 통해서 배웠기 때문"에 조선의 신문학사에 대한 연구는 일본의 메이지, 다이쇼 문학사에 대한 상세한 연구를 필요로 한다고 말한 바 있다(임화, 「조선문학 연구의 일 과제」, 『동아일보』, 1940.1.16).

대다수 문인들이 일본유학 경험을 가지고 있고, 따라서 직간접적으로 일본문학으로부터 강한 영향을 받았음에도 그것을 공공연하게 발화하는 것은 쉽지 않았을 것이다. 식민지 시기 신문이나 잡지에 게재된 외국문학 관련 자료를 검토해보면, 외국문학의 수용에서 영국이나 프랑스, 독일 등의 서구유럽이나 러시아 등의 문학에 주로 편중되어 있고 중국이나 일본 등의 아시아 인접국의 문학은 소외되고 있음을 확인할 수 있다.[5] 그나마 중국문단의 동향이나 중국 근대문학에 대한 관심은 한문 소양이 풍부한 전문가들의 노력에 의해 명맥이 유지되었는데, 전통적으로 이어져온 중화주의와 더불어 제국주의의 피해자로서의 동류의식이 함께 작용해 중국의 반제운동의 동향에 주목하였기 때문일 것이다.[6] 요컨대, 일본문학이 조선문학에 미친 실질적인 영향에 비해, 그것에 대한 담론의 양과 질은 빈약하고 초라한 수준임은 분명한 사실이다.

식민지 문인들은 누구라고 할 것도 없이 의식적으로든, 무의식적으로든 일본문학과의 영향관계를 언표화하는 것을 꺼려했으며, 이러한 분위기는 암묵적인 승인을 거쳐 식민지 문단 전체에 자연스럽게 정착되었다고 해석할 수 있다.[7] 그런데 피식민지 문인들의 내면에 작동했

---

5 이 책의 1부 2장 47~50쪽 참조.
6 중국문학은 양건식을 비롯해 김광주와 정래동을 중심으로 그 근대적 전개과정에 대한 지속적인 소개와 분석이 이루어졌으며, 경성제국대학에서 중국문학을 전공한 김태준도 18회에 걸쳐 중국 근대문학을 프롤레타리아문학의 관점에서 소개하고 있다(「문학혁명 후의 중국 문예관-과거 14년간」, 『조선일보』, 1930.11.12~12.8). 중국문학에 대한 평문은 긴 분량의 기획연재가 많아 어느 정도 수준을 담보하고 있으며, 전체적인 양에서도 일본문학에 대한 글보다는 압도적으로 많다(민족문학사학회 기초학문연구단 자료집, 『외국문학의 수용과 번역의 시각 2-국가별 : 중국·일본 편』, 민족문학사학회, 2005, 해제 및 목록 참조).
7 정인문, 『1910·20년대의 한일 근대문학 교류사』, J&C, 2003.5, 10~11쪽 참조.

던 이러한 은폐의 욕망을 정당화시켜 주었던 하나의 근거는, 일본문학이라는 것도 순수한 오리지널리티를 지닌 문학이 아니라는 인식이다. 다시 말해 근대 이후에 국한되는 것이겠지만 일본문학이란 서구문학의 이식 및 모방의 결과물에 지나지 않는다고 판단했던 것이다.[8] 또 하나의 근거는 대부분 일본어 읽기와 쓰기, 그리고 말하기 능력을 지녔던 식민지 지식인들에게 일본문학은 결코 영국문학이나 러시아문학과 같은 외국문학이 아니었다는 사실이다. 물론 이 점은 식민지 시기 전체에 전일적으로 적용할 수 있는 사안은 아니다. 그러나 분명한 것은 피식민자의 저항적 시선으로 제국의 문학을 타자화하는 한편으로, 제국의 언어를 전유함으로써 일본문학을 자기의 것으로 삼고자 하는 동일화의 욕망이 동시에 작동했다는 사실이다.

최근 식민지 문학 연구에서 일본이 조선문학을 어떻게 인식했는가의 문제가 집중적으로 부상하고 있다. 더불어 제국의 시선으로 식민지를 어떻게 표상했는가의 문제는 최근 역사·문화 분야 전반의 유행이 되었다. 그렇다면 그 반대의 시선에 대해서는 충분히 논의되었는지 의문이 생긴다. 물론 식민지 시기의 역사나 문학·문화 연구가 거의 그 범주에 속하는 것이 아니냐고 할 수도 있지만, 제국을 향한 식민지의 의식과 무의식을 구체적인 물증 속에서 면밀하게 고찰하는 경우는 그리 많지 않다. 이는 아마 일차적으로는 피식민자의 의식을 확인할 수 있는 실증적인 자료가 절대적으로 부족하기 때문일 것이고, 다음으로

---

8   이런 상황은 일본문학 스스로도 인정하는 것이기도 해서, 고바야시 히데오는 "메이지 이래의 일본 문학사는 서양 근대문학에 대한 오해사(誤解史)"라는 명제를 내놓기도 하였다(나카무라 미츠오·니시타니 게이지 외, 이경훈·송태욱 외 역, 『태평양전쟁의 사상─좌담회 '근대의 초극'과 세계사적 입장과 일본으로 본 일본정신의 기원』, 이매진, 2006, 21쪽 참조).

는 남겨진 것들의 자료적 가치에 대한 회의적 시각 때문일 것이다. 혹은 의식과 감각에서 '가진 자'로서의 제국의 시선이 더 풍요롭고 문제적인 내용성을 함유하고 있을 것이란 판단도 작용했을 것이다. 사실 피식민자는 여러 억압적 제약으로부터 자유로울 수 없는 까닭에 식민자에 대한 시선 자체를 회피하기 쉽다. 물질적·정서적 결핍이 근본적으로 무언가 표현하는 행위를 어렵게 만들며, 혹시 무언가 표현했다 하더라도 억압이 가식을 강요할 가능성이 높다. 따라서 식민자에 대한 피식민자의 시선을 포착하는 것은 이런 점에서 근본적인 한계를 지닌다.

이 글은 식민지 조선문인들이 일본문학에 대해 언표화한 글을 대상으로 타자화와 동일화 사이를 진동하며 일본문학을 의식했을 식민지 조선문학의 내면을 추적해보고자 한다. 그것은 조선문학과 일본문학의 관련양상을 고찰하는 과정으로, '저항과 협력'이라는 이분법만으로는 설명되지 않는, 식민-탈식민의 그 착종의 양상을 확인하는 과정이기도 하다.

2. 견제와 승인, 식민 / 피식민의 거리 두기

일본문학은 근대적 의미의 새로운 문학 개념이 등장하면서 동아시아라는 문학공간에서 기존의 한문학적인 세계를 대체할 새로운 정전으로 부상하였다. 1895년 청일전쟁의 승리를 계기로 내셔널리즘의 정신이 고양되었고, 이런 분위기에 힘입어 일본문학은 동아시아 지역으로 확산되었다. 일본의 제국주의적 지배정책과 일본인의 해외이주 증가와 같은 외부적인 요인과 더불어, 근대화의 필요성을 절감하고 능동적으로 수용에 나선 중국과 한국 등의 내부적 상황도 일본문학의 확신에 기여하였다.[9] 문제는 근대 초기에 식민지 지식인들이 수용한 일본문학이라는 것 안에는 서구작품의 일본어 번역이나, 서구작품을 저본으로 한 일본어 번안, 그리고 일본인에 의한 일본문학 등이 혼재되어 있었고, 따라서 일본문학에 대한 개념이나 범주가 제대로 정립하지 않은 상태에서 급속도로 광범위한 수용이 이루어졌다는 점이다.

일본의 경우도 'literature'의 번역어로 '문학' 개념을 만들었지만, 그 다의성으로 인해 개념 정립에 많은 혼란을 겪었다. 일본에서 '일본문학'이라는 명칭이 공식적으로 처음 등장한 것은 1875년에 후쿠치 오치[福地櫻痴]가 쓴 「일본문학의 부진을 개탄한다」에서이다. 이 글에서의 '문학'은 읽고 쓰는 능력, 혹은 저술 일반, 그리고 언어예술 등을 지칭하는 다의적 개념으로 쓰이고 있는데, 언어 내셔널리즘을 반영하여 일본문학 안에 한시를 제외함으로써 일본어로 쓰여진 저작으로 그 경계를 긋고 있는 점이 인상적이다.[10] 이후 '일본문학'의 개념 정립 과정에는 내셔널 아이덴티티의 기획이 분명하게 개입함으로써 필연적으로 '문학사'와 결합하게 된다. 1890년 미카미 산지[三上參次]와 다카쓰 구와사부로[高津鍬三郎]이 공저한 『일본문학사』의 간행을 계기로 주로 교과서의 용도로 다양한 '문학사'들이 편찬되었다. 정병호에 의하면 이들 일본문학사는 "1890년대 중반까지는 서양(문학)이나 동양(문학)에 대해

---

9 허석, 「근대일본문학의 해외 확산과 국가이데올로기에 대한 연구 - 명치시대 한일 양국의 번역물을 중심으로」, 『일본어문학』, 2005.3, 414~416쪽 참조.

10 스즈키 사다미[鈴木貞美], 『일본의 문학 개념 - 동서의 문학 개념과 비교 고찰』, 보고사, 2001, 198~206쪽 참조.

비교나 배제의 전략을 통해, 20세기에 접어들면 동서양문학을 포용·조화시키는 일본문학의 표상을 통해 내셔널 아이덴티티를 구축"해 나갔다. 특히 1900년을 전후하여 일본문학사에서 한문학의 기술은 필수적이 되었는데, 이는 한자로 쓰여진 고전을 정전화하기 위한 필연적인 과정이었다고 볼 수 있다.[11] 이렇게 '일본문학사'가 "발명"[12]됨으로써, '일본문학'의 외연과 내포도 그 윤곽을 잡아나가게 되었던 것이다.

'일본문학' 혹은 '일본문단'이라는 용어가 한국의 담론장에 공식적으로 등장하는 것은 1920년대에 들어서면서부터였다. 1910년대의 외국문학 수용은 문학작품의 번역이나 번안이 많은 반면 상대적으로 소개나 비평의 글이 극히 드물었고, 서구의 문학에 대해서도 내셔널 아이덴티티와 결부된 국민(민족)문학의 개념으로 언급된 경우는 별로 없던 시기였다. 그러던 것이 1920년대로 넘어오면서 '영(英)문단'이나 '노서아문단' 등과 함께 '일본문단'이라는 용어가 등장하는데, 주로 동시대의 문학현상을 열거하며 소개하는 방식을 취하고 있다. 식민지 조선에서의 외국문학 수용은 개별 작가나 작품 등의 개체적 범주에서 출발해 민족 혹은 국가 단위의 집단적 범주로 그 대상을 확장해 나가는 것이 일반적이었는데, 일본문학의 경우는 특정의 작가나 작품에 대한 소개나 논의가 없는 대신 대부분의 글이 문단 상황을 포괄적으로 개괄하고 있다는 점은 주목할 만하다.[13] 물론 이런 글들은 일본 평단의 논의를

---

11 정병호, 「근대 초기 「일본(인)론」의 전개와 「일본문학사」의 위치 - 「일본문학사」의 서양 및 아시아 표상을 중심으로」, 『일본어문학』 제33집, 한국일본어문학회, 2007, 315~316·324~326쪽 참조.

12 스즈키 사다미, 앞의 책, 309쪽.

13 러시아나 서구문학의 경우, 주로 '위대한 작품'과 '돌출한 개인'이라는 측면에서 특정 작가와 작품이 매개가 되어 그것이 속한 집단(민족이나 국민)의 문학으로 관심이 이동하는 것이 일반적이다. 반면 일본문학을 대상으로 특정한 작품이나

그대로 요약, 소개한 것일 가능성이 높지만, 그만큼 일본문학계에 대한 관심과 이해가 거의 '자기 문학'의 수준에 육박했음을 짐작하게 한다. 개괄적인 글은 얕고 상식적인 인상을 주지만 전체에 대한 장악력 없이는 쓸 수 없는 글쓰기이기 때문이다. 조선의 문인들은 거의 시차를 두지 않고 동시대 일본의 문단 상황을 중요한 정보로 취합하고 있었고, 언제나 그것에 비추어 조선문학의 상을 구성하고자 했다.

1920년에 발표된 황석우의 글은 당대 일본문단의 구체적인 상황을 언급하며 일본의 시 경향을 소개하고 있다.[14] 일본시단은 근대화의 영향에 힘입어 구어시 중심의 자유시운동이 주조를 이루고 있음을 언급하면서, 미키 로후(三木露風)을 비롯한 청년시인에 의한 상징주의운동과 이에 대립하는 후쿠다 마사오(福田正夫) 중심의 민중시가운동을 두 개의 큰 흐름으로 분석하고 있다. 특히 상징주의 문학운동의 경향을 상세히 소개하면서 일본 상징주의 시들을 직접 번역하여 글의 말미에 붙여놓고 있다. 상징주의에 매료되었던 황석우의 입장에서, 일본시단이 서구의 상징주의를 주조로 하고 있음을 소개하는 것은 단순한 정보 제공의 차원을 넘어 일종의 자기 정당성을 확보하기 위한 근거 제시라고 볼 수 있다. 즉 일본시단의 주류가 상징시임을 지적함으로써 한국 근대시단에서 상징주의운동의 명분을 확보하고자 하는 의도가 개입된 것이다. 외국문학을 언급할 때 개인의 문학적 기호나 이념에 따라 특정의 문학적 현상이나 조류의 의미를 강조하는 방식은 자국 문학 안에서의 자신의 문학적 권위를 확보하려는 노력의 일환이다. 따라서 이 시기에 소개되는 외국문학은 객관적이기보다는 주관적 의도에 의해 취사선택되

작가가 신화화되는 경우는 별로 없다(서은주, 앞의 글, 256~265쪽 참조).
14 황석우, 「일본 시단의 이대 경향─附상징주의」, 『폐허』 1, 1920.7.25.

는 경향이 강하고, 그 경중의 기준 또한 자의적으로 설정될 여지가 있었음을 인식해야 할 것이다. 이에 비해 1924년 『개벽』지에 게재된 박종화의 「아직 알 수가 없는 일본문단의 최근 경향」은 비교적 객관주의적 태도를 보여준다.[15] "현문단의 세계적 경향"이라는 특집 하에 중국, 프랑스, 독일, 러시아, 영국, 아메리카 문학 등과 함께 소개된 이 글은 관동대지진 이후 자연주의 시대를 막 벗어나 다양한 유행사조가 뒤섞여서 혼란한 양상을 보이는 일본문단을 가볍게 스케치하고 있는 글이다. 프로문학의 등장을 큰 축으로 하여, 기성문단의 맥을 잇는 군소작가들의 활약, 인도주의 문학, 다다이즘의 등장, 독일 표현주의 작품의 수입, 전통주의 대 사회시인의 대립, 사회시인 대 프롤레타리아 선전주의의 논전 등 일본문단이 '분규의 문단'이 되었다고 정리하고 있다. 요약적인 글이지만 비교적 근대 일본문단의 전체적인 상황을 당대의 사회적 상황과 연관하여 서술하고 있다는 점에서 의의가 있다. 이 외에도 1927년에 발표된 이북만의 「최근 일본문단 조감」[16] 등도 일본문단을 부르주아 문학과 프롤레타리아 문학으로 양분하여 조망하고 있다. 당대 일본문단의 동향을 개괄하고 있는 이런 글들은, 서구의 근대문예사조가 일본에 수입되어 각축하면서 역동적으로 재배치되는 상황을 보여줌으로써 일본문학의 근대적 위상을 확인시켜주고 있다. 또한 한자 문화권에 속하면서도 일찍이 서구의 근대문학을 수용한 일본문단의 상황은, 당대 조선의 문인들에게 일본문학이야말로 가장 가깝게 따라잡을 수 있는 근대문학의 '실물'임을 각인시켜주고 있다.

　　주지하다시피 식민지 조선의 문인들은 일본유학을 통하거나 혹은

15　박종화, 「아즉 알 수가 없는 일본문단의 최근 경향」, 『개벽』, 1924.2.1.
16　이북만, 「최근 일본문단 조감」, 『조선일보』, 1927.9.8~17.

간접적인 경로를 통해 외국문학을 접하면서 적어도 일본의 파시즘 체제가 강화되기 이전까지는 러시아나 서구문학에 대해 자유로운 논의를 펼칠 수 있었다. 그러나 일본문학에 대해서는 식민지인으로서의 콤플렉스가 작용하여 공공연하게 '일본적인 것'을 옹호하거나 비판하는 것이 모두 쉽지 않았다. 아마도 이 시기 식민지 문인들의 내면에서는 제국을 의식하면서 어떻게 피식민지 지식인으로서의 포즈를 구성할 것인지에 대한 자기검열의 기제가 작동하고 있었을 것이다.

이광수는 조선문학의 근대적 상을 정초하려는 견지에서 서구문학이나 일본문학의 사례를 비교의 대상으로 자주 언급하고 있는데, 일본문학 자체에 초점을 맞춘 논의는 드물고 거의 단편적인 언급에 머물고 있다. 그는 당대의 바람직한 '문사(文士)'의 상을 논하고 있는 「문사와 수양」에서 "문사란 천재라기보다 많은 공부의 축적으로 형성되는 것"이라고 하면서 메이지 이래 일본문단에 공헌도가 높은 쓰보우치 쇼요[坪內逍遙], 모리 오가이[森鷗外], 나쓰메 소세키[夏目漱石] 등은 모두 의학자이거나 외국문학 전공자로서 근대적 지식을 축적한 전문가임을 강조한다.[17] 그러면서 일본으로부터 문사의 풍모를 수입한 당대의 식민지 문인들이 이러한 긍정적인 면은 본받지 못하고 일본문단의 퇴폐적인 일면만을 모방하는 태도를 질타하고 있다. 또한 서양인에게 소개할 만한 조선문학사의 부재를 안타까워하며 일본이 영문학사를 참조하여 일문으로 문학비평론이나 문학개론서, 그리고 일본문학사를 집필한 사실을 높이 평가하는가 하면,[18] 일본문학이 메이지 초년 이래로 야

---

17 이광수, 「문사와 수양」, 『창조』 8, 1921.1(『이광수전집』 16, 삼중당, 1963, 21쪽 재인용).

18 이광수가 열거하고 있는 문헌은 나쓰메 소세키[夏目漱石]의 『문학론』, 혼마 히사오[本間久雄]의 『문학개론』, 쓰보우치 쇼요[坪內逍遙]의 『영문학사』, 이가라시 지

마다 비묘(山田美妙)의 신문체에 달하기까지는 삼십 년이나 넘게 걸린데 비해, "문체 뿐 아니라 묘사의 수완이며 제재 선택의 적부(適否)며 구상과 기예의 모든 방면에 있어서 적더라도 소설 하나만은 일본문학에 지지 아니하리라고 믿을 만한 진보"를 이루었다고 자찬하기도 한다.[19] 여기서도 확인할 수 있듯이, 이광수는 일본문학에 대해 적절한 거리를 유지하면서 그 장단점을 조선문학이 어떻게 수용하느냐에 주로 강조점을 두고 있다. 일본문학의 근대적 위상을 인정하면서도 은연중 조선문학의 근대적 약진을 자부하는 그의 태도에서 식민지 근대주의자의 자신감이 반영되어 있다. 이광수는 세계문학이라는 구도 아래 일본문학을 근대문학의 전범으로 참조함과 동시에 경쟁의 대상으로 의식하고 있었던 것이다.

한편 1927년 『동아일보』에 총 6회로 연재된 염상섭의 「배울 것은 기교 ─ 일본문단잡관」은 조선문단의 입장에서 일본문단의 수준을 상대화하여 평가하고 있다는 점에서 의의가 있는 글이다.[20] 염상섭은 도입부에서 일본문단 사정이나 인상을 문제 삼는 것이 새삼스럽고 우습지만 "실상(實相)은 아는 듯하면서도 모르고 넘기는 경우가 적지 않"고 "일본문단(日本文壇)과의 거리(距離)가 동경(東京)과 경성(京城) 간의 그것 이상으로 밀접한 듯하나 사실은 그렇지도 못한 것"임을 솔직하게 인정한다. 이 글에서 주목해야 할 부분은, '문학은 생활의 기록'이라는 관점에 입각하여 일본문학을 일본인 혹은 일본인의 생활태도 및 환경과 관련하여 접근하고 있는 점이다.

　　카라(五十嵐力)의 『일본문학사』 등이다(이광수, 「문학에 뜻을 두는 이에게」, 『개벽』 21, 1922.3(『이광수전집』 16, 47쪽 재인용).

19　이광수, 「조선문단의 현상과 장래」, 『동아일보』, 1925.1.1.

20　염상섭, 「배울 것은 기교 ─ 일본문단잡관」, 『동아일보』, 1927.6.7~13.

그들은 허리띠 한 줄기로 옷을 입고 木板에 세 구멍을 뚫어서 신이 되고 피자 떨어지는 것이 그들의 꽃이다. 죽음은 그들이 언제든지 心理에 準備하여 가지고 있는 가장 簡單輕快한 최후의 答案이다. 執着과 逡巡이니 하는 것은 結局에 苦悶의 옷껍질이다. 執着이 없는 곳에 苦悶은 꼬리를 감추는 것이다. 그리고 逡巡을 물리치게 明快를 느낄 것이다. 그러나 그 明快가 반드시 깊은 뿌리를 가진 것은 못 된다. 다만 그것이 善導됨에 進取의 氣象을 엿보일 따름이다. 일본인은 그 善導의 妙法을 알 따름이다.[21]

이 글에서는 수사나 표현에서 미미하게나마 일본문화에 대한 폄하의 시선을 발견할 수 있다. "허리띠 한줄기"로 옷을 만들고, "세 구멍을 뚫어" 신을 만들며, 꽃은 피자마자 바로 져버린다. 압축적이고 단순한 수사 속에 일본문화를 소박하고 단순한, '얕고 가벼운' 어떤 것으로 규정하고 싶어 하는 염상섭의 욕망을 읽을 수 있다. 이어서 그는 역사적으로 일본이 타민족의 외침을 별로 받지 않아 "민족적으로 부대낀 백성이 아니"며, 문화적으로 외래문화를 배척하고 자기의 것을 고집할 만큼 특수한 문화를 가지지 않았기 때문에 별다른 고통과 갈등 없이 오히려 갈망을 가지고 외래문화를 수용했다고 설명한다. 심각한 고난과 갈등을 경험하지 않은 생활을 반영한 일본문학은 "물론 우리보다는 세련이요 우리보다는 수완과 역량을 갖고 있고 우리보다는 깊은 관찰을 갖고 있겠지마는 우주와 인생사회에 대하여 좀더 근간에 부닥치는 큰 눈이 없고 호흡에 세차지 못한 것은 가릴 수 없는 사실"이다. 이를 토대로 염상섭은 조선문단이 일본문단에서 배울 것은 '기교와 표현'뿐

---

21 염상섭, 「배울 것은 기교─일본문단잡관(3)」, 『동아일보』, 1927.6.10.

이라고 결론짓는다. 즉 내용과 형식의 이분법적 구도 속에서 근대적인 일본문학이 비록 형식의 선진성은 확보하였지만 문학의 정신이나 의식의 측면에서는 별로 참조할 내용성을 담보하지 못했다는 판단이다. 1920년대 중반만 해도 일본의 식민지배에 대한 거부감이 강했던 시기인 만큼 일본문학에 대한 이러한 언표화는 피식민지 문인의 자존감을 견지하는 효과적인 방식으로 기능했다. 그러나 조선문학에 대한 자부심을 바탕으로 일본문학을 상대화했던 이런 시각이 명백하게 언표된 경우는 염상섭의 경우가 거의 유일하며, 이후로 갈수록 견제의 시선은 급격히 사라진다.

1920년대 후반과 1930년대 전반까지 일본문학을 주로 언급하고 있는 집단은 프로문학 계열이었다. 조선의 프로문학 진영은 일본 프로문학과 긴밀한 연계를 통해 국제주의적 노선을 취함으로써, 동류의식을 기조로 일본 프로문학에 초점을 맞춰 일본문단의 상황을 이해하고자 노력했다. 그러나 조선의 프로문학 진영이 일본문학에 대한 집중적인 언표화를 진행하고 있던 1930년대 전반은 이미 일본의 프로문학이 쇠퇴의 길을 걷던 시기로, 만주사변 이후 국가권력과 극단적으로 대치했던 일본 프로문학은 1935년을 전후해 대표적 조직인 나프, 코프가 연이어 해체됨으로써 급격하게 붕괴되어 갔다.[22] 일본에서 벌어지는 이러한 상황을 충분히 파악하고 있었던 식민지 문인들이지만, 적어도 1930년대 초반까지는 일본 부르주아 문학을 비판하면서 일본문학에서 프로문학이 대세이자 대안이라는 주장을 굽히지 않는다. 「일본문학 신경향」에서 김용제는 사회현상과 마찬가지로 문학현상도 계급적 분화를

---

22 히라노 겐, 고재석・김환기 역, 『일본 쇼와문학사』, 동국대 출판부, 2001, 119~144쪽 참조.

반영하며, 일본의 문단도 이 철칙을 보여준다고 설명한다.[23] 부르주아와 프롤레타리아 계급의 대립이 세계경제공황에 의해 심각화되고 있는 상황을 소개하면서, 일본문단은 1920년경 1차 세계대전 이후의 호경기에 의해 문학의 상품적 가치를 백퍼센트 실현했지만 세계경제의 불경기로 인해 일본의 출판계도 파산을 맞았다고 지적하고 있다. 일본문학을 크게 부르주아 문학, 신흥문학파, 사회민주주의 문학, 프롤레타리아동맹 작가들로 개관하면서, 부르주아 문학은 경제적 곤경에 직면하여 예술적 양심을 잊어버렸고 신흥문학파의 작가들도 순전히 부르주아 저널리즘의 소산으로 출판계의 특수총아일 뿐 과거 부르주아 예술파의 작가들과 다를 것이 없다고 비판한다. 사민주의 문학은 입으로만 프롤레타리아를 외칠 뿐 노동대중의 행동을 좌절시키고 점차 파쇼화되어가고 있다고 지적하면서, 결론적으로 대세는 프롤레타리아문학이라고 정리한다. "일본의 프롤레타리아문학의 성장이 얼마나 큰 것인가를 증명함에는 무엇보다도 1930년 11월에 하리코프의 국제작가대회에서 일본 프롤레타리아문학이 세계적으로 승인되었다는 것"이 중요하다고 강조하고, 일본작가 도쿠나가 스나오[德永直]의 「태양 없는 거리」 같은 것이 독일어로 번역된 것을 두고 "일본의 프롤레타리아문학은 능히 독일프로문학과 상대를 겨눌 수 있을 만큼 성장"했다고 평가한다. 특히 하리코프대회의 지시에 의해 동맹 내에 농민문학연구회를 두었고, 이에 대한 이론적 토론과 실제 구체적 작품행동이 실현되고 있다고 소개함으로써 프로문학의 국제주의 노선을 과시하고 있다.

역시 프로문학의 관점에서 일본문학의 경향을 소개하고 있는 백철

---

[23] 김용제, 「일본문학 신경향」, 『혜성』, 1932. 2. 15.

의 「총괄적으로 본 해체기의 일본문단」[24]은 당대 일본문학을 '일본 근대문학의 해체기'로 규정하고 있다. 이는 과거 순문학의 쇠퇴를 의미하는 것으로, 결론적으로 순문학과 대립되는 프롤레타리아문학의 성장을 당시 일본문단의 대세로 파악하고 있다. 이 글에서의 '일본 근대문학'이란 '순문학' 혹은 프롤레타리아문학의 등장 이전의 문학을 범박하게 지칭하는 것으로 해석할 수 있는데, 그런 의미에서 일본 근대문학의 해체는 다른 말로 프로문학의 성장을 의미한다. 백철은 메이지 유신 이후의 자본주의 발전에 의하여 성장한 일본 근대문학은 자연주의, 주관주의, 개인주의를 기본적 성격으로 삼아 성장했기 때문에, "그것이 자신의 대립물로서 새로운 진영문학의 출발과 함께 그의 순진보성을 상실하여 전진을 중지하고 하강"하였다고 본다. 그리고 순수문학 진영의 분열과 혼란을 틈타 '사회성'을 내세우는 통속문학이 등장하여 대중잡지의 진출과 함께 득세한다. 백철의 글에서 주목할 것은, 파쇼문학이 통속문학의 일부로서 성장했다는 지적이다. 그는 만주사변 이후 결성된 파시스트 작가 그룹 '7일회' 등의 등장을 언급하며, 통속대중문학은 '신사회파'라는 이름으로 문학의 사회적 기능을 시인하지만 문학의 공리성을 가장 비속화시킨 경우라고 비판한다. 결론에서 일본 프로문학을 옹호하는 것으로 마무리하고 있는데, 일반 좌익 출판물이 현저하게 감소하고 좌익 기관지가 폐간되는 상황을 열거하면서도, 그것을 일본 프로문학운동의 쇠퇴로 연결 짓기를 거부한다. 오히려 일본 프로문학은 오백여 명의 맹원과 수만의 서클 및 통신원 등에 의해 성장하고 있고, 방향전환 이후 질적으로 괄목의 성장을 이루어 유물변증법적 창작

---

24 백철, 「총괄적으로 본 해체기의 일본문단」, 『조선일보』, 1933.5.5~12.

방법이 창작과정에 구체적으로 구현되고 있음을 강조하고 있다. 그러나 이러한 부언에도 불구하고 만주사변 이후 정세의 변화와 더불어 일본 프로문학이 급격히 침체하게 됨을 전제할 때, 백철의 견해는 객관적인 현상 제시라고 보기는 어렵다. 일본문학의 파시즘화와 통속화 현상을 비판적으로 인식하고 그것에 대한 위기감이 높았던 만큼, 상대적으로 프로문학의 역사적 당위성을 힘주어 강조할 수밖에 없었던 것이다.

이 외에도 정노풍의 「일본평단의 경향―아울러 논객의 태도 소관」,[25] 곽복산의 「일본 잡지계 전망」,[26] 유치진의 「일본신극운동의 현상과 그 동향」[27] 등은 개별 장르나 매체를 중심으로 일본문단의 경향을 일별하고 있다. 1936년에 발표된 유치진의 「최근 일본문단 편신(片信)」(특집 : 해외문학의 동향)[28]은 파시즘의 암운이 일본문단에 드리워지는 상황을 잘 포착하고 있는 글이다. 일본 프로문학의 분열과 대립을 언급하면서, 하야시 후사오(林房雄)와 같은 일본의 프로문학 작가들이 "리얼리즘을 이보란 듯이 차던지고 낭만주의문학을 감연히 제창하고 나선 것은 그 기개에 있어서 우리의 눈을 새롭게 하는 바 없지 않을 것"이라고 덧붙이고 있다. 더욱이 이것에 영향 받아 임화가 「당래할 조선문학을 위한 신제창」이라는 글에서 "위대한 낭만적 정신"을 강조한 것을 지적하며, 자기가 보기에 "'로망'이니 '리얼'이니 하는 것은 결국 손바닥의 앞뒤와 같은 것"이라고 단언한다. 조선 프로문학 진영의 국제적 추수주의가 그것의 해체 이후에도 '추수'의 행보를 계속하고 있음을 지적하고 있는 것이다. 한편 분열의 일본 프로문학 진영이 광범위한 의미에서

---

25 『동아일보』, 1930.4.13~16.
26 『동아일보』, 1934.2.6~9.
27 『동아일보』, 1935.3.6~7.
28 『사해공론』, 1936.2.1.

대동단결을 모색하려는 경향을 소개하면서, 이는 "작년 6월 파리에서 국제적으로 열린 '문화수호국제작가대회'의 일본문단에의 영향"으로 파시즘의 공세에 대항하려는 진보적 작가의 결속이 시급하기 때문이라고 설명하고 있다. 이 외에도 다양한 레퍼토리를 개발하려는 일본극단의 희곡열을 비롯해, 역사소설이나 풍자문학의 경향도 소개하고 있다. 특히 주목할 부분은 일본주의문학의 발흥에 대한 언급인데, 이 경향은 일본주의운동의 일환으로서 우수작품에 상금을 주거나 수상작품을 영어나 불어로 외국에 번역 소개하는 특전을 내걸어 하나의 '사업'으로 운영되고 있다고 설명한다. 문예잡지를 발간함은 물론이고 일본문화연맹, 일본민요협회, '방인(邦人)' 전기학회(傳記學會) 등을 축으로 음으로 양으로 광범위한 일본주의운동이 착수되고 있음을 소개하고 있다. 일본문학 내부에서 일어나는 이러한 변화는 분명, 일방적 서구추수주의에 대한 반성의 측면도 있겠지만 파시즘 체제의 진전과 밀접한 관계를 지닌다. 유치진의 글은 파시즘의 공세에 대한 위기감을 언급하고 있지만, 이미 일본문학 내부에서 '일본주의' 문학운동이 자본 및 대중적 지지를 기반으로 득세하고 있음을 보여줌으로써 파시즘에로의 흐름이 거스를 수 없는 대세임을 짐작하게 해준다.

이처럼 파시즘이 본격화되기 이전 시기에 전개된 일본문학에 대한 언표화에서는 염상섭의 사례를 제외하면, 내셔널 아이덴티티와 결부된 문제적인 의식보다는 주로 동시대 일본문학계에서 벌어지는 현상을 하나의 정보로서 선점하려는 식민지 문인들의 지(知)에의 욕망이 지배적으로 배어 있다. 이러한 욕망은 식민지 문단에서 자기위상을 정립하는 문제와 긴밀하게 결부되어 있으며, 조선문학의 근대적 상을 구성하려는 식민지 엘리트로서의 사명감도 동시에 작동했다. 일본문학은 식민지 문단에게 서구문학을 되비쳐주는 거울이기도 했지만, 그 자체가 현상하고 있는 근대적 문학상이 결코 무시할 수 없는 수준임을 식민지 문인들도 인식하고 있었다. 따라서 식민지 문인들은 일본문학에 대한 견제와 승인을 반복하며 그 거리를 조절해야만 했다. 특히 프로문학의 경우는 프롤레타리아문학의 국제적 연대라는 명분을 내세워 일본 프로문학을 지지함으로써 식민-피식민의 수직적 경계를 돌파하고자 시도하였다. 그러나 일본문학을 대상으로 한 식민지 문인들의 거리 조절은 내선일체의 파시즘 체제가 강화되면서 근본적으로 불가능한 것이 된다.

3. '국민문학'의 과제와 조선문학의 배치

일본의 파시즘 체제가 강화되는 1930년대 후반은 문학 활동 전반이 위축되었던 상황이었기 때문에 외국문학에 대한 논의도 자연스럽게 줄어들었다. 특히 1938년 3월에 발표된 '제3차 조선교육령 개정'에 의해 '국어'로서의 일본어 상용이 전면화되고 내선일체의 동화정책에 부응하는 '국민문학'의 과제가 제시됨으로써, 식민지 조선인에게 일본문학은 그야말로 외국문학이 아닌 '자기의 문학'으로 강요되었다. 따라서 이 시기 일본문학에 대한 언표화에서는 '국민문학'에의 과제가 전면에 부각됨으로써 조선문학의 일본문학화, 혹은 일본문학 속의 조선문학의 위상 등과 같은 양자의 관계 설정의 문제가 중요한 쟁점으로 부상하였다. 그런데 이 문제는 필연적으로 '합방' 이후 지면 아래로 잠복해 있던 조선어, 혹은 조선문학의 독자적 존립을 둘러싼 민감한 뇌관을 건드리고 만다.[29] 특히 당시 조선인 작가들이 쓴 일본어 작품이 일본에 소개되면서 촉발된 조선문학에 대한 일본문단의 관심은 결국 내선일체의 과제를 식민지 문학이 어떻게 수행하느냐의 문제로 귀결되었다.[30] 내선일체가 당위가 된 상황에서 조선문학에게 허용된 여지란 완전한 '국어'로의 창작이거나 아니면 "조선어 창작을 염두에 둔 번역의 길"뿐이다.[31] 이런 상황에서 누구보다도 언어문제에 민감했던 임화는 논란의 한가운데로 뛰어든다.

임화의 「동경문단과 조선문학」[32]은 내선일체 정책이 강화되는 1940년을 전후해 만주문학과 마찬가지로 조선문학이 일본문단의 관심을 끌게 된 상황을 문제적으로 분석하고 있다.[33] 먼저 임화는 조선문학에 대

---

29 이 문제와 관련하여 이양숙은 조선어, 조선문학의 독자성 여부의 문제가 크게 두 지점에서 제기되었다고 분석한다. 하나는 내선일체의 구체적 실천과정에서 그 방법에 대해 논란하는 가운데 제기된 것이고, 다른 하나는 일본의 대륙침략전쟁의 확대로 일본에서 조선문학이 소개되던 중 조선문학의 독자성 문제가 논란이 되면서 이루어진 것이다. 전자는 내선일체의 진정한 실현을 위해 조선어의 완전 폐지를 주장했던 현영섭의 논의나, 조선에 대한 자부심과 사랑 속에서 내선일체를 세워야 한다는 윤치호의 입장, 그리고 이 둘의 절충안을 내놓았던 쓰다 쓰요시[律田剛]의 입장으로 대표된다. 후자의 상황은 일본이 전쟁을 계기로 하여 피식민지의 민족을 포섭하기 위해 그 민족을 이해하려는 노력의 일환으로 조선문학에 관심을 보이면서 촉발된 것이다(이양숙, 「최재서 문학비평 연구」, 서울대 박사논문, 2003.2, 163～168쪽 참조).

30 '국민문학' 개념이 공식적으로 등장하기 이전부터 언어 문제가 첨예하게 부상하게 된 계기는 장혁주가 일본에서 일본어로 각색한 「춘향전」 공연이었다. 일본어로 조선인의 생활감정을 표현할 수 있느냐의 문제를 둘러싸고 열린 좌담회(「朝鮮文化の將來と現在」, 『京城日報』, 1938.11.29～12.8)에서 조선문인들과, 장혁주를 포함한 일본문인들 사이에 대립적 진영이 형성되었다. 이에 대한 자세한 내용은 윤대석의 「식민지 국민문학론(1)」, 『식민지 국민문학론』, 역락, 2006, 17～21쪽 참조.

31 황호덕, 「제국과 픽션, 일제 말 조선어(문단) 해소론의 사정(射程)」, 『동아시아 근대 어문질서의 형성과 재편』(대동문화연구원 동양학학술회의 발표집), 성균관대 대동문화연구원, 2006.1.20, 87～88쪽 참조.

32 임화, 「동경문단과 조선문학」, 『인문평론』, 인문사, 1940.6.1.

한 일본문단의 관심에 대해 "최근(最近) 삼사(三四)년 이래로 동경문단(東京文壇)이 경험한 어떠한 변화(變化)의 소산(所産)"이라고 언급하면서, 이것을 두고 "동경문단(東京文壇)이 조선문학(朝鮮文學)을 똑바로 평가하기 시작한 결과라든가 혹은 그간에 조선문학(朝鮮文學)의 수준(水準)이 상승(上昇)된 결과(結果)"라고 생각한다면 어리석은 것이라 못 박고 있다.

조선문학을 급작스러히 밝은 각광(脚光) 앞으로 끌어내인 것은 역시 동경문단의 새로운 환경이다. 물론 그것은 시국이다. 시국이 비로소 일본문학 앞에 지나와 만주와 그리고 조선이라는 새 영역을 전개시켰다. 이른바 대륙에의 관심이다. 만주 더구나 조선은 새삼스레히 시국이 전개한 새로운 영역에 속하지 아니 할지 모르나 그러나 지나라는 것이 일본의 앞에 출현하면서 만주 그 중에서도 조선이라는 것의 객관적 위치가 선명히 드러나고 그 중요성이 새삼스럽게 인식된 것도 역시 사실이다. 다시 말하면 단순한 국내의 특수한 일 지방으로서가 아니라 지나사변이라는 돌연한 대사변을 통하여 출현한 대륙이라는 것의 한 부분 혹은 그것과 연결된 중요지점으로서 각개의 지역이 전혀 신선한 양자(樣姿)를 정하고 일본문학의 면전에 출현한 것이다. 다시 말하면 시국이라는 추상적인 것이 일본문학의 새로운 환경이 아니라 그 실은 대륙이라는 광대한 영역이 일본문학의 새로운 현실이 된 것이다. 주체적으로는 또한 일본민족의 새로운 환경으로서 대륙의 제 민족이 등장한 것이다.[34]

---

33 임화는 조선문학에 대한 일본문단의 관심을 확인할 수 있는 근거로 『조선소설대표작집(朝鮮小說代表作集)』, 『조선문학선집(朝鮮文學選集)』의 발간과, 동경에서 발행되는 『신조(新造)』, 『문학계(文學界)』, 『문예(文藝)』 등의 각 문예잡지에서 조선문학을 특집으로 다루면서 소개 내지 평론의 글이 일시에 게재된 것을 든다.

34 임화, 「동경문단과 조선문학」, 40~41쪽.

임화는 아사미 후카시[淺見淵]의 견해를 빌어 조선문학에 대한 일본문단의 변화는 시국, 즉 '대륙에의 관심' 때문이며, 그것은 '국민주의'적 입장에서 협력과 동화를 위한 과정으로 봐야 한다고 강조한다. 이 점을 확인시키는 배경에는, 조선문학에 대한 일본문단의 관심을 과장하며 그것에 고무되어 일본어 창작의 당위성을 설파했던 장혁주에 대한 불편한 심기가 반영되어 있다. 임화는, 일본이 제일 먼저 번역한 것은 중국의 근대문학이며 이어서 만주문학을 소개하였고, 그나마 그 다음에 조선문학을 소개하였음을 덧붙이고 있다. 그렇지만 한편으로는 "문학이란 단순히 사회적 필요로만 교류된다고 할 수는 없다"라고 하면서 시국의 상황을 부정할 수는 없지만, 여러 작품 가운데 유독 몇 작품이 혹은 여러 민족의 문학 가운데서 특정 민족의 문학이 선택되는 것에는 이유가 있다고 본다. 그도 결국 조선문학이 부상하는 것에 일종의 문학 내적 의의를 부여하고 있는 것이다. 임화의 이 글은 동경문단에 하나의 주제로 부상한 조선문학을 고찰함으로써 식민-피식민 문학의 관계성을 문제 삼은 본격적인 글로서, 제국의 시선에 포착되는 조선문학 혹은 '조선적인 것'에 대한 자의식이 복잡하게 개입되어 있다. 특히 임화를 자극한 것은 장혁주였는데, 그가 「조선의 지식인에게 소함」이라는 글에서 '격정성, 비침착성, 정의심의 결핍, 질투심' 등을 조선민족의 성격적 결함으로 든 것이 화근이었다.[35] 조선인 작가에 의해 규정된 조선민족의 특성이 일본평단에 의해 객관적 사실로서 확정, 수용됨으로써 상황은 더욱 복잡해졌기 때문이다. 이에 임화는, "그것은 격정이 아니라 살아가기 위하여 악귀와 같이 타산적이고 현실적으로 된 인간의

---

35 장혁주(張赫宙), 「朝鮮の知識人に訴ふ」, 『文藝』, 1939. 2.

자태"이며, 그런 모습으로 인간을 그리는 조선작가에게는 "인간을 그렇게 만든 현실 가운데 사는 애수와 그렇게 된 인간에 대한 깊은 슬픔의 정"이 존재함을 강조한다. 작품에 재현된 인물의 형상을 바로 그 민족의 본질로 확정하고 유포해버리는 일본평단의 태도를 임화는 비판적으로 지적하지 않을 수 없었던 것이다.

무엇보다 임화는, 조선문학에 대한 호감을 바로 조선어 창작의 문제로 쟁점화하는 일본문단의 태도에 주목했다. 조선문학이 일본문단의 관심을 받지 못한 것은 "조선문학이 조선어로 씌어진다는 것" 때문이라는 지적을 상업적인 포즈라고 비판하면서 『문학계』에 실린 가와카미 데쓰타로[河上徹太郎]의 후기를 인용해 자신의 입장을 대신한다.

> 만주문학이나 조선문학의 대두는 최근 일이 개월의 현저한 경향이다. 이것은 국책에 편승한 것도 아니요 「엑조티즘」도 아닌 순정한 문학적 기운이라고 나는 생각한다. 즉 그들의 작품은 각각 그 민족문학의 전통 위에서의 현대의 것이 아니고 일본현대문학의 식민지적 출장소도 아닌 세계문학이 이 이십세기라는 시대에 지방적으로 개화한 근대문학의 일종이라는 것을 똑똑히 말할 수가 있다.[36]

임화는 이 글의 서두에서 조선문학에 대한 관심이 "조선문학의 수준이 상승된 결과라고 생각한다면 약간 어리석다"고 단정했지만, 조선문학을 "지방적으로 개화한 근대문학의 일종"으로 규정함으로써 근대문학으로서의 조선문학의 존재를 새삼 강조하고 있다.[37] 이는 근대문학

---

36 임화, 「동경문단과 조선문학」, 49쪽.
37 임화는 『문예』의 조선문학 특집에서도 이와 유사한 논지를 펼치고 있는데, 특히

이라는 보편 혹은 세계성을, 특수 혹은 지방성으로서의 조선문학 안에 담지하고 있다는 논리이다. 달리 말하면 어차피 지구상에 현상적으로 존재하는 모든 문학은 지방문학이며, 적어도 그것이 근대문학인 한은 추상적 개념으로서의 세계성을 담지하고 있다는 말이다. 그는 조선문학이 근대문학의 맹아기를 벗어나 도약기에 있고 이러한 조선문학의 자극이 '시야의 확충'이라는 점에서 일본문학에 유익하다는 점을 강조하며 글을 맺는다. 임화의 이런 해석은 일본어 창작을 통해 전면적인 '국어'의 문학으로 투항하는 내선일체의 상황에 대항하는 최소한의 방어논리라고 볼 수 있다. 요컨대 임화는 조선문학을 바라보는 일본문단의 몇 가지 시선을 분석하는 가운데 외지문학을 '국어'로 완전히 포섭하기보다는 다양성을 허용하는 포용력을 일본문학의 바람직한 가능태라고 강변함으로써 조선어로 된 조선문학의 존재 근거를 확보하고자 했던 것이다.

한편 최재서는 임화와는 다른 지점에서 일본의 '국민문학' 안에 조선문학을 어떻게 위계화할 것인가를 고민했던 인물이다. 최재서는 『국민문학』의 편집주간으로서, '국민문학'의 이념을 조선에 생산, 전파하는 선봉대의 역할을 담당했다. '국민문학론'은 일본의 태평양전쟁을 사상적, 문화적으로 지원하는 대표적 담론으로서, 국가의 가치를 최우선으로 하는 전형적인 파시즘론에 입각하여 '국체에 위배'되는 민족주의적, 사회주의적 경향은 물론 일체의 개인주의, 자유주의, 그리고 나아가 코스모폴리타니즘을 철저히 배격한다.[38] 1940년대에 일본문학을

'고유한 문학'을 만드는 '고유한 환경'을 강조한다. 일본에서 생산되는 밀감이 조선에서는 나오지 않고, 조선에서는 단밤이 그것을 대신한다는 예를 들면서, 문학도 이처럼 자연스럽게 환경과 풍토에 따라 독특한 방식을 형성함을 역설한다(「現代朝鮮文學の環境」, 『文藝』, 1940.7).

논한다는 것은 '국민문학'을 논하는 것과 다르지 않으며, 마찬가지로 조선문학에 대한 논의 또한 필연적으로 '국민문학론'으로 귀결하게 된다. 최재서의 인식 안에서는 일본도 '우리'이며 조선도 '우리'이지만, '국민문학' 개념을 둘러싸고 일본문학과 조선문학을 배치하는 과정은 그렇게 단순하지만은 않다. 최재서는 1943년에 발간한 『전환기의 조선문학』 서문에서 다음과 같이 진술하고 있다.

> 이 보잘 것 없는 평론집은, 개인적으로는 문예의 세계에서 일본국가의 모습을 발견하기까지의 영혼의 기록이라고 할 수 있다. 나는 어린 시절부터 일본말과, 그 예의바름과, 언제나 생기 있는 학문적 호기심과 특히 메이지문학이 좋았었다. 그리고 내가 알게 된 몇몇 내지인과는 아무 거리낌도 없이 사귈 수 있었다. 이렇게 해서 나는 일본을 호흡하고 일본 안에서 성장해왔다. 그러나 그러한 것을 하나하나 일본국가와 연결시켜 생각하려 하지는 않았다. 말하자면, 그것은 취미의 문제이며 교양의 문제 같은 것이기 때문이다.
>
> 이렇게 해서 오랫동안 익혀온 것을 새롭게 자신으로부터 떼어내어 의식적으로 일본과 연결시켜 생각한다고 하는 것은 나에게 있어서는 충격이었으며, 때로는 낯간지러운 일이기까지 했다. 그러나 금방 그것이 나의 동포가 밟고 일어서지 않으면 안 될 가시밭길임을 알았다. 그날 이후, 나는 묵묵히 나 자신의 길이 아니고 내 동포의 길을 걸었다. 그것을 말하자면 일억 국민의 길이다.[39]

---

38 최재서, 「문학자와 세계관의 문제」, 노상래 역, 『전환기의 조선문학』, 영남대 출판부, 2006.
39 위의 책, 머리말.

이 글은 내선일체라는 절대적 과제를 대면하고 있는 식민지 지식인의 착잡한 자의식이 정직하게 투영되어 있다. 개인적 취미와 교양의 차원에서 '일본적인 것'을 애호했던 '자신의 길'을 버리고, 모든 것을 일본이라는 국가와 연결해 의식하는 '동포의 길', 즉 '일억 국민의 길'을 당위로 제시하는 최재서의 논리는 일면 비장하기까지 하다. 최재서는 식민지 조선인들이 자기 신체에 드리워진 '조선적인 것'을 지우고 '일본적인 것'을 체화하는 과정을 '가시밭길'에 비유하고 있다. 노골적인 친일문인이었던 그도 일본화의 과정을 '충격'이고 '낯간지러운 일'로 의식했던 것이다. 그러나 '사(私)'를 지우고 '공(公)'을 받드는 이러한 '국민 됨'의 논리는, '사'라는 항목에 개인으로서의 최재서는 물론이고 전체로서의 조선이 함께 존재한다는 점에서 여전히 긴장과 균열의 지점을 내포하고 있다.

최재서는 '국민문학'의 체제를 취하는 것은 더 이상 조선문학이 아니라는 비판에 대해, 일본문학과 대립하여 조선문학이 있는 것이 아니라 일본문학의 일환으로서 조선문학이 존재한다는 논리로 반박한다. 그는 "조선문학의 멸망을 외치는 절망론"이나 "조선문학을 말살하려는 획일론" 모두를 비판하면서, 조선문학이 큐슈문학이나 동북문학, 또는 대만문학 등이 가지고 있는 지방적 특이성 이상의 것을 가지고 있음을 내세운다. 조선문학은 사고형식상으로나 현실적인 문제의식에서 일본과는 다르며 오랫동안 독자적인 문학적 전통을 견지해왔음을 강조한다. 그는 "국가가 없으면 문학도 없다"는 일본문인의 자극적인 발언을 문제 삼으며, 조선문학을 향한 어설픈 동정론이나 나치 투의 민족순혈주의를 모두 경계해야 한다고 주장한다. 결국 최재서는 일본문학을 향해 포용력을 요구함과 동시에 여러 식민지 문학의 배치에 있어 조선문학의 특별한 위치, 즉 우위를 촉구하고 있다. 물론 조선문학은 일본문학의 재질서화에 '국민문학'적 체제를 취함으로써만이 개입할 수 있다.[40]

최재서는 식민지 '국민문학'의 선도자답게 내선일체의 과제를 실현하기 위해 구체적 실천 방안을 모색하였는데, 일본과 조선의 문화적 교류가 불균형함을 지적하며 교류 확대를 제시하고 있다. 조선에서 일본문학이 널리 읽히는 것처럼 일본에서도 조선문학을 읽히게 하자는 주장은 표면적으로는 내선일체의 실천으로 보이지만, 수신자의 입장에서 일방적으로 제국의 것을 받아들여야만 했던 식민지 문인의 피해의식이 송신자에 대한 욕망으로 전화한 것이라고도 해석할 수 있다. 흥미로운 것은 이러한 주장에 이어진 다음의 진술이다.

> 종래 일본문학이 조선작가에 의해서 압도적으로 읽혔다는 것은 좀 전에도 말한 대로지만, 그것이 과연 자기의 문학으로서 읽혔는지 의문이다. 다만 자기 수업의 양식으로써, 혹은 정진의 목표로써, 심한 경우 서양문학의 소개자나 단지 관문으로써 읽혔다고 말하면 지나칠까? 어떤 쪽이라고 하든지 내지문학이 자기의 문학으로 의식되지는 않았다.[41]

여기서는 조선에서 일본문학이 압도적으로 읽혔음은 인정하지만, 그것이 주로 지적 교양의 수단으로 수용되거나 서양문학의 소개자 정도로 간주되었음을 분명히 언표화하고 있다. 최재서가 말하고 싶은 것은 물론 일본문학을 '자기의 문학'으로 의식하지 못한 '조선의 문제'를 지적하고자 한 것이지만, 한편으로 조선의 문인들이 일본문학을 '지기

---

40 「조선문단의 현단계」, 위의 책, 73쪽.
41 「우감록(偶感錄)─국민문학을 중심으로 하여」, 위의 책, 135쪽.

의 것'을 가지지 못한 서구문학의 모사물, 혹은 '투명한 매개' 정도로 인식하고 있었음을 분명하게 확인시켜 주고 있다. 이처럼 최재서는 일본문학과 조선문학의 관계 설정의 문제를 언급하는 과정에서 은폐해야할 의식을 노출함으로써, 내선일체를 선동한 '국민문학론'의 주창자에게서도 완전히 매끄럽게 봉합되지 못한 균열의 지점이 있음을 보여준다. 이 지점이야말로 세계전쟁을 향해 급박하게 전개되었던 시국의 압박 속에서 '일체'시킬 수 없는 것을 급조된 논리로 봉합해야만 했던 식민지 내선일체론자들이 처한 현실이었다.

일본 제국주의의 확대정책에 따라 정치적으로는 조선이 중요하게 부각되어 조선문학을 소개할 필요성은 있으나, 일본문단, 일본사회가 그것을 어떻게 위치지어야 할지 명확히 인식할 수 없었던 때가 1940년을 전후한 시기이다. 이 시기에 진행된 일본에서의 조선문학 소개는 정책선전의 도구에만 머문다고 볼 수는 없으며, 이는 분명 제국과 식민지 간에 벌어진 문화교류의 의미를 지닌다고 볼 수 있다. 중요한 것은 비록 '국민문학'이라는 당위에 의해 파생된 상황이기는 하지만, 이 시기에 와서야 일본이 '조선문학'을 본격적으로 호명하게 되었다는 사실이다. 그러나 아이러니하게도 조선문학은 일본문단에 의해 공식적으로 호명되자마자 그 독자적 존재를 위협받는 상황에 처하고 만다.

4. 일본문학의 '자기 문학화', 과잉과 균열

   일본은 중일전쟁을 거치면서 '대동아공영권'의 구상을 전면화하면서 전쟁의 당위성을 설파하고 총동원체제를 효과적으로 유지하기 위해 '성전(聖戰)'의 개념을 적극 활용하였다. 이러한 동원 체제는 식민지 문인들에게 '강요된 자발성'을 부추겨 '황군위문 문단사절단'을 구성하게 만들었고, '조선문인협회'(1939.10)와 '조선문인보국회'(1943.4) 등과 같은 선전조직을 결성시켰다. 전방과 후방을 따로 구별하지 않는, 말 그대로의 전쟁 수행을 위한 총동원체제는 식민지 문인들의 환경이 되었고 그 속에서 자연스럽게 '전쟁문학'이라는 문학적 주제가 부상한다. 1940년을 전후해 활발하게 전개된 '전쟁문학'에 대한 논의에서는 내선일체의 논리 속에 일본의 제국주의 전쟁을 자신들의 전쟁으로 '수리(受理)'하는 식민지 문인들의 의식을 확인할 수 있다.

   1939년 1월 『삼천리』에 게재된 「'전쟁문학'과 '조선작가' - 전쟁과 문학과 그 작품을 말하는 좌담회」라는 글은, 전쟁이라는 절박한 시국이 식민지 문인들을 얼마나 이상한 열기로 충동하였는지를 적나라하게 보여주고 있다. 김동환은 일본의 전쟁문학은 애국문학이란 견지에서 "전쟁의 숭고함"이나 "국가혼의 찬미"를 주제로 한다고 정리하고 있다. 박영희도 같은 글에서 "아국(我國)의 전쟁"은 "동양의 영원한 평화를 위한 성전"임을 강조하고 있다.[42] 이 좌담회에서는 일본의 전쟁문학 작품이 많이 기론되고 있는데, 그 중에서도 히노 아시헤이[火野葦平]의 『보리와

---

42 김동환·박영희·김기진, 「'전쟁문학'과 '조선작가' - 전쟁과 문학과 그 작품을 말하는 좌담회」, 『삼천리』, 1939.1, 21~22쪽.

병대』,『흙과 병대』와 우에다 히로시[上田廣]의 『황록(黃鹿)』 등이 대표적
이다. 특히 당시 "낙양의 지가를 올리며" '진정한 전쟁문학'으로 고평되
었던 『보리와 병대』(『改造』, 1938.8)는 총독부가 주재하여 조선에서 번역
단행본을 낸 최초의 작품으로 일본은 물론이고 조선에서도 대단한 반
향을 불러일으켰다.[43] 전장에서의 직접 체험을 바탕으로 쓴 이 보고문
학 작품에 대해 『삼천리』의 좌담회에서는, "국기의 밑에서 제가 소집되
어 전장에 나가는 것을 조금도 두려워하지 않고 기쁘게 아는 그 감정"의
소산을 드러낸 훌륭한 전쟁문학이라는 데에 합의하고 있다. 그런데 이
시기 일본의 전쟁문학에 대해 가장 집중적인 글을 쓴 백철은 이와는 다
른 시각에서 『보리와 병대』를 해석한다. 그는 「전쟁문학일고」에서 『보
리와 병대』를 포함한 일본의 전쟁문학이 "지나사변이란 역사적 아페야
를 콩크리-트한 형상으로 그려내질 못했다"고 지적하고, 이 작품이 성
공한 것은 "독자 자신의 지우(知友), 또는 친족을 직접 전장에 보낸 흥분
된 감정이 다분히 기분을 조장"했기 때문이라고 설명한다. 그러면서 중
일전쟁을 반대의 입장에서 다룬 중국의 전쟁문학인 소군(蕭軍)의 『유격
대기(記)』가 탁월한 인물묘사를 보여줌으로써 "인간이 있다"라는 실감
을 느끼게 한다고 고평하고 있다.[44] 이 글보다 앞서 발표한 「일본문학
상의 전쟁」에서는 '고대에서 덕천시대, 명치시대, 현대'로 나누어 일본
의 전쟁문학을 통시적으로 개괄하고 있는데, 『보리와 병대』의 내용을
인용하며 "작가에게서 진실한 인도주의적인 것과 인류적인 것"을 느끼
며 특히 "지나포로에 대하여 묘사한 곳은 인도주의적 색채가 농후"하여
이러한 경향이 "일본 내지문학의 신경향"을 주도하는 '동기'가 될 것이

---

43 「번역된 『보리와 병대』 시정(市井)에 수(遂)대뷰」, 『동아일보』, 1939.7.18.
44 백철, 「전쟁문학일고」, 『인문평론』, 인문사, 1939.10, 46~51쪽.

라 진단하고 있다.[45]

『삼천리』좌담회의 내용과 비교해볼 때, 그리고 전쟁문학이야말로 "일본정신의 예술화와 문학화"라고 말한 박영희의 사례에 비춰볼 때,[46] 백철의 일본 전쟁문학 논의는 일반적인 '국민문학론'과는 거리가 있다. 그러나 김윤식이 분석한 바대로 이 시기 이미 백철은 중일전쟁을 지식인의 입장에서 '세계적 사실'로 수리함을 공언하였고, 이 '사실'을 파시즘적 '신화'와 결부시킴으로써 자신의 변모에 대한 '논리적' 기반을 마련해가고 있었다.[47] 그는 파시즘 전쟁을 '사실'로 수리한 후, 그러한 '사실'을 배경으로 탄생한 전쟁문학 속에서 인도주의적 측면을 찾아내고, 그것을 인류적 보편성이라는 이상주의와 연결하여 나름의 문학적 돌파구를 모색했던 것이다. 그러나 가해자의 입장에 있는 제국일본의 전쟁문학 속에서 피해자로서의 중국포로를 배려하는 것에서 인도주의를 발견하는 것, 또한 그것을 보편적 인류애라는 이상주의로 포장하는 것은 자기 안에 존재하는 피식민의 의식을 지움으로써만이 가능한 일이 아니었을까? 물론 실제로 죽고 죽이는 전쟁에서 가해자·피해자를 구분한다는 것이 무의미할 수도 있지만, 전쟁 자체를 근본적으로 문제삼는 것이 아닌 이상 알량한 동정심에서 인도주의를 운운하는 것은 그야말로 논리의 비약이 아닐 수 없다. 그런 점에서 백철의 '타협적 추수주의'는 '성전(聖戰)'을 노골적으로 부르짖었던 다른 식민지 문인들만큼이나 적극적으로 제국의 시선을 자기화했던 하나의 사례라 하겠다.

한편 1940년대의 매체에서 일본문학에 대한 지속적인 언표화를 수

---

45 백철, 『일본문학상의 전쟁』, 『조광』, 1939. 2, 59~61쪽.
46 박영희, 「전쟁과 조선문학」, 『인문평론』, 1939. 10, 42~43쪽.
47 김윤식, 『한국근대문예비평사연구』, 일지사, 1986, 396~402쪽.

행하고 있는 돌출된 개인을 발견할 수 있는데, 바로 경성제국대학에서 유일하게 일문학을 전공한 서두수이다.[48] 일본문학이 공식적인 제도 교육 속에서 본격적으로 수용된 것은 경성제국대학의 설립과 그 궤를 같이 한다. 1924년 예과가 개설되고 이어서 1926년 경성제국대학에 법문학부가 설치되면서 문학과가 생겼고, 그 안에 '국어·국문학', '조선어·조선문학', '지나어·지나문학', '외국어·외국문학'의 4개 영역으로 세부 전공이 정해졌다. 일본문학은 예과의 '고전과(古典科)'와 본과 '문학과'에서 주로 강의되었는데, 일본인 교수들에 의해 식민지 교육의 목적에 부합하여 '국학(國學)'의 견지에서 운영되었다.[49] 식민지 문인들이 일본문학을 아무리 적극적으로 수용한다 하더라도 일본의 고대, 중세문학을 본격적으로 읽기란 어려운 일인 만큼, 제도적 교육을 통한 일본문학의 학습은 개인적 차원에서 문학적 지식이나 교양의 습득을 위해 동시대의 일본문학을 접했던 경우와는 분명한 차별성을 지닌다. 즉 경성제국대학이라는 제도적 영역에서 일본문학(사)을 접했던 새로운 부류가 생겨남으로써, 일본문학에 대한 독서의 내용과 수준, 혹은 접근의 방식 등에서 기존의 시선과는 차이를 갖게 되었던 것이다. 이 새로운 부류의 선두에 서두수의 자리가 있다.

서두수는 일본문학의 특징을 분석하는 「'특집' 동양문학의 재반성－일본문학의 특질」,[50] 「문학의 일본심」[51]을 발표했고, 메이지 문학에 대한

---

48 경성제국대학에서 일본문학을 전공한 사람은 서두수와 최성희로 2명이지만, 최성희는 후에 다시 법학을 전공한다. 따라서 일본문학 전공자로 문학 활동을 한 사람은 서두수가 유일하다(이충우, 『경성제국대학』, 다락원, 1980, '부록 : 조선인 입학생 명단' 참조).

49 김영심, 「식민지 조선에 있어서의 원씨물어(源氏物語)－경성제국대학의 교육실태와 수용양상」, 『일본연구』, 한국외대 일본연구소, 2003.12, 31~34쪽 참조.

50 『인문평론』, 1940.6.1.

장르별 해설인 「메이지 소설[明治の小說]」(『춘추』, 1942.9), 「메이지 시가[明治の詩歌]」(『춘추』, 1942.11), 「메이지 극문학[明治の劇文學]」(『춘추』, 1942.12) 등 일본문학에 대한 다수의 글을 썼다. 그는 일본문화, 혹은 문학의 특성에 대한 일본 내에서의 논의를 다양하게 인용함으로써 비교적 학술적인 연구의 면모를 보이고 있다. 연구의 대상은 객관적 거리를 확보해야 한다는 전제에 입각해 서두수는 경성제국대학에서 학습한 내용을 바탕으로 주로 동시대의 일본문학보다는 메이지 이전과 메이지 초기의 일본문학에 초점을 맞춰 일본적 특성을 이끌어내고 있다.[52] 그가 인용하고 있는 '일본적인 것'과 관련된 내용을 요약해보면, 우선 하세가와 뇨제칸[長谷川如是閑]의 「일본적 성격(日本的 性格)」을 참조하여 일본의 "국민적 성격은 어떤 경우에 반동으로서 보여진 배타적 경향보다는 긴 역사에 배양된 동화적 경향"이라고 특징짓고 있다. 다음으로 오카자키 요시에[岡崎義惠]의 「일본문예양식[日本文藝の樣式]」을 인용해 일본문학의 표현방법을 "무구조적 단편적"이라고 요약하고 있으며, 쓰즈미 쓰네요시[鼓常良]가 「일본예술양식 연구[日本藝術樣式の硏究]」에서 일본예술의 특성으로 규정한 "무한계성" 개념과, 야마구치 유스케[山口諭助]가 『공백의 예술[無の藝術]』에서 말한 "공백의 예술" 개념, 오니시 요시노리[大西克禮]의 "음울적 미"(「幽玄とあわれ」) 개념 등을 부분적으로 소개하고 있다.

　말을 간단히 하고 말의 의미를 달리 표현하는 상징적 수법을 그들은 퍽

51　『조광』, 1942.5.1.

52　김채수는 한국인의 일본문학연구사를 검토하는 글에서, 식민지 시대 조선인을 위한 일본문학 연구는 경성제국대학의 교수였던 일본인 학자들에 의해 출발했고, 그것은 일본의 제국주의 정책에 부응해 이 대학에 입학했던 조선인들에 의해 계승되었다고 설명하고 있다(김채수, 「한국인의 일본문학 연구의 목적과 방법」, 『일본문화연구』 제2집, 동아시아일본학회, 2000.5, 41~42쪽 참조).

좋아하였다. 즉 될 수 있으면 말을 적게 이르는 바 言靈(ことたま)가 번창하지만 言擧(ことあげ) 아니하는 수법을 당연히 말이 많을 극적 연출에 있어서 더구나 오고가고 주고받고 하는 것이 본성일 말의 회화체를 줄이면서 말을 하여도 수줍게 독백체로 하는 것이 그들 성품의 안존한 맛에 어울려졌던 것이 그들의 能樂, 淨瑠璃 내지 歌舞伎가 아닌가. 이에 무대나 연기의 설명격으로 작가의 주관적 혼입인 地과는 부분의 버젓한 위치가 가져진 것이 아닌가 한다. 물론 본래의 狂言은 좀 다르다. 그러나 여기서도 전자에 준할 형(かた)이 힘 있는 권자(權者)이다. 대체로 현실적 템포를 가지면서도 すり足니 座이니 하는 룰인 표현의 유형화에 의미를 두어서 말(언어)을 구속하고 있다. 그러면 이렇게 말하는 것이 문학적 표현에 어떻게 되어 있나. 여기에 단편성과 무한계성, 무구축성이 논자에 일컬어지는 근거가 있다. 작가는 결코 샅샅이 다 뒤쳐내지는 아니한다. 미를 온통 나체화하질 아니한다. 오히려 감상자에게 마음이 활동할 여지를 주기 위하여 단편적으로 표현하면서 감상자의 상상의 활동을 기다려 작가가 말하고 보일 것을 餘情 餘韻으로 남겨 끼친다는 말이다.[53]

'언령(言靈)'이 번창하고 '언거(言擧)'가 빈약한 것을 여운과 여정의 개념으로 설명하고, 이를 다시 '무' 혹은 '공백'의 개념과 '무한계성', '무구축성'과 연관시키며, 여기에다 '음울'을 더하여 그것이 동양의, 특히 일본의 예술이 가지는 미(美)임을 강조하고 있다. 흥미로운 것은 이 음울이 결국에는 '제약'이고, 이것은 '낭비'와 대칭의 지점에 존재한다는 해석이다. 그는 『원씨물어(源氏物語)』 등의 일본 고전작품에 그려진 여성

---

53 서두수, 「동양문학의 재반성 – 일본문학의 특질」, 『인문평론』, 1940.6, 7쪽.

상을 예로 들어, 여성은 묘사된 '개성' 덕분이 아니라 오직 '여자'이기 때문에 남성으로부터 연모의 대상이 된다고 설명한다. 즉 여성이 "낮으론 자태를 보이지 않고 어두운 밤 장막에 숨어 있어 달빛같이 창백하고 벌레소리같이 힘없고 초로같이 덧없는 것"으로 그려짐으로써 "보이지 않는 함축"의 미를 창조할 수 있었다는 것이다.

한편 일본이 민족 간 투쟁이나 정치형태의 변동이 별로 없어 "외연적 성장으로는 위축하여버리고 내포적으로 진화하는 경향"이 강화됨에 따라 '과대'와는 거리가 먼 '왜소성'을 숙명적으로 내재하게 되었다고 본다. 『고사기』 내지 『일본서기』까지도 객관적 사료로서 일관성을 지니지 못하고 예술적 표현이 많아 결국 '물어(物語)' 문학의 선구 자리에 놓이게 된 것도 이 '왜소성'과 무관하지 않다는 해석이다.

그러면 이상의 것은 무엇에 의거하느냐. 흔히 말하는 사색적 비판의 결핍, 지성의 결핍에 이는 의존한다. 바꾸어 보면 감성에 倚支함이 과다하다. 무릇 감성의 세련은 일본문화적인 것의 외형보다 훨씬 강하게 그 문화적 개성을 형성하고 있다. 그러나 이때에 있어서 그것은 감각의 낭비를 배척하는 제약적인 문화적 감각이다. 과대와 煩瑣를 부정하는 감각이며 制約抑壓에 의한 岡倉天心의 소위 불완전의 미가 이로 해서 이루어지는 그러한 것이다. 생활자극의 무한한 증진을 요구하는 본능적 기호를 외관으로는 원시문명에 환원시키는 듯하면서 내적으로 원시적 형태를 무한히 세련하는 감성이 문학에 소박한 감동을 도입한다. (…중략…) 이 幽玄이란 불명석, 불확실한, 혼잔한, 비애 내지 적막감을 발견하는 것이다. 이 역시 수다하게 뒤덮어 두고 불러온 餘情과 隣置되는 내재적, 비합리적, 不可說的, 微細性적이며 깊이에서 오는 陰鬱的 美이다.[54]

일본문학의 특성에 대한 논의에서 광범위하게 수용되고 있는 개념인 유현(幽玄)은 비교적 일본문학에 국한시켜 적용되는 개념임이 분명하지만, 이 글에서 일본적 특징으로 언급되는 아와레(あわれ)는 슬픔과 덧없음을 의미하는 것으로 비애(悲哀)와 무상(無常)의 이중적 개념으로 번역 가능하다. 그런데 문제는 이 개념들이 동시대 조선미의 특성으로 지칭되고 있었다는 사실이다. 잘 알려진 대로, 1920년을 전후한 시기에 이미 야나기 무네요시는 비애미와 무상감을 조선의 미(美), 혹은 조선적인 특징으로 규정한 바 있으며,[55] 이 담론은 일본인에게는 물론이고 식민지 조선인들에게도 광범위하게 수용되었다. 1937년 조선문학의 전통을 논하는 홍명희와 유진오의 대담도 이 담론에 기반하고 있는데, 여기서 유진오는 일본문학의 전통으로 '사비(さび, 閑寂) 혹은 '모노노아와레(もののあはれ)'가 언급되는 것과 마찬가지로 조선문학의 특성으로 '무상'이 논의되는 사례를 들면서, "일본문화의 독특한 점이라는 것도 결국은 세계적 문화의 영향에 따라 된 것이므로 인류공통적인 것"이라고 말한다.[56] 일본문학과 조선문학에 공통적으로 적용되는 이런 개념들은 불교의 영향이나, '동양적' 특성으로 설명되기도 하였다. 그런가 하면 서두수는 일본문학의 감성적 우세를 강조하는 가운데 그것이 '선량성(善良性)'을 지닌다고까지 말한다. 윤리적 개념을 동원해 문학의 내셔널 아이덴티티를 운위하는 방식은 그야말로 비논리의 전형이다. 이처럼

54 서두수, 「문학(文學)의 일본심(日本心)」, 『조광』 79, 1942.5, 11쪽.
55 야나기 무네요시[柳宗悅]는 「조선의 미술」이라는 글에서 중국, 일본, 조선의 자연환경과 역사적 경험 등을 근거로 각각의 민족적 특성을 차이화 하고 있다. 여기서 일본의 특성은 외침의 공포 없이 온화한 기후 속에 살았기 때문에 힘이나 무게, 강함보다는 자연에 따르는 조용함과 부드러움으로 설명되고 있다(『조선과 그 예술』, 신구, 1998, 85~93쪽 참조).
56 유진오 · 홍명희 대담, 「조선문학의 전통과 고전」, 『조선일보』, 1937.7.17.

일련의 사례에서는 본질주의의 시각에서 문학의 내셔널 아이덴티티를 포착하려는 논의가 주관적이고 상대적임을 확인할 수 있다.

사실 근대국가의 형성과정에서 발명되는 전통담론은 근대성의 합법적 보호 아래 진행되는 전근대성으로의 귀환이다. 즉 부정하고 외면되었던 것들이 근대의 결핍을 보상해주는 노스탤지어의 대상으로 재구성되는 것이다. 서두수의 글에서 확인할 수 있듯이 일본문학의 특성으로 내세우고 있는 내용들은 거의 전근대적 세계의 속성과 동일하다. 서두수는 일본의 고전문학에 대한 지식을 기반으로, 그리고 동시대에 전개된 일본 내에서의 전통담론을 참조하여 마침내 당대 일본인들이 그리워하는 근대 이전의 세계를 매우 신비로운 아우라로 재구성하고 있다. 그런데 이런 방식으로의 규정은 '일본적인 것'의 신화화에는 어느 정도 기여하지만 제국의 전쟁 수행이라는 보다 급박한 시국적 과제에는 부응하지 못한다. 서두수는 이 점을 재빨리 인식하고 '일본적인 것'을 보다 능동적인 개념으로 재정의 한다.

「문학의 일본심」에서 서두수는 먼저 일본문학에 대한 기존 정의를 재검토하면서 다소 부정적인 성격 규정에 대해 방어적인 태도를 취한다. 일본문학의 특성이라고 자신의 입으로도 말했던 '왜소성'에 대해서는 『원씨물어』 같은 방대한 작품을 예로 들며 반박하고, 사상성의 빈곤함도 민족성의 영향과 결부하여 재검토가 필요하다고 강변하고 있다. 일본의 민족성은 투쟁적이 아닌데, 신화 같은 것만 봐도 다른 나라와 같은 "음산하고 어두운 싸움"의 모습은 찾아보기 힘들고, 기본적으로 명랑하여 비극적인 사상과는 거리가 있다는 것이다. 역시 여기서도 풍토성의 문제와 결부시킨다.

또 한편 문학은 풍토성에도 많은 영향을 받고 있습니다. 다름이 아니라 자연적 환경을 말함입니다마는 비가 어지간하지 않은 것과 해류가 기온을 조절하는 그 관계가 일본국토의 경치를 아름답게 하며 생활을 즐겁게 하고 있습니다. 이것이 한편에 있어서 애국심을 강하게 하는 한 원인이 되기도 합니다마는 이것은 어쨌든 문학에 어떠한 큰 것을 가져오겠으리는 못 되었습니다. 그러나 여기서 생각할 점은 형체가 적은 그것에 어느 편 아기자기한 맛이 있기도 합니다. 바꾸어 말하면 얼핏 보아서는 단순히 단순함에 머물러 있는 것으로 생각되나 알뜰하게 살핀다면 이 단순 속에 무한량이라는 것과 순수라는 것을 혼동하여서는 알 나위 없지요. 복대이를 쳐 통제를 잃은 것은 걸핏해서 쉽사리 파산하는 것. 간소한 형(形) 속에 샘솟듯 하는 생명을 지속하는 것은 순수한 것 그것입니다. 한때 번듯하다가는 그만 그대로 퍼썩 해버리는 것과는 아주 다른 것을 알아야 합니다. 동양서는 대체로 순수한 것이란 형식의 적은 것에 엉켜드는 것을 말하는 편도 됩니다.[57]

결국 작고 단순한 것으로 표현되는 '일본적인 것'은 긍정적인 차원에서 해석되고 있다. 무상과 음울이 명랑과 순수의 이미지로 대체되고, 국토의 아름다움이 생활의 즐거움을 보장하는 근거가 되어 결국 애국심을 강화하는 요인으로 설명된다. 이 글은 앞의 글에 비해 '국민문학'의 과제를 분명히 의식하면서 '일본적인 것'을 명랑하고 건강한 이미지로 연결 짓고 있다. 이처럼 서두수의 두 글에서 확인할 수 있는 것은, 학술적 접근이라는 의장 속에 내셔널 아이덴티티라는 것이 얼마나 허구적으로 구성되고 있는가 하는 점이다. 백철의 사례에서도 보았듯이

---

57 위의 글, 197쪽.

'국민문학'이라는 과제에 부응했던 식민지 문인들의 의식세계는 이미 합리적인 논리의 경계를 벗어나 있었다. 서두수의 아카데미즘도 결국 이러한 비정상적 담론장의 구속력을 벗어나지 못했던 것이다. 주목할 점은, 일본문학의 언표화에서 늘 조선문학의 존재를 언급했던 최재서와는 달리 일본문학을 논하는 서두수의 글에서는 조선문학에 대한 표현이 전무하다는 사실이다. 일본문학을 대상으로 한 서두수의 글은 내용의 측면에서 거의 일본인에 의해 쓰여진 것처럼 보인다. 경성제국대학에서 제국의 문학을 전공한 서두수에게 일본문학은 적어도 표면적으로는 '자기의 문학'이었던 셈이다. 최재서가 식민지 문인들을 향해 반성적 목소리로 그렇게 강조했던 일본문학의 '자기 문학화'는 서두수에게서 마침내 실현되는 듯 보인다.

그런데 흥미로운 사실은 일본문학 전문가였던 서두수가 한편에서는 조선문학에 대한 연구 작업을 지속하고 있었다는 사실이다. 서두수는 경성제국대학에서 조선어문학을 전공한 조윤제, 이희승 등과 교류하며 1931년에는 '조선어문학회'를 조직하여 활동하였으며,[58] 조윤제와 함께 『조선시가사강(朝鮮詩歌史綱)』(1937)을 출판한 바 있다. 또한 「망론(妄論) '춘향가, 춘향전'」(『문장』, 1939.4)을 썼고, 일문으로 조선시가의 일본어 번역의 문제를 다룬 「시조의 심성, 조선시조의 국어역[時調のまこと心, 朝鮮時調の國語譯](1)」(『대동아』, 1943.3)이라는 글을 썼다. 조선문학에 대한 이러한 작업을, 단지 제도교육 속에서 문학사 연구의 의의와 근대적 실증주의 방법론을 학습한 서두수의 순수한 아카데미즘적 욕망의 결과라고 볼 수도 있겠다. 그러니 학문적 연구라는 객관적 의장

---

58 이충우, 앞의 책, 196쪽.

속에서 조선어로 된 조선문학을 지속적으로 대상화한다는 것은, 모국어로서의 조선문학의 존재를 확인하고 지(知)의 체계 속에 재구성하고자 하는 피식민자로서의 자의식이 작동하고 있음을 의미한다. 비록 그것이 식민주의 담론의 자장을 크게 벗어나지 못한다 하더라도 말이다. 이처럼 서두수는 일본문학과 조선문학을 동일한 지면 속에서 하나의 논리적 틀로 연루시키지 않음으로써, 즉 그것을 분리하여 독립적으로 대상화함으로써 식민-피식민의 직접적 도식화의 부담을 돌파하고 있는 것이다.

5. 식민성과 탈식민성의 착종

실제로 식민지 문인들은, 외국문학의 직접 번역을 강조한 해외문학파의 번역작업을 무용한 행위라고 비판할 정도로 일본어에 익숙해 있었고, 일본어로 번역된 서구문학은 물론 일본어로 창작된 일본문학을 읽으며 문학적 감수성과 의식을 성숙시켜왔다. 그들이 식민지 근대문학을 형성시킨 주체라고 볼 때, 한국 근대문학이 일본문학과 맺는 관계는 단순한 영향관계 그 이상의 것이라고 할 수 있다. 그럼에도 식민지 조선의 담론장에서 표면적으로 일본문학이 참조의 대상에서 배제되는 현상은 일본문학과 조선문학이라는 특수한 식민-피식민의 관계를 투영하는 문제적인 지점이 아닐 수 없다. 조선의 문인들은 일본 근대문학을 독자성을 지닌 하나의 국민(민족)문학이라는 차원에서 참조했다기보다, 서구의 근대문학을 모방·이식한 문학으로서, 즉 조선에게 근대문학을 전수하는 '투명한 매개'로서 인식했다. 서구문학의 보편성을 앞서 이식했다는 점에서 일본문학은 조선에게 선망의 대상이지만, 그것이 모방물이라는 점에서는 결함을 지닌 불완전한 존재이다. 어쩌면 그 불완전함을 과장함으로써, 식민지 조선의 문인들은 '원본'이 아닌 일본문학을 이식하는 행위, 혹은 그 이식성을 은폐하려는 태도 모두를 정당한 것으로 합리화하고자 했을지도 모르겠다.

1930년대 후반 파시즘의 강화로 '국민문학'으로의 편입이 강요되기 이전에는, 조선의 문인들은 일본문학이라는 명명 속에서 내셔널 아이덴티티를 의식했다기보다 서구문학을 추종·이식함으로써 담보하게 되는 모더니티, 즉 '보편성'에 주목했다고 하겠다. 물론 그 이면에는 일본문학의 독자성을 평가절하하고 동시에 일본문학에 대한 조선문학의 식민성을 희석화시키려는 욕망이 깔려 있었다. 더불어 외국문학으로서 일본문학을 의식하지 않으려는 태도의 근저에는 일본문학과 조선문학의 경계를 지워버림으로써 제국의 문학을 자기 것으로 삼고자 하는 동일화의 욕망도 존재했다. 그러나 1940년을 전후해 '국민문학'으로 포섭되는 시기에 이르면 '강요된 자발성'에 의해 일본문학을 '자기의 문학'으로 전면화하는 모습을 보이지만, 비약적 논리로 봉합된 표면적 승인은 그 과잉으로 인해 오히려 곳곳에서 균열의 흔적을 노출하고 말았다.

요컨대, 식민지 조선의 문인들에게 일본문학은 가장 절대적인 참조의 대상이었지만 그것을 굳이 언표화하거나 대상화하지 않아도 되는 그런 존재였다. 그럼에도 일본문학에 대한 언표화는, 식민지 조선의 문학적 성격을 규정하고 그곳에서 각축하는 문인들의 헤게모니 투쟁을 위해서는 필수적인 선택이었다. 달리 말해 일본문학의 영향을 은폐하거나 그 특성을 폄하하는 경우도, 반대로 적극적으로 일본문학을 자기화하는 경우도 모두 식민지 문학 내부에서의 자기위상과 관련된 인정투쟁의 일환으로 기능했다는 것이다. 즉 균열하고 봉합되는 식민지 주체의 위치에 따라 일본문학은 타자화 혹은 동일화의 대상이 되고, 제국일본과의 역학관계 속에서 식민지 문학의 자기위상이 좌우되었던 것이다. 이처럼 식민지 문인들에 의한 일본문학의 언표화는 필연적으로 조선문학의 식민성과 탈식민성의 착종 양상을 문제적으로 투사하고 있다.

제4장

파시즘기 외국문학의
존재방식과 교양

『인문평론』을 중심으로

1. 외국문학 연구의 위계화

실재하는 수많은 문학적 대상을 분류하고 체계화하는 데에는 무엇을 기준으로 삼는가에 따라 다양한 방식의 경계와 범주가 만들어진다. 무엇보다 문학이 특정한 언어를 기반으로 존재하고 구성되는 형식이라는 점을 고려한다면, 지구상에 존재하는 언어의 차이를 기준으로 문학의 분류화가 가능할 것이다. 그런데 이 언어적 체계는 대개 그것을 사용하는 공동체의 역사와 문화의 차이와 병치됨으로써 소위 국민(민족)문학이라는 범주로 수렴된다. 즉 근대 국민국가의 '탄생' 과정에서 개별 언어는 근대어로서 체계화되는 과정을 거쳐 내셔널리티와 공고하게 결합되어 버린다. 침략과 지배의 역사로 점철된 제국주의의 시공간 속에서, 제국과 식민지 사이에 언어를 매개로 의식과 문화의 차이화 혹은 동일화를 표명하거나 판별하는 방식은 언어 내셔널리즘이 작동하는 매우 전형적인 사례이다. 그런 의미에서 한국문학, 일본문학, 중국문학, 영국문학, 프랑스문학, 독일문학 등으로 호명하는 것이야말로 이미 특정 언어나 국가의 범주 속에 고유하게 내장되어 있다고 '상상되는' 내셔널리티를 환기시키고 재생산하는 과정에 다름 아니다.

언어와 국가(민족)의 경계 위에서 근대적 학문의 개념과 분류 기준에 근거하여 낱낱의 문학적 현상을 국민문학의 범주로 체계화하는 과정은 근대 대학 제도 속에서 공식적이고도 실제적으로 구현된다. 일본의 경우 1886년 도쿄제국대학의 설립 당시의 '문학부' 안에는 '철학', '사학', '박언학(博言學)'과 더불어 '화문학(和文學, 일본문학)', '한문학', '영문학', '독일문학'의 7개의 학과로 구성되어 있었고, 1904년과 1910년의 개편 과정을 통해 '철학과', '사학과', '문학과'의 삼분 구도로 정착되면서 '국문학', '지나문학', '범(梵)문학', '영길리문학', '독일문학', '불란서문학', '언어학'이 '문학과' 안에 확대·편성된다. 제국대학 초기에 사용된 광의의 '문학부'는 지금의 '인문학'과 호환되며, 이후 개편 과정에서 등장한 '문학과'는 지금의 '어문학'의 분류 체계와 흡사하다. 흥미로운 부분은 '박언학'에서 '언어학'으로의 교체인데, 19세기 유럽의 사례에서 보면 이러한 이행은 전근대적 제국주의로부터 근대적 제국주의로의 이행이자 국민국가 시스템으로의 지정학적 재편을 의미한다. 박언학은 식민주의적인 수집과 보존을 목적으로 하는, 말하자면 18세기적인 박물학의 끄트머리에 속하는 말의 학문이었다.[1] 그러나 근대사회가

---

1 곤충이나 화초의 수집처럼 미개의 지역으로 들어가 새롭고 진귀한 종을 발견하고 그것들을 수집·분류하여 '중심지'에 보고하는 것과 유사한 박언학은 박물학적 앎에 의한 말의 수집과 분류를 목적으로 하는 학문이었다(山口誠, 『英語講座の誕生』, 講談社, 2001, 70~72쪽 참조).

필요로 하는 것은 표준 언어로 구축된 근대적 '知'였고, 따라서 박언학은 언어학으로 교체되어야만 했다. 표준화와 보편화라는 기치 아래 근대 '국어'의 성립은 '국문학'을 추동하였고, 그것의 짝패로서 외국어로 된 '외국문학', 즉 개별 '국민문학'의 범주가 대학제도 속에 배치되었던 것이다.

식민지 조선의 경우 언어와 민족(국가)을 경계로 문학의 내부를 제도화하고 분과화하는 방식은 일본과 유사하면서도 차이가 있었다. 1926년 경성제국대학에 본과가 개설되면서 '문학부'가 성립되는데, 일본의 제국대학과는 달리 '조선어학·조선문학', '국어학·국문학', '지나어학·지나문학', 그리고 실제로 영문학에 한정되었던 '외국어학·외국문학'의 4강좌로 구성된다.[2] 식민지에 다채로운 외국문학과를 배치하는 것은 수요와 공급의 측면에서 볼 때 수지가 맞지 않은 일이고, 교수진의 구성에도 어려움이 있을 터이기에 단조로운 강좌 구성은 오히려 자연스럽다고 하겠다. 그런데 여기서 '영어학·영문학'이라고 명시하지 않고 군이 '외국문학'으로 표현한 것이 이채로운데, 이는 '국문학(일본문학)'뿐만 아니라 '조선문학', '지나문학'이 모두 '자국문학'의 범주에 수렴된다는 의미로 읽을 수 있다. 실제로 경성제대의 '국문학'은 "외지로 진출한 최초의" 일본문학으로,[3] 식민지 조선에게는 사실상 외국문학이면서도 '자기문학화' 해야 하는 중층적인 대상이었다. 중국은 청일전쟁의 패배 이후 일본에 의해 '과거의 제국'이라는 표상이 급격히

2　독어나 불어는 영문학을 전공하는 학생들이 들어야 하는 선택과목으로 예과의 교육과정에 들어 있었다(『경성제국대학일람(京城帝國大學一覽)』 5, 33쪽 참조).

3　조선에서의 '국문학'은 '국사학' 강좌와 함께 '국민의식과 국민의 확장'이라는 '내지연장주의'의 이념을 대표하는 '국가학'으로서 확대되어 갔다(박광현, 「'경성제국대학과'과 재조(在朝) 일본인 지식사회」, 『연세대 국학연구원 제10차 포럼 자료집』, 연세대 국학연구원, 2009.12.8, 11쪽 참조).

확산됨으로써 근대성의 차원에서 더 이상 참조하고 따라잡아야 할 대상이 아닌 것으로 규정되었지만, 한자문화권이란 공통분모가 여전히 공고했기 때문에 '지나문학' 또한 거리화가 쉽지 않았다. 일본 대학의 경우와 비교해볼 때 유럽언어권의 문학보다 '동양문학'을 집중 배치한 것은 현실적인 수요·공급의 문제와 더불어 '서양에 대항하기 위한 제국 일본의 '동양 만들기' 프로젝트와 무관하지 않을 것이다.

식민지 조선에서 외국문학을 번역·소개하고 연구의 수준까지 끌어올렸던 집단적 주체들은 세칭 '해외문학파'가 처음이었다.[4] 이들은 조선에 경성제대가 세워질 무렵 일본으로 유학해 주로 와세다, 호세이 등의 사립대학에서 영문학·불문학·독문학·노문학 등의 서구 유럽의 문학을 전공하였다. 외국어 해독력을 전제로 한다는 점에서 서구권 외국문학의 번역과 연구는 보다 전문성을 요구하는 독점적 영역이고, 따라서 대학과 같은 고등교육 과정을 필수적으로 거쳐야만했다. 해외문학파는 『해외문학』 발간을 출발로 1930년을 전후해 조선의 잡지나 신문 등의 매체를 장악하면서 외국문학의 번역·소개뿐만 아니라, 극예술연구회를 통한 신극운동, 그리고 수필문학, 아동문학 등의 비주류 문학 장르를 한국에 뿌리내리게 했고, 조선어운동에 참여하여 근대적 어문 질서의 체계화에 일조 하였다. 그런 의미에서 해외문학파의 문학사적 위상은 그들이 소개한 외국문학의 이념이나 내용성의 측면이 아니라 다양한 근대적 문학 장르의 도입과 문학어의 확장에 있다고 할

---

4 1925~1926년경 동경에서 결성된 '외국문학연구회'는 일본 와세다대의 정인섭(영문과), 이선근(사학과), 호세이대의 김진섭(독문과)·이하윤(영문과)·손우성(불문과), 도쿄고등사범의 김명휘, 도쿄외국어대의 김온 등의 유학생들이 결성한 모임으로, 1927년 1월 『해외문학』을 창간함으로써 이후 '해외문학파'라는 호칭을 얻는다.

것이다.[5] 그러나 이들이 번역·소개한 외국문학은 주로 낭만주의·상징주의 편향의 부르주아문학이었기에, 프로문학에 대한 탄압이 전면화 되는 국면에서 전방위 투쟁으로 절박했던 1930년대 초반의 임화에게 해외문학파는 민족개량주의자보다 더 위험한 "프로예술의 적"이었고 "타도"해야 할 "해외문학광(狂)"[6]이었다. 한편 이와는 다른 차원이지만 경성제대에서 영문학을 전공한 최재서도 "호적없는 외국문학연구가", "딜렛탄티즘"이라는 표현으로 해외문학파의 전문성 결여를 폄하하며 자신과 차별화하고자 했다.[7]

그런데 흥미로운 점은 파시즘이 강화되는 시점에서, 해외문학파를 동시에 비판했던 경성제대 출신의 최재서와, 임화를 비롯한 프로문학 계열의 비평가들이 『인문평론』에서 조우했다는 사실이다. 『인문평론』은 서인식, 신남철, 박치우 등의 역사철학자들이 주요 필진으로 참여한 점이 부각되고 있지만, 사실 무엇보다 문학 특히 외국문학이 중심이 되는 비평잡지였다. 『인문평론』이 시의적인 문화담론을 포함해 아카데미즘적인 문학연구를 수행할 수 있었던 데에는 논쟁과 담론생산에 유능한 프로문학가 및 역사철학자들의 참여와 더불어 경성제대의 학맥도 중요하게 작용했다. 철학을 전공한 신남철, 박치우와, 영문학의 최재서를 비롯해 조선문학·중국문학·일본문학을 전공한 조윤제, 김태준, 정래동, 서두수 등의 경성제대 출신들이 필자로 동원되었

---

5   해외문학파의 김진섭은 번역을 통해 서구의 근대적 문명어에 대한 지향이 강화되는 한편으로 조선어를 근대적 언어로서 체계화하고 그 고유성을 발견하려는 '순정(純正)의식'이 형성되는 과정이라는 점에서 번역의 '이율배반'적인 속성을 언급하고 있다. 해외문학파의 번역 및 연구에 대해서는 이 책의 1부 1장 참조.
6   김철우(임화), 「소위 '해외문학파'의 정체와 임무」, 『조선시광』, 1932.2.
7   최재서, 「호적없는 외국문학연구가」, 『조선일보』, 1936.4.26; 최재서, 「'딜렛탄티즘'을 축출하자」, 『조선일보』, 1936.4.28.

던 것이다. 『인문평론』은 2년도 채 안 되는 짧은 기간 동안 존재한 매체였지만, 최고의 좌파 이데올로그들과 제국대학이라는 제도권 학문의 엘리트들을 동시에 포용하고 있다는 점에서 그 매체적 위상과 파급력은 만만치 않다. 이 글은 1940년을 전후한 파시즘 시기에 외국문학, 특히 서구문학을 대상으로 지식을 구축하고 비평적 담론을 생산하는 방식과 그 의미를 『인문평론』을 중심으로 검토하고자 한다.

2. 『인문평론』의 외국문학 배치와 아카데미즘

　『인문평론』은 1939년 10월에 창간되어 1941년 4월에 폐간될 때까지 총 16호를 발간한 잡지로, 식민지 시기의 비평 혹은 외국문학의 존재방식이라는 차원에서 가장 안정된 지면 배치와 수준 높은 필진을 겸비했던 저널리즘의 최정점이자, 동시에 막다른 지점에 위치하고 있다. 『인문평론』은 출자나 판매의 안정 속에서 편집인 최재서를 중심으로 필진의 중량감과 비평의 문제의식에 있어 권위를 확보하고 있었다.[8] 당시 문예지가 대부분 500부 내외의 판매 부수를 올린데 반해, 창작보다는 외국문학 및 인문학 정전에 대한 리뷰나 학술적 비평이 주종을 이루었던 『인문평론』이 창간호부터 2,000부 이상 팔렸다는 사실은 보다 세밀한 분석을 요하는 부분이다. 1938년 일제는 '보도의 통일'과 '자원고갈의

8　조연현, 『한국신문학고』, 을유문화사, 1977, 204~208쪽.

방지'를 빌미삼아 신문을 중심으로 언론 통제를 단행하였는데, 이는 '국어상용'의 전면화로 이어져 1940년 8월에는 마침내 『조선일보』와 『동아일보』 등의 한글신문이 폐간되고 총독부 기관지인 『매일신보』의 독점 체제가 구축되었다. 다행히 신문에 비해 상대적으로 통제가 약했던 '출판법'이 적용되었던 잡지는 이러한 신문의 공백 시기를 한동안 대신해 주었다. 이러한 문화적 위기상황에서 비평정신을 상실한 "침체부진"의 평단[9]을 소생시킬 방향을 모색했던 매체가 바로 『인문평론』이었다.

'전환기' 혹은 '전형기'라는 용어에는 기존의 의식과 문화가 위협받고 있다는 위기담론이 내장되어 있으며, 동시에 새로운 가능성의 지평에서 헤게모니 쟁탈을 향한 욕망도 포진되어 있다. 문제는 1940년을 전후한 전체주의화의 도정에서 가능성에 대한 탐색은 원천적으로 봉쇄된 채 지배 이데올로기의 수용이라는 분명하고도 억압적인 방향성이 앞을 가로막고 있었다는 사실이다. 이런 상황은 두 가지 길을 가능하게 한다. 하나는 '사실 수리'를 위한 논리적 개연성을 스스로 마련함으로써 자기정당화의 기반을 마련하는 것이고, 다른 하나는 위기와 불안을 거리화하면서 선택의 시간을 최대한 지연시키는 것이다. 『인문평론』에서는 전자가 '권두언'이나 '논단'의 주요 평문을 중심으로 실현되고 있다면, 후자는 외국문학 혹은 조선문학에 대한 다양한 소개와 연구의 글에서 관철되고 있다. 『인문평론』은 이 두 가지 길을 모두 보여준다.

『국민문학』으로 이어지는 최재서의 이후 행보나, 잡지의 방향성을 드러내는 '권두언'의 내용 등과 결부시켜 『인문평론』은 "친일적 색채"를 띤 잡지로 규정되어 왔다.[10] 그러나 최근 연구에서는 최재서의 논의

---

9   이원조, 「비평정신의 상실과 논리의 획득」, 『인문평론』 창간호, 1939.10, 18쪽.
10   "친일적 색채"를 띤 잡지라는 규정은 임종국의 『친일문학론』(평화출판사, 1966 /

에만 집중하던 기존의 접근과는 달리,『인문평론』에 게재된 비평담론에 대한 정치한 분석을 통해 체제 순응의 논리와 더불어 그것에 균열을 가하는 또 다른 층위의 논리구조가 공존함을 규명하고 있다.[11]『인문평론』의 '안과 밖'을 둘러싸고 있는 콘텍스트의 재구성을 시도한 채호석의 논의는, 지배 이데올로기와 함께 대중문학·통속문학·도식적인 국책문학 같은 '비문학적'인 것을 '밖'으로, 지배 이데올로기를 추종하는 '권두언'의 자리를 '안의 밖'으로, 그리고 전방위적 비판성을 드러낸 '구리지갈(求理知喝)'[12]을 '안의 안'으로 배치하고 그 차이와 균열을 부각시키고 있다.[13]『인문평론』의 담론구조를 입체적으로 구획하고 있는 이 글은 정작 핵심적인 '안' 그 자체를 분석에서 제외시키고 있는데, '안'에 대응하는 '밖'을 전체주의 이데올로기와 더불어 '비문학적'인 것으로 설정한 것에서 그나마 '안'의 내용성을 짐작하게 한다. 즉『인문평론』의 '밖', 즉 신체제론에 강박당하거나 통속성으로 유희하는 방식이 당대 문학의 객관적 현실태라면,『인문평론』은 그 출발에서 그것에 대한 분명

민족문제연구소, 2002(증보판), 57~59쪽)을 시작으로, 김근수의 해설(『한국학자료총서 제1집 - 한국잡지개관 및 호별목차집』, 영신아카데미 한국학연구소, 1973, 858~859쪽)과 영인본 발간사(김상선, 「『인문평론』의 영인에 붙여」, 1975.11.23)에도 등장한다.

11 강유진, 「『인문평론』의 신체제기 비평연구」, 중앙대 석사논문, 2007.6; 신동준, 「『인문평론』 연구 - 전체주의에 대한 대항담론을 중심으로」, 인천대 석사논문, 2007.12; 송병삼, 「1930년대 후반 '비평의 기능' - 『인문평론』의 문화담론을 중심으로」,『현대문학이론연구』 34, 현대문학이론학회, 2008.8.

12 '구리지갈'은 필자가 드러나지 않게 익명으로 쓴,『인문평론』 내·외부의 당대 비평을 대상으로 한 짧은 메타비평을 모은 고정 코너이다. 익명성이 보장되는 '구리지갈'의 담론 공간에는 체제지향성과 그것에 대한 비판적 지향이 동시에 공존하고 있다.

13 채호석, 「1930년대 후반 문학비평의 지형도 - 『인문평론』의 안과 밖」,『외국문학연구』 25, 한국외대 외국문학연구소, 2007.2; 채호석, 「1930년대 후반 문학 지형 연구 - 『인문평론』 폐간과『국민문학』의 창간을 중심으로」,『외국문학연구』 29, 한국외대 외국문학연구소, 2008.2.

한 대타의식으로 자신의 '안'을 삼았을 것이다. 이런 관점에서 보면, 근대문학의 위기담론과 비평의 함수관계를『인문평론』의 문화담론을 대상으로 고찰하는 송병삼의 논의는 신중한 재검토가 필요하다. 그는 『인문평론』의 주요 비평이 강조하는 문화론의 요체를 교양론으로 보는데, 이때의 교양은 '서구적 근대'의 지향성을 초월한 "동양이라는 새로운 세계성 하에서의 개인의 교양"[14]을 의미하는 것으로, 근대초극론과 결부된 동양문화론의 이론적 수순을 그대로 재현하고 있다는 것이다. 그러나 이는『인문평론』의 폐간과『국민문학』의 창간이라는 프로세스를 도착점으로 전제한 뒤에 역으로 논리적 맹아를 찾아내고 인과적으로 맥락화하는 것으로, 특히『인문평론』의 '교양론'을 '동양문화론'의 자장으로 수렴시키는 것은 다소 무리한 해석으로 보인다.

조선의 담론 장에서 글쓰기를 지속한다는 전제를 포기하지 않는 한, 1940년을 전후한 현실에서 내선일체의 실천을 향한 강요로부터 자유로울 수는 없다. 식민지 지식인들의 지배 이데올로기에의 투항이나 신체제 논리의 자기화를 정당화할 수는 없지만, 명분과 논리가 존재기반인 지식인들이 과연 어떤 포즈로 '이행'을 준비하고, 또 '이행'해 가는지를 살펴보는 면밀한 시선은 필요할 것이다. 사실 '권두언'만이 아니라 『인문평론』 창간호의 '논단'에 실린 첫 번째 글인 서인식의「문화에 있어서의 전체와 개인」은 제목만 보더라도 파시즘 국면에서 이런 방식의 문제 설정이 어떤 논리로 귀결될지를 짐작하게 만든다. '전체'와 '개인'이라는 이항대립 구도가 '문화'라는 범주 속에서 어떤 방향으로 용해되어 주조될지 예상 가능하기 때문이다. 그런데『인문평론』이 놓어

---

14 송병삼, 앞의 글, 318쪽 참조.

있는 정치적 혹은 매체사적 맥락을 고려하면, 역사철학자들이나 최재서 등의 비평 담론만으로『인문평론』의 성격을 규정하는 것은 일면적일 수 있다. 채호석의 접근처럼 '구리지갈'을 또 다른 하나의 '입장'으로 들 수 있겠지만, 이것은 '권두언'의 '노골성'만큼이나 지나치게 '은폐된' 코너라는 점에서 한계가 분명하다.『인문평론』이 과거 혹은 동시대의 다른 문예지들과 차별화되는 지점은 아카데미즘적 비평이 중심이라는 점과, 그 가운데에서도 외국문학에 대한 지식을 다양한 지면 구성을 통해 적극적으로 배치하고 있다는 점이다. 이는 동시대『문장』과의 비교에서 그 차이를 확인할 수 있는데,『문장』은 시(시조)·소설·수필·희곡·시나리오와 같은 창작 장르와, 조선어와 고전문학 연구에 많은 지면을 할애함으로써 비정치적 '문학성'이나 조선적 내셔널리티의 표상으로 의미화되어 왔다.[15] 이에 비해『인문평론』은 '특집(기획)', '연재', '번역', '외국문학', '명저해설', '모던문예사전', '해외문화통신' 등의 고정란을 통해 다채로운 방법으로 외국문학의 소개와 연구에 집중하고 있다. '특집(기획)' 속에도 "프로이드특집"[16]같은 외국문학 관련 글이 포함되어 있고,「발자크 연구 노오트」,「현대소설연구」등의 '연재'물은 대개 외국문학 작품을 대상으로 하거나 외국의 문학이론을 원용한 학술적인 '연구'로 채워지고 있다. 게다가 다루는 대상이나 글의 성

---

15 『문장』은 '권두사', '논문', '수필', '소설', '희곡', '잡조(雜俎)' 등의 비교적 큰 틀에서 문학 장르를 기준으로 지면을 구성하고 있다. 창작은 장르별로 구분하면서도 그 외에 시평(時評)이나 월창작평, 연구의 글을 모두 묶어 '논문'란에 게재하고 있으며, 외국문학 작품이나 비평에 대한 번역과 소개의 글도 게재하지만 따로 부각시키지는 않고 있다.

16 이 특집에는 편집부의「그의 생애와 저작」, 명주완의「푸로이드의 정신분석학」, 김기림의「푸로이드와 현대시」, 최재서의「정신분석학과 현대문학」이 포함된다 (『인문평론』2, 1939.11).

격에 따라 구체적인 카테고리로 세분화, 체계화하고 있다는 점은『인문평론』의 독특한 지면 구성이라 하겠다.

사실『인문평론』의 담론 전략과, 그에 따른 지면 구성은 새로운 것이라기보다 여러 측면에서 신문의 학예면을 모방한 것이다. 임화는『인문평론』과『문장』이 창간되기 전인 1938년에 조선 저널리즘의 성격을 신문과 잡지와의 비교 속에서 논한 바 있는데, 그는 1930년대 조선의 신문이 "정치적 가치를 상실"한 반면 학예면을 통해 그 문화적 가치를 증대시켰고, 이로 인해 잡지보다 신문 학예면이 문단의 중심이 되었다고 본다.[17] 또한 일본에 조선문단을 소개하는 형식으로 1940년에 쓴「조선문학통신 – 현 문단의 구조」에서는 신문의 학예면이 "평론을 필두로 그의 아류, 연구논문, 장기연재논문"으로 채워지면서 "폴리티칼한 비평"보다는 아카데믹한 문예비평이 지배적이 되었음을 지적하고 있다. 여기서는 문단의 구성원으로서 '외국문학연구가'와 구별되는 '문학연구가'의 존재를 언급한 부분이 흥미로운데, '문학연구가'란 "고대 조선문학과 현대문학의 교섭"에 열중하는 역사가나 문학자를 지칭하는 것으로[18]「조선신문학사」를 집필하던 임화 자신을 일컫는 말이기도 하다. 1930년대 초반에 저널리즘을 장악하며 학예면의 문학지(知)를 구성했던 '해외문학파'들이 스스로를 '문학연구가'로 부른 것을 염두에 두면[19] 임화의 이런 자의식은 무척 인상적이다. 스스로를 '문학연구가'로 호명하는 '해외문학파'의 내면에는 서구문학을 '보편성'으로

---

17 임화,「잡지문화론」,『비판』, 1938.5(임화문학예술전집 편찬위원회 편,『임화문학예술전집』5(평론2), 소명출판사, 2009, 38쪽에서 재인용).

18 임화,「조선문학통신 – 현 문단의 구조」,『문예』, 1940.6(임화문학예술전집 편찬위원회 편, 위의 책, 504~506쪽에서 재인용).

19 이혜령,「『동아일보』와 외국문학, 해외문학파와 미디어」,『한국문학연구』34집, 동국대 한국문학연구소, 373쪽.

승인하는 태도 위에 무엇보다 일본의 대학에서 '외국문학'을 전공했다는 자신들의 아카데미즘적 배경을 강력하게 부각시키려는 의도가 깔려 있다. 이는 당대 조선문학의 담론장을 주도했던 프로문학 진영이나 민족주의문학 진영의 인물들이 대개 대학졸업자가 아니었다는 점에서, 자신들의 '전문성'을 그들과 차별화하고자 했던 것이다. 물론 여기서의 '전문성'은 '해외문학파' 내부에서도 편차가 커서 객관적으로 검증하기란 어려운 것이고, 앞에서 언급했듯이 최재서에 의해 조롱받을 정도로 상대적인 성질의 것이었다. 그렇다면 대학 교육을 제대로 받지 못한 임화가 '외국문학연구가'와 구별되는 '문학연구가'로 자신을 호명하는 것은 어떤 맥락일까? 여기에는 분명 외국문학과 조선문학의 경계에 대한 의식이 깔려 있으며, 문학사를 연구의 대상으로 한다는 점에서 역사성에의 감각이 강조된다. 임화는 근대 서구문학의 보편성을 참조하면서 자국의 문학사를 어떻게 서술할 것인가를 고민하는 자신을 스스로 '대문자'로서의 '문학'연구가로 부르고 싶었던 것이다. 한편에서는 대학이라는 제도의 권위를 매개로 문학을 연구하는 주체의 위계화가 이루어지고 있는가 하면, 내셔널리티와 역사성에 대한 감각을 기준으로 또 다른 차별화가 진행되고 있었던 것이다. 무엇보다 주목할 부분은 프로문학의 퇴조가 결국 "폴리틱한 비평"의 부재와 등치되고, 이 공백을 '외국문학연구가' 혹은 '문학연구가'들의 아카데미즘적인 작업이 대체했다는 사실이다. 1930년대 신문 학예면의 이러한 담론 지형은 『인문평론』과 『문장』에 그대로 전사되었던 것이다.

'전형기'의 문학적 글쓰기에 대한 문제의식은 『인문평론』의 주요 집필진에게서 두드러지게 표출된다. 『인문평론』이 창간되기 얼마 전에 발표된 임화의 글은 바로 이 문제에 천착한다.

비평은 언제나 해석 이상이다. 즉 판단이다. 그것은 기술의 양부(良否)에 대한 판단뿐이 아니라 내용의 선악에 관한 판단이다. 그러나 시대가 명확한 주조(主潮)에 의하여 움직이지 아니할 제 문학평론이나 비평이 명쾌한 판단에 종(從)해 있기는 곤란하다. 결국 비평에 기대하는 것이 명철한 해석이 아닐 수 없게 된다. 이리하여 리얼리즘론에서 파생한 주체론이나 그곳에서 나오는 모랄론 등이 몇 사람에 의하여 쓰여졌다고 하나, 조선 문예비평은 해석의 시대로 들어서고 말았다. 그 결과 문예이론이나 시사적인 문예평론이나가 줄어지고 전혀 비평적 논문이 논단의 중요한 활동형태가 되었다. 장편소설론, 세태론, 작가론, 그 전부 다가 실은 비평적 논문이고, 또한 해석적인 논문이었다.[20]

평론과 비평, 그리고 연구의 경계를 선명하게 구분하기란 지금도 쉽지 않지만, 해석적 연구에 가까운 논문이 담론장의 중요한 글쓰기 방식으로 등장한 것은 분명해 보인다. 물론 이것은 반드시 이념적 지형의 변화에서만 연원한 것은 아니다. 재차 강조하지만, 일본유학을 다녀온 외국문학 연구자들과 경성제대 문학부 출신자들이 배출되면서 소위 제도권 학문의 세례를 받은 학력 엘리트들이 담론장에 개입하게 되었고, 보다 전문화된 지식과 연구방법론을 기반으로 이들이 문학장의 아카데미즘화를 주도했던 것이다. 이는 '전형'의 시공간에서 글쓰기의 '위기'를 맞았던 프로문학 계열의 임화, 김남천에게도 영향을 미쳐 「조선신문학사」, 「발자크 연구 노오트」를 집필하도록 이끌었으며, 이들도 역시 『인문평론』의 아카데미즘화에 일조하게 된다.

20 　임화, 「최근 10년간 문예비평의 주조와 변천」, 『비판』, 1939.5~6(『임화문학예술전집』 5(평론 2), 소명출판, 2009, 129쪽에서 재인용).

잘 알려져 있듯이 최재서는 '전형기' 비평의 방향을 조망하면서, "평론가가 한 테마를 가지고 연속적으로 그 연구의 성과를 발표하되 그것이 아카데미산(産)의 순학술적 연구와 달라서 시사성과 효용성에 대하여서 특별한 관심과 용의를 가진 글로 저널리즘과 아카데미즘의 합작"[21]으로서 '비평의 아르바이트화'라는 개념을 제안한다. 이는 테마를 가진 본격적인 연구이면서도 현실과의 관련성을 담보한 글쓰기를 지칭하는 것으로, 최재서는 자신의 「현대소설연구」와 김남천의 「발자크 연구 노오트」를 그 사례로 제시하고 있다. 최재서의 「현대소설연구」는 서구의 현대소설 중 세계문학으로서의 가치를 지닌 작품을 골라 그 내용과 기교를 검토하되 "내용에 있어선 인간탐구, 기교에 있어선 실험적 방법의 분석"을 위주로 하며, 그것이 "생성 중에 있는 한 문학적 양식으로써 얼마나 현대문명의 리알리티를 재현"하는가에 초점을 맞춘다.[22] 최재서에 의하면, 김남천의 발자크론도 "해설이나 혹은 태서학자들의 학설의 소개가 아니라 그들 해석과 소개를 일일이 자기자신의 창작상 제문제와 연결"시킨 것으로 그의 "장편소설개조론의 일환으로 발표"된 것이다.[23] 임화의 「조선신문학사」도 이 범주에 포함시킬 수 있지만 조선문학만을 대상으로 한다는 점에서 차이를 지닌다. 5회에 걸쳐 연재된 최재서의 「현대소설연구」는 제임스 조이스의 『젊은 예술가의 초상화』, 토마스 만의 『붓덴부로크 일가』, 올더스 헉슬리의 『포인트 카

---

21 최재서, 「전형기의 평론계」, 『인문평론』, 1941.1, 10쪽.
22 위의 글.
23 장문석은 김남천의 장편소설론과, 이에 기초한 소설 『사랑의 수족관』, 『낭비』 등을 분석하는 가운데, 1940년을 전후해 『인문평론』을 매개로 김남천이 보여준 '알바이트화'와 장편소설의 기획은 아카데미즘, 혹은 이성의 임계를 보여준다고 평가한다. 장문석의 「소설의 알바이트화, 장편소설이라는 (미완의) 기투」(『민족문학사연구』 46, 민족문학사학회, 2011.8) 참조.

운터-포인트』, 앙드레 말로의 『정복자』, 『인간조건』, 『왕도』 등을 대
상으로 현대 소설의 다양한 가능성을 탐색하고 있다. 『인문평론』 지상
에 발표된 최재서의 문예비평은 이전의 문학론을 심화·연장시킨 것
으로, 모더니스트로서 심리주의의 '현대성'에 경도되었던 태도에서 조
선적 '현실성'을 담보할 수 있는 소설양식의 탐구로 관심이 이동하고
있다. 그럼에도 조이스의 소설을 통상적인 교양소설로 보지 않고 20세
기의 부정성을 반영하는 '심리적 리얼리즘'의 구현에서 의미부여를 한
다든가,[24] 헉슬리 소설의 '심리적 리얼리즘'이 회의주의로 귀결되는 문
제를 비판하기보다는 방어적으로 해명하는 대목에서[25] 최재서가 모더
니스트로서 여전히 건재함을 확인할 수 있다. 한편 문학의 통속화를 경
계했던 최재서는 신문연재 장편소설을 폄하했었지만, 변화된 상황에
서 '역사성'에 주목하면서 장편소설의 가능성에 주목하게 된다.[26] 인문
평론 출판사에서 '전작 장편소설 총서'의 기획·출간을 시도한 것도 이
러한 최재서의 견해가 반영된 것이라 할 수 있고, 「현대소설연구」 시리
즈에서 가족사연대기소설인 『붓덴부로크 일가』를 비롯해 장편소설을
텍스트로 선택한 것도 같은 맥락이라 하겠다. 이처럼 서구의 장편소설
을 대상으로 그 형식적 한계와 가능성을 분석하고 평가했던 「현대소설
연구」 시리즈는 서구의 사례를 통해 파시즘의 국면에서 조선문학의 방
향성을 탐색한 결과물이라 하겠다.

　테리 이글턴에 의하면, 1920~30년대의 영문학은 20세기 산업자본주
의로부터 '유기체적 공동체'의 가치를 복원하고 지켜내는 데 중요한 역

24　최재서, 「현대소설연구(1)-죠이스 『젊은 예술가의 초상화』」, 『인문평론』, 1940. 1.
25　최재서, 「현대소설연구(4)-관념소설 : A. 학스레이 「포인트·카운터-포인트」」, 『인
　　문평론』, 1940. 5.
26　이양숙, 「최재서 문학비평 연구」, 서울대 박사논문, 2003, 108~109쪽 참조.

할을 담당했다. 그런 면에서 영문학연구는 미학적 차원이 아니라 현대문명의 정신적 위기에 대해 도덕적인 차원에서 핵심적인 방어 기제로서 존재했다는 것이다.[27] 이는 비단 영문학에 한정된 것은 아니며 서구문학 전체에 적용 가능할 것이다. 그렇다면 식민지 조선의 문학자들에 의해 수행된 영문학연구 혹은 외국문학연구란, 결국 서구문명이 자신의 위기를 자각하고 자기비판하는 과정, 나아가 그 해결을 위한 길찾기의 과정을 이해하고 모방하는 과정이라 할 수 있다. 최재서의 외국문학연구는 바로 영문학의 문제의식을 자기화하는 데서 출발하고 있는데, 이러한 태도는 최재서 문학연구의 '현대성'을 가능하게 했던 지점이기도 하지만 동시에 서구사회와 조선사회의 거리 혹은 영문학과 조선문학의 낙차를 절망적으로 인식하게 만들 위험성을 내포하고 있다. 즉 서구문학에의 모방이 더 이상 가능하지 않다는 인식(모방의 무의미함까지 포함하여)이 강화되면서 논리적 비약이 발생하게 된 것이다. 결국 최재서는『국민문학』을 주도하면서 한때 세계시민의 이상을 품었던 모더니스트로서의 자의식을 소거해버리지만, 적어도「현대소설연구」를 집필하던 최재서에게까지 그러한 혐의를 씌우는 것은 지나치다 하겠다.

김남천의「발자크 연구 노오트」는 최재서의 경우와 여러 면에서 대조적이다. 이 글은 발자크의「인간희곡총서문」, 엥겔스의「발자크론」, 쿨티우스의「발자크론」등을 참조하여『고리오옹』,『우제니 그랑데』,『파치노 카네』3편의 작품을 집중 분석한 연구이다. 최재서가 거의 동

---

27 테리 이글턴에 의하면, "영문학은 단지 여러 분야들 중 하나가 아니라 법학, 과학, 정치학, 철학 혹은 역사학보다 우월한 가장 중심적인 과목"이었으며, 영문학의 위치란 "하나의 학과목이라기보다는 문명 자체의 운명과 생사를 같이하는 정신적 탐구인 문학이라는 시금석에 의해 평가"되는 것이었다(테리 이글턴,『문학이론 입문』, 창작과비평, 1989, 44~46쪽).

시대 서구문학을 분석 대상으로 삼은 것에 비해 시간적 거리가 있는 발자크에 주목한 이유를 김남천은 다음과 같이 밝히고 있다.

나는 이상에서 주로 발자크에 관련하여 이야기하였다. 그러나 그의 공적의 전부에 대하여 언급한 것은 아니다. 우리의 소설문학이 현재 경험하고 있는 모든 편향에 상응시켜서, 장편소설의 최초의 완성자가 어떠한 태도로써 산문정신을 수립하였는가를, 우리 자신의 반성자료로서 돌아본 데에 불과하다. 확실히 우리는 20세기에 살고 있다. 그러나 20세기가 산출한 모든 정신적 고질(痼疾)을 아무런 차별감이나 차이의식 없이 공동으로 나누고 입을 같이 하여 지껄이고 가슴을 함께 하여 공감할 필요는 있지 아니하다. 20세기에 살고 있는 것은 틀림없는 일이나 구라파에 살고 있지 않은 것도 또한 사실이기 때문이다. 그러므로 소설의 서구적 20세기적 실험에 대하여 맹종하고 있는 문학과 그의 작가는 하루바삐 미망에서 깨어 현실에 발을 붙여야 할 것이다.

물론 부절한 관심과 연구는 게을리해서는 아니 된다. 그들의 실험한 바에서 교훈을 얻는 것은 어느 때에나 필요한, 시간과 정신의 절약이다. 그들은 이 이상의 대상이 되어서는 아니 된다. 헨리 제임스는 흥미가 있다. 프루스트나 제임스 조이스나 헉슬리에게도 관심이 미쳐야 한다. 그러나 그들은 우리가 필생의 업으로 하여 따라갈 지도원리는 될 수 없는 것을 알아야 한다. 외부세계와의 길항에서 패배한 산문정신이 어디로 향하여 무엇을 하고 있었는가를, 당해(當該)사회의 물질적 정신적 정세 속에서 조사해 보는 데서 우리의 흥미는 미뤄져야 한다. 우리의 문학은 좀더 건강하게 키워나갈 수가 있다. 산문정신은 이런 의미에서만 환기되어야 한다.[28]

마르크스주의자로서 리얼리즘을 고수했던 김남천은, 최재서가 주목했던 동시대 서구 소설이 아니라 "인간의 사회를 전체성과 연관성에 있어서 묘파하려는 정신, 사회 전체를 산문 정신과 직접 대면시키려는 태도"[29]를 지녔던 발자크에 매혹되었다. 그는 '체험적인 것'과 '관찰적인 것'의 동화를 주장하며, 이후 「소설의 운명」에서 '전환기'의 문학적 사명은 "개인주의가 남겨놓은 모든 부패한 잔재를 소탕하는 일"이라면서 다시 리얼리즘을 강조하고 있다.[30] 물론 그 시도가 파시즘 국면에서 성공했다고 보기는 어렵다. 다만, 김남천이 겨냥한 개인주의는, 자본주의의 왜곡된 인간성의 표현으로서 병리성을 띠는 부정적이고 제한적인 의미의 개인주의이다. 자신의 계급과 정치적 정파를 초월해 현실의 역사적 방향을 간파할 수 있었던 발자크의 '산문정신'은, 1940년 말의 조선에서 그 '건강성'이 구현되기를 기대하는 것은 무리였다. 「발자크 연구 노오트」가 연재를 지속하지 못하고, 『낭비』가 미완인 상태로 끝나버린 것은 아카데미즘과 창작적 실천 가운데 어느 하나의 파탄이라기보다는 그 상승적 상호관계성의 불가능성에 대한 반증이다. 그만큼 김남천은 차선으로서 주어진 아카데미즘의 공간 속에서 최선의 가능성을 모색했고, 결과적으로 그 실패를 '미완'이라는 방식을 통해 정직하게 인정하고 있는 셈이다.

위에서 살펴본 집중 연재 형식 외에도 『인문평론』에 배치된 외국문학 관련 코너에는 동시대 서구문학의 동향을 분석한 번역기사와, 주요 필진들이 대거 참여하여 공들여 집필한 '모던문예사전', 각 분야의 전

---

28 김남천, 「발자크 연구 노트(3)−관찰문학소론」, 『인문평론』, 1940.4.
29 위의 글.
30 김남천, 「소설의 운명」, 『인문평론』, 1940.11.

문가들로부터 리뷰를 받은 '명저해설', 그리고 '노벨상작가선'과 '특별독물'로 구성된 번역란 등이 있다. 구드문드 로겔 헨릭센의 「나치스 독일의 문학」은 히틀러 집권 후에 등장한 "동철(銅鐵)낭만주의"문학이 단일한 주제의 변주에 불과함을 비판적으로 지적하고 있는 글로, 나치스 독일문학을 모방하는 제국 일본의 전체주의문학을 거리화하기 위한 의도로 게재되었다고 볼 수 있다.[31] 한편 「구라파문학의 장래」는 『뉴욕타임즈』 기자가 망명작가 스테판 츠와이크와 인터뷰한 것을 번역한 글인데, 여기서 츠와이크는 전쟁의 소용돌이 속에서 작가가 할 수 있는 일이란 자기 시대를 있는 그대로 증언하는 것임을 강조하고 있다.[32] 이 인터뷰 기사 또한 체제에의 동원이라는 객관적 현실의 규율 아래에서 지식인의 글쓰기가 어떤 방향성을 추구해야 할지를 시사해준다. 한편 『인문평론』 창간호의 「편집후기」에서는 "문예와 교양을 못토로 하는 본지의 의도가 가장 첨예하게 표현"된 코너로 '모던문예사전'과 '명저해설'을 들고 있다.[33] '모던문예사전'은 서구 근대학문의 지식에 기초하여 문학예술 및 인문사회과학의 주요 개념 및 조선의 문학과 역사에서의 주요 용어들을 포괄적으로 선택·배치하고 있다. 이 사전의 목록에는 '동아협동체', '생산문학' 등의 신체제적 용어, '이미지즘', '세태소설', '전형' 등의 문학용어, 그리고 '게마인샤프트', '게젤샤프트', '안티테제', '에토스', '계몽사상', '규범' 등의 인문사회과학의 용어, 그리고 유럽과 조선의 대표적인 신문·잡지 등의 매체명과 소설의 주인공 이름 등이 다채롭게 올라 있다. 대상 용어를 선택하는 체계적 기준이 존

---

31 구드문드·로겔-헨릭센, 「나치스 독일의 문학」, 『인문평론』, 1939.10.
32 스테판·츠와이크, 「구라파문학의 장래」, 『인문평론』, 1940.11.
33 「편집후기」, 『인문평론』, 1939.10, 230쪽.

재한다고 보기는 어렵지만, 총 6인(최재서, 임화, 김남천, 김기림, 이원조, 서인식)의 필진 가운데 서인식을 제외하면 모두 문학 연구자라는 점에서 '문학知'를 근간으로 '교양知'의 확장을 기대했음을 짐작할 수 있다. 또한 『인문평론』에는 창간호부터 그 이듬해 상반기까지는 '명저해설'이라는 이름으로 22편을, 1940년 10월호부터 '신간소개'라는 이름으로 폐간까지 총 10편의 서평을 게재하고 있다. '명저해설'은 서구의 저술을 대상으로 한 것이 과반을 넘지만 일본의 것이나 중국의 전통적 고전도 꽤 소개하고 있고, '신간소개'는 호머의 「일리아드」와 펄벅의 『대지』 번역본 출간을 제외하면 모두 조선의 저술을 대상으로 한 점이 눈에 띤다.[34] 이는 1940년을 전후해 번역물 출간이 현저히 감소한 상황의 반영이기도 하다.[35] '명저해설' 가운데 서인식이 쓴 「역사문학론 해설」은 루카치의 『역사소설론』의 한 부분인 「역사소설의 고전적 형식」을 요약해 붙여 놓은 것이다. 이 글에서 루카치는 영국 작가 스코트의 역사소설이 '전형기'의 위기를 배경으로 하여 "'중도'의 역사적 현실성을 예술적 수단으로 재현"[36]한 것임을 논증하고 있다. 보수주의자였던 스코트가 민중층의 삶으로부터 "위대한 휴머니즘과 히로이즘"[37]의 탄생을 그려낸 것을 발자크의 '리얼리즘의 승리'를 예비한 것으로 본 것이다. 이처럼 비록 일부 내용에 대한 요약본이라 하더라도 루카치의 논의를 소개하고 있는 대목은, 『인문평론』이 아카데미즘의 외피 속에 꽤 광범

---

34 김남천의 『사랑의 수족관』, 이태준의 「청춘무성」, 임화의 『문학의 논리』 등에 대한 서평을 예로 들 수 있다.

35 김병철의 조사에 의하면, 1940~1945년 사이의 기간 동안 번역·발간된 단행본은 총 13편인데, 1940년에 11편이, 1941년에 2편이 출간되었다(김병철, 『한국근대번역문학사연구』 하, 을유문화사, 1988, 818~823쪽 참조).

36 서인식, 「역사문학론 해설」, 『인문평론』, 1939.11, 109쪽.

37 위의 글, 112쪽.

위한 스펙트럼의 이념적 지형을 포섭하고 있음을 보여준다. 이는 외부 현실세계와의 관계성 속에서 아카데미즘적 글쓰기가 완충지대로서 기능할 수 있음을 의미하는 것으로, 『인문평론』의 주체들이 기대했던 것도 바로 이 지점이었으리라 짐작된다. 그러나 일본이 태평양전쟁에 뛰어든 1940년을 전후한 상황은 영문학, 불문학과 같은 전통적인 서구 문학을 '적국(敵國)문학'으로 만들어버림으로써 외국문학의 향수나 연구 자체가 타격을 입게 된다. 서구의 저술을 중심으로 하는 '명저해설'이 조선의 저술을 대상으로 하는 '신간소개'로 대체되는 것도 이런 이유에서이다.

3. 교양이라는 알리바이

파시즘의 대두와 마르크스주의의 퇴조가 맞물려 방향성이 혼미했던 1930년대 후반의 상황에서, 『인문평론』의 첫 특집이 '교양론'이었다는 사실은 주목할 부분이다.[38] 그런데 특집에 앞서 창간호 논단에 실린 이원조의 글은 시국과 교양의 관련성에 대한 소박하지만 진솔한 생각을 담고 있어 먼저 살펴볼 필요가 있다.

---

38 『인문평론』창간호에서는 〈특집〉을 따로 두지 않았고, 2호(1939.11)에서 처음으로 '교양론'으로 〈특집〉을 만들었다. 특집에는 「교양의 정신」(최재서), 「교양의 현대적 의미」(박치우), 「조선적 교양과 교양인」(이원조), 「구라파적 교양과 작가」(유진오), 「교양과 조선문단」(임화)이 수록되어 있다.

우리들끼리 비록 私談으로나마 전체주의에 대한 논의가 종종 일어나는 것은 결코 심상한 일이 아니어서 누구나 다 같이 한 개의 새로운 논리의 획득을 위한 암중모색이 있는 모양이나 하여간 우리의 시민적인 리베랄한 교양이 점점 무력화해가는 것만은 사실이며 따라서 그러한 교양이 짜내는 논리란 도저히 현대의 착종한 사실을 수습하지 못하는 것도 사실이다.[39]

전체주의를 둘러싼 암중모색 속에서 "시민적인 리베랄한 교양"이 무력화되어 가는 현실을 안타깝게 조망하고 있다. 이 글만으로는 무력한 자유주의 교양의 폐기나 전면 갱신의 필요성을 제기하는 것으로 읽을 수도 있지만, 교양에 대한 그의 다른 글을 참조하면 상황은 좀 복잡해진다. 1937년에 쓴 「시대적 자각과 반성」[40]에서는 비판능력인 지성을 왜곡, 위축시키는 비합리주의적 행동성으로부터 냉철한 지성과 정신을 옹호하는 것을 강조하다가, 1939년 초에 발표한 「교양론」[41]에서는 갈릴레이의 일화를 통해 행동과 지성의 괴리를 교양 개념으로 봉합하고 있다. 종교재판에서 지동설을 주장했더라면 화형당할 것이 뻔한 상황에서 내심 지동설을 믿으면서도 겉으로 부정할 수밖에 없었던 갈릴레이의 태도에서 교양을 읽어내는 것이다.[42] 이원조의 논의는 체제로의 투항 혹은 전향을 정당화시키는 논리로 해석될 여지가 있다. 그러나 이원조가 굳이 이러한 일화를 동원한 것은, 무엇보다 교양이 특

---

39 이원조, 「비평정신의 상실과 논리의 획득」, 『인문평론』 창간호, 1939.10, 23쪽.
40 『조광』, 1937.9, 56쪽.
41 『문장』, 1939.2.
42 신재기는 이원조가 행동의 포기를 정당화하기 위해 지성과 교양을 옹호했다고 하면서, 갈릴레이에 대한 인용은 "문학의 행동성과 정치적 상상력을 마감하고 변신할 수밖에 없었던 고뇌를 반영"한다고 설명하고 있다(신재기, 「이원조 비평의 전환논리」, 『문학과 언어』, 1989.7, 362쪽).

정한 대상에 대한 지식이나 지성을 맹목적으로 옹호하는 것이 아님을 강변하기 위해서이다. 그가 생각하는 교양은 개별 지식을 바탕으로 하되 외부 세계와의 관계성 속에서 성찰적이고 종합적인 판단력까지를 포함하는 것이다.[43] 이원조의 '교양론'에서 간과해서 안 되는 부분은, '교양론'을 내세우는 당대 지식인들의 내면에는 분명 종교재판장에 끌려갔던 갈릴레이와 자신들의 처지를 유비시키는 의식이 작동했다는 사실이다. 1930년대 후반에 호명된 '교양론'은 파시즘이라는 폭력적 상황의 대응물로서, 어쩌면 당대의 지식인들은 '행동성'을 괄호쳐 놓은 교양 자체의 함의와 존재방식에 위안을 얻었을지도 모르겠다.

특집 '교양론'이 실린 2호의 '권두언'에는 문화의 형성과 개인의 책임 문제를 언급하면서 "전체적인 문화의 운명에 대하여 개인의 책임과 운명에서 생각하는 것이 교양의 정신"이며 "현대는 무엇보다도 개개인의 교양이 문제되는 시대"[44]라고 운을 뗀다. 전체와 부분의 관계를 운명 운운하며 결부시키는 발상 자체는 전체주의적 혐의로부터 자유로울 수 없지만, 특집의 개별 글은 다양한 입장에서 교양이 지니는 '개성'의 문제에 천착하고 있어 결코 단일한 논리나 지향으로 수렴될 성질의 것은 아니다. 최재서의 「교양의 정신」에 의하면, 교양은 "궁극에 있어서 개성에 관계되는 문제"이고, 인간적 가치의 옹호라는 점에서 휴머니즘의 정신과 연결되면서 동시에 "혼자 물러앉아서 독서하고 사색하고 심적으로 분투하는 사적 시간을 요"한다는 점에서 "고독의 정신"이기도 하다.[45]

---

43 슈바니츠는 교양을 '지식'과 '능력'을 포괄하는 개념으로 설명한다. 여기서의 '능력'이란 의사소통성, 성찰성, 판단력 등과 관련된 소양을 의미한다(디트리히 슈바니츠, 인성기 외역, 『교양』, 들녘, 2001).
44 「권두언 – 문화인의 책무」, 『인문평론』, 1939.11, 3쪽.
45 최재서, 「교양의 정신」, 위의 책, 25쪽.

개성은 문화를 흡수하여 자기의 숨은 제(諸) 능력을 개발하고 발달시키는 데서 교양은 형성된다. 그렇기 때문에 교양의 정신은 우선 고독의 정신이다. 왜 그러냐하면 교양의 결실이요 또 종자인 문화는 사회적일는지 모르나 그것을 개성 내부에서 개발시키고 부양하는 데는 착실히 오랫동안의 고독의 시기가 필요하다. (…중략…) 교양은 문화를 수단으로서가 아니라 목적 그 자체로서 추구할 때에만 가능한 것이다.[46]

이어 최재서는 사회에 대하여 "맹목적으로 움직이지 아니하고, 자기 자신의 가치감과 비평기준을 가지고" 판단을 내리는 '교양의 정신'을 '비평의 정신'으로 치환함으로써, 원론적인 차원이라 할지라도 특집의 글에서는 전체주의의 맹목성을 견제하고 있다.[47]

임화는『인문평론』의 '교양론'에 앞서, 당대 주요한 가치 개념으로 유통되던 '휴머니티'와 '문화' 개념의 모호성에 대해 지적한 바 있다. 그러면서 "자기류로 해석"되는 이런 개념에 비해 '지성' 개념은 한층 분명한 함의를 지닌다고 말한다. 그에게 "지성이란 비합리주의에 대척되는 합리주의, 보다 명백히는 행동성에 대척"되기 때문에 "비행동적 합리성"으로 요약된다.[48] 임화는 지성이 옹호되는 현실을 씁쓸하게 바라보면서도 "전체주의가 그 엄청난 행동성과 비합리주의를 가지고 문화의 협위로서 나타날 때 지성옹호란 하나의 시사적인 의미"를 지닌다는 점을

---

46 위의 글, 24~26쪽.
47 허병식은 신체제와 교양주의의 상관성을 논의하면서 최재서의 교양론이 "개성의 몰각"으로 나아갔다고 진단하고 있는데, 이는『국민문학』으로 옮겨간 이후의 최재서에 대한 논의를 대상으로 하고 있다(허병식, 「교양의 정치학—신체제와 교양주의」,『민족문학사연구』40, 민족문학사학회, 2009).
48 임화, 「최근 10년간 문예비평의 주조와 변천」,『비판』, 1939.5~6(『임화문학예술전집』5(평론 2), 소명출판, 2009, 126쪽에서 재인용).

강조하며 '지성'의 당대적 맥락을 결코 과소평가하지 않는다. 교양이 '지성'을 가장 중요한 덕목이자 자양으로 삼는 이상, 전체주의의 이념이 교양의 지반을 붕괴시키기란 쉽지 않기 때문이다. 「교양과 조선문단」에서도 교양의 근저에 지식에 대한 요구와 개성화에의 사회심리적 지향이 자리 잡고 있음을 재차 강조한다. 그는 사회주의 문학이 쇠퇴한 지점에서 '교양론'이 등장하는 상황을 기껍지 않은 시선으로 포착하면서도, 민족이나 계급 등의 집단의식에서 벗어난 자유로운 개성의 형성이 미흡한 조선에서 그것은 여전히 도달해야 할 과제라고 파악한다.

> 그러나 그렇게 다종한 내용을 잡연(雜然)히 담았던 교양문제일망정 전체로는 문학정신이 외부로부터 내부로, 혹은 일반자로부터 개성으로 귀환하는 반성심리의 한 표현이었던 것은 주목해야 한다. / 즉 지식을 주체화하려는 시대적 지향의 한 표현으로서…… / 동시에 오늘날 만일 교양문제가 우리 문단에 있어 시대의 문제가 될 수 있다면, 그것 또한 집단 대신 개성이 생의 단위가 된 시대에 적당한 성격의 이론이라 할 수 있다. / 지식을 이런 교양의 형식으로 문제 삼는 것이 옳고 그름은 지금 이야기 할 바가 아니고 단지 민족이나 계급과 분리하여 자유로운 개성의 형성이 아직도 우리 사회의 한 과제인 것과 마찬가지로 모든 지식이 교양이 되어 일신상에 혼연한, 문학이나 작가를 가져보겠다는 것도 역시 우리 문학의 한 과제임은 사실이다. / 그것은 우리의 사회나 문학이 한번도 완전히 시민적이 되지 못했다는 특수성에서 오는 부족감의 충족욕이다. / 그러나 교양있는 작가라, 작가에 있어서의 지식이라는 게 항상 주체화되어야 한다는 의미에서 기다려지는 것이나 교양적인 문학이란 것, 다시 말하면 원만한 문학이란 것은 우리의 시대가 희망하지 아니할지도 모른다.[49]

마르크스주의적 관점에 입각해 볼 때, 서구의 교양 개념이나 일본의 교양주의가 기반하고 있는 계층은 귀족과 민중 사이의 중간계급이거나, 계급 상승을 꿈꾸는 출세 지향의 지식 엘리트들이다. 교양론의 고전이라 할 수 있는 매슈 아널드의『교양과 무질서』(1867)는, 노동계급의 정치권을 보장하기 위한 2차 선거법 개정을 둘러싸고 벌어진 영국의 계급적 대립과 사회적 갈등을 배경으로 한다. 이 책은 사회적 갈등을 '무질서'로 이해한다든가 당대 사회를 주도하는 계급으로서의 중간계급의 교양을 특히 강조함으로써 노동계급 진영으로부터 맹렬한 공격을 받았다. 그러나 아널드의 교양 개념은 당대의 문맥으로 보면 내면성으로부터 사회적 관계성에 대한 인식으로 교양의 지평을 열어놓은 것이었고, 귀족계급(부르주아)·중간계급(소부르주아)·노동자계급이 교양을 결여할 때 각각 '야만인'·'속물'·'우중'으로 전락함을 "사심 없이" 경고함으로써 반드시 특정 계급에 국한된 논리는 아니었다.[50] 일본의 경우는 다이쇼 교양주의가 마르크스주의를 불렀다면, 마르크스주의가 탄압을 받자 쇼와 교양주의가 전과는 반대의 방향으로 소생하였다고 볼수 있다. 즉 다이쇼 교양주의에는 '보편(인류)'과 '개별(자기)'은 있지만 양자를 매개하는 '종(민족이나 국가)'이나 혹은 사회가 없었다면, 쇼와 교양주의는 사회에 열린 교양주의라고 볼 수 있다.[51] 특히 쇼와 교양주의는

---

49 임화,「교양과 조선문단」, 위의 책, 51쪽.

50 매슈 아널드의 교양론에 대한 전체적인 이해는 윤지관의「교양 이념의 형성과 현재적 의미」(매슈 아널드,『교양과 무질서』, 한길사, 2006, 해설)와『근대사회의 교양과 비평 - 매슈 아놀드 연구』(창작과비평사, 1995) 참조.

51 허병식은 다케우치 요의 이 부분을 언급하면서 "인격의 발전은 내면의 도야에 머무르지 않고 사회의 여러 영역 가운데서 행위에 의해 나타나는 것"이라는 부분을 강조하면서, 쇼와 교양주의를 국가주의와 결부시키고 있다(허병식, 앞의 글). 그러나 다케우치 요는 다이쇼 교양주의와 사회와의 관련성을 가와이 에이지로의 '전투적 자유주의'와 결부시켜 '교양주의 좌파'라고 해석하고 있다(竹內洋,『敎養

과거 교양주의에 단단히 고착된 입신출세주의, 속물주의를 거리화하여 비판함으로써 교양주의에 대한 자기비판까지도 포함하게 된다. 1930년대 후반 조선의 담론장에 등장한 교양론도 역시 입신출세주의를 포함해 속물화된 의식과 감성에 대한 자아성찰이 크게 부각되었다. 최재서가 아널드의 교양론을 소개하는 것도 이러한 맥락에서이다.[52] 임화의 입장에서 이러한 수준의 교양론이 반가울 리 없었겠지만, 그 역시 파시즘의 전면화라는 객관적 상황 속에서 "지식의 주체화"를 지향하는 개성적이고 반성적인 교양이 전체주의로의 투신을 방해하고 지연시키는 차선책은 된다고 보았던 것이다.

그렇다면 구체적인 시공간 속에서 교양은 어떻게 존재하고, 발현되는가? 그것이 보편성의 범주에 속한다면 교양은 영원불변의 진리를 내포하는 개념인가? 이러한 물음에 대해 박치우는 '교양의 역사성'을 강조하고, 이원조는 '조선적 교양'의 역사적 존재방식을, 유진오는 구라파와 조선의 교양이 지니는 거리를 비판적으로 탐색한다. 박치우는 시간적 거리를 갖는 신라적 교양과 이조(李朝)적 교양이 다르고, 동시대성 속에서도 동족·세대·계급에 따라 교양의 성격이 변화함을 설명한다. "투명무색"한 인간 본성이란 존재할 수 없기 때문에, "역사의 구조와 방향에 대한 깊은 역사철학적인 교양"[53]이 요구된다는 것이다. 이원

主義の沒落』, 中公新書, 2003).

52 최재서는 아널드의 교양론이 등장한 배경을 다음과 같이 설명하고 있다. "學理보다는 습관과 선례에 의하야 처리하려하고 이상보다는 편의주의적 임기응변에 의하야 처세하랴하고 진리와 미보다는 세속적 성공과 물질적 이득을 취하려는 영국인의 특성을 그는 '피리스티니즘(속물주의)'라 하야, 그에 대립하는 청징(淸澄), 굉활(宏闊), 고매(高邁)한 희랍정신을 고취하였었다."(최재서, 「교양의 정신」, 26쪽)

53 박치우, 「교양의 현대적 의미 – 불혹의 정신과 세계관」, 『인문평론』, 1939.11, 32~35쪽.

조는 동양철학 중에서도 가장 실천윤리학적인 유교사상을 근간으로 했던 조선에서, 비록 명시적인 개념을 사용하지는 않았지만 조선적 교양이라 부를 만한 "래디컬"한 것이 존재했다고 본다. 그러나 조선에서의 유교문화는 '규구준승(規矩準繩, 일상생활에서 지켜야 할 법도)'으로 전락하여, 조선적 교양이란 "인격의 도야에서 행동의 제약으로 나중에는 단순히 한 개의 사교술"로 떨어져버렸는데, 그나마 영정조 때에 "지성의 갱생"을 맞아 실사구시의 실학파들을 교양인으로 만나게 되었다고 본다. 이원조는 실학파들이 "새로운 지성의 획득과 과학적 방법의 추구"로 나아갔음을 높이 평가하면서 그 가운데에서도 유교적 시문을 역사학과 금석학과 결합시킨 김정희를 가장 "위대한 교양인"으로 높이 산다.[54] 조선적 교양의 사례를 역사 속에서 발견해내었던 이원조도 교양의 요체로서 근대적 과학정신을 개입시키고 있는 점은 주목할 필요가 있다. 유진오는 구라파문화란 지역적인 구분 개념이기보다 역사적인 것인데, 조선문학이 아직도 근대정신을 자기의 것으로 삼지 못했으므로 조선의 작가는 "근대정신의 체득―구라파적 교양의 획득"에 노력해야 함을 당부한다.[55] 유진오에게서는 유럽의 근대정신이 바로 교양의 내용성으로 등치되고 있는 것이다. 다시 임화의 논의로 돌아가 보자.

　　육체화되지 않은 사상이란, 주체화되지 아니한 지식, 바꿔 말하면 공적 장소에서뿐만 아니라 사적 장소에서, 즉 일신상의 사물판단과 일상적인 용건처리에까지 능히 자유윤달하게 적용되지 못하는 지식에 대한 일 반성형태라 할 수 있다. 그때 무교양하다는 비난이 주로 고전을 모른다는 의미

54　위의 글, 39쪽.
55　유진오, 「구라파적 교양과 작가」, 위의 책, 44쪽.

를 퍽 많이 함축하고 있었던 데서 그것은 명백치 않은가 한다. 고전은 교양의 거위 유일한 양식이다. 완전하고, 넓고, 典雅하고, 그런 의미에서 절도 있고, 품격 있으며, 그리고 강하게 일상적 사물판단과 처리에서 있어 한 전범이 될 수 있는 게 고전이다. 그러나 지식과 이론은 항상 기준을 문제삼고, 기준이란 객관적이며, 변통성 없는 것이다. 典範이란 이와 달라, 주관화 될 수 있는 것이요, 潤達하게 모든 곳에다 소위 활용할 수 있는 것이다. 고전에 대한 관심이란 그런 의미에서 기준 대신 전범을 구하는 심리의 반영일 수 있다. 마음 가운데 전범을 가지고, 양식이 그것을 일상사에다 자유로 활용해 나가면서 전범의 완성되고 전아하고, 質度있는 지적 성격이 재생산되는 게 교양의 형용없는 전개과정이다. 그러므로 교양에 대한 관심은 넓은 의미의 지식에 대한 요구를 수반하며 그 근저에는 사회심리의 개성화에의 경향이 성장하게 된다. 그러한 경향이 특히 경향문학 말기에 일어난 것은 우리에게 흥미있는 것으로 이유는 경향문학의 강한 이식성과 절대화된 객관성에 구할밖에 없다.[56]

교양 혹은 문화를 통한 세계성의 창출이라는 기도는, 단순화 하자면 위기의 시대를 성찰하고 돌파하기 위한 방법으로 '고전'으로 돌아가, 독서를 통한 인식적 '교양'에 정진하자는 주장이다. 주로 '위대한 문학작품'을 대상으로 하는 '고전'이 일반적 지식이나 이론과 다른 점은 그것이 역사적 시공간 속에서 '유연'하게 존재하기 때문이다. 임화가 '고전' 혹은 '전범(典範)'의 대타항에 "경향문학의 강한 이식성과 절대화된 객관성"을 거론히는 것도 이런 맥락에서이다. 결국 해석의 대상으로서

---

56 임화, 「교양과 조선문학」, 위의 책, 48~49쪽.

역사의 시공간에 열려 있으면서도, 지식에의 욕구를 추동하고 개성화의 욕망도 성장시키는 것은 교양의 담지체로서의 '고전' 텍스트뿐이다. 그런 점에서 '교양론' 특집은 물론이고, 서구문학의 고전을 참조점으로 삼고 있는 '연재'의 연구논문, 그리고 '모던문예사전', '명저해설', '해외문화통신' 등에 실린 지식과 정보는 모두 외국문학에 대한 독서체험과 개념적 지식의 습득을 자극하는 '교양지'의 다양한 구현태라고 할 수 있다. 요컨대 외국문학에 대한 지식을 기저로 삼고 있는 『인문평론』의 담론공간은 근대의 정신 즉 서구의 과학정신, 합리적 정신과 호환되어 개인이 도달해야 할 가치 개념으로서의 교양을 전파하고 있었던 것이다. 따라서 전체주의를 예비하는 논리화의 수순으로 '교양론'이 동원되고 있다는 징후를, 적어도 이 특집에서는 발견하기 어렵다.

4. 파시즘기 교양의 (불)가능성

1940년을 전후한 시기에 『인문평론』의 담론장이 교양 혹은 아카데미즘을 지향하는 것은 일면 자연스럽다고 할 수 있는데, 표면적인 담담함 이면에는 전시체제 아래 서있는 주체들의 다층적인 기도와 욕망이 충돌하고 있었다. '구리지갈'이 보여주는 적나라한 내부 비판이 이를 여실히 반영해준다. 『인문평론』은 최재서에게 조선문학 장에서 그 어떤 인물로도 대체가 불가능한 존재임을 확인시켜주는 데 결정적인 역할을 담당했다. 그는 경성제대라는 아카데미즘의 권위를 후광으로,

그것으로부터 동원할 수 있는 인적·물적 자원을 최대한 『인문평론』으로 집중시킬 수 있었다. 뿐만 아니라 사상을 달리 하던 임화, 김남천, 이원조 같은 마르크스주의 비평가들을 대거 영입함으로써 자칫 '제도권 매체'로 전락할 수 있었던 『인문평론』을 가장 '고급한' 담론 공간으로 격상시킬 수 있었다. 최재서에게는 이념적 지향의 차이보다 담론 생산의 질적 수준이 더 중요한 판단의 준거였던 것이다. 반대로 임화나, 김남천, 이원조의 입장에서 보면 『인문평론』은 최재서를 비롯한 경성제대라는 제도 권력의 간접적 비호 아래 다양한 문학적 글쓰기를 실험하고 방향성을 모색할 수 있는, 한시적이지만 안전한 공간이었다. 이 공간에서 임화는 문학사 서술이라는 아카데미즘적인 작업을 수행할 수 있었으며, 특히 김남천은 지속적으로 연구와 창작의 지면을 동시에 제공받은 『인문평론』의 대표적인 수혜자였다. 이원조 역시 동서양 고전에 대한 광범위한 지식을 기반으로 『인문평론』을 통해 전방위적 글쓰기를 전개함으로써 상대적으로 미약했던 조선문학 장에서의 존재감을 확실하게 각인시켰다. 그러나 이들을 불러 모은 편집자로서 최재서의 '안목 있는' 엘리트주의는 결국 신체제문학의 최선두에 자신을 위치시킴으로써 무너지고 만다.

'권두언'의 필자였던 최재서와 「현대소설연구」를 연재하는 최재서, 이렇게 파시즘을 대하는 두 갈래의 길을 최재서는 동시에 걷고 있었고, 미세한 긴장 속에서 동요하고 있었다. 그러나 서구소설을 대상화했던 「현대소설연구」 연재가 끝나고 1941년에 들어서면서부터는 기획비평란을 통해 '국민문학'의 필요성을 언급한다.[57] 이어서 『인문평론』 최종

---

57 최재서, 「전형기의 문화이론」, 『인문평론』, 1941. 2.

호의 「문학정신의 귀환」에 이르러서는 자기문학의 지반이 되었던 서구문화를 전면적으로 부정하고 거리화하기 시작한다. 그는 자신이 과거에 "구라파의 문화가 1~2의 독재자의 반다리즘에게서 위협을 받고 있다는 지극히 단순한 해석"을 가졌음을 고백하면서, 서구의 문화위기에 대한 담론이 영국이나 프랑스의 작가나 평론가들로부터 발신되었기 때문에 이러한 생각이 도출된 것이라고 변명처럼 덧붙이고 있다. "화근은 결코 1~2 독재자의 개인적 야망에 있는 것이 아니라 이러한 독재자로 하여금 무대의 전경에 나서게 한 역사의 회전(廻轉) 그 자체에 있다"고 하면서, 현대의 위기를 "문화의 국민화"를 통해 돌파할 것을 제안한다. 최재서는 파리 함락의 사례를 들어 다음과 같은 "교훈"을 이끌어낸다.

이리하여 불란서의 패전은 우리로 하여금 그 원인을 딴 방향에서 탐색하도록 암시한다. 즉 불란서는 1790년의 혁명 이래 스스로 그 搖籃이 되었던 문화의 고스모포리타니즘 때문에 국민적 문화는 중대한 결함을 가지게 되지 않았든가? 그리하여 급기야는 그 훌륭한 문화조차가 鐵蹄下에 蹂躪을 당하는 비운에 서게 되지 않았었는가? 이것이 당연한 해석일까 한다.

이리하여 문화의 옹호와 국가의 옹호가 결코 별다른 두 가지 것이 아니라 不卽不離의 한 가지 것이 아니라는 것을 우리는 불란서의 비극에서 배웠다. 문화의 옹호를 위하여서 국가를 옹호한다면 語弊가 있을는지 모르나 원래가 동일한 것이니 문화를 위하여서라도 국가를 옹호한다는 것이 지당할 것이다. 그것을 그렇지 않다고 생각해온 것은 역시 19세기적 고스모포리타니즘의 환상이었던 것이다.[58]

최재서의 문학연구를 오랫동안 지탱해온 근대 서구문학의 개인주의 전통은 여기서 드디어 공식적으로 철회된다. 사실 영문학과 독문학은 서양화·산업화를 추진했던 근대 일본에 있어 교양의 대상이기도 했지만 사회적 수요가 많은 실용학문이었다. 반면 프랑스문학과 러시아문학은 현실적인 효용성이 미약했기 때문에 이들 문학에 대한 향수(享受)는 자발적이고 '순수'한 것으로 여겨졌다. 일본의 제국대학 안에서도 특히 프랑스문학 전공 학생의 자유분방함은 유명했으며, "국가의 간섭을 받지 않고 혹은 국가의 의도에 반하는 또 하나의 서양화를 대표"한다는 차원에서 오히려 프랑스문학은 여타의 서구문학보다 '문학적'으로 우월한 것으로 인식되었다.[59] 이러한 이해는 조선의 경우에도 크게 다르지 않았으며, 그런 차원에서 프랑스, 혹은 프랑스문학은 근대적 자유와 개성, 나아가 문학적 자율성의 표상이기도 했다. 그렇다 하더라도 파리함락을 바로 개인주의와 코스모폴리타니즘의 패배로 귀결시키는 최재서의 논리와 태도는 역시 낯설다. 그는 '문화 옹호'와 '국가의 옹호'를 일치시키는 논리적 전회가 스스로도 어색하고 당황스러웠던지 "어폐가 있을지 모르나"라는 단서를 달아 놓는다. 여기서 전체주의로의 투항을 향한 논리의 곤궁함을 발견하게 된다.

그런데 파리가 함락될 무렵의 임화는 최재서와는 사뭇 다른 시선에서 그 사태를 바라보고 있다.

이번 전쟁이 만일 서구에서 19세기를 최후적으로 청산한다면 서구에 다음 올 것은 20세기의 문화일 것이다. 그러나 그것이 게르만문화의 지배가

---

58 최재서, 「문학정신의 귀환」, 『인문평론』, 1941.4, 9~10쪽.
59 高田里惠子, 『文學部を めぐる 病い』, ちくま文庫, 2006, 152~154쪽.

아닌 것은 민주주의가 혈족주의에 의하여 교대될 수 없다는 사실과 방불하다. 그러나 토탈리즘의 승리가 진행된다면 민주주의의 정치의 최후의 잔존 영역에로 또한 옮기지 않을 수 없는 것도 상상할 수 있는 일이다. 그런 의미에 아메리카는 구라파문화의 최후의 서식지가 될 뿐만 아니라 문화의 신대륙이 될 수도 있다.[60]

유럽이 전체주의화 하더라도 '구라파문화'는 그 서식지를 미국으로 옮겨 여전히 존재할 것이라는 임화의 생각은, 비록 이 글이 시기적으로 앞서 있다고 해도 최재서와 같은 급진적 청산주의와는 거리가 있다. 문화란 국가나 이념의 규율로부터 결코 자유로울 수 없지만 그것에 의해 쉽게 소멸되거나 갑자기 부흥하는 것도 아니다. 파시즘의 폭력 앞에 놓인 서구문화의 사태를 두고 두 지식인이 보인 태도의 차이는 어떻게 해석해야 할까?

이 글은 『인문평론』을 중심으로 파시즘 시기 외국문학의 존재방식을 교양과의 관계 속에서 살펴보고자 했다. 식민지 조선에서 외국문학은 주로 서구문학을 의미했으며 외국문학의 향수는 바로 근대성의 세례로 치환되었다. 그러나 제국 일본이 '서양을 적으로 돌려놓은 전쟁에 가담함으로써, 서구의 '위대한 문학'을 '순수하게' 감상하고 서구문화를 동시대성으로 전유하는 행위 자체가 곤경에 처하게 된다. 근대적 '보편성'으로서의 서구문학을 향한 욕망은, 부정할 수 없는 매혹으로 부상하는 제국 일본 혹은 '동양'의 매혹 앞에 흔들리지 않을 수 없었

---

60 임화, 「무너져가는 낡은 구라파 – 문화의 신대륙(혹은 최후의 구라파인들)」, 『조선일보』, 1940.6.29(『임화문학예술전집』 5(평론 2), 소명출판, 2009, 227~228쪽에서 재인용).

다.[61] 거기에는 '동양에 조선을 편승시킴으로써 식민지의 열등감을 역전시키고자 하는 심리적 정당화의 회로도 작동하고 있었다. 중일전쟁 이후 일본문학은 물론이고 중국문학까지도 확대된 '자기문학'으로 연쇄되어 이미 식민지 문학인들에게 뒤엉켜 인식되고 있었는지 모른다. 그럼에도 주목해야 할 지점은, 『인문평론』이 '동양문학' 특집이나 일본문학, 중국문학에 대한 글을 게재하고는 있지만 그것이 전체 지면에서 차지하는 비중은 매우 미약했으며 논의 내용 또한 단편적이고 산발적이었다는 사실이다.[62] 『인문평론』은 그 어떤 매체보다도 지속적이고도 심도있게 서구문학을 대상화했고, 그것을 참조해 조선문학 장을 조망하고 재구축하려 했다. 『인문평론』의 여러 주체들은 서구의 파시즘을 닮아가는 제국 일본의 '신체제'화를 목도하면서, 자신들의 최후의 '포즈'를 여전히 서구문학 속에서 찾고자 했다. 확장된 '자기'로서 매혹의 대상으로 다가온 제국 혹은 '동양'의 범주와, 보편성의 이름으로 늘 참조의 대상이 되어온 근대 '서양'의 지평 가운데 적어도 이 시기 『인문평론』의 주체들은 여전히 후자의 손을 잡고 있었던 것이다. 그리고 이것이야말로 『인문평론』이 생각하는 '교양'의 포즈였던 것이다.

---

61 파시즘기의 동양론에 대한 자세한 논의는 김예림의 『1930년대 후반 근대인식의 틀과 미의식』(소명출판, 2004), 차승기의 『반근대적 상상력의 임계들－식민지 조선 담론장에서의 전통・세계・주체』(푸른역사, 2009), 정종현의 『동양론과 식민지 조선문학』(창비, 2011)을 참조할 것.

62 1940년 6월호 『인문평론』에는 "동양문학의 재반성"이라는 이름 아래 「일본문학의 특질」(서두수), 「지나문학의 특질」(배호), 「조선문학의 특질」(김태준)이 실린 특집이 게재된다. 공교롭게도 필자를 모두 경성제대 출신으로 구성하였는데, 글의 내용은 주로 개별 국민문학의 특성을 개괄적으로 소개하는 각론들로서 '동양'을 '서구적 근대'의 대안으로 상정하는 '동양론'의 관점을 관철하고 있다고 보기는 어렵다. 특히 서두수의 글은 일본문학의 특성으로 개방성과 세련된 감성을, 동시에 "사색적 비판의 결핍"과 "지성의 결핍"을 들고 있어 '반성'의 맥락에서 일본문학을 사유하려는 일면을 발견할 수 있다.

제
2
부

제1장 　
교양으로서의 '문학개론'과 '지(知)'의 표준화

1. 문학개론이라는 제도

　대학에서 문학 강의를 맡아본 사람이라면 누구나 공감하겠지만, 소위 문학개론 혹은 문학입문이라는 과목을 강의해야 할 때 겪는 난감함은 실로 크다. 문학 관련 강의가 대개 특정 언어권이나 시대로 구분되거나, 장르 혹은 주제, 연구방법론 등에 따라 분화되어 있는데 반해, 문학개론은 그 모두를 포괄해야 한다는 중압감을 주기 때문이다. 물론 교과목 개편을 통해 '문학이란 무엇인가', '문학의 이해' 등과 같이 보다 순화된 강좌명을 붙여 유연하고 개방적인 문학 교육을 시도하기도 하지만, 강의를 담당하는 입장에서 보면 문학의 개념에서 출발해 장르적 전개, 그리고 문예사조라 불리는 문학예술에서의 사상과 양식의 역사에 이르기까지 문학 전반을 개괄해야 한다는 부담에서 여전히 자유롭지 못하다. 대학마다 사정은 다르지만 문학개론류의 강좌는 대개 교양 선택이나 전공기초 과목으로 개설되어 있어 지나치게 전문 지식을 요구해서도 안 되는, 말 그대로 수위 조절이 필요한 과목이기도 하다. 게다가 대학의 문학개론 교재는 일반론 혹은 원론을 서술한다는 의식 아래 대개 서구의 문학을 광범위하게 다루고 있어 한국문학 전공자가 그 내용을 두루 섭렵하여 가르치기란 결코 쉽지 않다. 좀 더 솔직하게 말하자면 문학개론 교재가 대상으로 삼는 것은 주로 영미문학이나 불문학, 혹은 독문학 등의 유럽과 북미의 백인 문학이라는 점에서 '영문학개론' 또는 '유럽문학개론', '서양문학개론' 등의 보다 정직한 명명이 필요할지도 모르겠다. 어떠한 문학도 특정의 언어와 결부되어 있으며, 따라서 언어의 내셔널리티와 무관한, 혹은 그것을 초월하는 문학에 대한 논의란 현실적으로 존재하기 어렵다. 한국 근대문학이 서구문학의 이식사임을 부정할 수는 없겠지만, 서구문학을 공공연하게 보편화함으로써 그것의 권위를 승인하고 확산하는 문학개론이라는 제도[1]는 분명 문제적이다.

한국문학 연구자인 조동일 교수는 1990년대 초반에 대학의 교양과목으로서 문학개론이 놓인 난처한 지점을 경험적 사례를 통해 보여주고 있다.[2] 그는 오랜 기간 대학에서 문학교육을 담당하면서 가장 어려웠던 강의가 문학개론이었음을 인식하고, 자기 나름의 원인 분석을 통해 대안을 마련하고 해결책을 모색하였다. 그가 생각하기에 교양과목

---

1 여기서 말하는 '문학개론이라는 제도'는 대학의 교과과목으로 편성된 강좌를 지칭하는 것임과 동시에, 이러한 강좌의 교재로서 혹은 일반 독자의 문학입문서로서 쓰인 저술을 포괄하는 것이다.
2 조동일, 「대학 교양교과의 문학교육」, 국어국문학회 편, 『대학의 국문학교육』, 지식산업사, 1993, 11~27쪽 참조.

이란 전공과목을 이수하기 위한 선행과목으로서 기초적으로 필요한 과목이며, 동시에 전공과목의 폐쇄성을 시정하기 위해서 포괄적인 내용을 취급하는 과목이거나, 전공학과가 없기 때문에 교양으로 공부할 필요가 있는 과목이다. 그러나 국문학, 영문학, 불문학, 독문학, 중문학 등의 전공과목의 폐쇄성을 넘어선 포괄적인 내용이면서 기초적인 문학론을 교수 개인이 독자적으로 마련하는 것은 현실적으로 불가능하다. 조동일은 우선 대개의 문학개론의 교재가 영미 계통의 문학이론을 생경하게 소개하는 데 반감을 느껴 강좌명을 '교양문학'으로 개편하여 이론을 최대한 배제하고 동서고금의 주요작품을 골라 감상하는 것으로 대체하였다. 그러나 이 강좌는 오래 가지 못하고 필수과목에서 제외되어 버린다. 이 실패를 기반으로 이후 야심차게 시도한 것이 학교의 지원을 받아 국문과, 영문과, 일문과, 독문과 교수가 공동 연구해 공동 강의하는 방식의 혁신적인 문학개론 과목의 개설이었다. 이 강의를 준비하는 과정에서 그가 발견한 것은 그렇게 많은 한국문학 연구자들의 문학개론서에 한국에서 문학을 어떻게 정의했는지에 대한 내용이 없다는 사실이었다.[3] 이 실험적인 강좌가 오래 지속될 수는 없었는데, 이 경험을 통해 그가 얻은 결론은 기존의 문학개론서가 허망하다는 것이며, 문학일반론 및 세계문학은 대학의 어느 과정, 어떤 학과에서 가르쳐야 하는가에 대한 대책이 필요하다는 것이었다. 물론 여기에서 간과해서 안 될 사항은, 해방 후 한국의 대학에는 대개 한국문학의 기원과

---

3 근대적 '문학' 개념에 대한 연구는 황종연의 「문학이라는 역어 – 「문학이란 何오」 혹은 한국 근대문학론의 성립에 관한 고찰」(문학사와 비평연구회 편, 『한국문학과 계몽 담론』, 새미, 1999), 김동식의 「한국의 근대적 문학 개념 형성과정 연구」(서울대 박사논문, 1999) 등으로 시작하여 최근 10여 년 사이에 활발하게 연구되고 있다. 그러나 그러한 연구 성과나 문제의식이 문학개론서나 문학개론 강좌에 실제로 반영되는지는 의문이다.

고유성, 개별 장르의 형성 및 발전 과정 등을 다루는 '국문학개론'이라는 강좌가 따로 있었으며, 그에 따른 교재도 다수 출판되었다는 사실이다.[4] 그런데 국문학개론은 국어국문학과에 국한된 개설 과목이고, 이는 '고전 / 현대'의 분과 체계로 볼 때 고전문학에 초점을 맞춘 커리큘럼으로 편성된 것이다. 따라서 이 강좌의 교재로 만들어진 국문학개론서는 대개 고대설화에서부터 한국 근대문학 형성까지를 대상으로 서술한 한국문학에 대한 이론 혹은 문학사를 포괄하고 있다. 결국 국문학개론은 '개별성'의 범주에서 한국문학을 대상으로 하고, 문학개론은 '보편성'의 차원에서 주로 서구문학을 대상화하는 방식으로 위계화 되었던 셈이다. 즉 한국의 고전문학에 집중된 국문학개론이 철저하게 내셔널리티의 영역이라면, 서구의 근현대 문학을 아우르는 '문학개론'은 세계성의 범주 속에서 보편적 '교양'으로 자리매김 되었다고 하겠다.

교과목으로서의 문학개론은 식민지 경성제국대학의 법문학부 강좌에서부터 존재했고,[5] 학술적 글쓰기로서의 문학개론은 이광수의 문학론을 통해 1920년대부터 근대적 연구라는 관점에서 언급되었다.[6] 또한

---

4 해방 이후부터 1950년대에 걸쳐 출간된 국문학개론류의 단행본은 다음과 같다. 우리어문학회, 『국문학개론』, 일성당서점, 1949; 이능우, 『입문을 위한 국문학개론』, 이문당, 1954; 김기동, 『국문학개론』, 대창문화사, 1955; 구자균·손낙범·김형규, 『국문학개론』, 일성당서점, 1957.

5 유준필이 제시한 경성제국대학 법문학부 출신자들(김태준, 김재철, 이재욱)의 학적부를 참조하면, 문학개론이라는 강좌가 1920년대 후반부터 개설되고 있음을 확인할 수 있다(유준필, 「형성기 국문학 연구의 전개양상과 특성」, 서울대 박사논문, 1998, 부록 참조). 또한 연희전문 문과에서도 1학년 과목으로 문학개론이 개설되었다(연세대 국학연구원 편, 『근대학문의 형성과 연희전문』, 연세대 출판부, 2005, 85쪽).

6 이광수는 「문학강화」(『조선문단』 1~5, 1924.10~1925.2)를 통해 문학을 예술로서 대상화하기보다는 학문으로서 접근하고 있는데, 하나의 학문에 입문하기 위해서는 '개론(槪論)'과 '사(史)'의 형식을 거쳐야 함을 강조하고 있다. 1920년대 문학 교육의 문제에 대한 이광수의 인식은 김현주의 「이광수의 문학 교육론」(『문

조선어로 번역되지는 않았지만 서구나 일본의 문학개론서가 다양하게 소개, 수용되기도 했다. 그러나 대학이라는 아카데미를 매개로 한국인에 의한 '문학개론서'가 본격적으로 저술·번역된 것은 해방 이후의 일이다. 단행본으로 출간된 문학개론이라는 형식은 분명 문학이론과 관련된 학술적 글쓰기로, 보다 과학적이고 분석적인 문학 개념과 분류 체계를 설정함으로써 해방 후의 문학연구와 교육에 중요한 역할을 담당하였다. 조동일이 비판했듯이, 한국의 문학개론이 지닌 서구중심주의의 문제는 근본적으로 한국 근대문학의 형성과정 및 특성과 밀접한 관계가 있겠지만, 보다 구체적이고 실제적인 영향관계에 있는 해방 후 대학제도와의 관련 속에서 해명하는 것이 적절할 듯하다. 왜냐하면 문학개론서가 주로 대학에서의 문학 강의를 위한 교재로 기획, 저술되었기 때문이다. 해방 이후부터 1950년대에 걸쳐 발간된 문학개론서의 주요 저자인 김기림, 백철, 김동리, 조연현, 조용만, 최재서 등은 모두 대학의 국문학과 혹은 영문학과의 강사 또는 교수로 있으면서 이 과목을 강의했던 당사자들이었다. 그런 의미에서 문학개론은 대학을 매개로 한 제도적 글쓰기의 대표적인 사례이자, 대학이라는 학문 장의 요구에 부응하여 구성된 '교양 지(知)' 혹은 '문학 지(知)'의 표본이기도 하다.

이 연구는 문학개론이라는 제도가 놓인 근본적인 조건을 염두에 두고, 해방 이후 좌우의 대립과 한국전쟁을 관통하면서 문학 연구의 장에서 이러한 저술 작업이 지속적으로 수행되었던 사실에 주목하고자 한다. 해방 이후부터 1950년대 말까지를 대상 시기로 삼아 이 시기에 발간된 주요 문학개론서를 검토하면서, 그 가운데에서 김기림, 백철, 최재

_____

학 속의 파시즘』, 삼인, 2001) 참조.

서의 저술과 르네 웰렉과 오스틴 워렌의『문학의 이론』을 주요 분석 대상으로 삼는다. 이들 저술에 주목하는 것은 정도의 차이는 있지만 이들 문학개론서가 저술 취지나 구성 체계, 서술 내용의 면에서 기존 지식의 편집, 나열을 넘어서는 독자성을 지니고 있다는 점 때문이다. 그리고 무엇보다 중요한 것은 인문학의 분과학문으로 문학을 인식함으로써 '(과)학'으로서의 문학 개념을 체계화, 이론화시키고자 노력하였다는 사실이다. 이들의 저술은 문학을 감상과 향수의 대상에서 학술적 대상 혹은 과학의 영역으로 인식하려는 작업이었으며, 결과적으로 이러한 문학 개념을 교육의 장에서 확산시키는 데 일조하였다. 이러한 판단에 입각해 이 연구는 해방 이후부터 1950년대에 걸쳐 새롭게 수립·정비되었던 대학의 교육 및 학술 제도와의 관련성 속에서 문학개론서의 출현을 탐색할 것이다. 이 연구는 개별 저술에 대한 면밀한 분석 자체에 집중하기보다는 한국문학이 외국문학의 이론을 수용하고 배치하는 논리의 지점을 추적하는 작업에 의의를 둘 것이다. 더불어 대학의 교재이자 이론서로서의 문학개론서가 담보하는 과학적 지식의 내용과 수준을 '표준화'의 차원에서 이해하고자 한다. 이러한 문제의식은 문학의 과학화를 지향했던 학술 장에서 학문의 세계성 혹은 내셔널리티의 문제를 어떻게 접근해야 하는지에 대한 고민과도 병행되어 고찰될 것이다.

2. 대학의 교양교육과 문학개론

해방 이후 미군정은 고등교육과정의 개편을 통해 교양과목과 전공과목을 구분하고 교양과목을 필수로 이수하도록 하는 제도를 도입하였다. 교양교과 안에는 인문과학·사회과학·자연과학의 교과를 포괄하여 배치하고 각 학문 분과의 개론을 교육한 것은, 대학에서의 '교양'이 특정 학문의 경계를 벗어난 초(超)학문적 범주이면서, 전문지식과는 구별되는 보편적 지식과 소양으로 통용되었음을 의미한다.[7] 그럼에도 철학과 논리학, 문화사·국사 등의 역사 과목들이 유독 많다는 점, 영문학을 비롯하여 외국 '정전'들을 읽기 위해 외국어 능력을 강조한 점은 '교양'이 인문학적 지식을 중심으로 구성되고 있음을 보여준다.[8] 1948년 국립서울대학교에 도입된 5개의 교양필수 영역 안에는 국어 및 국문학, 외국어 및 외국문학[9]이 포함되어 있고, 문학개론이라는 교과목은 주로 교양선택이나 전공기초(필수)과목으로 배치되고 있다. 주요 대학의 일람 자료를 보면 문학개론이 서울대에서는 국문학과의 전공필수 과목으로만,[10] 연희대에서는 영문학과 2학년 과목으로만 편성된 데 반해,[11] 고려대는 국문과와 영문과 2학년을 대상으로 하는 전

---

7 서은주, 「1950년대 대학제도와 '교양' 독자」, 『현대문학의 연구』 40, 한국문학연구학회, 2010, 13~15쪽.

8 근대 일본의 경우에도 영어교육의 중요성은 절대적으로 강조되었는데, 영어교육은 영문학 교육과 동일한 것으로 인식되었다. 영문학이란 바로 영국사회의 '교양'을 의미하는 것으로, 영어를 배우는 것은 궁극적으로 교양을 함양하는 것이었다(야마구치 마코토[山口誠], 『英語講座の誕生』, 講談社, 2001, 52~55쪽 참조).

9 『서울대학교 60년사』, 서울대 출판부, 2008, 481쪽.

10 『서울대학교 일람』, 서울대학교, 1955, 80쪽.

11 『연희대학교 일람』, 연희대학교, 1946·1953·1955.

공필수 과목으로,[12] 그리고 이화여대는 인문계열의 교양선택 과목으로 개설되어 있다.[13]

문학개론이 교양과목으로 배치되는가 하면, 국문학과의 전공기초과목 혹은 영문학과의 전공기초과목으로 개설되고 있는 상황은 이 강좌가 지닌 경계의 모호성과 포괄성을 반증하는 것이기도 하다. 당시에 실제로 대학에서 개설된 문학개론의 구체적 커리큘럼을 확보하기는 어렵기 때문에 교양과목과 전공기초과목의 차이를 확인하는 것은 불가능하다. 앞에서 언급했듯이 1959년 이화여대의 일람 자료에 의하면, 문학개론 과목의 개요를 "문학정신은 무엇인가, 문학과 시대와 민족과 환경의 관계는 어떠한가, 그리고 시, 소설, 희곡 등의 근본정신과 그 범위, 윤곽을 더듬어서 더 높은 인간교양의 길을 찾아보려는 것"으로 소개하고 있다.[14] 당시 이 강좌의 담당자는 와세다 대학에서 불문학을 전공하고 식민지 문단에서 해외문학파로 활동했던 이헌구였다. 해방 후는 물론이고 1950년대 주요 종합대학의 외국문학 관련 교과는 물론이고 국문학과의 현대문학 관련 교과는 식민지 시기 일본 대학이나 경성제국대학 등에서 외국문학을 전공했던 인물들이 독점했다고 해도 과언이 아니다. 이양하, 김진섭,[15] 손우성, 이하윤 등과 김기림, 임학수 등이 서울대에 재직했고, 정인섭, 최재서 등은 연희대에, 백철은 동국대를 거쳐 중앙대에, 조용만은 고려대에 적을 두고 있었다. 따라서 주로 이들에 의해 저술된 문학개론서가 일차적으로 대학 강의의 교재를

---

12 『고려대학교 일람』, 고려대학교, 1955, 13쪽.
13 『이화여자대학교 일람』, 이화여자대학교, 1959, 25쪽.
14 위의 책, 30쪽.
15 김진섭은 해방 후 경성제국대학이 이름을 바꾼 경성대학교, 그리고 국립서울대학교의 독문과 교수로 재직하였으나 한국전쟁 중에 납북된다.

목적으로 출판되었음을 충분히 짐작할 수 있다. 이들은 외국어 독해 능력의 면에서 자료의 섭렵에 유리했고, 따라서 문학이론의 학습 수준이 상대적으로 높았을 것이라는 점도 추론 가능하다. 한편 1950년대 초반에 '문학개론서'를 저술한 김동리와 조연현도 각각 서라벌예술대학과 동국대에 재직하고 있었지만, 두 대학의 특성이 주로 문인 배출을 위한 창작 영역에 치중했다는 점과, 두 사람이 모두 당대 문단의 주요 매체였던『현대문학』을 주도한 문단 권력이었다는 점은[16] 앞의 외국문학전공의 대학 교수들과 차별성을 지니는 중요한 근거라고 볼 수 있다. 서두에서도 말했듯이 국문학개론과 동시에 존재했던 문학개론은 어떤 면에서 한국문학을 대상화해야 한다는 내셔널리즘에 대한 부담을 애초부터 괄호쳤다고도 볼 수 있다. 따라서 어떤 면에서는 의식적으로 한국 근대문학을 서술 내용에 포함시키려고 애썼던 백철의 사례는 예외적이라고도 하겠다. 하여튼 '교양' 차원의 '문학 지'란 기초적이고도 포괄적이어야 하며, 개별 국민(민족)국가 단위를 넘어서는 세계 문학의 시야를 요구하는 것이었다. 따라서 문학개론이라는 제도 아래 문학의 개념과 역사를 아우르는 방대한 지식을 단일한 교과목으로, 그리고 한 권의 저술 속에 구성해낸다는 것은 그 자체가 불가능성을 담보한, 애초에 한계를 전제로 하는 시도였다고 하겠다.

한국에서 출판된 문학개론서에 대한 최근의 의미 있는 작업으로 김명인과 홍경표의 연구를 들 수 있다. 김명인은 한국문학이 스테레오타입화된 근대적 문학관을 무반성적으로 답습하여 왔다는 문제의식 아래 해방 후 발간된 김기림과 백철의『문학개론』을 다루고 있는데, 이

---

16 김건우, 「한국문학의 제도적 자율성의 형성」,『동방학지』149, 연세대 국학연구원, 2010, 183쪽 참조.

들 개론서를 통해 "주체적 문학관 구성"의 모색과 실패의 과정을 추적하고 있다.[17] 김명인의 연구가 분명한 문제의식 아래 해방기라는 제한된 시기를 다루고 있는 데 비해, 홍경표의 연구는 근대 초기부터 1950년대까지를 대상으로 문학개론·문학입문 관련 서지를 개괄하고 있어 문학개론이 수용되는 역사적 추이를 파악하는 데 도움을 주고 있다.[18] 이들의 작업 외에 문학개론서라는 특정의 텍스트에 초점을 맞춘 것은 아니지만 김윤식 교수가 주요 비평가들의 작가론을 서술하는 과정에서 비교적 다양한 문학개론서들을 분석한 바 있다.[19] 그러나 근대적 문학 개념의 형성 과정에 대한 역사적 고찰이 어느 정도 축적된 상태에서도, '문학이란 무엇인가'라는 개념의 정의에서 출발하여 장르에 대한 인식, 그리고 각 문예사조의 특성과 그것의 역사적 추이까지도 포괄하고 있는 문학개론이라는 텍스트에 대한 관심은 여전히 부족하다. 문학개론서는 해방 이후부터 1950년대에 걸쳐 집중적으로 출간되었는데, 이 시기를 대상으로 하는 학술사 연구는 문학 분야만이 아니라 전반적으로 공백의 지점이 많다고 할 수 있다. 사실 해방 후 군정기를 거쳐 전쟁과 분단, 냉전 이데올로기 대립을 경험했던 격동의 역사 공간에서 지식인들의 사상적 대립과 좌우 전향, 정치적 숙청, 공간적

---

17 김명인, 「주체적 문학관 구성의 모색과 그 좌절」, 민족문학사연구소 기초학문연구단 편, 『한국 근대문학의 형성과 문학 장의 재발견』, 소명출판, 2004.

18 홍경표, 「근대 초기 '문학개론'의 수용과 그 전개과정 – '문학개론'서의 서지와 관련하여」, 『어문학』 94, 한국어문학회, 2006.

19 김윤식은 『백철연구』(소명출판, 2008)에서 해방 후 백철의 문학적 행적을 추적하는 과정에서 그의 『문학개론』을 분석하고 있으며, 더불어 백철과 김병철이 공역한 R. 웰렉, A. 워렌의 『문학의 이론』도 다루고 있다. 마찬가지로 해방 후 최재서의 문학론을 추적하면서 『문학원론』을 분석한 바 있다. 이 외에 김재영은 '요소론적 접근법'이라는 용어를 사용하여 해방 후 문학개론서의 구성 체계를 설명하고 있다 (김재영, 「한국 근대소설 논의의 추이와 이태준」, 『상허학보』 14, 상허학회, 2005).

이주 및 단절, 문헌 자료의 분실 혹은 훼손 등이 이루어졌다고 전제할 때, 당대의 학술 장을 온전하게 복원하여 전모를 파악하는 것은 결코 쉽지 않다. 객관적 현실을 고려하면 '온전한' 학술 장의 존재 여부도 의문일 수 있다. 요컨대 해방 이후와 1950년대의 학술 장을 연구의 대상으로 삼는 데 있어서의 어려움을 고려한다 하더라도, 문학개론에 대한 무관심 현상은 또 다른 차원의 요인이 작용하지 않을까 한다. 즉 문학개론서의 저술은 독창적인 문학관을 제시하는 본격 연구서라기보다는 대개 기존의 문학 지식을 종합하여 편집한 강의용 혹은 입문 형식의 교재로 인식되어 왔다. 실제로 문학에 대한 총론적 연구서라고 할 수 있는 문학개론을 한국에서는 초기에 서구의 논의나 혹은 이들을 수용한 일본의 문학 논의를 전면적으로 차용하는 방식으로 주로 집필하였고,[20] 이러한 작업들이 하나의 전범이 되어 다시 유사한 관점과 체제를 갖춘 저술들이 복제·재생산됨으로써 문학개론서는 문학연구의 텍스트로서 그 오리지널리티를 의심받게 된 것이다.

문학에 대한 총론적 개념서라고 할 수 있는 개론서의 등장은 유럽의 경우 19세기 후반 매슈 아널드의 비평과 월터 페이터의 논의들에서 단초를 찾을 수 있지만, 보다 체계적인 문학이론으로서 학술성을 담보하는 저술은 동서양을 막론하고 20세기에 들어와서야 출현했다고 볼 수 있다.[21] 20세기 초반의 W. H. 허드슨과 R. 몰턴 등의 문학론은 큰 시차

---

20 '개론(槪論)'이라는 용어는 20세기를 전후한 시기에 일본의 교육 제도나 학문 제도 안에서 출현한 현상이라고 볼 수 있으며(홍경표, 앞의 글, 2006, 386쪽 참조), 이것이 식민지 조선에 이식되어 현재까지도 유통되고 있다. 문학개론이 문학에 대한 총론적인 개념서라고 할 때, 서구에서는 이러한 형태의 저술에 'Study', 'Introduction', 'Essay' 등의 용어를 사용하여 다양한 방식으로 명명하고 있다.

21 19세기 후반에 발표된 대표적 문학관련 저술은 다음과 같다. M. Arnold, *Essays in criticism*, 1865; W. Pater, *Studies in the History of Renaissance*, 1873; H. M. posnett, *Com-*

없이 1920년대부터 일본에서 번역·출판되었고,[22] 이들 서구의 저작들과 더불어 영국유학을 통해 영문학에 정통했던 나쓰메 소세키가 쓴 『문학론』(1907)이나, 와세다대학 영문학과 출신인 혼마 히사오의 『문학개론』(1916) 등의 일본 개론서들이 식민지 조선의 문학인들에게 많은 영향을 미쳤던 것으로 알려져 있다. 해방 후에는 한국어로 된 독서물에 대한 수요가 급격히 증가하면서 번역도 급증하였다.[23] 이 시기에 번역된 문학개론서에는 일본어로 번역되어 출판되었던 소비에트나 유럽의 문학저술들을 중역하는 경우도 있었지만,[24] 비노그라도프의 『문학입문』처럼 러시아어에서 직접 번역한 경우도 있었다.[25] 사회주의 문학론을 소개하는 번역서의 출판은 해방기 좌파 문학 진영의 문학대중화 사업의 일환으로 진행되었지만 급박하게 전개되는 정세로 인해 남한 사회에서 급속히 자취를 감추게 된다. 실제로 한국전쟁을 계기로 분단이

---

parative Literature, 1886; C. T. Winchester, *Some Principles of Literary Criticism*, The Macmillan Company, 1899.

22　W. H. Hudson, *An Introduction to the Study of Literature*, D.C Heath & Co., 1910; R. G. Moulton, *The Modern Study of Literature*, The University of Chicago, 1915.

23　김병철에 의하면, 1940년 이후부터 해방 전까지의 단행본 번역은 13편에 불과했는데 비해 해방 이후부터 한국전쟁 전까지의 기간에는 이것의 6배에 가까운 64편으로 급상승하였다(김병철, 『한국근대번역문학사연구』 하, 을유문화사, 1974, 849쪽 참조).

24　콤 아카데미 문학부가 편한 『문학의 본질』(백효원 역, 신학사, 1947)은 1936년 일본어 번역본을 중역한 것으로 소비에트 계급이론에 기초한 개론서이다. G. E. 윗드베리의 『문학개론』(조연현·김윤성 역, 창인사, 1951)도 일역본의 중역이고, W. H. 허드슨의 『문학원론』(김용호 역, 대문사, 1949)도 1925년 일역본을 초역(抄譯)한 것이다. 조벽암이 번역한 고리키의 『문학론』(서울출판사, 1947)도 일역판과 영역판을 저본으로 한 중역이다. 이 시기 번역된 문학개론서에 대한 서지는 홍경표의 앞의 글(2006) 참조.

25　이 책의 서문에서 이원조는 해방 후 최초의 입문서로 문학대중의 '문학이란 무엇인가'에 대한 광범위한 탐구의욕에 부응하기 위해 완역하였다고 소개하고 있다. 이 책은 1930년대 소비에트 문예이론을 포괄적으로 소개하고 있는 개론서이다(비노그라도프, 조선문예연구회(김영석·나선역) 역, 『문학입문』, 선문사, 1946).

고착화되고 사상 검열이 전면화 됨에 따라 마르크스주의와 관련된 일체의 문학론이나 작가, 작품에 대한 언급은 개론서에서 삭제되어 갔다. 스스로 '중간파'임을 자처했던 백철이 1947년에 『문학개론』 초판을 발간한 이래 판을 거듭하며 7판까지 찍었던 것을 1952년에 절판시키고, 두 배의 분량으로 확대·재집필하여 1954년에 개정판을 낸 것은 무엇보다 사상문제와 연루되어 있는 김태준, 이태준 등에 대한 언급을 삭제하기 위한 의도에서였다. 그런 점에서 좌파적 의식을 표명하며 해방 직후 출간된 김기림의 문학개론서는 해방기 중요한 저작이 아닐 수 없으며, '순수문학'이라는 이름 아래 우파문학의 중심에서 창작계와 비평계를 주도했던 김동리와 조연현의 『문학개론』과 좋은 대조를 이룬다.

김기림, 백철, 최재서의 저작을 논의하기에 앞서, 이들의 문학개론서가 지니는 차별성을 부각시키기 위해서라도 같은 시기의 몇몇 주요 문학개론서들을 일별하는 작업이 필요할 듯하다. 대학의 국문학과 교수였던 김동리와 조연현의 경우, 이들의 문학개론서는 아카데미즘의 경향보다는 광범위한 문학애호층을 독자로 설정한 대중적 소개서에 가깝다.[26] 김동리가 1952년에, 조연현이 1953년에 발간한 『문학개론』은 둘 다 160쪽 내외의 적은 분량으로, '문학원론'과 '문학의 제양식'을 배치한 다음에 '근대문예사조사'를 배치하고 있어 구성이 거의 대동소이하다. 백철의 『신문학사조사』가 임화의 계승이자 사조사라는 점을 들어 비판했던 조연현이지만[27] 역시 사조사의 관점에서 한국 근대문학을 서술하고 있기는 마찬가지이다. 김동리는 제3부 '근대문학' 안에 '한국의

---

26 여기서 언급된 주요 문학개론서의 구성체계를 보여주기 각 개론서의 이 글 뒤에 '참고자료 : 1945~60년에 출간된 주요 문학개론서의 목차'를 표로 제시하였다.
27 김윤식, 『백철연구』, 소명출판, 2008, 563쪽.

신문학'이라는 항목을 따로 설정한 것 외에도 제2부 '문학의 제양식'에서 한국문학 작품을 비롯해 동양 고전을 두루 소개한 데 반해, 조연현의 경우는 제3부 '근대의 문예사조'의 끝부분에 '한국 신문학사조사 개설'을 따로 설정하여 여기서만 한국문학을 언급하고 있다. 무엇보다 김동리, 조연현의 『문학개론』의 특징은 이론과 문학사를 구분하여 서술하되 하나의 저술 속에 함께 배치하고 있다는 점이다. 요컨대 이들의 『문학개론』은 문학과 관련된 지식을 간략한 서술 방식을 통해 총집결시키고 있어, 해방 직후 김기림이 그렇게도 혐오했던 일종의 '백과전서식' 나열을 연상시킨다. 어떤 의미에서 이러한 백과전서식 지식의 수준과 체계는 대중에게 가장 선호되는 형태로, 그것이 굳이 대학제도라는 고등교육기관을 매개로 존재할 필요는 없을 것이다. 따라서 문학개론서도 대중적 취향과 아카데미즘적 경향으로 분화하는 양상을 보이는데, 저자 개인의 문학적 경험, 연구의 전문성 및 가치 지향성 등을 비롯해 각자가 속해 있는 대학의 상황과 요구 등과 결부해 차이를 드러낸다. 김동리, 조연현이 상대적으로 대중과 소통하는 개방성을 선호했다면, 김기림, 백철, 최재서의 경우는 아카데미즘에의 지향성이 강했다고 할 수 있다.

경성제국대학 영문과 출신으로 1953년 고려대 영문과 교수로 부임한 조용만도 1954년 『문학개론』을 집필하는데,[28] 이 저술은 경성제국대학의 문학개론 강좌의 교재로 알려진 W. H. 허드슨의 『문학의 입문』[29]과 상당히 유사한 체계를 갖고 있다. '문학연구방법'을 앞에 제시

---

28 조용만, 『문학개론』, 탐구당, 1954.
29 조용만은 「서」에서 윌리엄 헨리 허드슨의 『문학연구서론』이 많은 참고가 되었음을 밝히고 있다. 원저는 다음과 같다. W. H. Hudson, Ibid, D.C Heath & Co., 1910.

한 점이나 시 · 소설 · 희곡 · 문예비평의 각론으로 구성한 점은 허드 슨의 것과 동일하며, 마지막 장에 '각국 문학의 개관'을 붙여 놓은 것만 다르다. 뒷부분을 제외하고는 비록 몇몇 세부 항목의 제목이 다르기는 하지만 허드슨의 것을 반 정도의 분량으로 압축하고 있다고 봐도 무방 할 것이다. 이 저작에서 주목할 부분은 '문학연구법'이라는 개념을 등 장시켜 일반인들의 문학독서와 구별하여 연대기적 방법과 비교연구 법을 '계통적 연구법'으로 소개하는 대목이다. 실제 내용에서는 결국 문학 작품의 감상과 별반 다르지 않지만 '문학연구법'이라 명명함으로 써 문학 이해의 전문성, 즉 학술적 연구라는 차원을 분별하려는 의식 을 발견할 수 있다. 이는 대학의 강단을 기반으로 산출된 1950년대의 '문학개론서'가 추구했던 하나의 중요한 흐름이기도 하다.

한편 이러한 아카데미즘의 경향은 창작을 목적으로 하는 문예창작 학과의 교재에도 반영된다. 서라벌예술대학은 '문예창작강좌'라는 기 획으로 1956년에 총 6권의 책을 발간하는데, 기획 취지에서 이 강좌 시 리즈가 초보적인 문학지향자를 포함해 창작 전공자를 대상으로 하며 "한국문단인의 총집필로 완성을 이룬 금자탑"이자 "진서(珍書)"라고 광 고하고 있다.[30] 이 시리즈는 『세계문예사조사』, 『소설연구』, 『문예학 개론』, 『시 연구』, 『문장 연구』, 『희곡 · 시나리오 작품연구』로 구성되 었으며, 각 권마다 수십 명의 필자들이 각기 전문 영역을 맡아 집필한 편저 형식이다. 개론 혹은 총론, 문학사 등을 저자 1인이 감당한다는 것이 한계가 있음을 인식하고 보다 전문적이고 차별화된 내용을 담기 위해 당시로서는 새롭게 시도한 기획이라고 하겠다. 이러한 구성과 편

---

30 『문예학개론』, 서라벌예술대 출판국, 1956, 마지막 쪽 광고란.

집은 '개론서'가 지닌 백과전서식 지식 나열의 위험을 타개하는 방법이기도 하며, 대학의 문예창작학과가 추구해야 할 이론과 실습을 조화시키는 방안이기도 했다. 이는 앞서 발간된 김동리와 조연현의 '문학개론서'와 구별되는 성과이기도 하다.

3. 아카데미즘과 문학의 과학화

1946년에 발간된 김기림의 『현대문학개론』은 '문학의 과학'을 표면적 기치로 내걸었다는 것과 해방 직후의 '민족문학 건설'에 대한 좌파 문학의 지향을 분명히 표명했다는 점에서 시선을 끈다.[31] 김기림은 일본 도호쿠대학 영문과를 졸업하고 귀국해 1930년대 시창작과 비평을 통해 모더니즘론의 중심에 있었지만, 해방 직후 좌익문학단체인 문학가동맹에 가담하면서 좌선회한 인물이다. 따라서 김기림의 『문학개론』에는 저자의 사상적 변화뿐만 아니라 해방 직후 한국 사회의 쟁점과 특수한 사회적 분위기까지도 반영되어 있다. 이해의 편의를 위해 책의 목차를 제시하면 다음 쪽의 〈표 1〉과 같다.

우선 저술의 취지를 밝히고 있는 서문에서 김기림은, 기존의 문학론이 잡다한 상식, 주관적 인상이나 감상 또는 일화의 비체계적인 나열

---

31 1946년 초판은 『현대문학개론』이라는 이름을 달고 126쪽의 짧은 분량으로 문우인서관에서 발간되었고, 1947년 재판, 1948년 3판은 모두 『문학개론』이라는 이름으로 신문화연구소에서 발행되었다.

표1 김기림, 『현대문학개론』(문우인서관, 1946) 목차

서문	
1. 어떻게 시작할까　2. 문학의 심리학　3. 문학의 사회학	
4. 문학의 장르	A. 소설　B. 시　C.희곡
5. 비평문학	
6. 세계문학의 분포(상)　7. 세계문학의 분포(하)	
8. 문학과 예술	
9. 현대문학의 제 과제	A. 문학의 소유 관계　B. 입장의 문제　C. 유산 정리　D. 민족문학
10. 우선 무엇을 읽을까	세계문학 기초서목 18세기 이전 / 19세기 이후 : 소설 시 희곡 / 조선 / 기초참고서
부록	1. 문학의 해석과 이해　2. 문맥　3. 장면　4. 가치의 상대성

임을 지적하면서 시공간을 초월한 '영원한 것'으로 문학을 정의했던 몰 턴류의 문학론을 "관념적 문학사가들과 독일류의 형이상학적 미학자 들의 환각"[32]이라고 비판한다. 이어서 문학을 창작하고 감상하는 데 있어 가장 "소중한 일"로서 '문학의 과학'과 '문학의 이해'라는 두 가지 접근법을 제시한다.

　그러면 장차 문학을 하려는 사람 또 문학의 능률적인 감상을 소원하 는 사람에게 있어서 소중한 일은 무엇이냐? 그 하나는 문학적 사상(事 象)에 대한 과학적 인식 — 다시 말하면 '문학의 과학'이다. 그러나 그것 만으로는 족할 수는 없다. 문학작품을 통한 문학의 실체에 대한 투철한 이해야말로 필요한 것이다. '문학의 과학'만을 요구하는 것은 학문적 흥미에 끊지는 것이며 문학의 이해야말로 창작이나 감상에 있어서 가 장 요구되는 것이며 이러한 실제적인 기능적인 면에 있어서 '문학의 과 학'은 이해작용의 보강을 위하야 있는 것이라고 해도 과언이 아니다.[33]

32　김기림, 『문학개론』, 문우인서관, 1946, 2쪽 「서문」.
33　위의 책.

‘문학의 과학’ 개념은 김기림이 주도했던 1930년대 모더니즘 문학이론의 큰 틀에서 이미 언급한 바 있는데, 주로 심리학과 같은 현대 학문의 지식과 방법론을 문학이 자기화하는 문제에 초점이 놓여 있었다. 목차에서 보듯, 김기림은 ‘어떻게 시작할까’라는 1장에 이어 2장과 3장에 문학의 기반으로서 심리학과 사회학을 배치하고 있는데, “문학이 작용하는 고장”으로서 심리학을 강조함과 동시에 그것이 “일정한 역사적 사회적 관련의 낙인을 불가피하게 받아가지고 또 역사적 사회적으로 파문을 그리는 그러한 성질의 것”임을 더욱 강조하고 있다.[34] 즉 해방 후 김기림은 “문학의 사실을 기술하는 과학은 심리학과 사회학의 두 지주(支柱)”를 기반으로 함을 피력하면서도 과거에 비해 사회학에 보다 우위성을 두고 있는 것이다. 심리학과 사회학은 근대에 새롭게 성립된 학문 분과로, 자연과학의 학문적 방법론에 많은 영향을 받은 인문사회 영역의 분과 학문이다. 김기림이 생각한 ‘문학의 과학’이란 인접한 근대적 학문 분과의 과학적 방법론을 문학이 포섭함으로써 얻을 수 있는 과학적 인식인 셈이다. 그러나 한편으로 ‘문학의 과학’에만 몰두하는 것을 아카데미즘에 머무는 것이라 지적하며 ‘문학의 이해’ 또한 강조하는데,[35] 이는 대학 교육의 현장 체험에 근거해 철저히 피교육자 혹은 독자를 대상으로 발화하는 것이다. 김기림은 “소위 대학문과라는 곳에서들 한 일이 무엇이냐 하면 작품 자체를 이해해가는 직접적인 길보다는 주로 문학에 대한 어떤 기성(既成)된 견해나 소개나 해설을 복사시켜 주는 일”이었다고 강한 어조로 비판한다.[36] 이는 교양이라는

34　위의 책, 3쪽.
35　이를 두고 김명인은 김기림의 『문학개론』이 “이론이나 비평보다 문학작품의 독서와 이해라는 ‘문학적 경험’에 우선성을 부여”해 만든 “공들인 개론 체계”라고 호평하고 있다(김명인, 앞의 글, 2004, 290쪽 참조).

이름 아래 지식으로만 습득되는 대학의 문학 교육에 대한 폭로이자 자기비판이기도 하다. 그렇다 하더라도 교육자의 입장에서 '문학의 이해'를 최우선 가치로 피력하는 것은 너무도 당연하며, 이를 두고 문학 전공자 혹은 연구자의 입장에서 발화된 '문학의 과학'이란 개념을 폄하하는 것으로 보기는 어렵다. 다시 말해 문학을 심리학·사회학과 같은 근대적 학문의 체계로서 재구성·재탄생시키고자 하는 '문학의 과학화'에 대한 의지나 욕망은 그에게 여전히 중요했던 것이다.

김기림의 『문학개론』이 취하고 있는 구성 체계는 기존에 출간된 서구나 일본의 문학개론서에 비해 개성이 있는 만큼 체제의 안정감을 확보하고 있지는 못하다. 앞에서 언급했듯이 타 학문과의 관련성을 서술하는 배치가 그렇고, 비평을 시, 소설, 희곡의 장르 체계로부터 독립시켜 별도의 장에서 서술하는 것이 특이점이다. 그런데 무엇보다 시선을 끄는 것은 9장의 '현대문학의 제 과제'라는 부분으로, 이는 '당대(當代)로서의 현대'라는 시공간의 구체성과 역사성에 방점을 둔 구성이자 김기림의 문제의식을 집약한 장이라 하겠다. '문학의 소유관계'를 다룬 부분에서 이 점을 확인할 수 있다.

조선인민대중은 이조말기봉건 특권 계층의 손으로 일제의 손에 팔려 넘어간 뒤에도 그 자신의 문화를 소유해 보지 못하고 더군다나 제국주의적 식민지문화 정책의 갖은 희생이 되어 왔던 것이다. 인제야 조선인민은 그 자신의 문화를 소유하여야 할 때가 왔다. 아무도 그 일을 방해하지는 못할 것이다 문화적 계몽을 널리 또 급속하게 대중 속에 강행되어야 할 것이고 나아

---

36   김기림, 앞의 책, 2쪽.

가서는 그 수준의 향상을 위한 노력이 활발하게 추진되어야 할 것이다. 이 일은 오늘에 와서는 전세계적으로 제기되어야 할 또 되고 있는 문제다. 문화의 소유관계가 종래의 특권적인 독점형태를 떠나서 광범한 인민대중에게 기초를 둔 진정한 민주주의적 형태로 바꾸어져야 할 것이다. 장래할 국가체제가 인민적 민주주의 우에서 설진대 그 문교정책은 문화적으로도 진정한 민주주의 — 인민의 손으로 된 인민이 가진 인민을 위한 — 문화의 실현을 향해서 교육의 국영, 의무교육의 양양, 문고, '라디오', 농촌도서관, 농촌극장 등의 문화시설을 입안하야 착착 실천하는 방향으로 나가야 할 것이다.[37]

여기서는 분명 문학가동맹 중앙위원으로서의 김기림의 일면이 분명하게 발견되는데, 해방 정국에서 '인민적 민주주의'의 구상 아래 문화의 소유 관계가 어떠한 방향으로 변혁되어야 하는지를 서술하고 있다. 교육과 문화의 영역에서 구체적인 실천의 방향을 제시함과 동시에, "순수성의 옹호"를 내걸고 예술지상주의적 편향에 빠진 "문학적 귀족"을 청산해야 할 존재로 규정하며 "고도의 윤리성"에 기반을 둔 리얼리즘의 추구를 주문하고 있다.[38] 한편 민족국가의 건설이라는 당대적 과제와 결부시켜 '민족문학'에 대한 논의를 전개하고 있는데, 이는 부정적의미의 '민족주의'와는 구별되는 것으로 배타적인 자민족 우월주의가 아니면서 반파시즘·반제국주의·반봉건의 지향을 지닌 것으로 설명하고 있다.[39] 그러나 당위적 논조로 '인민의 문학'으로서의 '민족문학'을 강조하지만, 근현대 '조선문학'의 구체상이 거의 언급되지 않은 채

---

37 위의 책, 71쪽.
38 위의 책, 74쪽.
39 위의 책, 77~78쪽 참조.

오직 10장의 '세계문학 기초서목' 가운데 몇 편의 목록으로만 식민지 문학이 소개되고 있는 것은 이 책의 피할 수 없는 한계이다. 더욱이 장르에 대한 서술에서나 '부록'의 내용 서술에서 I. A. 리처즈 등의 모더니즘 이론에 의지하고 있는 점은, 비노그라도프나 부하린 등의 소비에트 문학이론을 수용한 9장의 내용과 이질적이다. 이에 대해 동시대의 이남수가 지적했듯이 "문학을 과학적으로 구명(究明)"할 수 있는 사상인 '유물사관'에 입각해 있지 못하다든가,[40] 김명인의 해석처럼 계급론적 관념의 부재를 한계로 지적할 수도 있겠다.[41] 그러나 철저히 서구사회를 대상으로 형성된 문학이론의 체계 속에 이제 막 식민지에서 해방된 한국사회의 문학적 현실을 접맥시키는 작업은 결코 간단하지 않았을 것이다. 김기림의 『문학개론』이 지닌 한계는 세계관의 불철저 때문이기도 하겠지만 지식의 구성과 체계화에 대한 이해와 경험의 부족도 한몫하고 있는 듯싶다. 표방된 것으로서의 '문학의 과학화'는 해방 공간의 문학 주체가 실현하기에는 아직 이른 것이었으며, 그런 의미에서 아카데미즘의 결핍은, 실제와 관념을 결합시켜 이론으로 체계화하는 근대 학문의 메커니즘에 대한 학습과 훈련의 부족에 다름 아니다.

백철의 『문학개론』 저술은 1947년의 초판본을 비롯해, 분단된 현실을 반영하여 전면 개정한 1954년판, 그리고 R. 웰렉과 A. 워렌의 역작 『문학의 이론』을 번역한 후 뉴크리티시즘의 이론을 부분적으로 삽입하여 개정, 보완한 1963년판으로 진행, 발전하였다. 이 과정은 해방 이후 백철 문학의 이론적 변화과정을 압축하고 있기도 하다. 거칠게 말

---

40 이남수, 「문학이론의 빈곤성 – 백철·김기림 양씨의 문학개론에 대하여」, 『신천지』 4-4, 1949, 164쪽 참조.
41 김명인, 앞의 글, 2004, 292쪽 참조.

하자면 세 종류의 『문학개론』은 세 가지 모습의 백철이었던 것이다. 첫 번째는 해방 후 '중간파'로서 임화의 '신문학'과 '이식문학' 개념을 계승하여 『조선신문학사조사』를 동시에 저술하면서 학문적 기반을 마련했던 초판의 백철이다. 두 번째 1954년의 개정판은 한국전쟁 후, 그동안 자신의 문학론과 인맥 속에서 중요한 하나의 축을 형성하고 있었던 카프 및 마르크스주의 문학의 흔적을 제거하면서 대학의 아카데미즘 속에 자신을 확고하게 위치시키고자 고군분투했던 백철이다. 세 번째는 미국유학 체험과 뉴크리티시즘의 세례를 통해 세계문학의 지평 속에서 한국문학의 이론적 발전을 선도해 나간다는 자부심으로 충만했던 1963년의 백철이다.

최재서의 『문학원론』과 더불어 1960년대 이후까지도 대학의 주요 문학이론서로 자리 잡은 백철의 『문학개론』은 서문에서 밝히고 있듯이 문학 강의를 위해 구상되었고, "조선의 학도들을 위한 것인 이상, 조선문학적인 개론이 되기"[42]를 희망하면서 집필되었다. 해방기의 김기림과 비교해서는 물론이고 이후 1960년대까지 확장해서도 여전히 유지되는 백철 『문학개론』의 미덕은 조선문학의 기원과 특성, 그리고 구체적인 비평적 논의와 작품론을 곳곳에 배치했다는 점이다. 특히 1947년판의 경우, '문학의 기원과 발달'을 다루는 1장부터 '한문학과 조선문학', '조선문학의 의의' 등을 내세우고 있는 점은 두드러지는 특징이다.

초판의 목차를 보면, 김기림의 『문학개론』에 비해 상대적으로 개론서로서의 일반적인 구성에 가깝다고 할 수 있지만, '문학의 기원과 발달'을 독립된 장으로 구성한 것은 그렇다 치더라도 '일반론'과 '세론' 사

---

42 백철, 『문학개론』, 동방문화사, 1947, 「서문」.

이에 '내용과 형식'을 따로 구성한 것은 안정된 체계라고 보기 어렵다. 또한 구체적인 세부 내용이 복잡다기한 데 비해 179면 정도의 분량은 현저히 작은 그릇이다. 서문에서 특정한 지향성을 천명하지도 않았고, 말 그대로 "이 개론에 자신을 갖지 못하면서도" "뒤에 오는 일층 완비한 문학개론을 기다릴 때까지의 잠정적인 역할을 할 수 있을까 하는 희망"에서 소박하게 기획된 것이라고 볼 수 있다. 어떤 면에서 백철의 내면에는 김기림의 경우와는 대조적으로, 해방 후 좌파적 세계관을 공표하며 급진화하고 있었던 임화나 김남천 등의 과거 카프의 동료들을 의식하면서도 식민지 전향 국면에서부터 이미 상당히 우경화된 자신의 문학관을 어떻게 봉합할 것인지가 주된 고민이었을 것이다. 그는 가능한 한 현실 정치로부터 문학을 분리하는 방법, 달리 말하면 해방 정국의 이념적 혼란으로부터 자신을 보호하는 방법을 모색했고, 이 과정에서 문학개론과 문학사를 저술하는 학술적 공간을 발견하였던 것이다. 따라서 "겸허를 윤리로 하야 자기의 주장을 고집하는 것보다는 선인들과 학우들의 학설을 인용하여 소개와 해석에 충실하려고 노력"[43]하였다. 김명인이 정리한 대로, 문학론이나 작품과 관련해 참조한 인명수는 총 133명이고 이 가운데 한국인은 50명이나 된다.[44] 다양한 동서양의 문학론을 지식의 형태로 전달하면서도 "조선문학적 개론"을 구상했던 백철 식의 미덕은 충분히 인정할 만하지만, 이러한 '겸허한' 조합 내지 편집적 서술 방식은 서로 이질적인 시각과 방법이 충돌하는 혼란을 피할 수 없다. 김기림 문학개론에서도 발견되었던 이질성의 공존이 여기서는 더 두드러저 보인다. 블라디미르 프리체의 예술사회학적 과학성에

---

43 이남수, 앞의 글, 186쪽.
44 이 수치는 『문학개론』 말미에 있는 '인명색인'란의 인명수에 근거한 것이다.

동조하면서도 오스카 와일드의 문학관을 인정하고, 마르크스의 자연관을 문맥적 개연성 없이 인용한다. 초판의 좌충우돌은 좌우문학을 한 곳에 버무리려는 해방 직후 백철의 고군분투를 그대로 투영하고 있다. 이러한 혼란은 결국 한국전쟁 후 백철 문학개론서의 결정적 저작이라고 평가받는 1954년판 『문학개론』을 통해 해결의 가능성을 찾는다.[45]

해방 이후 국어학과 국문학의 양분 구도 아래 국문학은 곧 고전문학을 지칭하던 상황에서, 백철은 현대(근대)문학의 학문적 영역을 구축하는 데 가장 중요한 역할을 담당하였다.[46] 초판에 제기된 문제들, 즉 프리체의 예술사회학 논의, 마르크스의 이론에 경도되면서도 동시에 관념주의 문학론에 탄복하는 혼란상을 극복하는 방법은 어정쩡한 절충주의를 포기하고 명확하게 우선회하는 길뿐이었다.[47] 초판의 비체계적 구성을 바로 잡기 위해 1954년판은 '예술일반', '문학본론', '문학분론 (分論)'으로 구성하여 보다 안정된 체계를 갖추었다. 서문에서 백철은 개론서의 경우도 "죽은 개념"이 아니라 "살아있고" 움직이는 개념으로 설명하되, 전체와 부분의 관계, 본질과 현실적인 것과의 상관성 속에서 논의되어야 함을 강조한다. 또한 문학사적인 관계 위에서, 특히 '현대문학의 구체적인 동향'에 관심을 집중하고 있다. 제2편 '문학본론'에서 문학의 특질에 대해 설명하면서 외부 현실, 즉 정치나 도덕적 가치에 의한 재단으로부터 거리를 두는 '독자성'을 무엇보다 강조하는 것도 이 때문이다.[48] 더불어 1954년판은 층위가 맞지 않는 범주 설정의 오류를

---

45 홍경표, 앞의 글, 399~400쪽 참조.
46 김윤식, 앞의 책, 500쪽 참조.
47 이남수는 김기림과 백철의 『문학개론』을 테느나 몰턴의 결정론이나 관념론을 극복하지 못한 '과학 미달'의 수준이라고 비판하였다(이남수, 앞의 글, 200쪽).
48 백철, 『문학개론』, 신구문화사, 1954, 75~81쪽 참조.

제거하면서, 한편으로 서구와 일본의 개론서를 모방 혹은 표절할 수밖에 없는 근본적인 한계를 보완하기 위해 조선문학을 비롯해 동양 고전의 전거를 직접 인용하고 그 출처를 밝히는 방식으로 체계를 보완하였다. 초판에서부터 백철은 인용 혹은 참고 서적에 대해 주석을 붙여 놓고 있는데, 이것은 당시의 다른 개론서들에 비해 객관성을 지닌 아카데미즘의 지표로 인식되었다. 영문학 전공자면서 대학에서는 국문학과 교수(현대문학)로 자리 잡았던 백철은, 식민지 시기 카프의 조직 경험과 비평가로서의 현장 감각을 바탕으로 해방 이후 '개론(槪論)'과 '사(史)'를 통해 일찌감치 이론과 문학사라는 두 개의 권위를 동시에 선점한다. 임화나 김남천, 이원조 등의 좌파 이론가들의 공백 속에서 한국 전쟁 이후의 백철의 위상은 가히 독보적이다. 김동리와 조연현이 『문예』나 『현대문학』 등의 매체와 문단 조직을 장악하면서 명실상부한 남한문학의 권력자로 부상하였다 하더라도, 문학 개념이 '순문학'으로서의 예술 영역과, 인문학의 한 분과로서의 학문 영역으로 분화되고 전문화됨으로써 이들과 백철의 거처는 크게 달라진다.[49] 백철이 뉴크리티시즘에 경도되었던 것도 결국 문학 연구를 과학적 분과학문으로 영토화하기 위한 노력의 일환이었던 것이다.

그런 점에서 최재서의 『문학원론』은 아카데미즘의 표상으로 부상한 1950년대 대학 제도가 요구하는 전문성에 가장 부합하는 글쓰기라고 하겠다. 대학의 교양과목으로 교육하기에는 너무 전문적이고 아카

---

[49] 근대 초기부터 문(文) 혹은 문학(文學) 개념을 둘러싼 논의는 실재하는 다양한 언어양식을 어떻게 체계화할 것인가의 문제와 더불어, 지식체계로서의 '학문'과의 관계, 道, 지 / 정 / 의, 진 / 선 / 미 등의 다양한 가치 개념과의 관계 속에서 통합과 분화의 과정을 지속하였다. 문학개념의 분화 발전에 관해서는 김지영의 「문학 개념체계의 계보학 – 산문 분류법의 변화과정을 중심으로」(『민족문화연구』 51, 고려대 민족문화연구원, 2009)를 참조할 것.

데믹한 글쓰기, 따라서 대학 제도 밖에서는 향수되기 어려운 배타성, 이런 것들이 오히려『문학원론』의 존재 의의를 배가시켰다. 경성제대 영문학과를 졸업한 최재서는 식민지 후반의 문학 장에서 절대 권력을 지녔던 인물이다. 김기림과 함께 모더니즘 비평가로 명성을 날렸지만 『인문평론』에서『국민문학』으로 이어지는 친체제적 행보는 해방 이후 막다른 벽에 부닥친다. 그러나 연희대 교수라는 안전한 거처에 머물렀던 최재서는 시종 침묵으로 일관하다가 한국전쟁 중에『맥아더 선풍』을 번역, 출간하면서 다시 매체에 등장한다. 『새벽』과『사상계』에 발표했던 문학론을 재구성해 출간한『문학원론』은 1946년 김기림의『현대문학개론』에 비해서도 철저히 한국문학을 배제시킨 이론서이다. 서문에서 그는 문학개론 강의가 문인들에게는 멸시되고, 학생들에게는 기피되고, 교수들에게는 경원되는 강의라고 전제하고, 환도 후 문학개론 강의를 맡게 되었을 때의 구상을 적고 있다.

이제 강의를 맡게 되자 먼저 생각한 것은 재래의 교과서식인 문학개론을 쓰지 않겠다는 것이었다. 문학의 구체적인 체험을 떠나서 문학의 형식을 분류하고 문학의 요소들을 적출해서 어느 정도 분석함으로써 끝나는 소위 '문학개론'처럼 흥미없는 일은 없다.

둘째로 생각한 일은 문학예찬으로 끝나는 문학개론은 쓰지 않겠다는 것이었다. 개념적인 분류를 버리고 좀더 문학의 직접적인 체험을 살려 보려는 저술가가 흔히 그의 문학개론에서 범하는 과오는 문학의 예찬, 개성, 천재, 상상, 직관, 영감, 창조 등 채 정의도 되지 않은 말들을 나열하면서 작품 체험을 기술한다 하지만, 그러한 현상들에 대한 실증적인 설명이 없기 때문에 논의 전체가 관념적인 문학예찬에 끝나고 만다. 그 결과 문학은 우리의 구체적인 생활환경과 분리되어 신비의 구름 속에 자취를 잃어버리게 된다. 이러한 자기도취처럼 허망한 일은 없다.

　나는 이 강의에서 구체적인 문학체험을 말하는데 온 노력을 집중했다. 그것이 학생들에게 문학의 생명을 전해 주는 가장 건전한 방법이라 생각했기 때문이다. 그와 동시에 그러한 문학 현상들에 대해서서 되도록 과학적인 설명을 주려고 노력했다. 그러기 위해서 철학과 심리학과 언어학에서 많은 이론들을 빌려 왔다. 끝으로 나는 작가와 비평가들의 평론을 되도록 많이 이 강의 속에 포섭하려고 노력했다. 나 자신의 무슨 새로운 의견을 말하기보다는 선인들의 말에 귀를 기우리려 했다. 괴테를 비롯하여 많은 시인과 비평가들이 지적한 바이지만 문학과 예술의 세계에서 발견될 수 있는 새 진리란 별로 없다. 남들이 다 알고 있는 이념이나 의견이나 사상을 자기의 독창적인 것처럼 알고 떠드는 일은 그 사람의 무지를 폭로하는데 지나지 않는다.[50]

『문학원론』은 재래의 교과서식 문학개론의 지양과 구체적 문학체험에 바탕한 저술을 천명하고 있는데, 서구문학에 대한 방대한 지식을 총동원하여 비교·분석적이고 비판적인 태도를 견지하고 있다는 점에서 기존의 개론서와는 거리가 있다. 백철의 것이 개념적 서술의 평이성과 안정된 교과서식 편제를 갖추었다면, 최재서의 것은 방대한 이론을 체계적으로 배치하는 전문적인 서술이어서 관련 지식이나 선행학습이 없는 경우 일반 대중이 접근하기는 어려운 텍스트이다. 최재서는 해방 이후 자신의 내면을 토로하면서 유독 '질서화', '조직화'를 강조

50　최재서, 『문학원론』, 춘조사, 1957, 2쪽 「서문」.

한다. 그의 『문학원론』은 통상 장르론으로 분류하여 체계화하는 손쉬운 방식을 과감히 해체하고 '표현매체로서의 언어'를 강조하며 시와 극시의 논의에 집중하고 있다. 특히 이론을 논의하는 경우 비교적 20세기에 등장한 I. A. 리처즈, J. 듀이, T. E. 흄, T. S. 엘리어트, A. 헉슬리, W. 제임스 등의 논의를 동원함으로써 비교적 동시대적 감각으로 서구문학을 이해할 수 있는 길잡이 역할을 하고 있다.

최재서는 과학은 진리를 다루고 예술은 미를 다룬다는 상투적 견해를 극복하기 위해 예술도 과학과 마찬가지로 "사실을 주로 하는 것"이라 설명하고, 문학이란 "가치있는 체험의 기록"이라고 정의한다.[51] 그는 『문학원론』에서 취급되는 대상은 비합리적 요소를 포함하는 문학적 체험이지만, 저술 자체는 지식의 체계가 되어야 함을 강조한다. 지식의 체계화를 위해서는 문학현상들의 기술에만 만족하지 않고 그 현상들을 '설명'해야 한다. 그의 논리대로 하면 '설명'은 이미 과학적인 방법이므로 문학은 과학적으로 설명될 수 있다. 최재서는 문학의 창작과 표현을 신비론으로 포장했던 종래의 문학론들을 "분산"시키고, "문학을 어느 정도 이해할 수 있는 물건으로 만들 수 있"다고 확신한다.[52] 이를 근거로 문학연구가 과학이 될 수 있느냐라는 문제에 대해, 체험을 추상적, 분석적으로 취급하는 일이 허용된다면 가능한 일이라고 답한다.[53] 물론 최재서가 문학을 처음부터 끝까지 "과학적으로 설명하고 처리할 수 있다"고 생각한 것은 아니며, 직접 체험으로써만 이해할 수 있는 문학의 영역을 남겨두었다. 그럼에도 제임스, 리처즈, 듀이 등의

---

51 김윤식, 『한국 근대문학 사상연구』 1, 일지사, 1984, 290~291쪽 참조.
52 최재서, 앞의 책, 14~15쪽.
53 위의 책, 10쪽.

심리학 혹은 언어학 등의 보조과학을 채용함으로써 '과학적 설명'이 되도록 노력해야 함을 강조한다. 그렇게 해서도 과학적으로 설명될 수 없는 문학의 비합리성과 특이성은 크로체식의 역사적 방법으로써 포섭할 수 있다고 생각한다. 요컨대 이 저술이 지닌 독창성이란 셰익스피어 해석의 전문성을 확장시킨 것과, 시나 극시와 같은 장르에 유효한 영미의 문학이론을 일관되게 적용시킨 것에 힘입은 바 크다. 여기에서 최재서는 뉴크리티시즘을 표면에 내걸지는 않았지만, 당대 영미이론의 수용 속에서 문학연구의 과학성을 자연스럽게 예비하고 있었다고 볼 수 있다. 이처럼 그의 문학론은 과학성, 전문성이라는 이름으로 '문학 지(知)'의 아카데미즘화에 깊게 관여했던 것이다.

한편 최재서의 『문학원론』에서 인상적인 대목은 '문학의 속성'을 다루는 4장에서 '고전과 전통'이라는 문제를 특별하게 부각시키고 있는 부분이다. 그는 문학의 속성으로 설명되고 있는 '개성, 보편성, 항구성'을 고전과 전통이라는 이념 속에서 통합시키고자 한다. 고전(古典, classic)의 전통을 설명하는 과정에서 최재서는 자연스럽게 "이상적 질서"라는 개념을 가져온다.

고전들을 가지고 질서세계를 구성해 보는 일은 작가와 비평가에 대해서보다는 문학을 연구하는 학도에 대해서는 더 한층 중대한 의의를 갖는다. 그것은 실로 문학연구의 궁극의 목적이라고 해도 과언이 아니다. 한 전통 — 이를테면 영문학의 전통, 혹은 불문학의 전통 — 속에 질서를 찾는 일은 한 작품 — 이를테면 셰익스피어의 작품, 혹은 라신느의 작품 — 을 이해하고 감상하는 일과 별다른 일이 아니다. 작가가 하는 일은 언제나 어디서나 혼돈 속에서 질서를 창조해내는 일일진대, 작품을 이해하고 감상한다는 것은 그 작품을 통해서 질서를 발견하고 그 질서 속에서 좀더 완전하고 좀더 아름다운 인간과 사회의 모습을 그려보는 일이다. 그러한 절차를 확충하여 민족문학 전체에 적용하면 그것이 즉 전통적 질서의 탐구가 될 것이다. 또 그렇게 확충함으로써 문학연구는 실재적이면서도 의미 깊은 지적 활동이 될 것이다.[54]

고전연구를 통한 질서의 구성이 바로 문학연구의 궁극적 목적이라는 서술에서 '질서'에 대한 최재서의 오래된 집착을 역시 확인할 수 있다. 그는 서구 유럽의 역사 속에서 근대적 고전의 이념이 형성되는 과정을 소개하면서, 온전한 문학 창조는 "문화적 아나키" 상태의 사회에서는 이루어질 수 없으며, 오직 "질서적인 전통" 안에서만 가능하다고 설명한다. 그러면서 "전통이 창조의 인스피레이션이 되고 문학작품의 모태가 되는 대신에 민족 발전의 길을 가로막는 장애물이 될 때에 그 전통은 저주(詛呪)된 물건"이 되는데, "이조 오백년의 유교적 전통"이 바로 그러한 전통임을 지적한다.[55] 한국 혹은 한국문학에 대한 의식을 배제시켰던 이 책의 서술에서 '저주된 전통'으로서 조선의 유교가 언급되는 것은 이례적이다. 이는 철저하게 서구문학, 특히 영문학의 토양 속에서 문학의 이념을 사고해 왔던 최재서의 내면이 노출되는 지점으로, '보편성'으로서의 서구문학을 자기의 것으로 내면화한 식민지 외국문학자의 솔직한 의식이기도 하다. 그렇다 하더라도 동시대 한국문학 장에서 내셔널리즘의 문제와 결부시켜 전통담론이 확대되었던 상황을 고려할 때, 또는 김동리가 서구문학의 보편성을 승인하면서도 "아세아

---

54 위의 책, 101쪽.
55 위의 책, 96쪽.

고대 문화민족"의 가치나 "한국민족의 전통적인 문자가 끼치는 세계적인 의미의 위치와 중량"을 강조했던 사실을 비교해 볼 때,[56] 그리고 같은 영문학자였던 백철이 한국문학의 전거를 최대한 활용하면서 조선문학적인 개론에 매진했던 사실을 생각하면 최재서의 사례는 오히려 특이한 경우라 하겠다.

4. '지'의 표준화와 문학연구의 내셔널리티

1960년 출간된 김덕환의 『문학개론』에서는, 문학개론이란 문학이 무엇인가에 대해 답을 하는 형식으로 문학적 사상에 대한 과학적 인식이나 문학 세계의 대체적인 윤곽과 체계를 말하는 것이라고 정의하고 있다. '개론'이란 '학'의 대체적인 윤곽을 개념적으로 논하는 전개를 말하는 것으로, 이는 학의 세구(細究)적 연구와 달라서 그 의의 · 체제 · 입장에 대한 개관을 가지고 독자를 대하는 것이다.[57] 따라서 추상적 전개에 의한 원리적 서술인 문학개론은 입문서로의 역할, 연구방법과 원리적 지식의 제공, 그리고 국민정신의 고취에서 그 존재 가치를 발견하는 것이라고 설명하고 있다.[58] 김덕환의 『문학개론』에서 눈에 띄는 것은 문학을 '문리', '문예', '문체'로 나누고, 종래의 장르적 분류를 '문예문

---

56 김동리, 『문학개론』, 정음사, 1952, 「서(序)」 참조.
57 김덕환, 『문학개론』 상, 정연사, 1960, 18쪽.
58 위의 책, 22쪽.

학'으로 묶는 한편, 문학에 대한 구리(究理), 해석, 비판 등의 학적 접근을 '문리(文理) 문학'이라는 개념으로 구분하고 있는 대목이다.[59] 이광수에서부터 최재서에 이르기까지 기존의 문학개론을 전거로 하여 개념적 용어 해석과 계통적 분류에 집중한 이 저술은, 근대 학문의 분류 체계 속에서 문학의 학적 위치를 규명하려고 시도했다는 점에서 의의가 있지만 '노트 정리' 수준의 개략적 서술 방식에 머물렀다는 점에서 명백한 한계를 보인다.

1948년에 출판된 R. 웰렉과 A. 워렌의 『문학의 이론』을 백철·김병철이 공역한 것은 1959년이었다. 해방 이후 김기림에서 시작하여 백철, 그리고 김동리와 조연현을 우회하여 최재서에 이르는 문학개론서의 전개는 개별 저자의 학문적 역량의 압축판이었고, 이 과정은 대학제도가 요구하는 교양과 아카데미즘에서의 '지'의 문제를 환기시켜 주었다. 그런데 『문학의 이론』에 이르면 문학개론이라는 기초적이고 포괄적인 지식 체계가 감당할 수 있는 하나의 정점에 도달했다는 인상을 준다. 관점을 차치하고서라도 백철이나 최재서가 보여준 문학개론서 집필자로서 의욕과 지적 자부심은 아마 이 저작 앞에서 위축될 수밖에 없었을 것이다. 아무리 '과학'을 천명한다 하더라도 기존의 문학 범주와 하위 개념들을 절충하는 방식으로서는 어떤 쇄신도 쉽지 않았기 때문이다. 『문학의 이론』 1장 '문학과 문학연구'에서는 "문학과 문학 연구를 구별하는 일"이 자신들의 우선 과제임을 밝히고, 전자가 예술이라면 후자는 과학에 근접하는 "지식이거나 일종의 학문"임을 명시하고 있다.[60] 그럼에도 문학의 특이성을 도외시하고 자연과학적 접근법으로 문학을 '과

---

59 위의 책, 127쪽.
60 르네 웰렉·오스틴 워렌, 김병철 역, 『문학의 이론』, 을유문화사, 1982, 17쪽.

학화'하려는 시도나, 특이성만을 강조하여 "반(反)과학적 해결법"을 시도하는 쪽 모두를 견제한다.[61] 문헌학도 아니고 언어학도 아니라고 주장하며 등장한 뉴크리티시즘은 이 저작을 통해 마침내 영문학의 학문적 정당성을 주장하게 된다.[62] 이런 분위기를 반영하듯이 웰렉과 워렌의 자신감은 『문학의 이론』 '한국어판 서문'의 곳곳에서 드러난다.

> 문학이 역사적으로만 연구될 수 있다고 하는 것은, 진화론·인과율·계속성에 사로잡힌 미몽이었다. 그러나 문학의 이론이란 그 본질 자체로 말미암은 企圖로서는 비역사적인 것이다. 그것은 마치 그것이 동시발생적 질서인 것처럼 문학을 보려고 하며, 그러한 질서 안에선 국민적 내지 일시적 차위(差違)는 소멸되고 마는 것이다. 양(洋)의 동서, 위도(緯度), 경도(經度), 민족, 정치적 행운, 사회 제도 등은 중대하지 않다. 다른 나라의 문학 작품이 다른 점에 있어 어떻게 중요하다 하더라도 우리들의 중심적 관심사에 있어 그것이 유럽의 전통으로부터 멀리 떨어져 있고 고립되어 있으면 있을수록, 그것은 우리들의 주요한 문제 — 즉 문학의 본질, 문학의 가치, 문학 형식과 장르에 대해선 한층 더 교훈적이 될지도 모른다.
>
> (…중략…)
>
> 세계의 각처에서 진행되고 있는 것처럼 문학을 경제적으로 해설하려고 하는 시도가 하나의 보조 수단으로서 그 정당한 퍼스펙티브 속에 놓여지도록 하는 데 이 책이 도움이 되었으면 하고 바란다. 우리들 자신을 다만 그 대변인 또는 해설자라고 생각하는 바이지만, 학문의 위대한 유럽적 전통에 대한 유대의식(紐帶意識)을 한층 더 강하게 해주었으면 하고 바란디.

---

61 위의 책, 23쪽.
62 송무, 『영문학에 대한 반성』, 민음사, 1997, 65쪽.

(…중략…)

　예술작품이란 그 대상에 몰두하고 상상에 의하여 그것에 관심을 두는 자유로운 상상력과 참된 학문에 의하여 창조되며 자유 분위기 안에서만 오로지 번영할 수 있는 것이다. 그러나 이와 같은 자유란 그 얻어진 방법인 앙양된 의식과 문학의 여러 가지 효용 및 문학 연구의 각양의 방법으로 해서만 가능한 것이다. 퇴폐적인 방법을 내포하고 있는 인위적인 기반으로부터의 자유, 편견과 협소한 국부적인 퍼스펙티브로부터의 자유, 정치적 및 그 밖의 외부적인 통제로부터의 자유는 문학도뿐만 아니라 모든 한국 학도의 이상인 것처럼 우리들의 이상이다.[63]

　『문학의 이론』 저자들이 당당하게 역사성이나 정치성을 배제해야 한다고 주장하면서 '학문의 위대한 유럽적 전통'을 강조할 때 보수적 자유주의자의 이미지가 겹쳐지는 것은 당연하다. 그들은 자신들의 저술이 기존의 어떤 것과도 유사성을 갖지 않는 독창적이라는 것임을 강조하면서, 자신들의 학문이 "국제적이 되어 올바른 문제들을 제기하고 방법의 '유기체'를 마련"함으로써 자신들과 타인들에게 쓸모 있는 것이 될 것이라고 자부한다.[64] 물론 뉴크리티시즘은 정교화된 전문 이론으로 그 기본 정신은 전통적인 인문주의적 이념에서 나왔다. 그러나 근대 자본주의 문명의 비속성에 대한 비판과 혐오에서 출발했던 뉴크리티시즘은 인간의 언어라는 '객관성'을 지나치게 강조함으로써 문학을 삶의 재현과 비평의 차원에서 조망했던 인문주의의 또 다른 정신과는 오히려 멀어져 버렸다.

63　르네 웰렉・오스틴 워렌, 앞의 책, 3~4쪽 「한국어판에의 서문」.
64　위의 책, 6~7쪽 「초판서문」.

흔히 문학연구 영역에서 일반론이라고 하면 영문학을 떠올릴 정도로 영문학의 '보편성'과 권위는 탈식민주의가 논의되는 현재까지도 유효한 듯하다. Literature란 말은 18세기까지만 해도 주로 라틴어와 희랍어 등으로 쓰인 고전어 문헌 또는 그것에 대한 소양이나 학식 등을 의미했다. 18세기 후반에서야 싹트기 시작한 영문학의 관념은 19세기 이후 근대화와 제국주의의 확장과 발맞춰 급성장하게 된다. 다시 말해 영문학의 발전은 내셔널리즘의 문제와 긴밀한 상관성을 갖는 것으로, 영문학이야말로 특정한 역사적 배경을 전제로 하는 국민(민족)문학인 셈이다. 실제로 영문학 교육은 초기에 공업학교 및 대중 순회 강좌, 사립기숙학교의 여성을 대상으로 하는 저급의 '이류 교양'이었다가, 19세기에는 식민지의 확대에 따른 영어 수요의 팽창과 국민교육의 필요성에 의해 급부상되었고, 20세기에는 고전을 대체하면서 가장 고급스러운 교양과 학문의 대상으로 대학에서 교육되었다. 이처럼 영문학의 탄생과정은 국민국가 단위의 근대화 과정에서 문학이 사회적·문화적·정치적 요인들과 복잡하게 결합하면서 성장하였음을 보여주는 단적인 사례라고 하겠다.[65] 아널드나 엘리어트, 심지어 헤겔까지도 국민국가 단위로 분화되기 이전에 형성된 고전, 따라서 서구 문화 공통의 자산인 고전을 인문적 교양의 핵심으로 여겼다. 그들은 교양의 본질이 정신의 보편성을 추구하는 것이라는 관점에 의거해, 제한된 문화의 산물인 국민(민족)문학에 대한 집착은 진정한 교양을 해치는 것이라고 강조한 바 있다. 영문학의 탄생과 발전 과정은 그것이 특정 언어를 기반으로 하는 국민(민족)문학이라는 사실과, 제국주의의 학장과 더불

---

[65] 송무, 앞의 책, 23~65쪽 참조.

어 '세계문학'으로서의 '보편성'을 담보해나간 사실을 동시에 보여준다. 그런 차원에서 내셔널리티와 세계성의 문제는 배타적 대립 관계이면서 동시에 상보적 공존 관계이기도 하다. 다소 비약일 수 있겠지만, 김동리의 문학개론서에 반영된 의식이 양자의 상보성에 가깝다고 한다면, 최재서의 경우는 내셔널리즘을 배제하고 세계성에 대한 선망을 전면화한 사례라 하겠다. 문제는 당대 공간에서 실제로 유통되었던 뉴크리티시즘은 영문학 형성의 이러한 역사적 배경을 지우고, 마치 과학 공식이나 원리처럼 '가치중립성'의 의장을 두르고 이상적인 '과학'으로 자리매김 되었다는 사실이다.

1950년대 말에 대학의 연구자들에게 『문학의 이론』이 미친 영향은 절대적이었다. 작품 외적인 작가 연구, 서지 연구 등을 '비본질적 연구'라 인식하고, 작품 자체의 내면적 사상성을 해명하고 작품 구조의 형태론적·미학적 조건을 분석 탐구하는 것을 '본질적 연구'라고 이해했다. 기존의 국문학 연구의 방향과 방법론을 회의하며 급속하게 뉴크리티시즘으로 경도되었다. 「뉴크리티시즘에 대하여」(『문학예술』 3-11, 문학예술사, 1956.11)를 시작으로 뉴크리티시즘에 관한 백철의 글은 『문학의 이론』이 번역, 출간되기 전부터 발표되었으며, 1957년 『사상계』 지면을 통해서는 『문학의 이론』의 마지막 부분인 「문학연구론—대학원을 중심으로」가 2회로 나뉘어 번역, 게재 되었다.[66] 이 글에는 문학연구가 "명확히 문학적이 되어야만 한다"는 언명과, "'조사(調査)'라는 즐거운 사말(些末) 연구를 집어치우고 문학사와 문학이론이 포함하는 훨씬 크고,

---

66　이 글은 1959년 번역, 출판된 『문학의 이론』에는 빠져 있는 부분이기도 하다(르네 웰렉·오스틴 워렌 저, 김용권 역, 「문학연구론—대학원을 중심으로」, 『사상계』 5-4·5-5, 1957.4~5).

아직 해결되지 않은 문제를 향해서 나아가야' 한다는 방향성, 그리고 근대 비평과 현대문학을 통해 '산 제도(制度)'로서의 문학에 참여하자는 제안 등을 확인할 수 있다.[67] 한편 1953년부터 연희대 국문과 교수로 있다가 1957년 서울대 국문과로 자리를 옮긴 정병욱은 부임하자마자 고전문학에 관심을 가진 대학생들과 『문학의 이론』 원서를 강독하면서, "앞으로는 국문학을 연구함에 있어서도 종래의 작품 외적인 작가 연구, 서지 연구 등과 같은 비본질적 연구에만 매달릴 것이 아니라, 작품 자체의 내면적 사상성을 해명하고 작품구조의 형태론적·미학적 조건을 분석 탐구하는, 문학의 본질적 연구에 관심을 돌"릴 것을 제자들에게 강조하였다.[68] 김윤식도 뉴크리티시즘의 이론에 영향을 받아 "The Structural Properities of Poetry"라는 영어 제목의 석사논문을 제출하였다.[69] 이러한 뉴크리티시즘의 물결은 이후에 저술된 문학개론서에 수용, 반영되었고, 이들 저작들이 중·고등학교의 문학교육 현장에 활용됨으로써 뉴크리티시즘의 영향력은 광범위하게 확장되었다. 신동욱·이재선의 『문학의 이론』(1968)과 구인환·구창환의 『문학의 원리』(1969) 등은 웰렉과 워렌의 이론을 토대로 저술된 대표적인 사례이다.[70] 따라서 한국의 문학교육사에서 뉴크리티시즘의 영향력은 절대적인 것이었다고 말할 수 있으며, 현재까지도 그 힘은 유효하다고 하겠다.

김윤식은 백철이 1년 남짓의 미국 체류 기간 동안 미국의 여러 대학을 순방하면서 인문학 고전 교육을 강조하는 교양교육 커리큘럼을 중

---

67 위의 글, 1957.5, 87쪽.
68 연세대 국학연구원 편, 『연세국학연구사』, 연세대 출판부, 2005, 627~628쪽.
69 김윤식, 『내가 살아온 20세기 문학과 사상』, 문학사상, 2005, 517~523쪽 참조.
70 문학교육에서의 뉴크리티시즘의 수용에 대해서는 우한용의 『한국 근대문학교육사 연구』(서울대 출판부, 2009, 182~207쪽) 참조.

앙대에 도입했던 것이나, 『문학의 이론』을 번역하고 뉴크리티시즘의 연구 방법을 적극적으로 수용한 것은 모두 "전후 한국대학의 인문학 위상"과 관련된다고 해석한다.[71] 대학이 선호도나 지원자 수에 따른 인기에 연연하는 존재라는 점에서는 1950년대도 현재와 크게 다르지 않았다. 특히 대학에서 인문학이 제도로는 성립되었다 하더라도 그것을 특성화된 내용성으로 뒷받침해주지 못한다면 그 지속성 여부는 매우 불투명할 수밖에 없다. 영문학이 대학의 분과 학문으로 편입되기까지는 그것을 제도로서 승인해줄 만한 사회적 필요와 맞물려 있었음을 앞에서 확인한 바 있다. 백철이 『문학의 이론』을 번역하고 뉴크리티시즘의 이론을 문학연구와 교육, 나아가 작품 분석에 적용했던 것은, 영문학의 '보편성'과 이론의 권위를 공유함으로써 문학이 인문학임을 존재 증명하려는 작업이기도 했던 것이다.

테리 이글턴은 일종의 문학개론서로 분류될 수 있는 『문학이론입문』에서 "문학은 높이 평가되는 종류의 글이라는 생각에서 벗어나야" 하며, 동시에 '문학'이라는 범주가 영원불변의 '객관성'을 가진다는 "환상"을 떨쳐버려야 한다고 역설한다. 허다한 문학개론서에서 동어반복적으로 재생산되었던 "문학은 허구의 상상적인 것"이라는 명제 또한 역사적으로 무수한 '비허구적' 글들이 문학의 범주 속에 지속적으로 포함되었던 것을 보면 수정되어야 할 지식이다.[72] 문학의 정전이나 국민문학의 '위대한 전통'이 하나의 '구성물'로서 인식되어야 한다는 이 책의 논의는 탈문학이나 문학의 위기가 전면화된 현재의 시점에서는 오히려 낡은 것이 되어 버렸다.[73] 그럼에도 그의 논의에서 경청해야 할

---

71 김윤식, 앞의 책, 2008, 593~594쪽 참조.
72 테리 이글턴, 김명환 외역, 『문학이론입문』, 창작과비평사, 1989, 20~21쪽 참조.

점은, '입문'의 글쓰기, 즉 넓은 의미의 문학개론이라는 제도 안에서 이러한 해체적 사고를 시도했다는 사실이다. 이는 문학개론이라는 글쓰기가 지닌 보수성, 혹은 그것에 둘러쳐진 가치중립성이라는 의장을 고려할 때 쉽지 않은 도전이다.

문학의 위기를 둘러싼 담론이 우려되지 않는 것은 아니지만 거대한 패러다임의 변화 속에서도 여전히 보편성의 이름으로, 혹은 표준화된 '문학 지'로서 군림하는 문학개론이 존재한다는 사실은 더욱 염려스럽다. 보편성이 의심되고 정전의 권위가 해체되는 현재의 문학 장에서 문학개론이라는 제도가 어떤 유효성을 갖는지 비판적 검토가 요구되는 시점이다.

---

73 최근 한국의 영문학계에서는 이글턴의 논의가 영문학의 권위에 도전하여 '탈문학론'의 입론에 결정적 역할을 했다고 전제하면서, 그의 해체적 사고가 오히려 '역사로서의 영문학'을 일면적으로만 해석하는 오류를 범했다고 비판하고 있다(유명숙, 『역사로서의 영문학』, 창비, 2009, 13~32쪽 참조).

참고자료 – 1945~1960년에 출간된 주요 문학개론서의 목차

백철, 『문학개론』, 동방문화사, 1947.

서문		
제1장 문학의 기원과 발달	문학의 발생 자연숭배와 문학 / 한문학과 조선문학 / 조선문학의 의의	
제2장 일반론	제1절 문학의 본질	1.문학이란 무엇인가 문학은 인생의 표현이란 의미 / 문학은 현실의 반영이란 의미 / 문학의 주체적 의미 / 문학을 해석하는 두 가지 경향 2. 문학의 특질 가능성의 세계 / 가치의 세계 / 예술성이란 무엇인가 / 창조와 유일무이한 세계 / 문학과 감정의 지위 / 언어와 문자의 표현
	제2절 문학의 영향	독자에 대한 도덕적 영향 / 기성적인 데 대한 비판력 / 정서주의와 생활미화 / 감정호소와 교화 / 문학의 독특한 순화력 / 진리에 대한 교시
제3장 내용과 형식	제1절 내용에 대하여	1. 자연과 문학 고대문학과 자연 / 근대문학과 자연 / 자연문학과 현실 도피경향 / 동양문학과 자연 / 현대문학과 자연 2. 문학과 인간 인간은 문학의 주인공 / 문예부흥과 인간의 발견 / 산 문학과 인간추구 / 전형인물의 창조 / 근세소설과 심리의 세계 3. 문학과 사상 문학의 사상의 표현 / 기독교사상과 구라파문학 / 근세사상과 문학 4. 시대성과 사회성 일 시대 일 문학의 의미 / 작품의 연대사적 의미 / 십구세기와 투르게네프 / 톨스토이문학의 시대성
	제2절	1. 형식이란 무엇인가

김동리, 『문학개론』, 정음사, 1952(155쪽).

敍說	언어와 인간의 이성	
제1부 문학원론	제1장 문학의 大義	제1절 광의의 문학과 협의의 문학 제2절 문학의 정의 제3절 문학의 기원 제4절 문학의 형태 제5절 창작문학과 산문문학
	제2장 창작문학의 본질	제1절 창작문학의 영역 제2절 창작의 의의 제3절 문학의 사요소 제4절 문학의 삼특질
	제3장 문학의 내용과 형식	제1절 내용과 형식의 구분문제 제2절 문학의 내용 제3절 문학의 형식
	제4장 시와 산문	제1절 시와 산문에 대한 착란 제2절 시와 두 가지 의미 제3절 산문의 두가지 의미 제4절 시정신과 산문정신
제2부 문학의 제양식	제5장 서정시	제1절 서정시의 의의 제2절 서정시의 운율 제3절 서정시의 내재율
	제6장 서사시	제1절 서사시의 본질 제2절 서사시의 沿革 제3절 인생의 서사시
	제7장 극시(희곡)	제1절 극시의 본질 제2절 비극 제3절 희극・悲喜劇
	제8장 소설	제1절 소설의 특질 제2절 소설의 양식과 사요소 제3절 소설의 구성과 삼요소 제4절 단편소설과 장편소설의 특질
	제9장 수필	제1절 수필과 평론 제2절 수필의 의의 제3절 수필의 二종
	제10장 평론	제1절 비평의 의의와 유형 제2절 裁斷비평 제3절 재단비평의 삼표준 제4절 감상비평 제5절 감상비평의 기능
제3부 근대문학	제11장 근대문학의 정신	제1절 세계적 관념으로서의 근대문학 제2절 근대문학 정신의 본질 제3절 세기말의 결론

		제1절 르네상스
		제2절 고전주의
	제12장 근대문예사조의 略譜	제3절 낭만주의
		제4절 사실주의
		제5절 세기말
	제13장 현대문학	제1절 20세기의 의미
		제2절 현대문학의 제양상
		제3절 한국의 신문학
부록	세계대표적 문인 약기(略記)	

조연현, 『문학개론』, 고려출판사, 1953(163쪽).

자서		
제1부 문학원론	제1장 문학의 정의	제1절 문학의 기본적 조건
		제2절 문학의 두 가지 개념
		제3절 산문문학과 창작문학
	제2장 문학의 특질과 요소	제1절 문학의 3특질
		제2절 문학의 4요소
	제3장 문학의 기원	제1절 심리학적 방면
		제2절 발생학적 방면
		제3절 양자의 결합
	제4장 문학의 내용과 형식	제1절 형식의 두 가지 의미
		제2절 문학의 내용
		제3절 문학의 형식
제2부 문학의 제양식	제1장 시	제1절 서정시와 서사시
		제2절 서정시의 약보(略譜)
		제3절 서사시의 약보
		제4절 자유시와 산문시
	제2장 시극(희곡)	제1절 극시의 본질
		제2절 비극
		제3절 희극과 희비극
		제4절 극시의 약보
	제3장 소설	제1절 소설의 본질과 형식
		제2절 소설의 주제와 구성
		제3절 근대정신과 소설
		제4절 소설의 약보
	제4장 평론	제1절 비평의 개념
		제2절 문학비평의 특질
		제3절 문학비평의 2대 유형
		제4절 재단비평과 감상비평
		제5절 문학비평의 약보

	제5장 기타의 문학양식	제1절 수필 제2절 전기와 자서전 제3절 일기 제4절 서한
제3부 근대의 문예사조	제1장 근대의 문예사조	제1절 루넷상스와 휴매니즘 제2절 고전주의 제3절 낭만주의 제4절 사실주의와 자연주의 제5절 상징주의 제6절 말세사조
	제2장 이십세기문학의 제동향	제1절 영국문학의 신비주의 제2절 아메리카문학의 휴매니즘 제3절 프랑스문학의 실존주의 제4절 도이취문학의 신낭만주의 제5절 쏘비에트문학의 정책주의
	제3장 한국 신문학사조사 개설	제1절 신문학의 개념 제2절 막연한 근대의식 제3절 근대정신의 구체화 제4절 근대정신에의 회의 제5절 근대정신의 붕괴 제6절 정리와 새 출발

백철, 『문학개론』, 신구문화사, 1954(420쪽).

제1편 예술 일반	제1장 예술이란 무엇인가	1. 예술의 정의 2. 예술과 미의 문제 3. 예술과 진의 문제 4. 형식적인 표현 5. 예술과 영원성
	제2장 예술의 시원	1. 원시인과 예술 2. 본성 본능설 3. 발생학파의 기원설 4. 원시예술과 샤마니즘 5. 사회학파의 기원설
	제3장 예술의 분화과정	1. 본래는 혼합적인 것 2. 종합에서 분화로 3. 분화뒤에 예술 문학으로
제2편 문학 본론	제1장 문학의 특질	1. 언어와 문자의 표현 2. 다른 학문에 대한 문학 3. 문학의 풍토 4. 유일무이한 창조의 세계 5. 가능성의 세계 6. 허구의 세계 7. 현실의 반영이란 뜻

		8. 문학의 독자성이란 무엇인가
	제2장 운문과 산문	1. 문학을 대표한 두개의 형식 2. 운문에 대하여 3. 산문에 대하여
	제3장 내용과 형식	1. 내용과 형식의 관계 2. 인식인가 형식인가 3. 내용에 대하여 4. 형식에 대하여 5. 형식을 주로한 문학관 6. 내용을 주로한 문학관 7. 내용과 형식 통일의 문제
	제4장 문학과 창작	1. 창작론의 의의 2. 주제와 제재 3. 관찰과 상상과 구상 4. 스토리의 위치 5. 플롯 6. 표현과정 7. 창작태도
	제5장 문장론	1. 문학과 문장 2. 문장이란 무엇인가? 3. 문장의 번례 / 4. 근대작가와 문장관 5. 문장의 분류(기일) 6. 문장의 분류(기이) 7. 문체론
제3편 문학 분론(分論)	제1장 시론	1. 시의 정의 2. 시의 발달 3. 자유시 4. 시의 종류 5. 서정시 6. 서사시 7. 산문시 8. 극시
	제2장 소설	1. 소설의 특성 2. 소설과 근대성의 의의 3. 소설의 기원과 그 발달 소설의 종류(其一) 4. 장편소설 5. 단편소설 소설의 종류(其二) 6. 역사소설 7. 객관소설 8. 심리소설
	제3장 희곡	1. 희곡의 특질 2. 극의 기원과 발달 3. 희곡과 구성, 희곡의 종류 4. 비극

	5. 희극
	6. 희비극
제4장 수필	1. 수필의 본령
	2. 수필의 시초와 그 발달
	3. 수필의 종류
	4. 우리나라와 수필
제5장 평론	1. 문학평론의 본의
	2. 문학평론의 성격
	3. 문학비평의 기준과 그 변성
	4. 문학비평의 諸型
	5. 문학비평의 존재의의
제6장 시나리오	1. '시나리오'는 문학인가
	2. 영화의 메카니즘과 시나리오
	3. 시나리오의 구성
	4. 현대영화와 시나리오

조용만, 『문학개론』, 탐구당, 1954(191쪽).

제1장 문학의 연구법	1. 문학의 정의
	2.문학의 분류
	3.문학의 요소
	4.문학과 개성
	5.문학의 계통적 연구법
	6.작가와 전기
	7.문체와 개성
	8.문학과 국민정신
	9.문학의 시대적 배경
	10. 문학의 사회적 고찰
	11.문체의 역사적 연구
	12.문학과 기교
제2장 시	1. 시의 정의
	2.시와 율어
	3.시와 과학
	4.시의 효능
	5.시의 분류
	6.시형의 분류
	7.시의 연구
제3장 소설	1.소설과 희곡
	2.소설의 요소
	3.소설가와 인생지식
	4.플로트
	5.성격묘사
	6.플로트와 성격묘사와의 관계
	7.대화

	8.소설의 비극, 희극적 정감 9.소설의 배경 10.소설과 인생관
제4장 희곡	1.소설과 희곡과의 차이 2.희곡의 플로트 3.성격묘사 4.희곡구성상의 요소 5.희곡에 있어서의 인생관 6.서구희곡사의 개요
제5장 문학비평	1.비평의 의의 2.비평의 효용과 폐해 3.비평의 직능 4.비평문학의 비평 5.비평문학의 연구법 6.문학작품의 평가문제
제6장 각국문학의 개관	1.미국문학 2.영국문학 3.불란서문학 4.독일문학 5.이태리문학 6.서반아문학 7.러시아문학 8.중국문학 9.일본문학 10.서전문학 11.노르웨이문학
부록	문학상의 제유파·주의의 해설
인명색인	

최재서, 『문학원론』, 춘조사, 1957(356쪽 / 목록 38쪽).

Ⅰ. 문학의 이념	1. 가장 넓은 의미의 문학 2. 지식의 문학과 힘의 문학 3. 과학과 문학 4. 가치있는 체험의 기록 5. 문학이념의 양극단 6. 연구의 방법
Ⅱ. 문학의 목적·기능·효용(1)	1. 플라톤의 시이추방 2. 아리스토틀의 문학관 3. 호라스의 공리주의 문학관 4. 칸트의 '무목적의 목적'설 5. "생명을 넘어 생명으로"

XII. 정서	1. 정서의 발생과 성질 2. 열정 3. 센티멘털리즘 4. 감상적 허위 5. 시적 진실성
XIII. 상상(1)	1. 상상의 발생 2. 종합적, 창조적 체험 3. 상상의 자발성 4. 이념화와 實在化 5. 천신감(淸新感)과 경이감(驚異感)
XIV. 상상(2)	1. 연합적 상상 2. 해석적 상상 3. Fancy와 Wit 4. Tintern Abbey와 Ode to A Nightingale
참고서목록(주와 원문 발췌를 겸한)	

R. 웰렉 · A. 워렌, 백철 · 김병철 역, 『문학의 이론』, 신구문화사, 1959.

제1부 정의와 구분들	제1장 문학과 문학 연구 제2장 문학의 본질 제3장 문학의 기능 제4장 문학의 이론, 비평 및 역사 제5장 일반문학, 비교문학, 민족문학
제2부 예비적 작업들	제6장 증거의 배열과 확립
제3부 문학연구에 대한 외재적 접근	서론 제7장 문학과 전기 제8장 문학과 심리학 제9장 문학과 사회 제10장 문학과 관념들 제11장 문학과 기타 예술들
제4부 문학에 대한 내재적 연구	서론 제12장 문학 예술 작품의 존재의 양태 제13장 음조, 리듬 및 운율 제14장 문체와 문체론 제15장 이미지, 메타포, 상징, 신화 제16장 서술적 소설의 본질과 양식들 제17장 문학의 장르들 제18장 평가 제19장 문학사

제2장　　　1950년대 대학과 교양 독자

1. 대학, '교양', 독자

　1955년에 발표된 손창섭의 「미해결의 장」은 전후 과잉된 교육열의
한 풍경을 냉소적으로 재현하고 있다. 주인공 지상의 가족은 넝마에
가까운 구제의류를 재활용하는 일종의 가내수공업에 모두가 들러붙
어 일하지만, 경제적인 형편은 겨우 끼니를 이을 정도로 가난하다. 지
상의 아버지는 "왜정 시대에 전문학교 법과"를 나왔지만 고문(高文)을
통과하지 못한 인물로, 그 한을 풀기 위해 부산 피난 중에 반강제로 지
상을 법대에 입학시킨다. 법대를 마치고 미국 가서 몇 년만 공부하고
돌아오면 "장관자리 하나는 떼어논 당상"일 것이라 생각했기 때문이
다. 그러나 아버지의 기대와는 달리 환도 후에 지상은 대학을 중퇴하
고 무위도식하는 처지가 된다. 이제 아버지에게 지상은 '구타유발자'

이자 '나가 죽어야할 비인(非人)'으로 전락한다.[1] 사실 지상을 제외하면 이 소설에 등장하는 많은 인물들이 대학생이거나, 아니면 대학생이 되기를 꿈꾼다. "입신양명에 대한 야심"이 없다는 이유로 아버지만큼이나 지상을 경멸하며 악착같이 일하는 여동생 지숙도 대학생이다. 거기다가 죽으로 연명하는 가난에도 아랑곳하지 않는 어린 동생들의 꿈은 '미국유학'이다. 지상이 유일하게 신뢰하는 '인간'인 광순이도 "낮에는 학교에 나가 지식을 사"는 대학생이지만, 가족의 생계를 책임지기 위해 "밤이면 그러나 골목에 있는 자기 오피스에서 몸을" 파는 인물이다. 그녀의 단골손님 또한 태반이 대학생이다. 이처럼 전후의 절대 빈곤, 폐허와 무질서 속에서도 절망적 현실로부터 벗어날 수 있는 탈출구는 교육을 통한 신분상승뿐이라는 '복음'이 전파되었다. 그것은 어느덧 당위가 되어 어둡고 엄혹한 일상을 망각할 정도로 전후 한국인의 의식을 세뇌시켜 나갔다.

해방 후 미군정에 의해 시행된 새로운 교육 정책은 교육기회의 확대라는 차원에서 무엇보다 먼저 고등교육기관의 수를 증가시켰다. 1948년 대한민국 정부 수립 당시의 고등교육 기관 수는 42개, 교원 수는 1,265명, 재학생 수는 24,000명에 이르러, 해방 당시 남한지역의 19개교, 908명의 교원, 6,948명의 학생 수를 비교하면 그 양적 증가의 폭을 짐작할 수 있다.[2] 한국전쟁으로 잠시 주춤했던 교육열은 종전이 되기

---

1 지상이 학업을 그만 둔 이유는 "주위와 자신의 중압감" 때문이기도 하지만 일차적인 이유는 "납부금을 제때에 바치지 못해서"이다. 한국사회의 과잉된 교육열은 가계의 경제적 능력을 고려하지 않는, 가장 '비합리적' 현상의 하나라고 볼 수 있다(손장섭, 「미해결의 장」, 『현대한국문학전집』 3, 신구문화사, 1981, 196쪽).
2 해방 직후 교원과 학생 중에는 일본인이 많았는데, 교원의 70% 정도, 학생의 50% 이상이 일본인이었다. 따라서 1948년의 실제 조선인 교원 수, 학생 수의 증가율은 매우 높은 것이다. 1948년 기준 종합대학은 서울대, 연희대, 고려대, 이대 4개

도 전에 재점화되어 1952년부터 1954년에 걸쳐 소위 '대학 붐'을 형성하였는데, 1955년 기준으로 대학 수는 총 71개교, 학생 수는 78,000명을 넘어서게 된다.[3] 이 시기 '대학 붐'이 일어난 외적 요인으로 대학의 서울 편중 현상을 해소하기 위해 1951년부터 1953년에 걸쳐 지방 국립대학 7개교를 신설한 것, 그리고 무엇보다 '대학생에 대한 군징집 보류 특혜'가 주어진 것을 들 수 있다.[4]

그러나 이러한 명시적 동기만으로 대학을 향한 집착에 가까운 '기이한 열망'을 설명해내기에는 역부족이다. 해방과 단독정부 수립, 분단과 한국전쟁으로 이어지는 정치 현실은 가장 선명한 체계로 군림했던 마르크스주의를 의식의 표층으로부터 삭제시켜버렸고, 사회적 좌표의 부재, 혹은 동요 속에서 개인들의 삶은 극단적인 혼란과 갈등, 무질서, 폐허 속에 노출되었다. 전쟁은 의식주와 관련된 기본 재산을 파괴시켰고, 특히 월남 피난민에게는 가옥이나 토지와 같은 부동의 자산도 상실될 수 있는 것임을 체감시켜 주었다. 이러한 체험은 비가시적 자산으로서의 '지식', 혹은 그것의 소유를 보장하는 '학력'을 절대적인 덕목으로 절감하는 계기가 된다.[5] 더불어 국민 대다수를 절대 빈곤의 상태에 빠뜨린 전후 현실이야말로 계급의 재구성을 가능하게 하는 '기회의 시공간'

교이고, 대학이 23개교(국립 3, 공립 4, 사립 16), 초급대학이 4개교, 각종학교가 11개교였다. 이 통계는 주로 문교부가 발간한 『문교월보』(제41호, 1958.9, 70쪽)에 기반하여 구성된 것이다(강명숙, 「미군정기 고등교육 연구」, 서울대 박사논문, 2002.8, 47~49쪽 참조).

3 우마코시 토루[馬越徹], 『한국 근대대학의 성립과 전개』, 교육과학사, 2000, 191~195쪽 자료 참조.

4 이 제도의 시행은 대학생이 국가로부터 특혜 혹은 보호를 받는 집단이라는 인식을 심어주게 된다(오제연, 「1950년대 대학생 집단의 정치적 성장」, 『역사문제연구』 제19호, 역사문제연구소, 177쪽).

5 정성호, 「한국전쟁과 인구사회학적 변화」, 한국정신문화연구원 편, 『한국전쟁과 사회구조의 변화』, 백산서당, 1999, 48쪽.

으로 인식되었다. 대학이 초등, 중등학교와 달리 전문지식을 습득하여 사회로 나아가 직업인이 되는 최종의 단계에 위치하는 고등교육기관인 이상 '입신출세'를 위한 가장 확실한 '제도'임에 틀림없다. 근대 이후 자본을 전제하지 않는 '출세'란 교육을 통한 학력 엘리트가 되는 길 외에는 불가능한 것이었다. 그런 점에서 1950년대의 '대학 붐'은 신분 상승을 향한 대중들의 욕망을 단적으로 입증하는 사례라고 할 것이다.

그렇지만 학력 엘리트의 세속적 성취를 보장해주는 권위있는 제도로서 1950년대의 대학을 의미화하고, 반공 이데올로기의 통제 속에서 무기력하고도 세속화된 존재로 1950년대의 대학생을 규정하는 것만으로는 충분하지 않다.[6] 대학의 양적 팽창은 인적, 물적 자원의 집중은 물론이고 지식 자원의 집적을 전제로 하는데, 대학을 매개로 형성되는 지식의 공급과 수요 혹은 생산과 소비의 메커니즘은 공조와 갈등의 과정을 통해 그 내용성을 구성한다. 일제 식민지 시기에는 신문이나, 잡지, 서적을 통해 지적 담론을 생산하고 소비하는 주체를 굳이 대학이라는 제도와 연결시킬 필요가 없었다.[7] 그러나 1950년대의 급격한 대학의 팽창은 지식의 제도화와 지식집단의 조직화를 자극한다.[8] 대학 제도는 지식집단의 권위를 보증하는 절대적인 준거가 되고, 지식집단

6 연정은, 「감시에서 동원으로, 동원에서 규율로 – 1950년대 학도호국단을 중심으로」, 『역사연구』 14, 역사학연구소, 2004.
7 한기형은 식민지 매체의 지식사적 성격을 논하면서, 민간자본에 기반한 매체의 학술담론이 국가 차원의 지식 체계 개편과 긴밀한 공조 속에서 형성된 것임에 비해, 조선의 식민지 민간학은 그러한 국가와 연계된 제도적 아카데미즘이 결여된 상태에서 발전하였다고 본다(한기형, 「제도적 아카데미즘의 결여와 근대잡지」, 『지식의 근대 기획, 미디어의 동아시아』(성균관대 동아시아학술원 학술회의 자료집), 성균관대 동아시아학술원, 2007.12.14~15).
8 김건우, 「한국문학의 제도적 자율성의 형성 – 대학제도를 중심으로」, 『인문학의 현실과 사회인문학의 과제』(연세대 국학연구원 HK사업단 제1차 학술대회 자료집), 연세대 국학연구원, 2009.9.25, 77쪽 참조.

은 제도에 상응하는 지식의 내용성을 조직하고 배치함으로써 공조한다. 대학 교수와 대학생이 『자유부인』과 같은 대중소설 속에서 놀림거리로 전락한 현실에서 '대학무용론', '대학망국론'으로 이어지는 사회적 질타에 대항할 특화된 무엇이 필요했다. 국가를 기반으로 하는 대학제도의 권위를 방패삼아 지식향수계층을 견인해내고 대학에 대한 사회적 인식을 전환시켜줄 새로운 내용의 구성이 절실했다. 이 지점에서 대학제도는 '교양'과 만난다.

독일의 영문학자 디트리히 슈바니츠는 방대한 분량의 『교양』이라는 책을 내면서 책제목 앞에다 '사람이 알아야 할 모든 것'이라는 부제를 달아 놓았다. '교양'의 개념을 둘러싼 동서양의 복잡한 담론과 그것의 역사적 문맥을 떠올려 보면 이 문장은 '교양'의 포괄적 정의로 손색이 없지만, 내포와 외연이 모두 불확정적이라는 점에서 '텅 빈' 서술이기도 하다. 이 방대한 책에서 교양의 실질적인 내용을 구성하는 것은 '지식'으로서, 그리스 · 로마 신화, 성서, 그리고 고대, 중세, 근대로 이어지는 유럽의 역사, 유럽의 '위대한' 문학 정전, 미술 · 음악작품이며, '위대한' 철학자 및 사상의 계보에 관한 것이다. 그럼에도 '교양'을 '지식'과 '능력'으로 구별하고, 의사소통성, 성찰력과 관련한 소양을 '능력'이라는 범주로 설명한 부분은 인상적이다.[9]

널리 알려진 대로 '교양(教養)' 개념은 독일어 Bildung, 영어 Culture의 일본어 번역어인데, '교양주의'라는 용어로 확대될 정도로 일본의 지성사에서 특히 중요한 위상을 점하였다. 일본어 사전에 의하면 교양은 학식의 깊이나 양과는 다른 것으로, "일정한 문화이상(文化理想)을 체득

---

9   디트리히 슈바니츠, 인성기 외역, 『교양』, 들녘, 2001.

하여 이를 통해 체화된 창조적인 이해력이나 지식"을 의미하며, "그 내용은 시대나 민족의 문화이념이 변함에 따라 달라"진다. 일본의 교양론은 '수양'과 '입신출세'가 길항하는 단계를 거쳐, 개인과 사회(국가 혹은 민족)의 매개 여부나 방식을 문제삼아 교양이 지닌 전체주의적 요소를 비판하는 데로까지 이어졌다.[10] 그런가 하면 교양은 그리스·로마의 교육 내용에서 유래하여 유럽과 미국의 대학 교육과정에 자리잡은 '자유학예(liberal arts)'의 의미로도 사용된다.[11] 이는 미군정의 고등교육 개혁으로 도입되는 미국식 '교양교육'과 연결된다.

'교양이 단순히 지식 자체가 아니라 "지식의 인격적 도야"[12]이든, 사회적 실천으로서의 "정치적 교양"[13]이든 간에 근본적으로 그것으로 통하는 길은 책읽기이다. 인류가 이룩해온 지식과 지혜의 기록이 책이라고 한다면, 과거에도, 현재에도 '교양의 실현은 책읽기를 벗어나 생각할 수 없다. 다만 시대와 계층, 혹은 성별과 매체에 따라 무엇을 '교양'의 목록으로 구성하는가가 달라질 뿐이다. 특히 근대적 독서물로서 구성된 '고전' 혹은 '정전'은 일반적으로 시공간을 초월하는 보편성에 기반한다고 생각하지만 대학제도, 지식권력, 문학제도 혹은 독자의 다양한 개입에 의해 그것의 목록도 변화한다. 비근한 예로 한국사회에서

---

10 허병식, 「교양의 정치학 – 신체제와 교양주의」, 『민족문학사연구』 40, 민족문학사학회, 2009.

11 arts를 학예로 번역하는 것은 그것이 예술이라는 제한된 분야에 국한되기보다 학문과 예술, 혹은 학문과 문화를 총괄하는 의미로 사용되기 때문이다. 전통적인 유럽의 '자유학예는 7과목'은 논리학·문법학·수사학·산수·기하학·천문학·음악을 말한다(서경식·노마 필드·카토 슈이치, 이목 역, 『교양, 모든 것의 시작』, 노마드북스, 2007, 25~26쪽 참조).

12 이원조, 「특집 – 교양론 : 조선적 교양과 교양인」, 『인문평론』 제2호, 1939. 11, 36쪽.

13 카루베는 유럽의 역사 속에서는 내면의 인격수양에 그치지 않고 사회적 실천을 포함하는 전체로서 인간을 육성하는 것이 '교양의 본류였다고 하면서 '정치적 교양을 부각시키고 있다(카루베 타다시[苅部直], 『移りゆく教養』, NTT出版, 2007, 92~93쪽).

대학의 입시제도가 읽어야 할 '정전'의 목록과, 그것에 의한 '교양'의 구성에 미친 영향을 떠올릴 수 있을 것이다.

이 글은 1950년대 대학의 교육과정, 그리고 대학 안팎의 매체 등에서 '교양'이 호명되고 배치되는 양상을 검토함으로써 '교양'이 어떻게 생산되고 소비되는지를 살펴보고자 한다. 더불어 1950년대 한국 대학의 급격한 팽창이 지식의 제도화와 지식집단의 조직화를 자극했던 일련의 상황을 검토하고, 그 속에서 구성되는 다양한 '교양'의 스펙트럼을 독자의 문제와 관련하여 고찰할 것이다.

2. 대학의 '교양'교육과 지식의 제도화

미군정기 고등교육과정의 개편에서 나타난 중요한 변화는 교양과목과 전공과목을 구분하여 교양과목을 필수로 이수하게 하는 제도의 도입이었다. 일제 식민지 교육에서도 전공 이외의 기초과목은 예과 혹은 대학 이전 단계의 교육에서 이수하게 하는 제도적 장치가 있었지만, '교양'이라는 용어를 표면에 내걸고 이루어진 교육과정은 아니었으며 그나마 식민지 말기에는 일본학, 일본사 등을 필수로 하는 파시즘 교육으로 대체되었다.[14] 1948년 국립서울대학교에 도입된 교양교과를 일별해

---

14 강명숙, 앞의 글, 132~133쪽.
대학에서의 교양교육의 강화는 미군정이 고등교육 개혁을 주도했던 일본에도 그대로 적용되었다. 일본도 패전 후 미군정의 주도하에 미국식 교육제도로 개편되는데, 일본 교양주의를 받들던 주요 기반이었던 '구제(舊制)' 고등학교가 폐지

보면 크게 5개의 교양필수 영역으로 나눠져 있는데, ① 국어 및 국문학 ② 외국어 및 외국문학 ③ 자연과학개론 혹은 자연과학 계통의 학과(문과의 경우) ④ 문화사 혹은 문과 계통의 학과(국어 및 국문학, 외국어 및 외국문학은 제외, 이과의 경우) ⑤ 체육으로 되어 있다.[15] 이어 1952년 '교육법시행령 제정'을 통해 일반교양 과목을 "일반 지도적 인격을 도야함에 필요한 과목"으로 규정하고, 이후 1954년 시행령에 따라 교과과정의 기본 골격을 마련한다. 교양과목 이수를 종래의 40학점에서 46학점으로 확대하고, 교양필수와 교양선택으로 구분하여 전자에는 국어·영어·제2외국어·체육·철학·문화사·자연과학개론을, 후자에는 인문·사회·자연과학에서 각각 4학점씩을 이수하도록 하였다. 한편 각 단과대학별로 진행되던 교양교육의 예산 낭비와 비효율성을 해결하기 위해 환도 후 교양과정부 설치를 추진하여, 1956년에 문리과대학 내에 교양과를 설치하고, 1957년에는 이를 교양과정부로 승격시킨다. 그러나 시설 및 예산의 부족으로 교양과정부 존폐 자체가 문제되어, 1959년 초 교양과정부는 해체되어 각 단과대학별 교양교육 방식으로 환원된다.[16] 연희(세)대도 큰 틀에서는 서울대와 유사한데, 1955년의 경우 종교과목이 교양필수로, 국학개설, 정치학개론을 교양선택으로 개설하고 있는 점이 눈길을 끈다.[17] 고려대는 1학년이 이수해야하는 교양필수 과목(국어·

되고 신제 고등학교로 개편됨으로써 오히려 교양주의의 전통은 약화되었다.

15 서울대학교60년사편찬위원회, 『서울대학교 60년사』, 서울대 출판부, 2008, 481쪽.

16 서울대학교50년사편찬위원회, 『1946~1996 서울대학교 50년사』 상, 서울대 출판부, 1996, 108~109쪽.

17 연희대학교 요람에 나타난 문과대학 1학년생의 교양과목은 다음과 같다.
1955년 – 필수교양 : 국어·영어강독·현대영어·종교·문화사 / 선택교양 : 국학개설·정치학개론.
1956년 – 국어·영어강독·현대영어·종교·문화사·철학개론·자연과학개론.

국사 · 서양사 · 동양사 · 자연과학개론 · 논리학 · 심리학 · 제1외국어 · 제2외국어 · 체육) 외에 2학년의 교양필수 과목으로 문화사개론, 철학개론을 개설하고 있다.[18] 연세대와 고려대의 사례에서 확인할 수 있듯이 사립대학은 설립이념과 관련하여 종교나 국학, 역사교육에 방점을 두는 방식으로 사학의 특성을 교양교육에 투영하고 있다.

그러나 실제로 이러한 교양수업에서 무엇을 어떻게 읽혔는지를 확인하기는 매우 어렵다. 전후의 상황에서 종이나 책의 구입이 쉽지 않았던 때라 대부분의 수업은 교수가 강의노트의 내용을 읽어주고 학생이 필기하는 방식으로 진행되었을 것이라 짐작된다. 다만 이러한 교과목 구성을 통해 적어도 대학의 교육과정 속에서 '교양'의 개념을 어떻게 설정하고 있는지는 추론할 수 있을 것이다. 교양교과 안에 전공과 상관없이 인문학 · 사회과학 · 자연과학의 교과를 두루 배치하고 각 학문 분과의 개론을 교육한 것은, 대학에서의 '교양'이 특정 학문의 경계를 벗어난 초(超)학문적 범주이면서, 전문지식과는 구별되는 보편적 지식과 소양으로 통용되었음을 의미한다. 그럼에도 철학과 논리학, 문화사 · 국사 등의 역사 과목들이 유독 많다는 점, 영문학을 비롯한 외국 '정전'들을 읽기 위해 외국어 능력을 강조한 점은[19] 분명 '교양'이 인문학적 지식을 구심점으로 구성되고 있음을 보여준다.

이와 관련하여 1950년대 한국대학의 교양교육의 제도화에 영향을 미쳤던 미국의 사례를 참조하는 것이 유용할 듯하다. 20세기 전반에

---

18 고려대학교90년사편찬위원회, 『고려대학교 90년지(誌)』, 고려대 출판부, 1995.
19 근대 일본의 경우 영어교육은 영문학 교육과 동일한 것이었고, 영문학이란 바로 영국사회의 교양을 의미했다. 파시즘에로 경도되기 전까지 일본에게 영국은 근대공업화를 추진한 제국이자, '참된 자유사상'을 실현한 국가라는 점에서 동경의 대상이었다(야마구치 마코토[山口誠], 『英語講座の誕生』, 講談社, 2001, 53쪽 참조).

미국 대학의 교양교육을 형성하는 두 개의 핵심 커리큘럼은 '서구문명의 역사'와 '고전'에 대한 것이었다. 이는 1960년대 말까지 미국 대학에서 지속되었던 대표적인 교양교육 모델로, 서구문명에 대한 통합적인 이야기를 효과적으로 제공하기 위하여 마련한 역사과목들은 인류 전체를 한 전형으로 접근한다는 점에서 유용했다.[20] '고전' 커리큘럼은 정해진 문학작품과 철학서들을 역사의식의 검토나 당대적 기준의 적용을 거치지 않고 읽힘으로서 몇몇 '고전'이 역사적 가치 이상을 가지고 있음을 주입시켰다. 그러나 '서구문명의 역사'와 관련한 커리큘럼은 공산주의를 타자화하고 자유민주주의의 발전사로 서구문명을 설명함으로서 편협한 정치성을 띠게 되었고, 미국을 신격화하는 부작용을 낳았다. '고전' 교육 역시 '고전'을 반역사주의적 입장에서 접근하여 "서구의 역사가 문제에 대한 해답의 역사가 아니라 결정적으로 대답할 수 없는 '영원한 문제'의 역사"라고 인식하게 함으로써 그 효과에 대한 회의론이 대두되기도 하였다.[21] 여하튼 전후 한국의 물질적 토대를 감안할 때, 미국식 교양교육의 커리큘럼이 내실을 갖고 실현되기란 애초부터 불가능했다. 그러나 서구 중심의 문명·문화사와 '고전'에 대한 지식이 '교양 지(知)'의 요체임은 한국의 경우에도 그대로 적용된다고 볼 수 있다. 물론 한국을 포함한 동양문화권의 역사가 추가되었지만, 서구중심의 인류사를 '보편'으로 사고하는 방식은 식민지 시기보다 더욱 강화되었다고 볼 수 있다.

그렇다면 실제로 당대에 한국의 대학에서 학생들의 교육을 담당했

---

20 컬럼비아대의 '서구문명 커리큘럼'은 진정한 세계적 문명인의 양성이라기보나 미국 시민의 양성으로 목적이 변질되었다고 비판받는다(마크 C. 헨리, 강유원 외 편역, 『인문학 스터디』, 라티오, 2009, 23~24쪽).
21 '고전' 커리큘럼은 세인트 존 대학에서 집중적으로 운영되었다(위의 책, 25쪽).

던 교수들은 '교양'에 대해 어떤 인식을 가지고 있었을까. 납북되기 이전까지 서울대 독문학 교수로 있었던 김진섭은 「고전연구의 의의」라는 글에서 "교양이란 모든 종류의 역사에 대한 지식 이외의 아무것도 의미치 않"으며, "회상으로서의 역사를 기억한다는 것이 곧 교양을 의미"한다고 규정하고 있다.[22] 또한 교양이 역사에 대한 지식임을 의미한다면 모든 지식은 "자기 자신에 대한 인식에서 출발"하여야 하며, "자기역사의 탐구에서 참된 교양의 제일보가 놓여져야 할 것"임을 강조하였다.[23] 이 글은 식민지 시기에 발표된 글이지만 1950년 『교양의 문학』이라는 단행본에 묶여 출판되면서 널리 읽혔기 때문에 1950년대에 향수된 '교양'에 대한 인식을 확인하는 데 중요한 단서가 된다고 하겠다.

한편 『사상계』가 1955년 6월호에 기획한 "학생에게 보내는 특집"은 대학과 대학인, 그리고 교양과 독서의 문제를 다양하게 조명하고 있다. 특집을 검토하기 전에 우선 당시 『사상계』는 변변한 대학 교재나 학술지가 부족한 상황에서 이 시기 대학생들에게 일종의 유사교재로 기능했던 점을 상기할 필요가 있다. 1960년 1월에 실시한 대학생 독서경향에 대한 설문조사를 보면, 대부분의 대학생들이 『닥터 지바고』, 『테스』, 『카라마조프의 형제들』, 『죄와 벌』 등의 외국문학을 주로 읽으며, 잡지의 경우 『여원』, 『사상계』, 『뉴스위크』, 『라이프』 등을 구독한다고 되어 있다. 또한 대학생들이 전문분야 서적은 거의 읽지 않으며, 연구나 취미보다는 교양을 위해서 독서하는 경향이 전체의 60% 이상을 차지한다고 결론짓고 있다.[24] 1960년 8월의 또 다른 독서 관련 기사

---

22 김진섭, 「고전연구의 의의」, 『교양의 문학』, 조선공업문화사, 1950, 36~37쪽.
23 위의 글, 39쪽.
24 이 설문은 서울 시내 소재 대학생 9천 명을 중심으로 조사된 것이다(「대학생들의 독서경향」, 『조선일보』, 1960.1.29).

는 당시의 대표적 종합지로서 『사상계』, 『새벽』, 『세계』를 거론하면서, 주로 학생과 교원층은 『사상계』를 읽으며 일반인은 거의 읽지 않는다고 덧붙이고 있다.[25] 김건우의 연구에서 밝힌 대로 『사상계』는 저널리즘과 아카데미즘을 성공적으로 결합시킨 잡지로서, 학술논문이 게재되고 전문가들의 논쟁이 실리기도 했지만 '에세이' 형식의 연성화된 철학 및 문학 담론으로 인기를 끌었다. 이는 아직 대학을 중심으로 한 연구의 전문성이 완전히 자율적인 영역을 확보하지 못한 과도기적 상황을 반영하는 것이기도 하다.[26] 다시 특집으로 돌아가 보면, 이것은 대학생 혹은 예비 대학생을 대상으로 당시 주요 대학의 교수들이 필자로 나서 자신들의 체험에 근거하여 대학의 교양교육을 포함해 대학생활 전반에 대해 조언하는 형식으로 구성되어 있다. 이해를 돕기 위해 특집의 구성과 필자를 제시하면 다음과 같다.

〈학생에게 보내는 특집〉

* 학문의 바른 이념을 위하여

학생에게 寄함(백낙준) / 학문의 길(유진오) / 學園, 학문의 자유(한교석, 한국외대 교수) / 대학의 사명(장경학, 법학자·연희대 교수) / 대학생활의 반성(안병욱, 평론가·서울대 강사) / 대학의 역사(편집부)

* 학구의 길을 더듬어

나의 걸어온 학문의 길(최현배, 연희대 문리대 학장) / 나의 연구생활의 회고(이병도, 사학자·서울대 대학원장) / 회상(최윤식, 수학자·서울문

---

25 「종합지를 통해본 우리나라 독자층」, 『조선일보』, 1960.8.3.
26 김건우, 『사상계와 1950년대 문학』, 소명출판, 2003, 53~54쪽.

리대 교수) / 학생시대의 회고(이홍직, 사학자·연희대 교수) / 나의 학생
시대(이숭녕, 국문학자·서울문리대 교수) / 과학하는 심상(권영대) / 나
를 키워주신 선배들(A. 토인비)

* 지성과 교양을 위하여
학생과 과학(윤일선, 의학박사·서울대 부총장) / 학생과 철학(김기석,
철학자·서울사범대 교수) / 학생과 예술(김팔봉, 문학비평가) / 학생과 연
애(엄효섭) / 학생과 사회(신상초, 동아일보 논설위원)

* 젊은 세대를 위하여
문학을 뜻하는 학생에게(백철, 평론가·중앙대 문과대 학장) / 법학을
지망하는 학생에게(이종극, 법학자·신흥대 교수) / 정치학을 공부하는 학
생에게(이두산, 성균관대 교수) / 경제학을 지망하는 학생에게(성창환, 경
제학자·고려대 교수) / 역사학을 지망하는 학생에게(홍이섭, 사학자·연
희대 교수) / 자연과학도, 철학도에게(박동현, 전시군인연합대 교무처장)

이 특집은 1950년대 중반의 대학 붐을 배경으로 형성된 대학 및 대
학생에 대한 사회적 우려와 대학 주체들의 위기의식을 투영한 기획으
로 이해된다. 먼저 눈에 띠는 것은 편집부가 만든 「대학의 역사」라는
글이다. 야스퍼스의 「대학의 이념」을 인용해 대학이 직업적 지식을 교
수하는 전문학교요, 순수한 연구기관으로서 젊은 학자를 양성함을 목
적으로 함과 동시에, "인간을 자체목적으로 보는 교양장소"임을 역설
한다.[27] 대학의 순수 이념과 자유정신의 강조는 세속화의 중심에 놓여
있는 당시 대학과 묘한 대조를 이룬다. 권영대는 대학이 '징병기피처'

로 이용됨을 지적하며, "요즘같이 '아프레걸' 풍조가 팽배해서야 '빗센샤프트'는 이미 무시해 버리고 졸업후 돈벌이 잘되는 것이라면 아무 것이라도 다 훌륭한 학문이라고 정의를 내리"는 세태를 비난한다.[28] 안병욱 또한 "오늘날 대학과 대학생과 대학 교수, 강사는 사회에서 권위와 면목을 잃고 실망과 비난의 대상"이 되었다고 전제하고, 대학을 경영하는 당국자가 "영리주의의 장사꾼 심리와 무능무책임한 안이주의"에서 벗어날 것을 촉구한다.[29]

한편 필자 중에는 백낙준, 유진오처럼 미군정기 고등교육개혁에 중요한 입안자로 참여하한 인물들도 눈에 띤다. 유진오의 글은 대학 초년생들이 대학 수업을 받는데 유익한 구체적인 조언을 제시한다는 점에서 이채롭다. 문제는 그가 생각하는 '교양교육'의 위상이다. 그는 교양교육을 강조하면서 그것을 "전공학과로 들어가기 위한 기초적인 과목들"로 이해한다. 구(舊)학제하의 고등학교나 대학예과 수료자에 비해 당시 고교 졸업생의 학력이 현저히 떨어져 기초가 부족한 상태에서 전공과목으로 바로 진입하기가 어렵다는 것이다. 그는 외국어 학습의 중요성을 들면서 "위선 외국 것을 배움으로써 우리 문화의 후진성을 극복하여야 하는 만큼 그 필요는 한층 절실한 바가 있는 것"이라고 강조한다. 어학 능력의 함양과 더불어 "각자의 전문에 관한 고전서를 열독(閱讀)"하라고 조언하고, 고전을 읽는 것은 그것이 "적어도 수십 년 그렇지 않으면 수백 년, 수천 년의 테스트를 겪은 지식이므로, 그것을 공부하는 것은 마치 신용있는 점포에 가서 물건을 사는 것과 같"다고 역

---

27 편집부, 「대학의 역사」, 『사상계』, 1955.6, 90쪽.
28 권영대, 「과학하는 심상」, 위의 책, 74쪽.
29 안병욱, 「대학생활의 반성」, 위의 책, 158쪽.

설한다.[30] 대학의 교양교육에 대한 유진오의 이해는 고등학교와 대학 교육의 질적 간극을 메우기 위한 일종의 과도기의 완충역할로서의 효용성에 강조점을 두고 있다.

특집의 필자 가운데 백철은 당시 동국대에서 중앙대 문과대학 학장으로 막 자리를 옮긴 시점에 이 글을 발표하였다. 그는 해방 이후 발 빠르게 『문학개론』(1947), 『조선신문학사조사』(1948~1949)[31]등을 출간하며 권위를 쌓았고, 월북문인들의 공백을 대체하는 방식으로 남한 문학장에서 권력을 형성하였다. 그런데 한국 근대문학의 주체이자 산증인이라고 할 수 있는 백철이 문학에 뜻을 두고 있는 학생들에게 간곡히 조언하는 것은 '외국어' 능력을 기르라는 것이다.

밖엣 분야의 사람들이, 또는 우리들 자신이 우리의 현대문학을 논평할 때에 항상 그 사상성의 빈곤을 지적하고 작가 시인의 교양, 지적 수준의 저하한 것을 논란해서 말한다. 우리가 우리 현대문학의 빈곤원인을 우리들의 재능으로 돌리지 않고 그 지능 수준 등의 후천적인 데로 돌리는 것은 조금도 잘못이 아니다. 우리들은 재능이 부족해서 남의 현대문학수준을 따르고 있지 못한 것이 아니다. 그 학문의 전통과 지성의 수준에서 우리들은 너무 그들에게 뒤떨어져 있기 때문이다. 그 학문과 지의 수준을 이제라도 극복 수정하는 방법이 무엇이냐. 그것과 곧 통하는 요로는 외국어 실력을 가급적으로 많은 문단인들이 충분히 갖게 되는 일이다.[32]

---

30 유진오, 「학문의 길」, 위의 책, 21~23쪽.
31 백철의 『문학개론』은 1947년 동방문화사에서 간행했다가, 전후 신구문화사로 옮겨 재출판하였고, 화제의 『조선신문학사조사』(근대편·현대편) 또한 출판사를 옮겨 1953년에 민중서관에서, 1968년에는 신구문화사에서 재출간하였다. 이 책들은 월북문인들의 공백과 근현대 문학서지의 절대 빈곤이라는 상황 속에서 대학 교재는 물론이고, 해방 이후 한국근현대문학사에 중요한 저술로 오랫동안 권위를 누렸다.

백철의 생각은 이렇다. 한국문학의 취약성은 사상성의 빈곤에서 오는 것이고, 이는 작가들의 '교양, 지적 수준의 저하'에 기인한다. 이를 해결하기 위해서는 외국어 실력을 길러 외국의 학문과 지(知)를 흡수해야 한다. 백철의 생각은 이렇게 요약된다. 외국어를 그토록 강조했던 백철은 1957년 방문교수로 미국에 1년 가있는 동안 당시 미국 비평계의 주류였던 뉴크리티시즘의 세례를 받았고, MIT의 2년제 인문교양 커리큘럼에 감동한다. 그는 귀국하자마자 뉴크리티시즘의 전도사가 되고, MIT의 교육방식을 참조하여 중앙대의 교양교육 강화에 힘쓰기도 했다.[33]

해방과 한국전쟁을 거치면서 1950년대의 한국사회는 근대 계몽기만큼이나 외래성에 무방비로 노출되었다[34] 국제사회, 혹은 세계 질서라는 새로운 패러다임이 당시 한국인의 일상을 점령하고 있었고, 정치·경제적 측면에서만이 아니라 학문과 문화의 영역에서의 열등감은 심각한 수준이었다. 패전국 일본의 그늘을 빨리 걷어내고 미국과 유럽의 '보편 지(知)'를 신속하게 이식함으로써 '세계성'을 획득하는 것이 시대적 과제였다. 여기서의 '세계성'은 서구 중심주의적 '보편성'을 지칭하는 것이지만, 국제사회의 동향에 대한 정보욕이나, 국제질서를 구축하고 추동하는 원리에 대한 '지(知)'를 핵심 내용으로 한다. 그런 의미에서 1950년대 한국의 실존주의의 수용은, 전쟁 체험이라는 공통분모 속에서 정서적 공감의 영역이 존재했음을 부정할 수는 없지만 '세계성'에의 지적 열망에 가깝다고 하겠다.[35] 문제는 이 '세계성'에의 지적

---

32 백철, 「문학을 뜻하는 학생에게」, 『사상계』, 1955.6, 122쪽.
33 김윤식, 『백철연구』, 소명출판, 2008, 570~573쪽
34 이영미는 한국사에서 1910년대, 1950년대, 1990년대를 국내적 요인보다 국외적 요인에 의해 역사적 사건들이 일어났던 시기라고 꼽으며, 이 시기의 세계적인 것에 대한 관심은 전후 한국사회에서 '살아남으려는 절박함'과 관련된다고 본다(이영미, 『한국현대예술사대계』 2, 시공사, 2000, 18~19쪽).

열망도 결국 '지(知)'를 읽고 이해할 수 있는 독해력이 전제되어야 한다는 사실에 있다. 특히 그 '지'가 서구의 언어로 되어 있는 이상 영어를 비롯한 외국어 능력은 '교양'을 위한 필수적인 전제가 될 수밖에 없다. 학술 언어는 물론이고 대중문화의 언어까지도 광범위하게 잠식했던 외국어는 이렇게 1950년대 독자의 '교양' 여부를 가리는 핵심 기준이 되었다. 주로 일본이 번역해낸 서구문명을 간접적으로 수용했던 식민지 시기와는 달리, 해방 이후에는 미국을 비롯한 서구 유럽의 언어를 직접 번역해야 하는 상황에 직면하게 된 것이다. 한국전쟁 이후 중국과의 통로가 전면 봉쇄되고, 일본과의 교류도 제한적인 상황에서 한국은 아시아의 정체성을 놓아버리고 미국 및 서구 유럽에의 지향을 전면화할 수밖에 없었던 것이다. 따라서 '보편 지'로서의 '교양'의 함양은 영어를 비롯한 서구어의 능력 여부와 무관하지 않았고, 외국어 능력의 보유가 지식의 선점과 직결됨으로써 '교양 지'의 내용이나 이념보다는 어떻게 '교양'에 접근할 것인가'라는 방법과 도구에 대한 중요성이 부각되었다. 이처럼 '교양'에의 접근은 언어와 번역의 문제와 관련된 장소성, 시간성의 문제와 결부되어 여러 난제에 부딪히게 된다.

---

35 서은주, 「1950년대 한국소설과 '세계성'의 욕망」, 『세계문학비교연구』 22, 세계문학비교학회, 2008, 7쪽.

3. 매체를 통한 '교양'의 배치

천정환은 1950년대 후반부터 '교양'이 문화의 핵심어로 떠올랐다고 전제하였는데,[36] 정작 1950년대의 매체나 출판물에서 본격적인 '교양 담론'을 찾아보기는 쉽지 않다. 다만 일상적으로 소비되는 '교양'의 용례는 여러 곳에서 발견할 수 있다. 이는 교양이란 '무엇'인가, 교양은 '왜' 필요한가라는 근원적인 질문보다는 그것을 '어떻게' 습득하고 체화할 것인가에 대한 방법의 문제에 관심을 집중했음을 확인시켜 주는 예라 하겠다. 고등교육의 확대를 배경으로 하는 '교양' 개념의 소비는 어느 순간 '교양'을 선택이 아닌 당위로 인식하게 만들었던 것이다. 그러나 '교양'이 결코 단일한 개념과 범주로 정의될 수 없듯이 매체에 등장하는 '교양'의 용법은 매체의 성격과 소비 대상에 따라 다양한 스펙트럼을 형성한다.

1950년대의 『조선일보』나 『동아일보』 등의 일간지를 '교양'으로 검색해 보면 '교양' 개념이 일반 대중들에게 어떻게 유통되고 있는지를 짐작할 수 있다. 일간지에는 '교양강좌'의 주제나 일정 등을 홍보하는 보도 형식의 글이 주종을 이루며, 이 강좌들은 대개가 대학이나 정부관련 기관에 의해 주관되었다. 우선, '교양'에 대한 대중의 인식과 당대의 세태를 보여주는 흥미로운 사건 기사가 눈길을 끈다. 『조선일보』 기사 가운데 「교양없는 아내라고 고급장교가 14개 결함을 들어 이혼소송」이라는 제목의 글은, 교육을 받지 못한 '교양' 없는 아내가 가산을 탕진한데

---

36 천정환, 「처세, 교양, 실존」, 『민족문학사연구』 40, 민족문학사학회, 2009, 111쪽 참조.

다 공군대령인 남편 부대를 찾아가 "수많은 군인 앞에서 '죽인다' 또는 '파면시킨다'는 등의 모욕적인 행패"를 부려 남편 출세에 지장을 주었다는 이유로 이혼소송을 당했다는 내용을 담고 있다.[37] 여기서의 '교양'은 예의바른 품성과 태도를 지칭하는 것이고, 이러한 용법 속에는 젠더적인 인식이 개입되어 있다. '여성교양'을 계몽한다는 취지로 1955년 10월에 창간되었던 『여원』이 통속화 과정을 거치면서 현모양처의 덕성과 품행, 매너 등을 '여성교양'의 내용으로 구성했다는 점을 참조하면, 젠더화된 '교양' 개념은 사회 전반에 광범위하게 통용되고 있었다고 볼 수 있다. 특히 일간지에 소개되고 있는 '교양강좌'가 주로 여성을 대상으로 하는 '여성교양강좌', '주부교양강좌'였던 사실을 보면, 이 시기 여성이 남성에 비해 제도교육의 혜택을 받지 못했다는 점을 감안한다 하더라도 '교양'이 여성에 대한 통제와 규율의 장치로 활용되고 있었음을 부정할 수 없다.[38] '아프레 걸', '댄스열풍'으로 상징되는 여성의 일탈을 '교양'을 통해 규율하고자 하는 남성중심의 가부장적 욕망을 읽을 수 있다.

여성 다음으로 '교양'되어야 할 대상자는 '직업인'들이다. 「화성군 지방공무원 단기교양 강습회」(『조선일보』, 1955.1.25), 「공무원 교양회 21일부터 개최」(『조선일보』, 1955.2.22), 「운전수 교양강좌」(『조선일보』, 1959.4.17), 「노동교양강연회」(『조선일보』, 1959.5.28), 「식모에 교양강습」(『조선일보』, 1959.7.25) 등의 기사 내용을 토대로 할 때, 예외도 있겠지만 대개는 특정 직업인으로서 가져할 할 직분의식, 태도, 상식 등을 '교양'으로 함축

---

37 『조선일보』, 1959.10.1.
38 조선일보에 소개된 여성관련 교양강좌 기사 가운데 몇 개를 제시하면 다음과 같다. 「어머니들에게 단기교양강습」(1956.6.14), 「여성교양 금요강좌」(1957.1.11), 「주부와 교양—일상적인 생활미를 위해서」(1958.6.19), 「여성교양강좌 19일 여원사 주최로」(1959.4.23), 「부인교양강좌」(1959.4.24).

하고 있는 듯하다. 하급 공무원이나 기능인, 노동자를 대상으로 하는 이들 강좌는 제도교육으로부터 소외된 사회인들에게, 학력(지식) 엘리트의 전유물로 인식된 '교양'을 대중화 버전으로 희석화시켰다고 볼 수 있다. 이는 구별짓기의 정치학에 의거해 '교양'을 독점해왔던 학력 엘리트들이 1950년대 교육의 대중화 과정에서 타격을 입게 되는 국면이기도 하다. 그러나 '교양'을 호명하는 주체가 많아질수록, 그것으로부터 자신을 구별하려는 욕망은 더욱 자극을 받는다. 학력 엘리트가 대중화된 '교양'으로부터 자기들의 그것을 구별하는 하나의 방식은 바로 회화, 음악, 영화, 패션, 스포츠, 여가와 같은 취미, 감성, 문화로서의 '교양'을 선취하는 것이었다. 1950년대의 학력 엘리트들은 전후의 폐허 속에서 이 방식에 집착한다. 국립서울대학교에서 발간한 『대학신문』은 이에 대한 적절한 사례를 보여주고 있다.

1952년 2월 4일에 창간호를 낸 『대학신문』은 그 발간취지서에서 "범대학의 공기(空器)"로서의 기능을 수행하겠다고 밝히고 있는데, 실제로 피난지에서 꾸려진 전시종합대학은 시대의 고통을 공유했던 젊은 세대들이 학교의 경계를 넘어서 소통하고 연대하였던 '범대학'이었다.[39] 전체 4면의 주간으로 발간되었던 『대학신문』은 판형이 바뀌는 1954년 4월 4일자부터 3면의 상단부에 「취미와 교양」이라는 고정란을 마련해 1956년 10월 8일자까지 지속시켰다. 일별을 위해 편의상 몇 호만의 제목을 제시하면 다음과 같다.

---

[39] 국립서울대학교는 1948년 3월 1일 『서울대학신문』을 창간했지만 전쟁으로 중단되었다. 1952년에 창간된 『대학신문』은 타블로이드판이었는데, 1954년 4월 4일자부터 대형판으로 교체된다. 초기 발행부수는 1만 부 정도였다.

『대학신문』의「취미와 교양」란의 주요 내용

대학과 신극운동(72호, 1954.4.4) / 앙리 마티스의 예술(73호) / 아메리카의 영화대학(74호) / 번역사업의 긴급성과 계획성(75호) / 의리와 현실(76호) / 오페라의 당면과제(77호) / 동서철학과 동양적 정신(78호) / 근대세계와 지성(79호) / 근대 프랑스 소묘선(114호) / 국문학 정신의 모색(132호) / 별명(142호) / 영화의 종합성과 협동정신(146호) / 레코드 음악(152호) / 晋말宋초의 2대시인(160호) / 독도기행(161호, 1956.10.8)

위에서 보듯이 '취미'라고 하는 연관어의 영향도 있겠지만 주로 연극·영화·오페라와 미술·음악·여행과 같은 다양한 문화, 예술 영역에 방점을 두어 '교양'을 구성하고 있다. 신문 지면이라는 한계 때문에 심도 있는 글을 게재하기는 어려웠겠지만 대부분 전문 분야의 교수들이 필자로 나서 전후 문화에서 가장 결핍될 수밖에 없었던 소위 '고급' 취향의 예술을 소개함으로써 당시 대학생들의 문화적 갈증을 어느 정도 해소시켜 주었을 것이라 짐작된다. 1952년에 서울대 국문과에 입학해 1956년에 졸업한 이어령은 당시의 문화적 열정을 다음과 같이 회고하고 있다.

폭격으로 부서져 설계 도면처럼 구획만 남아있는 남의 집 부엌과 화장실과 거실을 가로질러 '르네상스'나 '돌체' 같은 음악 감상실을 드나들 때의 그 역설적인 자유로움. 그래요. 우리가 믿고 의지할 수 있었던 것은 조국도 이념도 철조망이 아니라 붕괴된 벽을 횡단하여 만난 모차르트 그리고 베토벤과 브람스의 음악이었어요. 맨정신으로는 도저히 살아갈 수 없었던 우리 세대의 주기도문은 '우리에게 일용할 양식(daily bread)을 주옵시고'

가 아니라 '우리에게 일용할 음악(daily music)을 주옵시고'였지요. 차이코
프스키의 〈비창〉은 성당 없는 우리 세대의 미사곡이었구요.[40]

　이어령이 소묘한 학력 엘리트들의 문화 풍경은, 1950년대 대중문화
의 일반적 욕망과 대척점에 위치한다. '고급'문화의 정신주의와 대비되
는 대중문화는 동물적인 생존 감각으로 물질적 가치를 숭배하고 육체와
성이라는 사적 영역에 탐닉하는 성향을 드러내었다. 이러한 이분법이
분명 폭력적이고 문제적이라 하더라도, 이전 시기와 비교해 1950년대
한국사회에 표출된 문화의 진폭과 내적 이질성을 설명하는 데는 어느
정도 효용성이 있다고 본다. 표면에 드러난 현상으로 본다면 그들은 같
은 공간에 살고 있었지만 전혀 다른 세계에 살았던 존재들이기도 했다.
그러나 학력 엘리트가 이 시기에 실제로 향수할 수 있었던 문화, 예술이
란 한계가 있다. 대중의 '교양'과 자신들의 '교양'을 확연히 구별짓기에
는 그들도 역시 가난했고 따라서 문화로서의 '교양'도 실제의 감각적 체
험으로 향수되었다기보다 '알아야 할지(知)'로서 습득되었다. 그들은 문
화로서의 '교양'을 '신체화'시키지 못하고 '문자화'시켜 읽었던 것이다.
　매체를 달리 하여 보다 체계화된 지식 장에서 '교양'이 어떻게 전유
되었는지를 확인해 보자. 종합지『사상계』의 경우를 보면, 1955년 3월
호부터「교양」이라는 이름의 고정란을 두었는데, 이것이 8월호부터는
「평론과 교양」으로 제목을 바꿨다가 1956년 7월에 다시「교양」으로 복
귀하여 1958년 12월호까지 지속된다. 처음에는 5편 내외의 글로 구성
되었지만 1956년을 넘어가면서는 10편 내외로 확대 편집된다. 이 고정

40　이어령·이상갑(대담),「1950년대와 전후문학」,『상상력의 거미줄』, 생각의나무,
　　2001, 532쪽.

란에는 동서양의 고전에 대한 소개를 포함해 철학·문학·정치·사회·경제·과학 등의 광범위한 영역의 주제를 총망라하여 배치하고 있다. 이론적이고 학술적인 성격의 글에서부터 시사적인 현안을 다룬 사회비평, 번역문, 서평 등 그 층위는 다양하다. 또한 「교양」란 안에 「연재교양」이라는 항목을 따로 설정하여 연속적이고 체계적인 기획을 시도하는데, 「현대사상강좌」, 「고전해설」, 「독서의 회고」, 「인생 노트」, 「사상과 생애」, 「국어학사」, 「경제사상사」, 「정치사상사」, 「과학사」 등의 제목으로 수십 회에 걸쳐 관련 글들을 게재하였다. 잡지 전체의 편집 체계에서 보면 문학작품을 제외하고 '특집'에 묶이지 않는 다양한 층위의 글들을 「교양」이라는 고정란에 배치하였다고도 볼 수 있다. 이해를 돕기 위해 1957년 9월호 「교양」란의 구성을 제시하면 다음과 같다.

「교양」

* 아카데미즘의 위기 – 박사논문 「이조시대의 가사연구」 비판(정병욱)

* 자연과 인간(V.F. 와이스코프, 이철주 역)

* 보건물리학(L.J. 체루빈, 박송배 역)

* 인간의 조건(하기락)

* 연재교양 : 인생노오트 16 – 무한에의 향수(최민순)

* 연재교양 : 사상과 생애 13 – 칸트(손명현)

* 연재교양 : 고전해설 21 – 파우스트(정강석)

* 연재교양 : 세계정치사상사 3 – 근세전편 1, 전제군주사상(이용희)

* 연재교양 : 경제사상사 9 – 근대경제학 3(성창환)

요컨대 『사상계』의 「교양」란은 대학에서 이루어질 만한 수준과 내용의 강의를 '지상강좌' 형식으로 진행하였다고 볼 수 있다. 특히 '고전'과 다양한 영역의 '역사'에 주안점을 두어 「교양」란을 구성하고 있는 점은 앞에서 살펴본 미국대학의 교양 커리큘럼의 두 가지 유형을 충실하게 구현하고 있는 사례라고 할 것이다.

광의의 '교양' 개념에서 보자면, 굳이 「교양」이라는 특정 코너에 한정할 필요도 없이 1950년대의 지식 장에서 『사상계』에 실린 거의 대부분의 글들이 '교양 지'라고 해도 틀린 말은 아닐 것이다. 유럽의 실존주의와, 프래그머티즘으로 대표되는 미국의 학문이 1950년대 한국 지식 장의 주류였다고 할 때, 『사상계』는 이 분야에 대한 지속적인 번역과 해석, 논쟁을 주도함으로서 일종의 '저널 아카데미'로서의 기능을 수행하였다. 전후의 대학이 양적 성장과 더불어 교육 기관으로서의 체계를 갖추어 나갔고, '교양교과'를 제도화함으로써 습득하고 체화해야 할 '교양지(知)'의 범주를 마련하였다고는 하지만 그것이 독립적이고 자율적으로 내용을 구성했다고 보기는 어렵다. 다시 이어령의 회고를 빌리자면, 당시 대학 수업은 거의 휴강이었고, 국문과 현대문학 과목은 기성문인 중에 대학을 나온 사람이 거의 없어 외부 강사를 불러 특강 형식으로 진행되었다고 한다.[41] 그러나 한편으로 실존주의와 관련해서는 서울대 불문학과의 이휘영,[42] 손우성의 강의를 통해 사르트르를 직접 읽었고, 철학과 박종홍의 강의를 통해서는 사상의 이론적 체계를 학습하였다고 증언하고 있다.[43] 대학 제도 내부에서 '한국현대문학'이라는 분과는

---

41 위의 책, 534쪽.
42 이휘영은 1948년 국립서울대학교를 설립할 당시, 서울대 불문학과를 만든 주역이다.
43 이어령 · 이상갑(대담), 앞의 책, 544쪽.

해방 이후 새롭게 만들어진 학문 영역이기 때문에 교수진의 구성이 쉽지 않았음에 비해, 상대적으로 외국문학이나 철학, 역사 등은 일본 대학이나 경성제대의 학문적 전통과 인적 구성원들을 계승하고 있었기 때문에 그 구성이 비교적 수월했다. 교수진 구성에서 국립서울대학교의 경우가 가장 좋은 조건이었다고 한다면 사정이 좋지 않은 대학의 경우, 교수 자신이 재교육이 필요한 대상자인 경우도 많아 학생들의 지적 수요를 충족하지 못했으리라 짐작된다. 이러한 여러 가지 상황을 고려할 때, 서구 학문의 이론과 방법론을 재빠르게 수입, 번역, 해석하는 작업, 그리고 그것을 유포, 공유하는 작업은 대학보다는 공론장으로서의 잡지 매체가 적임자였다. 잡지의 춘추전국시대라 할 수 있는 1950년대는 어느 정도 그런 역할을 담당할 기반을 마련하였고, 『사상계』는 선두에서 그 역할을 수행하였다. 물론 『사상계』가 필자나 번역자로 동원할 수 있는 인적 네트워크 안에 대학 교수들이 주로 포진해 있었다는 점, 잡지의 독자층이 주로 대학을 매개로 한 학력 엘리트였다는 점을 감안하면, '교양 지'의 구성에는 둘의 긴밀한 공조가 전제되어 있다. 따라서 고등교육의 확대는 '사이비' 대학생도 양산했지만, '교양 지'의 실질적 생산자이자 소비자로서의 학력 엘리트도 성장시켜 나갔다.

한편 일반 출판물에서 언급해야 할 '교양'의 용례는, '교양'을 키워드로 하여 기획, 편집한 전집류, 총서류, 문고 시리즈이다. 1957년 무렵 검인 교과서 개편사업에 다수의 출판사가 집중하는 바람에 발행 종수가 현격하게 감소하는 상황이 발생한다. 그러나 상황은 금세 역전되어 1950년대 말에는 출판계에 전집류와 문고본의 대형, 기획출판이 유행처럼 일어난다.[44] 100권 기획의 을유문화사 '세계문학전집'을 비롯해 정음사, 동아출판사의 '세계문학전집'이 동시에 발간되고, 이어서 민중서관의 '한국문학전집'도 발간된다. 또한 『생활총서』(학원사), 『현대사상강좌』(동양출판사) 등의 총서, 강좌 시리즈, 문고본이 일제히 쏟아졌다.[45] '교양'을 시리즈의 표제어로 붙여 1950년대 말에서 1960년대 초반에 걸쳐 발간된 출판물을 열거해보면, 『교양신서』(총64권, 신양사, 1958~1962), 『여원교양신서』(총12권, 여원사, 1959~1960), 『현대교양전집』(총10권, 정음사, 1960~1961), 『현대사상강좌』(총10권, 동양출판사, 1960~1961), 『교양전집』(총5권, 문학사, 1962~1963), 『교양명저씨리즈』(총11권, 정음사, 1961~1963), 『세계사상교양전집』(을유문화사, 1963), 『현대여성교양전집』(총5권, 계몽사, 1963) 등이다.[46] 이 가운데 가장 방대한 신양사의 『교양신서』 시리즈의 내용을 보면, 러셀의 『철학이란 무엇인가』, 사르트르의 『실존주의는 휴머니즘이다』 등의 철학·사상물, 괴테의 『파우스트』, 소포클레스의 『안티고네』, 그리고 『논어』, 『희랍신화』 등의 문학과 '고전'에 이르기까지 다양한 분야의 저작들을 아우르고 있다. 그 가운데 국내 저자의 책은 안춘근의 『독서의 지식』이 유일할 정도로 거의가 번역물로, 이는 읽어야 할 '교양'의 목록이 철저히 서구 중심주의 아래 구성되고 있음을 확인시켜주고 있다. 그런가 하면 『현대교양전집』의 경우는 위인전기, 세계일화, 금언명구, 입지성공 등의 주제로 기획되어 있어 천정환의 분석대로 입신과 처세의 지향을 강하게 노출하고 있다.[47]

총서나 전집 형태의 '교양' 서적의 출판은 인류의 정신과 문명의 결과물로서 '정전'을 목록화하는 작업을 수행함으로써 '보편 지'의 체계

<hr>

44 「이 가을에 독서는 전집 붐」, 『조선일보』, 1959.10.19.
45 이임자, 『한국 출판과 베스트셀러』, 경인문화사, 1998, 103~104쪽 참조.
46 이것은 천정환의 자료(「처세·교양·실존」, 민족문학사연구학회 학술대회 자료집, 2009)에 의거하여, 관련 부분을 발췌·재인용한 것이다.
47 천정환, 「처세, 교양, 실존」, 『민족문학사연구』 40, 민족문학사학회, 2009.

화와 규범화에 일조하였다. 그러나 아무리 '교양'을 열망하는 대중이 확대되었다 하더라도 정작 그것을 해독할 수 있는 '교양 독자층은 제한적일 수밖에 없었으므로 난해한 전집류는 장식용으로 전락하거나, 처세와 결합하여 보다 대중의 구미를 충족시키는 방향으로 기획되었다. 요컨대 1950년대의 매체 및 출판물을 통해 확인해본 '교양'의 함의와 존재 방식은 매체의 종류나 대상 등에 따라 차이를 지니며, 학력 엘리트의 아카데미즘과 정신주의의 전유물로 강화되는가 하면 한편으로는 대중화, 세속화의 방향으로 이동한다.

4. 균열하고 각축하는 '교양'

유럽에서 개화하고 발육한 '교양'을 가장 적극적으로 수용하여 자신들의 근대적 지식제도 속에 이식했던 일본의 경우는, 식민지 경험과 관련하여 한국의 '교양' 형성에 중요한 참조 대상임이 분명하다. 독일의 'Bildung' 개념을 '교양'으로 번역했던 일본에서는 메이지기를 시작으로 '교양주의'의 시대라고 불렸던 다이쇼기는 물론이고, 전체주의로 나아갔던 쇼와기, 그리고 종전 후 미국식 교육체제로 개편되어 최근에 이르기까지 '교양'은 늘 중요한 화두로 존재해 왔다. 특히 미국식 신(新)제 교육제도가 도입된 종전 이후에는 당시 학생들의 교양 없음을 한탄하며 '구(舊)제 고등학교'[48]에 대한 향수를 자극하는 소리가 높았다. 가와이 에이지로가 주도한 『학생총서』(전12권, 일본평론사, 1936~1944)는 사실 마르크스주의의 공백과 파시즘에로의 경도를 돌파하려는 야심찬 기획의 일환이었다. 일본에서의 1930년대의 교양담론은, 마르크스주의로부터 부르주아적 사상이라고 지탄받았던 다이쇼기의 '교양주의'에 대한 내부 비판의 성격을 띤다.[49] 그럼에도 이 시기 '교양담론'이 실천적이고 정치적인 마르크스주의가 쇠퇴한 지점에서 전개되었다는 사실, 그리고 파시즘의 억압에 저항하지 않았다는 사실은 부정할 수 없는 지점이다.[50] 이러한 상황은 1930년대 식민지 조선에서도 유사하게 나타났으며, 1950년대의 한국 사회에서는 보다 극명하게 드러났다. 해방 후 대단한 폭발력으로 분출되었던 마르크스주의는 남북이 이념을 경계로 분단되고, 나아가 전쟁을 통해 지울 수 없는 상흔을 남기면서 한국 사회 전반을 규율하는 금기가 되었다. 부르주아 계급의 덕목으로 승인된 근대 서구의 '교양'은 마르크스주의와 대립 관계를 형성함으로써 어떤 측면에서 자기 성찰의 긴장을 유지할 수 있었다. 이에 비해 전후 한국 사회처럼 마르크스주의의 거처가 완전히 소거되어버린 상황에서 '교양'의 건강성을 견지하기란 쉽지 않다. 이 지점에서 '교양'은 정신주의를 통해 스스로를 규율하거나, 혹은 속물적 욕망으로 방기

---

48 1894년 만들어진 일본의 '구제고등학교'는 1886년 제국대학령의 공포와 함께 제국대학의 예비교육기관으로 설립된 '고등중학교'가 개칭된 것이다. '구제고등학교'는 제국대학으로의 진학을 확보한 교육과정이었기 때문에 학력 엘리트로서의 출세를 보장 받았다. 그런 의미에서 이들 학생들은 입시의 중압감 없이 '순수한' 지적 열망을 가지고 다양한 독서를 행함으로써 일본 '교양주의'의 확산에 핵심적인 역할을 담당했다(이향철, 「일본대학의 교양교육」, 『인문사회과학연구소논문집』 29권 1호, 2001.2).

49 카루베 타다시[苅部直], 『移りゆく教養』, NTT出版, 2007, 45~46쪽 참조.

50 1930년대 후반 일본에서의 '교양주의'가 파시즘이라는 현실로부터의 도피를 나타내고 결국 체제의 묵인이 되었다는 것이 현재에까지 영향을 미쳐 '교양주의'에 대한 부정적 평판을 지속시키고 있다(高田里惠子, 『文學部をめぐる病い』, ちくま文庫, 2006, 187~188쪽 참조).

하는 길을 걷는다.

앞에서 살펴본 1950년대 '교양'의 배치나 구성의 중심 주체는 대학을 매개로 하는 학력엘리트들임에 틀림없다. 그러나 '교양'을 문자매체의 지면 속에 기획, 구성하는 과정에는 정신주의와 세속적 욕망으로 균열되는 학력 엘리트들의 내면이 투영되어 있다. 실제로 근대 독일에서도 대학제도를 매개로 한 '교양'을 둘러싸고 무용론과 회의론이 만만치 않았다. 현실과 유리된 과거의 '정전'을 읽어서 무엇을 얻을 수 있는가에 대한 질문은 자본주의적 근대에서는 실용성을 강조하는 편으로부터 끊임없이 제기된 것이었다. 어떤 면에서 '보편 지'를 통한 인격의 도야라는 '교양'의 이념은 전후 대학 제도를 통해 형성된 출세를 위한 경쟁 시스템 안에서는 근본적인 한계에 부딪칠 수밖에 없다. 그런 가운데에도 제도의 규정력을 넘어서는, 혹은 현실의 눈앞에 전개되는 부정성에 저항하고자 하는 주체들은 존재한다. 사실 '교양'의 진폭이 아무리 크다고 하더라도 1950년대의 현실 속에서 그것이 배제하고자 하는 명확한 타자는 대중문화, 혹은 속물성이었다. 여기에는 대중문화의 속물성과 짝을 이루는 '교양 속물'의 위험도 함께 경계의 대상이 된다. 더불어 김현이 지적한 바대로 반공주의가 일방적으로 강요되는 '폐쇄성' 속에서도 금지된 영역 밖에서는 무차별 수입과 향유가 가능한 '개방성'을 지녔던 문화가 1950년대였던 까닭에,[51] 이 시기의 '교양'은 뿌리 없이 유동하는 지적 딜레탄티즘으로서의 '세계성'을 지닌다. 1950~60년대에 독문학자이자 번역가, 수필가로 활동하였던 전혜린의 경우는 '세계

---

51 김현, 「테로리즘의 문학 — 1950년대 문학소고」, 『문학과 지성』, 1971 여름, 339쪽;
   이봉범, 「폐쇄된 개방, 허용된 일탈」, 『아프레걸, 사상계를 읽다』, 동국대 출판
   부, 2009, 45~46쪽 참조.

성'에 탐닉하면서 속물성을 혐오했다는 점에서 이러한 '교양인'의 범주에 잘 들어맞는 사례라 하겠다. 더욱 아이러니한 지점은 전혜린이 추구했던 '교양'의 정신이 결국 서구문화를 동경하는 감상적인 문화 취향으로 표상되어 대중들에게 인기리에 소비되었다는 사실이다.[52] 앞에서 살펴본 대로 문화와 예술에 대한 취향으로서의 '교양'은 학력 엘리트들이 스스로를 대중들과 구별짓는 준거로 활용하였음에도 불구하고, 현실에서는 지식의 차원보다 취향으로서의 '교양'이 훨씬 광범위하게 대중의 지지와 모방을 낳았다. 이 점은 '교양'이 전문적이고 무거운 지식과는 달리 연성화된 지식임과 동시에, 표준화되고 규범화된 지식의 일종이라는 사고를 재검토하게 만든다. 인문사회분야의 '정전'들을 목록으로 하는 '교양' 독서가 결코 평이한 수준의 대중적 독서는 아니다. '교양'의 '정전'들을 읽을 수는 있지만 모두가 충분히 해독해냈다고 볼 수는 없기 때문이다.

1950년대의 '교양' 독자는 지식을 통한 인격적 도야나 사회적 성찰을 지향하기보다, '교양'이 함의하고 있는 화려한 '세계성'을 욕망하거나, 외국어의 도구성 혹은 백과사전적 지식의 축적이라는 실용주의를 가장 선호하는 독자였을지도 모르겠다. 1950년대 대학제도의 확대를 배경으로 구축된 다양한 층위의 '교양'은 균열하고 각축하지만, 어느 순간 비판적 성찰을 근본적으로 방해하고 규율하는 정치 체제를 방패막이로 수용함으로써 세속화의 위험을 내장하게 된다. 요컨대 1950년대 대학제도를 매개로 한 '교양'의 배치나 구성에는 학력 엘리트 혹은 문화 엘리트의 욕망, 혹은 그러한 계층으로의 신분 상승을 의미있는 가

---

52 이 책의 2부 4장 참조.

치로 추동하는 전후 한국 사회의 욕망이 반영되어 있다. 비판적 성찰을 근본적으로 방해하고 규율하는 이념의 지형 속에서 1950년대의 '교양'의 구조는 단순해 보일 수도 있지만, 스스로 내부의 대립항을 구성해냄으로써 균열되고 각축하는 양상을 드러낸다.

제3장

1970년대 문학사회학의 담론 지형

1. 학제적 연구의 전사(前史)로서의 문학사회학

한국 문학연구의 장에 수용·전파된 학제적[1] 연구 가운데 현재 가장 영향력을 발휘하고 있는 분야는 아마 문화연구일 것이다. 사회주의 체제의 몰락이라는 패러다임의 변화와 맞물려 1990년대 이후 한국 담론장에 수용된 문화연구는 인문학, 사회과학, 예술학을 가로지르는 학제적 연구의 중심 학문으로 부상하였다. '문화'라는 개념의 내포와 외

---

1 여기서 사용하는 '학제적 연구(trans-disciplinary)'는, 분과학문 사이의 결합을 통해 개별 분과의 독자성을 심화시키는 '학제간 연구(inter-disciplinary)'와 구별하여 분과학문의 한계를 넘어 사회의 특정 부문이나 주제, 또는 사건에 대한 방법론과 해석에서 새로운 종합적 지평을 이루어내는 연구의 차원을 지칭한다. 즉 새로운 분석 범주를 발굴·재설정하여 탈경계의 지향을 강화시키는 연구를 '학제적 연구'로 보고자 한다. 이에 대한 구체적 설명은 박명림의 「역사사회과학은 가능한가?」(『역사비평』 통권75호, 역사비평사, 2006.5, 35~36쪽) 참조.

연을 확정하는 것이 쉽지 않고, 대상 영역을 광범위하게 포섭할 수 있는 '잡식성' 혹은 '잠식성'을 지닌 까닭에, 문화연구는 개별 분과학문이 구축한 다양한 접근방법을 수렴하며 활황을 누리고 있다. 그런데 학문의 역사가 대개 그러하듯이, 문화연구의 융성은 시공간적 전파 과정에서의 거대화 및 내적 분화, 굴절 과정을 거치면서 그 기원의 지향성을 퇴색시켰다고 할 수 있다. 1960년대 영국 버밍엄의 '현대문학연구소'의 설립으로 공식화된 문화연구가 기반했던 계급적 정치성은[2] 이후 자본주의 체제의 전일화라는 역사적 전환 국면을 맞으면서 현저하게 연성화 되어갔고, 어쩌면 그렇기 때문에 탈근대 담론 장에서 학문적 생명력을 연장시킬 수 있었다고도 볼 수 있다. 사실 문화연구는 중층의 기원을 가지는 복수의 담론, 상이한 역사, 다양한 연구자들의 궤적, 서로 다른 경쟁적 이론과 방법론 등으로 구성된 "불안한 구성체들의 집합"이라 하겠다.[3] 그런 차원에서 문화연구는 한국적 맥락 속에서 여전히 유동적이고 가변적인데, 이 접근법으로 집중적인 성과를 산출하고 있는 한국 근대문학 연구 분야에서 그것의 명명법,[4] 대상 범주, 인식론적 전략, 학술제도사적 의미 등을 둘러싸고 논란이 분분한 것도 문화

---

2 빅터 E. 테일러 · 찰스 E. 윈퀴스트 편, 『포스트모더니즘 백과사전』, 경성대 출판부, 122~123쪽 참조.

3 "불안한 구성체들의 출발"이라는 표현은 이상길이 스튜어트 홀의 논의를 빌어 문화연구의 탈분과적 개방성을 언급한 부분을 재인용한 것이다(이상길, 「문화연구의 연구문화」, 『민족문화연구』 53호, 고려대 민족문화연구원, 2010.12, 3~4쪽 참조).

4 1990년대 이후 한국문학 연구 분야의 이러한 새로운 경향을 '풍속론적 연구'(하정일), '문화론적 연구'(천정환)라고 부르는가 하면, 차혜영은 '풍속−문화론적 연구'의 상업화 경향을 비판하며 근대문학의 문제성에 대한 '성찰적 자의식'이 매개된 제도사 · 개념사 · 언어 · 매체 · 문화정책 등에 대한 연구를 그것으로부터 구별하고자 한다. 윤대석은 '문화연구'라는 큰 틀 아래에서 하위범주 '문화제도사연구'와 '문화사(풍속사)연구'를 구별한다. 이에 대해서는 박헌호의 「'문화연구'의 정치성과 역사성 − 근대문학 연구의 현황과 반성」(『민족문화연구』 53호, 고려대 민족문화연구원, 2010.12, 158~160쪽)을 참조.

연구가 지닌 근본적 속성과 무관하지 않다.

문화연구가 지닌 기원과 그 전개과정에서의 복합성을 전제할 때, 그리고 그것이 유럽에서 1960년대에 등장했다는 사실을 상기할 때, 또한 한국의 담론 장이 얼마나 서구 이론의 동향에 민감했는가를 생각할 때, 과연 1990년대에 한국 담론 장에 등장한 문화연구가 완전히 새로운, 낯선 것일까 하는 의문이 생긴다. 여기서 1970년대를 전후해 한국에 '문학(문예 / 예술)사회학'이라는 이름의 서구 이론을 문학연구와 사회학 분야에서 수용하여 그 방법적 새로움과 가능성을 집중적으로 조명했었다는 사실을 떠올리게 된다. 사실 오래된 학제적 연구방법이라고 볼 수 있는 문학사회학은 문화연구만큼이나 복합적이고 중층적인 담론 지형을 형성하고 있다.[5] 서구문학사회학의 역사적 계보는, 문학과 사회의 관계에 대한 최초의 체계적 접근법을 제시했던 스탈부인과 테느 등의 선구자들과 마르크스주의의 반영이론, 구조주의적 경향과 프랑크푸르트학파의 문학론, 포스트 담론 등을 포용한다. 따라서 지역과 시대, 학문적 유파에 따라 다양한 스펙트럼을 형성하고 있는 문학사회학은 그 개념을 정의하고 방법론적 범주를 설정하는 데 근본적인 난점이 있다.

여기서 개념상의 혼란을 막고 논의의 편의를 위해 프랑스 문학사회학의 유형화를 참조하는 것이 유용할 듯하다. 폴 디륵스[6]는 문학과 사

5　사회학자로서 문학사회학의 필요성을 강조한 김경동은 "칸막이 콤플렉스를 풀고 연구영역을 넓히자"는 취지에서 『인간주의 사회학』(민음사, 1978, 80쪽)이라는 책을 저술한 바 있다. 전문화라는 명분 아래 분과화되어 폐쇄적으로 고립된 현대의 학문 시스템은 스스로 그 한계를 절감함으로써 역으로 분과의 경계를 넘어서는 통학문적 접근방법을 적극적으로 시도하게 된다. 문학사회학이나 문화연구가 그 대표적인 사례인 것이다.

6　문학사회학은 문학과 사회학의 합성어로, 광의의 문학사회학은 문학자와 사회학자에 의해 시도되는 문학과 사회 사이의 관계 연구를 총칭한다. 문학사회학이 다양한 관점과 방법론을 포함하는 학문체계인 만큼, 서구문학사회학 이론을 한

회 사이의 매개 고리를 어디에 두느냐에 따라 '문학 속의 사회', '사회 속의 문학', '문학장'으로 삼분한다. '문학 속의 사회'는 텍스트를 중심으로 그것의 사회적 성격을 규명하는 방법으로 루시앙 골드만의 발생론적 구조주의, 자크 렌하르트, 피에르 마슈레, 피에르 지마 등의 논의가 포함된다. '사회 속의 문학'은 문학작품을 사회 속에 존재하는 여러 행위들 중의 하나로 접근하는 방법으로 로베스 에스카르피의 논의가 대표적이다. '문학장'은 피에르 부르디외의 이론으로 '문학 속의 사회'가 지닌 사회학적 해석학과 '사회 속의 문학'이 보여 주는 미학 경시의 실증주의적 사회학을 극복하기 위한 제3의 방법이다. 여기서 '문학 속의 사회'라는 유형을 프랑스 밖으로 확장하면 마르크스주의 문학론의 자장 안에 있는 루카치도 포함시킬 수 있으며, 또 하나의 극단에는 플레하노프도 위치시킬 수 있다. 이 방법은 한국 근대문학 초창기부터 수용되어 광범위하게 적용되었던 것으로, 가장 익숙하고도 보편적인 반영이론을 포함한다. '사회 속의 문학'이라는 유형은 1960년대 후반부터 단편적으로 소개되었고 이후 사회학자들에 의해 유사한 방법론이 연구에 활용되기도 했지만, 1990년대 이후 문화연구와 접속하는 시

국에 수용·소개하는 작업도 용이한 것은 아니었다. 그래서인지 서구문학사회학을 한국에 소개하는 학자들은 그것의 전체적 지형을 그리기보다 중요한 경향을 중심으로 내부의 차이를 부각시키는 방법을 선호했다. 문학사회학이 만들어진 학문적 기원과 풍토의 차이와 관련해 사회학에 초점을 둔 미국적 전통과 문학의 예술성에 초점을 두는 독일적 전통으로 분류하는 방법이 제시되었고, 문학과 사회의 관계를 '외적 관찰'과 '내적 관찰'로 나눠 전자를 사회학적 관찰의 문학사회학, 후자를 철학적·미학적 차원의 문학사회학으로 분류하는 방법도 제안되었다. 그런가 하면 프랑스를 문학사회학의 본향으로 전제하고, 1950년대 이후 프랑스의 문학사회학 경향은 에스카르피의 경험론적 방법과 골드만의 구조발생론적 방법으로 분류하기도 했다. 여기서는 폴 디륵스의 분류 체계에 의거해 프랑스 문학사회학을 정리하고 있는 신미경의 논의를 참조하였다(신미경, 『프랑스 문학사회학』, 동문선, 2003).

점에서 본격적인 활황을 맞았다. 부르디외의 '문학장' 유형 역시 최근 한국문학의 '문화제도연구' 분야에 이론적 준거틀을 제공함으로써 강력한 영향력을 발휘하고 있다. 그러나 '문학 속의 사회'라는 분류군에 속한 골드만의 발생론적 구조주의 이론이 1970년대 한국의 학계에서는 가장 의미있는 방법론으로 인식되어 그것이 협의의 문학사회학을 대표하는 것으로 유통되었다.

1970년대에 한국에서 전개된 문학사회학은, 단순히 하나의 외국문학 이론의 수용이라는 차원에서 다뤄지기에는 그것의 전후(前後) 맥락이 지니는 의미가 만만치 않다. 우선 한국의 학문 제도 안에서 거의 처음으로 문학연구와 사회학을 학제적으로 결합시켰다는 측면에서 학술제도사적 의미망을 형성하고 있다. 문학연구의 주관성과 '비과학성'을 보완하기 위해 사회학의 객관주의와 '과학성'이 필요했던 것인데, 여기에는 사회제도나 의식의 구조 분석을 비롯해 자료수집과 사례분석, 통계 등에 의존하는 실증주의적 분석 방법이 포함된다. 사회학의 입장에서 보면, 반대로 사회학이 지나치게 자연과학적 연구에 경사된 것을 비판하면서 인문성을 연구에 회복시키려는 의도에서 문학에 관심을 돌렸던 것이다. 또한 1970년대에 수용된 한국의 문학사회학은 한국문학 담론 장에서의 마르크스주의적 시각과 문학적 방법론을 비판적으로 사고하고 방법적으로 배제하려는 시도와 긴밀하게 연관된다. 사실 문화연구와 마찬가지로 서구의 문학사회학도 마르크스주의에서 출발하였지만 이론의 전개과정에서 '정통' 마르크스주의자들로부터 항상 그 사상성을 의심받는 상황에 내몰렸다.[7] 그런데 서구의 상황과

---

7   문학사회학이나 문화연구가 마르크스주의로부터 멀어져 문화주의로 전회했다는 비판은 지속적으로 이어졌다. 계급적 관점의 후퇴를 근거로 하는 영국 문화이

는 달리 1970년대 한국에서 문학사회학을 주도했던 주체들은 마르크스주의의 세례를 받지 않았고, 의식의 한 구석에서도 마르크스주의의 그늘을 찾아보기 힘들 만큼 '순수'했다. 따라서 이 시기의 문학사회학은 마르크스주의의 반영이론을 포함하는 광의의 문학사회학과 구별되는 특정한 문학사회학에 한정됨으로써 해석상의 충돌을 발생시켰다. 즉 한국에 수용된 문학사회학 가운데 가장 사랑받은 골드만의 발생론적 구조론은 구조주의적 방법에서 중요한 발상을 차용하고 있는 까닭에, 그 이데올로기적 기반과 방법론을 둘러싼 상충하는 견해는 한국문학 담론 장에서 주요한 갈등의 진영 — 창비와 문지 — 을 더욱 멀어지게 만드는데 일조하였던 것이다.

중층성을 내포한 학제적 연구라는 관점에서 문화연구와 문학사회학의 유비관계로부터 논의를 출발했지만, 이 글의 초점은 1970년대 문학사회학의 담론 지형을 학술사적 차원에서 검토하는 것에 둔다.[8] 마르크스주의와 문화주의가 서로 길항하고, 대개 엇갈리며 조우하게 되는 역사적 경험을 문학사회학의 수용과 그 전개과정을 통해 검토해보는 것은 의미가 있을 것이다. 어떤 면에서는 광의의 문학사회학 속에서 '누가', '왜', '어떤' 문학사회학을 전유하고자 했는가를 검토하는 것이 실상의 파악에 유용할 것이다. 따라서 4·19로부터 고양된 문학과

론의 대표이론가인 스튜어트 홀에 대한 비판, 골드만의 소설사회학의 몰역사성에 대한 비판 등을 들 수 있다. 이러한 비판을 주도했던 이는 바로 테리 이글턴이다. 이에 대한 자세한 논의는 테리 이글턴의 『문학비평 – 반영이론과 생산이론』(이경덕 역, 까치, 1986) 참조.

8 여기서 편의상 1970대라고 제시하지만 이 글에서 다루는 문학사회학 관련 논의는 1960년대 후반부터 1980년대 초반에까지 걸쳐 있다. 그러나 본격적인 문학사회학 담론은 1970년대에 집중되고 있기 때문에 대표성을 지니는 '1970년대'로 제시하는 데에는 크게 무리가 없다고 본다.

사회의 관계성에 대한 인식의 심화에서 출발하여, 서구이론의 자극, 한국학의 발전, 대중문화의 발전이라는 요인에 의해 추동되었던 1970년대 한국의 문학사회학이[9] 서구문학사회학의 다양한 갈래와 역사적 계보 가운데 '어떤' 문학사회학을 자기화하고자 했는지를 살펴보고자 한다. 이는 문학과 사회의 관계성에 대한 한국의 문학사회학 수용자들의 입장과 동시대 리얼리즘론자 혹은 민족문학론자들의 입장의 차이를 확인하는 작업과 통한다. 결국 이 글이 주목하는 것은 문학사회학이 한국문학의 담론 장에 수용되는 전후 맥락이며, 나아가 학제적 연구로서 문학사회학이 당시의 지식 장 혹은 학술 장에서 어떤 학문적 흐름과 접속하였는가 하는 것이다. 이는 한국 근대문학연구의 중요한 경향으로 부상한 현재의 '문화제도연구'[10]가 어떤 학술적 지형 속에 위치하는가에 대한 탐색의 출발이 될 것이다.

---

9 김현은 1970년대 문학사회학의 기반으로 ① 대중문화론의 압력, ② 서양 문학사회학의 이론적 수용, ③ 한국학의 발달 등으로 꼽고 있다(김현, 『한국문학의 위상 / 문학사회학』, 문학과지성사, 2008, 213쪽).

10 최근 한기형은 "근대문학의 탄생과 생존과정에 연계된 다양한 사회제도와 환경들을 지칭"하는 것으로 '근대문화제도'라는 용어를 사용하고 있다(한기형, 「근대문학과 근대문화제도, 그 상관성에 대한 시론적 탐색」, 『상허학보』 19집, 상허학회, 2007.3, 68쪽). 이 글에서는 광의의 문화연구와 구별하기 위해 2000년대 이후의 한국 근대문학연구의 특정한 연구를 지칭하는 개념으로 '근대문화제도 연구'라는 용어를 사용하고자 한다.

2. 구조주의의 영향 – 과학성과 문학성

무엇보다 우선 한국의 문학사회학이 김현, 김치수 등의 외국문학 전공자들에 의해 집중적으로 수용·전개되었다는 사실에 주목할 필요가 있다. 분단과 전쟁을 거치면서 대학을 기반으로 진행된 제도화 과정에서 문학은 인문학의 분과학문으로서 위상을 세우기 위해 대내외적으로 '과학성'의 담보를 요청받게 된다. 그런데 이 시기 문학 연구의 과학화는 대학연구소나 학회에서 발간했던 학술지에서만 독점한 것은 아니었다. 과학성, 전문성이라는 아카데미즘의 특성을 문학비평이 엄연히 공유하고 있는 이상 그 경계와 정체성에 대한 논란은 여전히 진행형일 수밖에 없다. 외국문학을 전공하여 외국이론의 수용에 유리한 위치에 있었던 대학의 외국문학 연구자·교수들이 비평계를 주도했고, 이들이 학술지가 아닌 문학잡지 등에 발표한 문학관련 글들은 연구와 비평의 경계로 환원시키기 어려울 만큼 중층적 글쓰기를 보여주었다. 이는 대학을 중심으로 학문의 제도화가 이루어지는 과정에서 문학을 연구의 대상으로 접근하는 방식이 기존의 저널리즘적 인상주의 비평을 압도해 나가는 과정으로도 해석할 수 있다. 특히 4·19의 의식적·문화적 계승자들에 의해 창간된 『청맥』, 『창작과비평』, 『문학과지성』 등의 잡지는 1950년대 담론장을 주도했던 『사상계』의 역할을 이어받아 다양한 사회과학 분야의 논의를 포괄하는 준(準)아카데미로서의 위상을 수립하고자 노력했다. 외국이론의 번역·소개가 용이했던 외국문학 연구자들은 자신들의 독점적 자질을 활용하여 아카데미즘과 저널리즘의 경계를 넘나들며 폭넓은 담론 전파·생산의 영토를 구축하게 된다.[11]

여기서 또한 분명하게 짚어야 할 부분은 대학제도 속에 배치된 '국문학'의 하위 분과로서의 '현대문학'은 '국어학'이나 '고전문학'에 비해 전공분야의 정체성이라는 차원에서 현저하게 왜소했다는 사실이다. 일반적으로 문학비평과 달리 문학연구란 대상과의 시간적 거리를 전제하는 까닭에 근대문학의 역사가 짧은 한국문학의 현실에서 '현대문학'만의 고유한 연구대상과 방법론을 확보하기가 쉽지 않았다. 한국의 현대문학 연구자들이 서구이론의 수용과 적용에 적극적이었던 것 또한 이런 상황과 무관하지 않을 것이다. 1950~60년대 뉴크리티시즘의 수용이 그 좋은 사례이다. 1959년 백철·김병철에 의해 르네 웰렉·오스틴 워렌의 『문학의 이론』이 번역되면서 1960년대 이후의 대학, 대학원의 학위논문은 뉴크리티시즘 이론을 한국작품에 적용해보는 실험장이 되었다고 할 정도로 절대적인 영향을 미쳤다.[12] 서지 주석적 방법, 전기 연구, 역사 배경론, 테느 류의 소박한 양식론 및 상황론, 사회경제사의 입장 등이 파편적으로 적용되었던 한국문학연구 분야에, 텍스트 자체에 집중하는 뉴크리티시즘의 '내재적' 분석이 보다 과학적이고 전문적인 방법론이라고 인식되면서 뉴크리티시즘은 급속하게 퍼져갔다.

이와 유사한 맥락에서 한국의 문학사회학을 촉발한 외부적 요인은

11 외국문학 전공자가 한국문학을 대상으로 연구나 비평을 동시에 수행했던 대표적인 사례는 식민지 시기 '해외문학파'일 것이다. 그 외에 1950년대부터 활동한 유종호(영문학), 김붕구(불문학)와, 잘 알려진 대로 1960년대에 등장한 백낙청, 염무웅, 김현, 김치수, 김주연, 정명환 등도 모두 이에 해당한다. 1950년대 대학의 보편화 이후 문학 장에서의 외국문학 전공자의 아비투스에 대해서는 박연희의 「1960년대 외국문학 전공자 그룹과 김현 비평」(『국제어문』 40집, 국제어문학회, 2007.8)을 참조.
12 이와 연장선상에 있는 학위논문은 서울대 이어령의 「상징체계론」(1960), 이재선의 「표현매질로서의 언어와 시적 심상의 연구」(1962), 김윤식의 「시의 구조적 특성」(1962), 박동규의 「소설 본질 및 기교론」(1963), 한계전의 「심상론」(1965), 박철희의 「현대한국시의 이미져리와 그 상징적 기능」(1965) 등과 동국대 구인환의 「문체론적 비평고」(1965), 김시태의 「현대 한국시의 이미져리 소고」(1965) 등이 있다.

역시 서구문학사회학 이론의 영향인데, 사회과학 서적과 함께 서구의 문학사회학 이론들이 1970년대를 전후해 집중적으로 번역・소개된다. 김윤식은 피터 루츠의 「루카치 문학론 비판」을 번역・소개하면서 '문학사회학', '문예사회학'이란 용어를 공식적으로 사용하였다.[13] 강영주도 1930년대 소설론을 분석하는 글에서 '문예사회학'이란 용어를 사용하지만.[14] 문학사회학을 본격적인 표제로 내건 것은 김치수의 「문학과 문학사회학」[15]에서부터이다. 그는 현대사회가 처한 의식의 사물화와 물신숭배를 문제삼는 것이 바로 골드만의 발생론적 구조주의라고 전제하고, "소설은 눈에 보이고 경험된 현실의 구조를 드러낸다기보다는 체제가 표방하는 것 뒤에 감추어진 눈에 보이지 않는 현실의 구조를 보여 주는 것이고 소설사회학은 바로 그러한 것을 밝혀내는 데 중요한 의미를 갖는 것"[16]이라고 설명한다. 골드만의 발생적 구조주의를 중심에 내세운 이러한 문학사회학 담론은 이후 주요 매체에서 특집으로 다뤄지고, 관련된 논문이나 단행본이 출간되면서 1970년대 한국 문학사회학의 주요 경향을 구축하게 된다.[17]

그런데 여기서 주목해야 할 지점은 골드만의 문학사회학을 주도적으로 수용한 김현・김치수 등이 이미 그 이전부터 구조주의 수용에도

---

13 김윤식, 「루카치 문학론 비판」, 『현대문학』, 1973.8.
14 강영주, 「1930년대 평단의 소설론」, 『창작과비평』, 1977 가을, 290쪽.
15 『문학과지성』, 1977 겨울.
16 위의 글, 17쪽.
17 「창간 8주년 기념 특집 : 문화와 사회에 대한 비판적 접근」, 『문학과 지성』, 1978 가을; 「문화・사회・정치」, 『세계의 문학』, 1979 가을; 「문학・지식・이데올로기」, 『외국문학』, 1985 봄; 「현대비평과 문학사회학」, 『문학과 비평』, 1987 가을; 김치수, 『문학사회학을 위하여』, 문학과지성사, 1979; 송동준, 「문학과 사회」, 『20세기 이데올로기와 문학사상』, 서울대 출판부, 1979; 이동열, 「사회학적 문학비평」, 『현대문학비평의 방법론』, 서울대 출판부, 1983; 김현, 『문학사회학』, 문학과지성사, 1983.

적극적이었다는 사실이다. 구조주의는 형식주의 연구의 연장선에 있으면서, 그것의 한계를 극복할 수 있는 과학적 연구방법으로 수용되어 이 시기 문학연구에 큰 영향을 미쳤다. 구조주의는 1950년대부터 간헐적으로 소개되다가 1967년 롤랑 바르트와 레이몽 피카르의 비평 논쟁이『경향신문』에 소개되면서 관심을 끌게 된다. 이어『사상계』에서 3회에 걸쳐 특집을 마련하여 바르트를 중심으로 한 프랑스 구조주의가 집중적으로 번역, 소개되었다.[18] 구조주의는 그 이론적 기반을 제공했던 언어학(국어학)은 물론이고 '고전문학' 연구자들의 구비문학연구로부터 현대시와 소설 연구에 이르는 '현대문학'의 여러 분야에까지 폭넓게 수용되었다. 구조주의의 절대적 자장 안에서 자신의 문학적 입론을 체계화했던 조동일은「홍부전의 양면성」(1968)을 통해 설화에서 판소리 단계를 거쳐 소설화되는 서사양식의 전개과정을 설명하면서 이야기의 고정체계면 / 비고정체계면이라는 양면적 구조 개념을 원용함으로써 구조주의적 방법을 구현하고 있다. 김열규의『한국민속과 문학연구』[19]에서는 신화나 전설, 민담을 대상으로 선 / 악, 본향인 / 이방인, 자연적인 것 / 초자연적인 것, 부모 / 자식 등의 이항 대립적 요소를 구조화하고 있다. 그러나 현대소설 분석에 오면 이 적용은 그렇게 유용하지 않으며, 그나마 현대시 분석에서는 통사론적이고 어휘론적인 구조를 파악하는 수준에서 적용되는 데 그치고 있다.

구조주의는 대학의 학문연구에 있어 과학성의 담보로 이해되었다는

---

18 1968년『사상계』7월호 특집 : 이휘영,「구조주의의 발단과 문학에 미친 영향」; 김현,「구조주의의 확산」; 니콜라스 류베,「언어학과 인문과학」; 마르크 가보리오,「구조적 인류학과 역사」/『사상계』9월호 특집 : 폴 리쾨르,「레비-스트로스와의 대담」; 롤랑 바르트,「언어로서의 비평」;「구조주의적 활동」/『사상계』10월호 특집 : 레이몽 피카르의「새로운 비평이냐 사기냐」; 롤랑 바르트의「비평과 진실」.
19 김열규의『한국민속과 문학연구』는 일조각에서 1971에 발간되었다.

점에서 문제적이다. 한국의 구조주의는 사회학을 중심으로 1950년대 후반 무렵 미국식 구조기능주의가 수입되어 사회학의 주류(서울대 이만갑, 이해영)를 형성하였고,[20] 이는 유럽에 기원을 둔 역사지향적인 사회학(황성모, 고영복, 신용하, 김진균)과 대립진영을 형성하였다.[21] 물론 문학에 수용된 구조주의는 주로 바르트나 골드만 등의 프랑스 구조주의였지만, 문학사회학이 학제적 연구로서 사회학적 연구방법을 차용한다고 할 때 그 방법에는 조사, 통계 등의 주류 사회학적 연구가 중요하게 작용했던 것 또한 사실이다.[22] 한국에서 문학사회학을 내건 최초의 단행본인『문학사회학을 위하여』(1979)를 저술한 김치수는 「구조주의와 문학연구」라는 글에서 구조주의가 '주의(主義)'와 관련된 이념적 성질보다는 거의 모든 과학에 걸쳐있는 '방법론'에 더 역점을 두고 있음을 지적한다.

이러한 구조주의적 방법론이 문학에서는 문학 연구의 방법론으로 크게 영향을 끼치고 있다. 이른바 '신비평'이라고 불리우는 문학연구 방법론으로서의 구조주의가 한편으로는 심리학적 문학연구, 다른 한편으로는 사회학적 문학연구, 그리고 언어학적 문학연구 등에 압도적인 영향을 끼치고 있다. 가령 사회학적 문학연구에 있어서 골드만은, 소설이 사회나 집단의

---

20 미국 사회학회는 1954년 연차대회에서 최초로 '문예사회학연구'를 학술발표의 한 연구분야로 배치하고 이후 상설화한다. 이러한 학회의 공식적 인정과 같은 제도화 과정을 통해 문학예술에 대한 사회적 연구가 발전하였다고 볼 수 있다. 한국의 사회학 분야에서 문학사회학에 대한 접근은 주로 이러한 미국적 상황에 영향받은 것이다(강현두, 「한국 사회학에 있어서 문학사회학적 연구의 필요성」,『한국사회학대회 논문집』, 한국사회학회, 1979, 124쪽).

21 한국 1950~1960년대 사회학계의 구도와 성격에 대해서는 이한우의『우리의 학맥과 학풍-한국 학계의 실상』(문예출판사, 1995)을 참조.

22 엄격한 의미에서 사회학적 조사, 통계에 의거한 문학 분야의 연구는 1960~1970년대에는 거의 생산되지 않았다. 이러한 연구는 1990년대 이선영의『한국문학의 사회학』(태학사, 1993)에서야 비로소 본격적으로 시도되었다고 볼 수 있다.

식의 반영이라는 재래의 낡은 주장을 뒤엎고, 소설과 사회의 구조적 동질성을 밝혀냄으로써 문학사회학의 새로운 정립을 시도하였다. (…중략…)

문학 작품에 있어서 '단위'와 '규칙'과 '문법'을 찾으려고 하는 일련의 노력이 바로 문학연구의 객관성과 가능성을 시사해주고 있는 것이고, 이 객관성이 문학 연구의 과학화, 즉 문학과학의 길을 열어주고 있는 것이다.[23]

김치수는 문학 연구의 과학화의 사례로 러시아 형식주의를 언급하고 있는데, "문학연구에 있어서 감상적 정당화, 성급한 사회적 현실의 조응, 작가의 생애에 의한 문학 작품의 해석, 주인공이나 작가의 심리분석에 의한 접근을 '자기 기만(mauvaise fois)'과 책임감 없는 인상비평"[24]이라고 배격한 러시아 형식주의자들의 태도를 높이 사고 있다. 나아가 바르트의 기호학적 해석을 '문학과학'의 이론화와 관련시켜 자세하게 소개하고 있다. 바르트의 논의를 중심으로 구조주의의 수용과 확장에 가장 열성을 보인 김현 역시 자의성에 기반한 주관주의를 경계하기 위해 '문학과학'의 개념에 관심을 보인다. 그는 20세기 초에 등장한 구조주의가 1960년대에 와서 갑자기 프랑스의 대중 매체에서 총애를 받게된 상황을 바르트-피카르를 둘러싼 비평에서의 신구 논쟁과 결부시켜 19세기의 실증주의・역사주의 대(對) 20세기의 구조주의 사이의 대립으로 소개하고 있다.[25] 당시의 논쟁 구도에서는, 실증주의・역사주의 연구방식은 작품을 둘러싼 '외재적' 요소에만 관심을 두는 재래의 낡은 방식으로 치

23 김치수, 「구조주의와 문학연구」, 『문학사회학을 위하여』, 문학과지성사, 1979, 270~271쪽.
24 위의 글, 271~272쪽.
25 김현, 「문학적 구조주의」, 『문학과지성』, 1978 겨울(김현, 『현대 비평의 양상』, 문학과지성사, 2005, 55~57쪽에서 재인용).

부되었고, 그것의 반대편에 구조주의라는 새로운 '과학적' 방법론이 부상했던 것이다. 그런 점에서 한국에서의 구조주의 수용은 문학연구의 과학성과 더불어, '내재적' 접근에 관심을 두는 문학의 자율성 옹호의 기획과 무관하지 않다. 이러한 인식 속에서 김현은 문학을 사회와 결부시키는 방식을 '교조주의'라는 부정적 용어로 일축하면서, 한국의 불행한 역사가 문학연구를 교조주의화 했다고 진단한다. 그는 당대의 민족주의 비평·민중주의 비평을 억압과 피억압의 계급적 이원론에 기반한 교조주의라고 비판한다.[26] 김현에게 교조주의는 역사전기적 방법·문헌적 조사 등에 의거한 실증주의를 포함해 계급적 관점에 입각한 마르크스주의 반영이론을 지칭하는 것으로, 이들 방법론은 문학 이해를 협애화, 고정화하는 '비과학적' 방법으로 이해되었다. 이는 당대 창비를 비롯한 민족문학 진영에 대한 명백한 거리두기이자 비판으로 볼 수 있다.

한편 역시 구조주의 방법에 심취했던 조동일은 김현과는 달리 구조주의 분석이 작품의 사회의식 분석과 대치되는 것은 아님을 강조한다. 그에게서 구조주의는 '가치중립적'인 도구적 개념으로 수용되고 있다.

문학의 이해는 작품구조에서 이루어져야 한다. 문학작품은 그것대로의 유기적인 질서를 가지고 있으며 다른 무엇에 종속된 것이 아니다. 작품 자체의 구조를 분석하지 않는 문학연구는 결코 성실하다고 할 수 없으며, 믿을 수 있는 것도 아니다. 작품 자체를 분석할 수 있는 능력은 없으면서 문학의 사회의식만 장황하게 다루는 태도는 사실 작품에 대한 선입견을 되

---

26 김현, 「비평방법의 반성─실증주의, 교조주의 비평에 대한 비판」, 『문학사상』, 1973.8(김현, 『현대한국문학의 이론 / 사회와 윤리』, 문학과지성사, 1992, 188쪽에서 재인용).

풀이하는 데 지나지 않고, 문학연구를 정상화하기 위해서 시급히 시정하지 않을 수 없는 장애다.[27]

김현·김치수와 조동일은 그 이론적 입각점이나 적용에서 다소 차이를 지니지만, '과학성'과 '문학성'을 동시에 담보하는 방법론이라는 차원에서 구조주의를 옹호했던 태도는 유사하다. 그런 점에서 이들에 의해 수용된 구조주의가 당대의 지식장 혹은 담론장에서 구체적으로 무엇을, 누구를 비판의 대상으로 설정했는가를 고려해보면, 백낙청이 이 구조주의에 대해 비판하고 나선 것은 당연한 반응이라 하겠다. 그는 구조주의 비평이 당대 담론장의 여론 형성에 막대한 영향력을 행사하는 것을 우려하며, 선진 사조의 영향력이 새로운 역사와 새로운 예술을 창조하려는 자신들의 노력에 장애가 됨을 지적한다. 결국 그는 탈이념의 외피를 두른 구조주의의 '이념적' 측면을 비판하게 되는데, 구조주의가 낡은 내용 / 형식의 이분법을 벗어난 것처럼 보이지만 실은 "낯익은 모더니즘의 이데올로기"를 드러내며 형식주의가 '구조'나 '언어'의 이름으로 발현된 것에 불과하다고 공격한다.

'구조주의적 활동'을 통해 대상에 의미를 부여하는 과정이 하나의 적절한 창조라고 주장되는 이유는, 그것이 대상에 대한 '주관적인 해석'을 하는 것도 아니고 그렇다고 대상 안에 의미가 들어 있다는 헛된 믿음에서 대상을 그대로 '반영'만 하려는 작업도 아니며, 인간의 본질에 해당하는 언어라는 '기호체계'에 내재하는 질서가 부여되는 작업이기 때문이라는 것이다. 따라

---

27 조동일, 「'적도'의 작품구조와 사회의식」, 이승훈 편, 『한국문학과 구조주의』, 문학과비평사, 1988, 43쪽.

서 바르트의 입장에서는 사물에 대한 주관적인 해석을 제시하는 작가나 사물의 객관적인 의미를 전달한다는 이른바 리얼리즘의 추종자들은 작가라기보다 기자이며, 진정한 작가는 오로지 언어 자체에 충실하게 '자동사적으로' 글을 씀으로써 정보제공이 아닌 진정한 가치창조를 수행한다는 것이다.

이것은 얼핏 보기에는 예술에서 소박한 모사론과 자의적인 낭만주의를 동시에 극복할뿐더러 철학적으로도 관념론과 유물론의 대립을 넘어선 새로운 경지를 개척한 것 같기도 하다. 그러나 사실인즉 '언어'라는 것이 경험적인지 선험적인지 분명치 않은 신비스러운 영역으로 설정되었을 뿐, 그 바닥에 깔린 사물관 내지 존재론은 종전의 형이상학적 난제들을 그대로 안고 있다. 예컨대 '사물'(내지 사실)과 '의미'(내지 가치)의 대조적인 개념을 중심으로 사고가 진행되고 있는데, 그러는 한에는 의미가 사물 속에 있는 것인지 아니면 신이나 인간이 있게 해주어야 비로소 있는 것인지의 논란이 그쳐야 할 필연적인 이유를 제시하지 못한다. 이러한 구태의연한 형이상학을 바탕으로 초역사적인 기호체계로서의 '언어'를 인간의 본질과 동일시하고 나오는 것은 새로운 형태의 관념론에 불과하다.[28]

구조주의가 한편에서는 실증주의와 형식주의, 더불어 편내용적 교조주의라고 비판받았던 역사주의를 모두 극복할 수 있는 '과학적'이고 '문학적'인 방법론으로 옹호되는가 하면, 그 반대편에서는 악화된 정치 현실 속에서 '현실의 과제'를 외면하고자 하는 일종의 관념론이자, 형식주의 내지 문학주의의 연장이라고 비판받게 된다. 이러한 논의 과정을 고려해 보면 구조주의를 적극적으로 소개하며 옹호하고 나섰던 김

---

28 백낙청, 「역사적 인간과 시적 인간」, 『창작과비평』, 1977 여름(백낙청, 『민족문학과 세계문학』1, 창작과 비평, 1978, 170쪽에서 재인용).

현·김치수가, 구조주의를 끌어들이고 있는 골드만의 문학사회학을 수용한 것은 너무도 당연한 논리적 과정으로 보인다. 그러나 마르크스주의에 사상적 기반을 두었던 골드만의 문학사회학은 구조주의를 차용했다 하더라도 사회학적 관점이나 계급적 역사주의와 완전히 결별하기는 어렵다. 여기서 드는 생각은, 김현·김치수가 문학과 사회의 관계성 탐구에 방점을 두는 문학사회학의 문제의식 자체에 이끌렸다기보다는, 골드만의 발생론적 구조론이 내장하고 있는 구조주의적 요소에 더욱 매혹당한 것이 아닌가 하는 것이다.[29] 다시 말해 그들의 문학사회학적 관심은 '외재적' 접근이 주가 될 수밖에 없는 문학사회학의 근원적 문제의식에서 출발했다기보다 '과학성', '문학성'을 담보한 연구방법으로서의 구조주의에 대한 옹호와 경사에서 출발했다는 것이다. 물론 그렇다고 해서 4·19세대의 주역으로서, 한국사학계의 내재적 발전론에 고무되어 김윤식과 함께 『한국문학사』(1973)를 집필했던 김현이 문학과 사회의 관계성에 무심했다고 말하려는 것은 아니다. 다만 1960~70년대의 문학장에서 '문학주의' 진영으로 분류되는 김현, 김치수 등이 왜 문학사회학에 집착했을까를 생각할 때, 구조주의에의 경도가 상대적으로 더 우선적인 요소로 작용했음을 강조하려는 것이다. 요컨대 1970년대 문학사회학의 수용과 전유의 자장 속에서 실증주의와 역사주의, 그리고 구조주의와 관련된 논의는 문학연구의 과학화에 대한 모색과, 당대 현실문제에 대해 문학연구가 어떤 식으로든 대응해야 한다는 실질적 요구와의 대립 속에서 출현한다고 볼 수 있다.

---

29 박성창은 구조주의의 한국수용을 논하면서 골드만에 대한 관심은 '구조'에 대한 관심보다 '문학과 사회'에 대한 관심에서 촉발되었다고 보고 있다(박성창, 「문학연구 방법론으로서의 구조주의」, 이건우 외, 『한국 근현대문학의 프랑스문학수용』, 서울대 출판문화원, 2009, 309~310쪽).

3. 문학사회학 담론의 아이러니 – 문학성과 사회성의 갈등

　문학과 사회의 관계성에 관심을 두는 접근법은 서구에서는 물론이고, 한국에서도 근대문학 초기부터 존재해왔다. 프로문학 진영을 중심으로 한 리얼리즘론은 대표적인 문학사회학적 접근법으로, 1920~30년대의 식민지 담론 장에서 문학권력을 형성했다고 해도 과언이 아닐 것이다. 이러한 관점은 식민지 후반의 탄압 국면 속에서 한동안 억압되었지만, 해방 직후 마르크스주의의 직접적 표명으로 '문학의 정치화' 현상은 급진화・노골화되어 짧은 기간 동안 담론장을 지배한다. 그러나 분단과 한국전쟁을 거치면서 남한에서는 급격하게 해체되거나 지하화한다. 1950년대에는 최일수 등의 제한된 문학론에서 그러한 문제의식을 발견할 수 있었다면, 4・19를 계기로 사회의식이 급격히 성장하는 1960년대에 이르면 문학과 사회의 관계에 대한 관심은 급격히 확대된다.

　4・19라는 역사적 사건과 함께 한국의 지식인들에게 '사회의식'을 자극시킨 주역은 사르트르일 것이다. 사르트르는 1940년대 말부터 1950년대까지 한국에서 주로 실존주의적 맥락에서 수용되었지만,[30] 1960년대로 넘어오면서는 참여론[31]과 결합하여 적극적으로 해석된다. 1960년대 순수 참여 논쟁은 사르트르의 앙가주망 개념을 이론적 도구로 수용하는데, 앙가주망은 단순한 역사적, 사회적 상황의 재현이 아니라 그것

30　김영진, 「사르트르 문학론」, 『백민』, 1949.6; 김영진, 「현대의 실존주의」, 『신천지』, 1952.3.

31　참여론은 이어령, 「사회 참여의 문학」, 『새벽』, 1960.5; 이철범, 「앙가주망의 문학적 용어」, 『자유문학』, 1960.9; 이유식, 「시의 앙가주망론」, 『현대문학』, 1963.3; 유종호, 「현실 참여의 시」, 『세대』, 1963.7; 손우성, 「작가와 사회 참여」, 『사상계』, 1963.8.

의 '변화'를 겨냥하는 문학의 간접적 사회 기능을 강조하는 개념으로 해석된다.[32] 또한 사르트르의 『문학이란 무엇인가』에서 참여성을 강조하며 독서를 '지향적 창조'라고 언급한 부분은 독자의 문제를 부각시킴으로써 문학사회학적 인식의 단초를 제공하고 있다. 하여튼 1960년대 순수·참여 논쟁을 촉발한 주체들은 이후의 담론장에 지속적으로 개입하여 생산적인 논의를 이끌어내지는 못했지만, 문학의 사회적 참여와 관련해 실질적인 대립축이 무엇인지에 대해서는 명확하게 인식시켜 주었다. 냉전 체제 속에서, 그리고 강력한 비민주적 국가주의의 자장 속에서 '사회 참여'가 의미하는 것이 어떤 현실적 선택과 실천을 요구하는지는 분명하기 때문이다. 김붕구가 당대 민족문학 진영을 이데올로기적으로 공격하게 되는 상황에서 냉전의식에 속박된 당대 지식인들의 불안과 공포를 읽을 수 있다.[33]

이처럼 문학과 사회의 관계에 대한 논쟁을 거쳐 정치적으로 한층 강

---

32 이 문제와 관련하여 조동일은 김만중과 박지원을 대비하며 박지원의 『허생전』을 현실의 변화에 참여하는 사례로 언급한다(「순수문학의 한계와 참여」, 『사상계』, 1965.10).

33 1960년대 문학과 사회의 문제에 대한 관심은 '순수·참여논쟁'으로 표출된다. 당시의 양상을 일별하면 다음과 같다. ① 김우종과 이형기 사이의 순수/참여논쟁 : 김우종이 이데올로기적 금기를 통해 타자를 배제했던 한국의 순수문학 담론장에 대해 비판을 제기하면서 촉발되었다. 참여론의 홍사중, 최일수, 장일우, 김병걸, 김우종, 임중빈이 논의에 가담하고, 순수론은 김상일, 이형기, 원형갑에 의해 주장된다. ② 김붕구, 「작가와 사회」(세계문화자유회의 세미나)로 야기된 논쟁 : 김붕구는 이 발표문에서 '창조적 자아'와 '사회적 자아' 개념을 대비시켜 '창조적 자아'의 우월성을 주장하며 참여론을 비판한다. 특히 "논리화된 앙가주망은 필연적으로 프롤레타리아 혁명의 이데올로기로 귀착"한다고 단언함으로써, 당대 민족문학 진영을 이데올로기적으로 공격하게 된다. ③ 이어령과 김수영의 불온시 논쟁 : 여기서는 시의 '불온성'을 중심으로 문학의 자유, 문학과 정치, 문학과 자유라는 쟁점이 다뤄졌지만, 당대 현실의 이념적 제약으로 생산적인 논의에 이르지는 못했다. 이 내용은 이상갑의 논의를 요약 인용한 것이다(이상갑, 「1960년대 비평」, 『한국예술사대계』 3, 시공사, 2001, 138~141쪽 참조).

화된 1970년대의 억압 국면으로 들어서면서는 자본주의 산업화의 여러 징후들에 대한 경험을 축적해가는 가운데 문학의 사회적 존재방식 혹은 의미에 대한 문제의식이 심화되어간다. 앞에서도 언급했지만 김현은 1970년대 문학사회학을 가능하게 했던 한국사회 내부의 기반으로 근대화·산업화로 야기된 대중문화론의 압력과 함께, 내재적 발전론으로 대표되는 한국학의 성장을 거론한 바 있다. 문학 분야에서도 대중사회로의 진입을 보여주는 다양한 징후들에 대한 사회학적 해석이 요구되었고, 역사학계의 자본주의 맹아론과 연동되는 한국 근대문학의 기원 탐색을 둘러싼 근대성 문제가 화두로 부상했다. 1960년대부터 전개된 조동일의 전통론이나,[34] 김현·김윤식의 『한국문학사』(1972) 등의 작업은, 경제적·사회적 현실이 문학의 의식과 양식을 주조해내는 양상에 대한 깊이 있는 천착을 보여준 대표적 사례이다. 사실 문학사 서술은 문학사회학의 중요한 분과인데, 김현·김윤식의『한국문학사』를 둘러싼 당대의 논란은 문학사회학의 쟁점을 투사하고 있다. 김용직[35]은 김현·김윤식의『한국문학사』가 반실증주의 입장에서 의식사, 정신사의 기술이라고 비판하였고, 김주연[36]은 시대 구분과 근대 의식을 사회과학에서 세운 성과에 편승해서 설정, 해석했음을 지적하였다. 이러한 지적과 관련해 김윤식은 여러 글에서 자신들의 문학사가 어떤 방법론적 성과를 산출했는지 설명하고 있다.[37] 여기서 그는 장르 선

---

34 조동일(당시에는 이동극이라는 필명을 썼다), 「한국적 리얼리즘의 형성과정 – 이조후기서민문학의 역사적 분석」, 『청맥』, 1964.11; 조동일, 「전통의 퇴화와 계승」, 『창작과비평』, 1966 여름.
35 김용직, 「근대문학과 비평의 진실」, 『창작과비평』, 1973 겨울.
36 김주연, 「한국문학사의 제문제」, 『서울평론』 23호, 1974.4.18.
37 김윤식, 「식민지 시대의 허무주의와 시의 선택」, 『문학사상』, 1973.5; 김윤식, 「한국문학 연구에 있어서의 장르의 문제점」, 『청파문학』, 1973; 「전향의 논리와 모럴」,

택이란 항상 사회, 역사적 상황에 대응한다는 상동론을 전제하고, 서정은 생의 순간적 파악, 서사는 완결된 줄거리를 통한 파악, 극은 한 시대의 붕괴나 상승 그 자체를 집약적으로 드러내는 인식의 틀이라고 설명한다. 서사 장르는 역사 전개의 방향성이 보일 때 선택되고 그렇지 못할 때는 서정과, 극, 기록문학 등이 선택된다는 것이 그의 상동론의 골격이다.[38] 그는 헤겔에서부터 루카치, 골드만, 지라르의 이론에 이르기까지 다양한 개념과 방법적 틀을 차용하고 있으며, 따라서 그의 문학사 서술에는 역사철학과 더불어 장르의 문학사회학이 결부되어 있다.

문학사회학은 문학과 사회학의 합성어로, 광의의 문학사회학은 문학자와 사회학자에 의해 시도되는 문학과 사회 사이의 관계 연구를 총칭한다.[39] 앞 장에서 살펴본 대로 문학사회학이 다양한 관점과 방법론을 포함하는 학문체계인 만큼, 서구문학사회학 이론을 한국에 수용·소개하는 작업도 용이한 것은 아니었다. 그래서인지 서구문학사회학을 한국에 소개하는 학자들은 그것의 전체적 지형을 그리기보다 중요한 경향을 중심으로 내부의 차이를 부각시키는 방법을 선호했다. 문학사회학이 만들어진 학문적 기원과 풍토의 차이와 관련해 사회학에 초점을 둔 미국적 전통과 문학의 예술성에 초점을 두는 독일적 전통으로 분류하는 방법이 제시되었고,[40] 문학과 사회의 관계를 '외적 관찰'과 '내적 관찰'로 나눠 전자를 사회학적 관찰의 문학사회학, 후자를 철학적·미학적 차원의 문학사회학으로 분류[41]하는 방법도 제안되었다.

『문학사상』, 1973.8; 「개화기 문학 양식의 문제점」, 『동아문화』 2집, 1973; 「서사양식과 극양식」, 『한국학보』 16집, 1979 가을; 「픽션과 논픽션」, 『월간중앙』, 1979.8.

38 김준오, 『한국현대장르비평론』, 문학과지성사, 1990, 309쪽.
39 이유영, 『독일문예학개론』, 삼영사, 1979, 260쪽.
40 영종희, 「예술의 사회학 이론」, 『외국문학』, 1985 봄.
41 송동준, 「문학과 사회」, 『20세기 이데올로기와 문학사상』, 서울대 출판부, 1979.

그런가 하면 프랑스를 문학사회학의 본향으로 전제하고, 1950년대 이후 프랑스의 문학사회학 경향은 에스카르피의 경험론적 방법과 골드만의 구조발생론적 방법으로 분류[42]하기도 했다.

사회학 분야에서의 문학사회학적 접근은 대중문학에 대한 관심에서 시도되었는데, 강현두, 유재천, 정수복 등에 의해 문학사회학의 개념과 방법론 등에 대한 논의와, 그것의 한국적 적용 가능성 등이 모색되었다. 소설은 사회적 산물이라는 기본 전제 위에서 소설이 당대 사회의 행위 유형이나 가치관을 어느 정도 반영하고 있다고 보고, 소설 속에 표출되어 있는 사회 현실을 사회적으로 분석하는 작업이 일반적이다. 유재천은 당대의 신문소설 혹은 대중소설을 텍스트로 삼아 등장인물의 사회 · 인구학적 배경, 행위 규범, 가치관 분석, 사회제도나 집단에 대한 이미지 분석 등의 방법을 통한 문학(예)사회학적 접근을 제안한다.[43] 정수복은 골드만의 문학사회학이 루카치의 초기 저작에 영향을 받은 것으로 보고, 루카치와 골드만 이전의 문학사회학은 문학작품의 '내용'과 집합의식의 내용 사이의 관계를 문제 삼았기 때문에 창조적 상상력이 부족했다고 진단한다. 과거의 연구방법은 작품 속에 나타나는 구체적인 경험적 사실의 재생산에만 관심을 기울이기 때문에 작품의 부분들이 임의로 선택되고, 미학적 통일체로서의 문학작품을 단지 '기록적'인 가치로 여기게 된다는 것이다. 그런데 한국의 사회학자들도 더 유효한 방법론을 제공할 법한 에스카르피의 문학사회학에 대해서는 별로 주목하지 않았다. 에스카르피의 문학사회학을 출판업자, 독자, 작가의 출

---

42 이동열, 「사회학적 문학비평」, 『현대문학비평의 방법론』, 서울대 출판부, 1983.
43 유재천, 「사회변동의 지표로서의 신문소설 – 문예사회학적 접근」, 『한국사회학』 13, 한국사회학회, 137~138쪽.

신, 작품의 성공도, 판매고 등에 관심을 두는, 실증주의적이고 수량적 자료에 의한 방법이라고 언급하면서, 그것에 대한 골드만의 비판을 그대로 수용한다. 즉 작품 자체에 대한 분석은 포기하고 창조물로서의 작품을 다루지 못하기 때문에 현실에 대한 정태적 모형을 사용한다는 골드만의 에스카르피 비판을 전적으로 수용하는 수준에 머물고 있다.[44]

에스카르피의 문학사회학은 사르트르의 창작자와 수용자 사이의 교환 개념을 계승·발전시켜 책의 물질적 측면과, 그것이 수요와 공급의 법칙에 종속된 경제적 산물이라는 것을 처음으로 문제시했다는 점에서 의미가 있다. 그는 문학이 책이라는 물질적 매개물을 필요로 한다는 사실에서 독서라는 행위의 중요성을 발견하고 거기에서 자연스럽게 독서의 주체로서의 독자층을 도출해내었다. 이러한 성찰을 통해 작가, 책, 독서라는 3개의 축을 중심으로 '생산'과 '배포', '소비'라는 에스카르피의 문학사회학의 회로가 탄생한다. 에스카르피의 문학사회학은 경험적 실증주의에 바탕한 연구로 방대하고도 세밀한 자료 조사를 통해 현상을 분석한다.[45] '생산'과 관련해서는 937명의 작가연구를 통해 사회의 지배력이 문학에 행사되는 우회적 경로와, 작가가 그 지배력에 순응하거나 저항하기 위해 보여준 여러 흔적 등을 밝혀내고 있다. '배포'에서는 출판업자의 성향, 편집인들의 구성 등을 분석하는 출판과정, 전국적 판매망을 추적하는 유통과정과 서점의 분포 등을 다룬다. '소비'의 부분에서는 창작자의 의도와 수용 사이의 괴리에 주목하여 공동체의 동의, 그와 관련된 교육문제를 중요한 대상으로 인식하였다. 뿐만 아니라 작

---

44 정수복, 「뤼시앙 골드만의 문학사회학의 불연속성」, 『현상과 인식』 5권 1호, 한국인문사회과학회, 1981.
45 R. 에스카르피, 『출판·문학의 사회학』, 일진사, 1999.

품이 시공간의 차이를 두고 소비될 때 발생하는 '창조적 배반'이라는 개념을 제안하고 있는데, 텍스트가 생산된 언어적·문화적 경계를 가로질러 이질적인 언어 문화권에서 수용되는 번역문학의 경우를 '문학 수용의 다의성'과 결부시켜 해석하는 부분은 인상적이다. 산업화 사회가 문학·예술 및 문화를 자본의 시스템 속에 사물화하고 제도화한다는 데서는 골드만이나 에스카르피의 이해가 다르지 않지만, 그렇기 때문에 '무엇을', '어떻게' 연구할 것인가에 대해서는 양자가 커다란 차이를 지녔던 것이다. 사회학자들조차도 에스카르피보다 골드만을 선호했던 것을 보면 이 시기 한국의 문학사회학은 여전히 문학·예술의 '숭고함'이나 '예외성'에 대한 선망에 강하게 사로잡혀 있었다고 하겠다.

골드만의 발생적 구조주의는, 인간의 모든 행위는 의미있는 구조를 지니고 있고, 하나의 의미구조는 그것 자체가 부분구조가 되는 보다 넓은 의미구조 속에서 이해될 수 있다고 설명한다. 의미구조 자체를 밝히는 것이 구조분석이라면 그것을 넓은 구조 속에서 설명하는 것이 발생 분석인 것이다. 사회집단의 정신구조는 공동적인 문제에 대한 집합적인 해결책이며 공동적인 사회적 상황에 대한 집합적인 반응이다. 즉 정신구조는 사회적 현상이지 개인적 현상이 아니다. 골드만 문학사회학의 키워드는 '상동성' 개념으로, 사회집단의 정신구조와 작품세계 속의 정신구조(연구에 적합한 작품의 경우에)는 엄격한 상동성(homology)을 이룬다는 논리에 기반해 있다. 그러나 이러한 골드만의 논의는, '위대한 작품'만을 대상으로 하고, 소설사회학이라 불릴 정도로 소설에 국한된다는 점에서 한계 또한 분명하다. 특히 골드만의 소설사회학은 소설의 구조와 자본주의 사회의 교환구조 사이의 상동관계를 보여줄 뿐 그 둘의 매개를 설명하지 못한다는 지적에 시달렸고, 이는 소설의 구조가 자본주의 사회의 경제구조에 의해 결정된다는 논리로 이어져 무기력한 결정론이라는 비판도 가능하다. 그럼에도 한국에서는 골드만의 이론이 당대의 교조주의도, 형식주의의 미시성도 극복할 수 있다는 차원에서 김현을 비롯한 문지 진영에 적극적으로 수용되었다.

문학사회학을 전면에 내세우며 한국문학에 먼저 김치수는 「문학과 문학사회학」에 이어 「산업사회와 소설의 변화」에서, 루카치·지라르·골드만의 이론에 의거해 「춘향전」, 『무정』과 1970년대 소설을 대비하며 교환가치가 지배하는 물신 숭배의 산업사회에 응전하는 소설의 장르적 본질을 규명하고 있다. 개인과 사회의 관계를 갈등, 모순으로 보는 루카치의 관점, 골드만의 '문제적 개인'이란 개념, 제라파의 '인물의 왜소화 — 주관적, 내면적 자아 — 익명화'로 전개되는 인물 변화론, 외적 간접화에서 내적 간접화로 모방의 대상이 바뀐다는 지라르의 욕망의 3각 구도 개념 등이 한국 고대소설과 현대소설을 통찰하는 소설사적 관점에 중요한 참조들로 거론되고 있다.[46] 한편 '문학의 제도화'에 비판적인 프랑크푸르트학파의 논의와 닮아있는 다음의 글은, 문학사회학 안에서도 김치수가 궁극적으로 지향했던 문학과 사회의 관계가 어떤 것인지를 보여준다.

이처럼 사회적 현실의 복합성은 소설 자체가 자신의 제도화를 방지하려는 노력을 수반하게 됨으로써 더욱 다층적으로 강조될 수밖에 없다. 소설의 양식을 크게 보면 바로 우리의 사회적 현실의 한 단면이라고 할 수 있을 것이다. 그렇다면 소설이 이래야 된다는 주장은, 우리 자신이 우리 스스로

---

46 김치수, 「산업사회와 소설의 변화」, 『문학과지성』, 1979 가을(김치수, 『문학사회학을 위하여』, 문학과지성사, 1979에서 재인용).

를 제도화시키고자 하는 모든 보이지 않는 적들에 대항하기 위해 문학을 선택했으면서도, 결국 소설을 제도화시키고자 하는 체제적 입장을 우리 의사와는 상관없이 말하는 것에 지나지 않는다. 실제로 문학을 제외한 대부분의 분야 — 즉 정치나 경제나 사회나 종교나 — 는 모든 것을 제도화하려는 노력으로 일관되어 있다. (…중략…) 그러나 문학은 그러한 제도화가 개인을 억압하는 것 자체이며 억압하는 체제에 기여하는 것이기 때문에 이들 분야와는 다른 존재 이유를 언제나 갖게 된다. 만약 소설이 어떤 방식으로든 제도화된다면 그것은 근본적으로 모순된 출발이며 따라서 소설의 변화는 모든 제도화에 대항하는 양식이라고 할 수 있다.[47]

문학의 제도화에 대한 김치수의 인식은, 김현의 『문학사회학』에서 체계화 · 전면화 된다. 이 책은 한국 및 서양에서 존재했던 문학사회학의 다양한 유형을 서술한 다음, 문학사회학의 구조를 다루는 장에서 작품 분석의 사례를 제시하고 있다. 여기서 김현은 서양의 문학사회학을 크게 4개의 유형으로 분류하고 있는데, ① 선구자 그룹으로서 스탈 부인과 테느 ② 내용과 형식의 갈등에 집중한 플레하노프, 루카치 그리고 바흐친 ③ 새로운 문학사회학의 경향으로 골드만과 프랑크푸르트학파 ④ 문학사회학의 여러 지평으로서 아우에르바하, 에스카르피 그리고 콘스탄츠학파 등이 그것이다.[48] 지금의 시점에서 보면 세 번째, 네 번째 그룹은 내용적 유사성에 근거해 엄밀한 분류 기준이 있었다기보다 새롭게 등장하는 다양한 경향들을 최대한 소개하기 위해 편의적

---

47 위의 책, 31쪽.
48 김현은 『문학사회학』 2장 「서양에서의 문학사회학」에서 비교적 자세하게 각 유형의 이론적 특징을 소개하고 있다.

으로 묶은 것에 불과하다. 다만 김현이 선호한 그룹은 그의 여러 저작에서 확인할 수 있듯이 골드만과 프랑크푸르트학파를 묶은 세 번째 그룹이란 점은 분명해 보인다. 이 책은 문학사회학의 다양한 이론적 지형을 방대하게 소개하고 있다는 점에서 문학사회학에 대한 김현의 관심을 충분히 반영하고 있다.

김현에 의하면, 문학의 자율성과 생산성을 지키기 위해 문학인들은 문학을 대량생산·판매하려는 근대 산업사회의 경향과 싸워야 한다. 즉 "그 싸움은 문학과 사회의 관계를 선명히 하려는 싸움"인 것이다. 그는 문학과 사회의 관계를 규명하려는 노력을 두 가지로 요약한다. 그것은 "문학에 역점을 두어, 문학을 위한 문학만을 주장하는 경향"과 "사회에 역점을 두어 인간, 사회를 위한 문학만을 주장하는 경향"이다. 여기서 그는 당대 1960~70년대 한국의 '순수·참여논쟁'을 '가짜 대립'이라고 규정하는데, 문학의 형식적, 탈사회적 성격을 강조하는 '순수문학'과, 문학의 공리적·사회적 성격을 강조하는 '참여문학'은 형식중심 대 내용중심의 구도를 재현한다는 점에서 '가짜 대립'에 불과하다는 것이다. 김현에 의하면, 문학의 언어는 이미 "전통과 역사의 때가 묻어 있는 언어"이고, "문학은 그것이 제작되어 판매된다는 점에서 사회적 현상이며, 형태를 가져야 한다는 점에서 표현기구이기 때문"에 이러한 구분 자체가 불가능하다. 문학의 매재인 언어가 근본적으로 사회성과 역사성을 지닌다는 것은 문학이 사회로부터 자유로울 수 없는 절대적인 증좌가 된다. 그러면서 문학과 사회를 각각 비현실적 기능과 현실적 기능으로 정의하고, "사회는 인간의 현실을 문학과는 다르게 인간이 질서있게 살 수 있도록 제도화시키는 것"이기 때문에 현실적이고, 문학은 "아름다운 형태 속에 일상인이 마치 밤의 꿈속에 갈등을 표출시키듯 현실을 표출시키는 것"이기 때문에 비현실적이라는 것이다. 다시 말해 김현은 "문학적으로 사회를 이해한다는 것은 인간이 질서있게 살아가기 위해 제도화시킨 것을, 쾌락원칙에 의거해서 인간이 갖고 있는 꿈에 비추어서 재반성하는 것을 뜻"한다고 설명한다. 즉 문학을 사회적으로 이해하는 것은 문학이 어떤 형태로 제도화되었는가를 생각하고 그것의 의미를 반성하는 일이라는 것이다.[49]

그러나 이론적 차원이 실제 작품의 적용에서 성공적이었다고 보기는 어렵다. 김현은 동시대 작품(김주영의『아들의 겨울』, 이외수의『꿈꾸는 식물』, 이문열의『젊은 날의 초상』)과 함께 1910년대부터 1960년대에 이르는 장편(이광수의『무정』, 염상섭의『만세전』, 심훈의『상록수』, 채만식의『탁류』, 이무영의『삼년』, 황순원의『나무들 비탈에 서다』)을 시대별로 열거하며 문학사회학적 관점에서 접근하고 있다. 골드만의 '비극적 세계관' 개념과 유사한 '부정적 낭만주의'는 세계관에 대한 정교한 분류라는 점에서 의미가 있지만 예술적 삶과 실제의 삶의 괴리를 재확인시켜주는 작업에서 크게 벗어나지 못하고 있다. 김현의『문학사회학』은 관점이나 구성, 체계, 분류 기준 등에서 많은 한계를 지니고 있다. 문학사회학을 작가, 작품, 독자의 세 영역으로 나눈 가운데, 여전히 작가를 중심에 놓고 '개인적 창조'를 강조하고 있는 점은 골드만의 기본 발상과는 거리가 있다. 무엇보다 당대의 리뷰에서도 확인할 수 있듯이 역사적 관점, 즉 문학사회학사가 접합되지 못했다는 약점을 지닌다.[50] 김현은 언어근본주의를 기반으로 문학사회학을 전유함으로써 문학과 사회의 길항이라는 긴박한

---

49 김현,『한국문학의 위상 / 문학사회학』, 문학과지성사, 1991, 198~200쪽.
50 심영희,「문학사회학의 탐색적 결실」,『외국문학』1, 1984, 377~380쪽 참조(백낙청,『민족문학과 세계문학』2, 창작과비평사, 1985, 148~151쪽에서 재인용).

현실적 의제를 원척적으로 봉쇄하거나 혹은 우회해버렸던 것이다.

사실 김현, 김치수에 의해 적극적으로 옹호된 골드만의 발생론적 구조주의는 교환가치가 지배하는 속물화되고 사물화 되어가는 자본주의의 부정적 본질을 드러낸다는 점에서 자본주의 비판의 기능을 수행하고 있다고 하겠다. 그러나 백낙청은 일찍이 자신이 번역한 하우저의 『문학과 예술의 사회사』 서문에서 다음과 같이 역사적 관점을 강조함으로써, 김현·김치수의 문학사회학과의 차별성을 부각시키고 있다.

> 하우저의 입장에서 또 한가지 주목할 점은 그것이 **단순히 사회학적인 것만이 아니라 사회사(史)적인 관점이라는 것이다. 즉 그는 예술을 사회의 산물로 봄과 동시에 사회를 또 역사적으로 규정되고 변화하는 현상으로 파악한다.** 이 점은 얼핏 보아 너무나 당연한 이야기 같지만 이른바 예술사회학의 많은 노력들이 반드시 이러한 역사적 관점을 갖추고 있는 것은 아니다. 종래의 문학사가 사회적 측면을 빼버린 문학 또는 예술만의 역사인 경우가 흔히 있었듯이, 작품을 어떤 개별적인 사회조건이나 추상화된 사회패턴과 그럴 듯하게 연결시키기는 하되 그러한 사회조건 내지 패턴을 변화하는 역사의 큰 흐름 속에서는 보지 못하는 '문예사회학' 또는 '예술사회학'이 얼마든지 있는 것이다.[51]

백낙청은 앞에서 살펴본 구조주의 비판의 연속선상에서 골드만의 발생론적 구조주의를 문제 삼는데, 우선 문학연구에서 'homologie'의 개념이 자연과학에서와 같은 엄밀성을 지니지 못한다고 지적한다. 그

51 백낙청, 「『문학과 예술의 사회사』 해설」(1974), 『민족문학과 세계문학』 1, 창작과비평사, 1978, 221쪽.

에 의하면, 골드만의 방법은 자본주의 사회에 대한 도식화된 이해와 작품에 대한 역시 도식화된 이해를 두고 둘 사이의 유추관계를 부각시키면서 그것이 과학성을 띤 관계임을 주장한다는 것이다. 따라서 골드만의 구조발생론적 방법의 약점은 "역사를 변혁하려는 집단의식이 없다는 사실을 하나의 사회적 결함으로 인식하는 대신, 새로운 '구조'의 정확한 '상동관계'로 '설명'해 주는 것"[52]이라고 요약한다. 백낙청은 문지 진영의 문학사회학이 문학의 실천적 의지를 약화시키고 있다고 비판하면서, 문지 그룹의 문학사회학을 '대중문화의 사회학'이라고 폄하한다. 물론 실천적 의지의 부족은 역사적 관점의 결여로부터 결과하는 것이다. 백낙청·염무웅은 또 하나의 문학사회학이라고 볼 수 있는 하우저의 『문학과 예술의 사회사』를 이 시기에 번역하였지만, 이 책의 개정번역판(1999)의 서문에서 밝히고 있듯이, 하우저의 논의는 창비의 눈높이에 미달하는 것으로 차선의 방법에 불과했다. 즉 이 책을 번역하게 된 것은 "하우저의 사회사적 관점이 온갖 말밥에 오르고 흰눈질을 당할지언정 필화를 일으키지는 않을 아슬아슬한 경계선"에 있었기 때문이며, 이 책이 당시 현실에서 금기대상이었던 루카치를 "은연중에 대변"했기 때문이다. 백낙청을 비롯해 창비 진영은 거의 문학사회학이란 용어를 사용하지 않았고, "문학사회학의 가능성"을 모색하는 한국사회과학연구소의 학술발표회의(1979 봄)에서도 문학사회학에 대해 비판적인 입장을 표명했다. 그에게는 당대의 맥락에서 논의되는 문학사회학이 문학과 사회의 관계를 고민한다는 명분을 개념으로만 표명할 뿐 그 내면적 의도는 사회의식의 연성화 혹은 학문적 대상으로 사물화

---

52 백낙청, 「문학의 사회적 의미와 사회학적 연구」, 『세계의 문학』, 1979.9.

시키는 데 있다고 파악한 것이다. 이처럼 현실에 대한 구조적 인식과 그것의 부정적 드러냄에 초점을 둔 문지 진영과, 문학의 실천적 과제를 중시한 창비 진영은 문학사회학을 둘러싼 논의에서 '문학성'과 '사회성'의 대립각을 더욱 뚜렷하게 부각시켰던 것이다.

문학사회학 담론이 문학과 사회의 관계성에 대한 견해의 차이를 적대적인 대립의 차원으로 추동해간 아이러니한 상황은 한국만의 특수한 사례는 아니다. 테리 이글턴은 광의의 문학사회학이 서로 이질적이고 충돌하는 경향들을 어정쩡하게 포괄하고 있다고 비판하면서 적극적으로 마르크스주의 비평과 문학사회학을 구별해내고 있다.

'문학사회학'은 한 특정한 사회 내에서 문학생산의 수단, 분배 및 교환과 같은 문제들, 다시 말해서 책이 출판되는 과정과 작가와 독자의 사회적 성분, 글을 읽고 쓰는 능력의 정도, '취미'를 결정짓는 사회적 요인 등에 대해 주로 관심을 갖는다. 또한 문학 텍스트의 '사회학적' 관련성을 위하여 그 텍스트를 고찰하며 사회사가의 관심을 끌 만한 주제들을 추출해내기 위하여 문학작품을 침범하기도 한다. 이 분야에서도 몇몇 훌륭한 작업이 있어 왔고, 그것은 마르크스주의 비평 전체로 보았을 때 그 한 면을 이룬다. 그러나 그 자체로서 볼 때 문학사회학은 특별히 마르크스주의적이지도 않고 특별히 비판적이지도 않다. 사실상 그것은 대부분 서구인이 소화시키기에 적당하도록 마르크스주의 비평을 온건하게 만들고 내용을 간추린 것에 불과하다.[53]

---

[53] 테리 이글턴, 이경덕 역, 『문학비평 – 반영이론과 생산이론』, 까치, 1986, 11쪽.

이글턴의 지적은 '비판성'을 상실한 '온건한' 마르크스주의는 더 이상 마르크스주의 비평이 될 수 없음을 표명한 결연한 선긋기라고 할 수 있다. 그에 의하면, 문학사회학의 목적은 소설의 생산 시스템이나 소설 속에 노동계급의 등장 여부를 분석하는 데 있는 것이 아니라, 문학작품을 좀 더 완전히 설명하는 것이다. 그러기 위해서는 문학작품의 형식과 스타일, 의미에 세심한 관심을 두지만, 중요한 것은 "그런 형식과 스타일, 의미를 한 특정한 역사의 산물로서 파악한다는 것"[54]에 있다. 그러나 문학사회학 개념을 공공연하게 표명하고 나선 여러 경향이 실상은 이러한 목적에 부합하지 못했던 만큼, 차라리 문학사회학으로부터 마르크스주의 비평을 분리하자는 것이 이글턴의 핵심 주장이다. 그런 입각점에서 골드만의 발생론적 구조주의가 사회의식을 사회계급의 직접적인 표현으로 보았다고 지적하고, 『소설사회학을 위하여』(1964)는 "토대-상부구조 관계의 기계적인 변형으로 쇠퇴"했다고 비판한다.[55] 이글턴이 생각하는 마르크스주의 비평의 독창성은 문학에 대한 역사적 접근법 자체에 있다기보다 "역사 자체를 혁명적으로 이해"하려는 비평주체의 태도에서 발견되는 것이다. 이처럼 동시대 서구에서 벌어진 문학사회학 지형 안에서도 마르크스주의적 정체성을 둘러싸고 뿌리 깊은 대립의 경계가 설정되고 있었음을 확인할 수 있다.

---

54 위의 책, 12쪽.
55 위의 책, 50쪽.

4. 문학사회학과 문화연구의 유비(類比)

이 글의 출발로 돌아가서 1990년대 이후 한국 근대문학 연구의 지형을 바꿔버린 문화연구와, 지금까지 살펴본 문학사회학의 접속 혹은 유비 관계를 생각해보자. 먼저 언급해 둘 것은 최근 십수 년 사이에 가장 활발하게 한국에 소개된 피에르 부르디외의 사례이다. 부르디외는 1970년대에는 거의 한국에 소개되지 않다가, 문화연구의 활황과 더불어 최근에 빈번하게 인용되고 있는데, 그의 이론 역시 '문학사회학', '문화사회학', '예술사회학', '문화연구' 등의 혼재된 용어와 범주 안에서 번역·소개되고 있다는 점에 주목할 필요가 있다. 이는 단순히 한국적 수용과정에서의 번역 착오나 개념의 오독에서 기인하는 문제는 아니고, 문학·예술·문화라는 범주를 엄격하게 구분하기 어려운 데서 연원하는 근본적인 문제이기도 하며, 문학사회학과 문화연구의 공유점이 광범위한 데서 오는 어쩔 수 없는 결과이기도 한 것이다. 특히 문학사회학이나 문화연구가 학제적 연구의 차원에 있는 이상, 그 '겹침'의 문제는 본질적인 것이기도 하다.

1970년대의 문학사회학이나 1990년대의 문화연구는 한국에서 서로 다른 역사적 국면 속에서 유통된 학문이지만, 그것을 수용·전유하는 맥락은 여러 가지 측면에서 유비관계에 있으며, 그 발상이나 내용에 있어 유사한 기반에 연원하고 있다. 물론 '문학(예술)'으로부터 '문화'로의 이행은 거시사로부터 미시사로의 포스트 담론적 변화를 반영하고 있는 만큼 양자의 차이를 무화시키는 것은 어려울 것이다.[56] 그럼에도 문지 중심의 문학사회학이 민족주의 문학담론에 대한 대타의식을 배경으로 하고 있는 점은, 문화연구가 탈근대 담론의 영향 아래 무엇보다 민족주의 비판을 예각화했던 상황과 접속되지 않을 수 없다.[57] 한편 천정환도 한국 근대문학을 대상으로 하는 1990년대 이후의 '문화론적 연구'가 오래된 방법으로서의 '문화사회학'과 유비될 가능성에 대해 언급하고 있는데,[58] 특히 그것의 하위영역으로 거론된 장르, 개념, 매체, 문단형성과정, 등단제도, 정전 등을 주제화하는 접근은 에스카르피의 논의를 상기시킨다. 문학작품 자체에 대한 강조에서 작품의 생산과 소비, 유통이라는 사회적·제도적 과정에 관심을 집중했던 에스카르피의 문학사회학은 문학으로부터 책, 독서, 독자라는 키워드로 강조점을 이동시켰다. 에스카르피를 포함해 골드만을 주류로 하는 1970년대 한국의 문학사회학은 프랑스에서 발신된 것이고, 알다시피 문화연구는 영국의 버밍엄학파을 그 출발점으로 한다. 1960년대를 전후한 비슷한 시기에 이들 학문은 유럽에서 동시에 발화했고, 담론적 지향이나 방법론에서 유사점을 공유하면서도 당시 서로간의 소통은 크게 없었다고 한다. 어쨌든 유럽에서 동시성으로 존재했던 연구방법이 시간적 단층을 형성하며 서로 다른 국면에서 한국의 담론장에 수입된 상황은 흥미롭지 않을 수 없다. 또한 엄연히 유사한 연구방법과 대상이 과거에 운위되었음에도 그 연관성에 대해 연구사적 관심을 별로 가지지 않는 학

56 포스트 담론의 지형 속에는 전통적으로 권위를 지녔던 '문학(예술)의 위기'에 대한 의식이 중요하게 작동하고 있으며, 더불어 그것의 창조자로서의 '작가의 위기'에 대한 의식으로 이어진다. 그런 의미에서 '문학'에서 '문화'로의 방점 이동은 보편성 추구라는 근대 담론으로부터의 이탈을 의미하는 것이기도 하다.
57 물론 2000년대 이후의 문학연구에서는 민족주의 비판뿐만 아니라 근대의 문학 중심주의와 같은 절대적이고 자명화된 가치로 군림했던 이념, 제도 등을 모두 비판의 대상으로 삼고 있다.
58 천정환, 「문화론적 연구의 현실인식과 전망」, 『상허학보』 19, 상허학회, 2007.3, 16~17쪽.

계의 정황도 의아하기는 마찬가지다.

최근 10여 년간 지속적으로 한국 근대문학의 담론장에 등장한 '풍속', '문화', '매체', '제도', '개념', '지식(학술)' 등의 범주는 연구 대상이 서로 겹치면서도 이탈하는 복잡한 양상을 띠는 까닭에 단순히 부분과 전체라는 포함관계로 설명될 수도 없으며 명확하게 영토를 구분하기도 어렵다. 골드만 류의 텍스트 해석 중심의 문학사회학이 주류를 이루던 1970년대 한국의 상황에서, 사회상의 직접적 반영도 미학적 투사도 없다는 이유로 에스카르피의 문학사회학은 관심 밖의 대상이었지만,[59] 그의 문학사회학은 지금의 '문화제도연구'가 주목하는 검열, 매체, 독서, 교육 등의 주제를 포괄하고 있다. 따라서 의미있는 하위 영역들을 발굴·배치하고, 그것의 존재 양태를 실증적으로 규명해내는 현재의 '문화제도연구'의 발원(發源)이자 전사(前史)로서 에스카르피의 문학사회학은 재조명될 필요가 있다.

실질적으로 한국문학 분야의 '문화제도연구'는 어느 정도는 에스카르피의 문학사회학의 발상과 방법론에 빚지고 있음을 부정할 수 없다. 문제는 이들 '문화제도연구'가 분절적 방법으로는 그 실체가 잘 파악되지 않는 대상이라는 점에서 방대한 자료의 구축과 함께 인문사회과학의 통학문적 지식을 요구한다는 점이다. 이는 특히 문학의 입장에서 볼 때, 생산과 유통, 소비 등의 상품화 시스템뿐만이 아니라 법률이나 기구와 같은 제도의 영역까지도 다뤄야 하는 부담과 함께 대상을 사회·문화적으로 맥락화시켜 해석해낼 수 있는 담론도 세워야 한다는

---

59 김현은 프랑스 비평사를 개관하는 자리에서 에스카르피의 문학사회학을 소개하고 있다(김현, 「에스카르피의 문학사회학」, 『프랑스 비평사─현대편』, 문학과지성사, 1981).

점에서 엄청난 부담이 아닐 수 없다. 이러한 이중, 삼중의 부담이 "자료의 바다에서 헤엄치"는 수준에서 쉽게 벗어나지 못하게 함으로써, 소재주의에의 함몰, 해석 없는 자료의 재구성, 나아가 학문의 상업화라는 비판에 직면하고 있는 것 또한 사실이다. 이러한 비판이 한국문학 연구 분야에만 국한되는 것은 아니겠지만, 한국문학 연구자의 '문화제도연구'가 보여주는 독특한 성향과 무관하지 않다는 점에서 경청할 여지가 있다. 또한 한국에 수용된 문학사회학의 역사적 경험은 최근 전개되고 있는 문화연구의 탈정치화 경향을 어떻게 볼 것인가에 대한 문제와 연동되어 시사하는 바가 크다. 마지막으로 이런 연구야말로 제도적 지원 속에서, 공동연구의 방식으로 수행되어야만 애초의 목적에 도달할 수 있음을 확인할 필요가 있다. 여전히 분과학문의 학술제도가 공고하고, 개념의 사용법 역시 상이한 환경에서 소통과 협업의 연구 풍토를 만드는 것이 무엇보다 시급하다.

제4장 경계 밖의 문학인

'전혜린'이라는 텍스트

1. 신화화된 이미지의 대중적 소비

전혜린은 짧은 생애 동안 10여 편에 이르는 외국문학작품을 번역 출간했고, 독문학자로서 19세기 독일 리얼리즘의 선구자로 손꼽히는 프란쯔 그릴파르쩌에 대한 연구논문을 남겼다. 루이제 린저의 『생의 한가운데』와 하인리히 뷜의 『그리고 아무 말도 하지 않았다』 등은 전혜린이 최초로 번역 소개한 작품들로, 독문학과 관련하여 이후 한국 출판계에서 가장 많이 반복되어 번역된 작품이다. 뿐만 아니라 그녀의 산문을 통해 간접적으로 소개된 수많은 외국작가와 작품들은 그녀의 사후 번역되어 애독서가 되기도 했다. 1966년 발표된 그녀의 유고집 『그리고 아무 말도 하지 않았다』에서는 헤르만 헤세의 『데미안』을 "자살한 친구가 죽으면서까지 읽었던, 그래서 같이 무덤 속에 들어간" 책,

그리고 "독일의 전몰 학도들의 배낭 속에서 꼭 발견되었다는 책"이라고 소개함으로써 이후 그 소설은 '한국인들이 가장 좋아하는 외국 작가·작품'의 반열에 올랐다.[1] 이처럼 번역텍스트의 선정과 관련한 전혜린의 안목은 인정할 만한 것이며, 그렇게 해서 수용된 외국문학이 한국문학에 끼친 영향은 상당한 무게였으리라 짐작된다.[2] 또한 단 두 권뿐인 유고 수필집은 1960~70년대를 성장기로 둔 젊은이들에게 깊은 정신적 울림을 주었고, 1960년대 최고의 베스트셀러가 된 것은 물론이고 지금까지도 스테디셀러로 남아있다.[3] 따라서 한국의 출판계

---

1 『데미안』은 1955년 아동문학가인 김요섭에 의해 『젊은날의 수기』라는 제목으로 한국에서 최초로 번역되었다. 전혜린이 죽고 난 후 유고집의 영향으로 『데미안』을 찾는 독자들의 요구가 빗발치자 당시 신생이었던 문예출판사가 그 원고를 사들여 1966년에 『데미안』을 출간하였다. 『데미안』은 5천 부 넘으면 베스트셀러가 되던 그 시절에 1년에 5만 부나 팔리는 진기록을 남겼다(「우리 출판사 첫 책 – 문예출판사 『데미안』(1966)」, 『중앙일보』, 2003.6.28).

2 번역가로서의 전혜린의 위상은 최근 독문학의 한국수용에 관한 연구 성과들이 집적되면서 다양하게 조명되고 있다. 김천혜는 전혜린이 번역한 독일 문학 작품들은 "우리나라 작품처럼 우리의 가슴에 와 닿는 호소력이 있었다"고 하면서, 그때까지 한국 독자들은 한국어를 그렇게 능숙하게 구사하는 역자를 만난 적이 없었다고 함으로써 "훌륭한 번역"의 사례로 전혜린의 번역작품을 꼽고 있다. 차봉희는 전혜린의 번역활동이 "50년대 말 60년대 초 비로소 번역문학이라 부를 수 있는 시기가 시작되었던 (소위) '현대적 독문학 수용 단계'에서 한 획을 그었"다고 평가하고 있다(김천혜, 「우리의 번역문화 – 유려한 우리말 구사로 독자 심금 울려」, 『출판저널』, 1996.6.5, 14쪽; 차봉희, 「독일 소설문학의 수용사적 개관」, 차봉희 편, 『한국의 독일문학 수용 100년』 1, 한신대 출판부, 2001, 150쪽).

3 전혜린의 유고집은 그녀가 죽은 이듬해인 1966년에 『그리고 아무말도 하지 않았다』(동아PR연구소출판부)와 『미래 완료의 시간 속에서』(이 책은 처음 광명출판사에서 나왔다가, 1967년에 동아PR출판부에서 다소 수정하여 『이 모든 괴로움을 또다시』라는 제명으로 출간함)라는 제명으로 출간되었다. 교보문고가 1995년에 마련한 '광복 이후 50년간의 베스트셀러 선정'에서 전혜린의 수필집 『그리고 아무말도 하지 않았다』는 1960~70년대의 베스트셀러로 뽑혔다. 이 조사에 의하면, 전혜린이 그렇게 예찬했던 헤르만 헤세는 "한국인이 제일 좋아하는 작가 베스트 3"에 올랐고 그의 『데미안』도 스테디셀러로 선정되었으며, 전혜린이 최초로 번역 소개한 루이제 린저의 『생의 한가운데』도 1970년대의 베스트셀러 목록에 올랐다(『조선일보』, 1995.9.8 참조).

혹은 문학의 장(場) 안에서 그녀의 영향력은 지대하고도 지속적임을 확인할 수 있다.

그런데 전혜린이 1960~70년대의 일반 대중들에게, 또한 출판계와 문학계 전반에 미쳤던 이러한 영향력은 그녀의 문학적 공적에 대한 객관적인 승인에 근거한 결과라기보다 그녀의 삶과 죽음을 둘러싸고 이루어진 세간의 호기심, 선망과 결합하여 확산되었다고 볼 수 있다. 전혜린은 서울대 법대 재학 중 1955년 뮌헨으로 유학하여 4년 동안 독문학을 전공했다. 1959년 귀국하여 독문학 강의와 번역에 몰두하였던 그녀는 1964년 성균관대 교수가 되었지만 다음해 31세로 요절하고 만다. 자살로 추정되는 그녀의 돌연한 죽음은, 이미 그녀가 보여주었던 비범성과 결합하여 말 그대로 '전혜린'이라는 하나의 텍스트로 완성된다. 즉 타고난 천재성, 문학에의 집념, 그리고 당대의 분위기에서 극히 드물었던 여성의 외국 유학 경험, 이혼과 또 다른 사랑, 그리고 그녀의 글에서 묘사된 그 수많은 이국적 풍경이 버물어져 바로 '전혜린'이라는 텍스트를 구성해 내었고, 그것이 대중에게 향수된 것이다. 더욱이 그녀가 몰두한 번역작업이나 수필 창작의 영역은 문학의 주변부로 간주되어 왔기 때문에 객관적 논의의 대상에서 소외될 수밖에 없었다. 실제로 그녀가 남긴 일기나 편지 등, 수필류의 글은 파편적으로 흩어져 있는 관념의 독백, 치기 어린 감상의 과잉된 표출, 그리고 비슷한 의식과 정서의 반복 등으로 요약할 수 있다. 따라서 그녀의 글쓰기는 문학 연구의 텍스트로서의 중량감을 회의하게 만드는 것 또한 피할 수 없는 사실이다. 그런 섬에서 최재봉의 지적처럼 어쩌면 이리한 '전혜린 현상'은 "문학적 가치나 문학사적 의미와는 거리를 두고 있는 것으로 차라리 사회사적·정신사적 범주로 이해하는 것이 더 적절"할지 모르겠다.[4]

그럼에도 문학, 문학성이라는 개념을 배제하고 '전혜린'이라는 텍스트에 접근하는 것은 불가능할 뿐더러 의미도 없다. 그녀의 글쓰기가 아무리 "미숙한 실존주의", "도저한 자기중심주의"에 머물러 있다 할지라도, 번역과 수필을 통해 이룩한 그녀의 문학세계가 객관적으로 존재하는 만큼 그것의 존재 의미를 논하고 그녀에게 문학인으로서의 지위를 부여함으로써 공적인 담론의 장으로 호명해내는 것이 합당해 보인다. 더불어 직접 경험을 통해 그녀가 재현하고 번역해낸 '서양' 혹은 '서양문화'의 신화화된 이미지가 한국 대중들에게 가장 낭만적이면서도 극적으로 복음처럼 전파되었던 상황도 '전혜린'이라는 텍스트를 이해하는 데 결코 빠트릴 수 없는 항목이다. 대중적 호기심을 자극하는 그녀의 개인사적 이력만큼이나 전혜린을 하나의 신화로 형성시킨 동력은 무엇보다도 그녀가 재현해낸 '유럽 / 서양 문화'에 담긴 이국 취향의 아우라 때문이다. 청소년기에 전혜린의 글을 접해본 사람이라면 누구나 한번쯤 그녀가 재현해낸 뮌헨의 슈바빙을 상상 속에서 전유하면서, 대부분 억압적이고 비루했을 자신들의 환경과 대비시키는 경험을 해봤을 것이다. 그녀를 매개로 당대의 대중들이 경험한 '서양의 이미지'는 개인의 자유와 고독이 절묘하게 조화된 공간으로서, 1960~70년대 한국 사회의 전체주의적 분위기와 대비되어 낭만적 이상향 그 자체였다. 따라서 그녀가 재현해낸 '서양의 이미지'를 따라가 보는 일은 '전혜린'이라는 텍스트를 해석하는 또 하나의 방법이 될 것이다.

---

4 최재봉, 「일인칭 단수대명사의 세계」, 『자유라는 화두』, 삼인, 1999, 229~252쪽.

2. 한국문학 제도의 주변인

한국문학 연구자로서 유일하게 '전혜린론'을 두 번에 걸쳐 썼던 김윤식은 '전혜린'이라는 텍스트에 접근하는 의미있는 시각을 제시하고 있다. 1973년에 쓴 「침묵하기 위해 말해진 언어-전혜린론」에서는 그녀가 소설을 쓸 수 없었던 이유를 분석하는 데 집중한다. 그의 요지는 타인에 대한 관심이 거의 부재한 전혜린의 '자기중심성'이 생을 '순간'이나 '환각' 혹은 '고립' 속에서 체험하게 함으로써 한국문학이라는 관습적 장치에 스스로를 순응시키는 데 실패했다는 것이다.[5] 이후 1991년에 쓴 「전혜린 재론-60년대 문학인식의 종언」에서는 전혜린의 글쓰기를 한국문학의 장르 범주에서 일탈하지만 그보다 윗길의 철학적 글쓰기에로도 나아가지 못하고 애매하게 문학판에 주저앉은 것으로 설명한다. 즉 그녀의 글쓰기가 "문학(한국문학) 초월 및 문학 미달"이라는 것이다. 여기서 김윤식은 과거 고립된 개인의 현상으로 전혜린의 글쓰기를 설명하는 데서 벗어나 1960년대의 문학 지형도 안에서 고찰한다. 서양작가나 문학에의 심취, 실존주의에의 탐닉이라는 전혜린의 의식은 1960년대를 뒤덮고 있던 지적 허무의식에 엄밀히 대응하는 것으로, 이는 이데올로기로부터 되도록 멀리 벗어나고자 하는 당대 지식인의 의식적·무의식적 편향성을 선명히 반영하는 것이라고 설명한다.[6] 전혜린이 한국문학이라는 제도에 편입하지 못한 이유를 주로 자폐적이고 자

---

5 김윤식, 「침묵하기 위해 말해진 언어」, 『수필문학』, 1973.12(김윤식, 『한국근대 작가론고』, 일지사, 1974, 398~401쪽에서 재인용).

6 김윤식, 「전혜린 재론-60년대 문학인식의 종언」, 『작가와의 대화』, 문학동네, 1996, 331~334쪽.

기중심적인 개인적 성향의 문제로 설명하고 있는 전자에 비해 문학사의 구도 속에서 1960년대의 시대의식과 전혜린의 의식을 결부시켜 그 의미를 해명하고 있는 후자에서는 보다 진전된 해석을 보여주고 있다.

실존주의나 허무주의가 전후 한국사회를 지배하는 정신세계였으며, 참조할 만큼 매혹적인 한국문학의 작가와 작품을 가지지 못했다는, 아니 어쩌면 그것에는 아예 관심조차 두고 있지 않았다는 사실은 전혜린을 포함해 당대 문학인들에게 공통되는 내용이다. 그런데 엄밀하게 따진다면 김윤식이 '60년대적'이라고 규정하는 실존주의 탐닉, 지적 허무의식, 탈이데올로기적 성향 등은 상당 부분 '50년대적'인 내용과 겹쳐진다. 사실 전혜린은 부산 피난 시절 형성되었던 일종의 '문학동네'에 대학 1학년의 나이로 이미 드나들었으며,[7] 환도 후에도 명동의 다방이나 술집을 근거지로 문인들과 교류하였고, 대학의 학보나 일간지의 지면을 통해 이미 수필이나 영화비평문 등을 발표하기도 했다.[8] 그럼에도 굳이 공식적인 문학활동의 시작을 잡는다면 번역작업의 경우 F·사강의 소설 『어떤 미소』를 출간했던 1956년(22세) 무렵이며, 수필의 경우는 독일 유학 시절인 1958년 3월, 당시 한국일보에서 현상 공

---

[7] 고은의 회고에 의하면 휴전 협정이 진행되던 부산 피난 시절 음악실이나 다방 등에서 문인들 사이에 빈번한 교류가 이루어졌으며, 그때 전혜린도 자연스럽게 합류한 것으로 보인다. "스타 다방은 중견 작가 신인 작가들뿐이 아니라 이일 오상원과 황운헌 들도 옹기종기 모였다. 그때 법대 1학년의 여학생 전혜린, 배동순이 대담하게 다방에 나왔다. 이일 황운헌 들의 자리로 전혜린의 쪽지가 날라 온다. '에트랑제들이여……'라는 사연이었다. 그녀는 그들에게 담배도 사주고 때때로 술값 몇 10원도 쥐어 주었다. 모든 사람들이 전쟁으로 조숙한 것이다. 전혜린은 그의 내면과 그의 외계가 함께 그들 누구보다 일찍 저 자신을 표현케 한 것이다." (고은, 『1950년대』, 청하, 1980, 269쪽).

[8] 전혜린은 유학 전 대학생 시절, 평소 친분이 있던 당시 연합신문사의 문화부장이던 이봉구의 도움으로 일종의 영화 평론의 글 「바티스트에 보내는 헌사」를 『연합신문』에 게재한 바 있다.

모했던 「해외 유학생의 편지」에 그녀의 글 「뮌헨의 몽마르트」가 입선하게 되면서이다. '슈바빙'이라는 이국의 낯선 공간을 소개한 이 글의 매력 때문인지 이후 『사상계』(1958.11)에도 「회색의 포도(鋪道)와 레몬빛 가스등」이 실리고, 1959년 귀국 이후에는 『여원』과 같은 당시의 유명 여성 잡지 등을 통해 다수의 글을 발표한다. 이처럼 전혜린은 번역 작품, 수필 등을 통해 1950년대의 문학 장(場) 속에 이미 발을 딛고 있었던 것이다. 따라서 1960년을 전후해 대학생이 되었고 4·19를 자기들의 경험으로 인식했던 소위 1960년대 문학인들과는 엄연한 세대 차이가 존재한다. 김승옥, 김현 등의 이른바 4·19세대가 대학 초년생이었을 때 그녀는 이미 대학 강사의 신분에 있었다. 요컨대 '50년대적'인 의식과 감수성이 전제된 가운데 서구문학의 세례를 받았던 전혜린은 비록 1960년대에 더 집중적인 문학활동을 벌였다 하더라도 4·19세대의 그것과는 상이한 성격을 띤다는 것이다. 물론 이 문제는 10년 단위의 문학사 서술 자체가 지닌 근본적인 한계와도 결부된 것이지만, 1950년대와 질적으로 달라지는 1960년대의 새로움을 고려한다면 전혜린의 의식세계는 분명 '50년대적'인 것에 가깝다고 볼 수 있다.

그러나 전혜린의 의식이 1950년대 혹은 1960년대의 문학의식, 감수성과 공통분모를 갖는다는 진술을 통해 한국문학과 연관짓는 방식만으로는 '전혜린'이라는 텍스트를 충분히 설명할 수 없다. 전혜린은 '한국문학'이라는 제도가 인정하는 중심 장르의 글쓰기를 통해 정식으로 소위 문단에 입문하지 못했으며, 따라서 그녀의 문학행위는 근대의 보편적인 문학제도의 장(場) 안에서 안정적으로 진행된 경우가 아니기 때문에 문학사의 시대의식과 같은 내용성의 층위 안으로 포섭될 수 없는 지점이 존재한다. 1950년대 한국 문단은 식민지 시대로부터 이어지는 기성 문단의 권력화가 극단화 되었던 시기로, 문학활동이 순수문예지를 축으로 집중된 데다가 문예지들이 문학단체나 문단의 실세들과 유착되어 있었기 때문에 보수적 성격이 강했다. 심지어 일부 문인들은 자유당 정권과 밀착하여 부정적 의미의 정치성을 강하게 드러냈다. 따라서 이들의 그늘에서 벗어날 수 없는 문예지의 추천제도는 당대 젊은 문학 지망생들에게 거부감을 심어주었다. 따라서 등단제도에 대한 문제의식이 표면화되어 1960년대는 바야흐로 일간지의 '신춘문예'가 등단의 새로운 창구로 부상한다.[9] 그런데 이러한 통과제의적 입문 제도는 전쟁 이후 한국 사회의 물질적 가난과 정신적 황폐함을 보상받으려는 문학 지망생들에게는 일종의 '입신출세'의 창구이기도 했다. 즉 문단 입성은 분단과 전쟁으로 상처입은 자신들의 유년기에 대한 일종의 "한풀기의 방법"이었으며, 따라서 "'문학을 하겠다는 뜻'보다 '문단에 진출하겠다는 뜻'에 더 큰 비중을 두고" 있었던 것이다.[10] 이런 문단 상황을 고려해 볼 때, 부유한 환경 속에서 생활고의 그늘을 경험해보지 못하고 성장기를 보낸 전혜린의 경우 20대 초반에는 학업에 몰두하느라, 귀국 후인 20대 후반에는 이미 형성되어버린 그녀의 사회적 지위로 인해 어떤 '심사'를 받는 제도적 관문에 도전한다는 것 자체가 여의치 않았을 것이다. 또한 무엇보다도 당대 남성중심적 한국 문단이 전혜린과 같은 돌출된 여성 엘리트를 수용하기란 결코 쉽지 않았을 것으로 짐작된다. 또한 당시의 '여류문단'이라는 것도 전후 문단의 보수성에 위배되지 않는 '조신한' 부르주아 중산층의 여성작가를 중심으로 형성되었으므로, 정치적 보수주의의 체화(體化), 가부장제 의식의 내면화로 그 성격을 요약할

---

9 정규웅, 『글동네에서 생긴 일』, 문학세계사, 1999 참조.
10 위의 책, 20·112쪽.

수 있다.[11] 전혜린이 부르주아 중산층이었다는 점에서는 1950~60년대의 '여류'들과 크게 다르지 않지만, 그녀가 보여준 비범함이나 자유분방한 기질과 의식은 동시대 여성 작가들의 '안정적인' 삶과는 거리가 있다. 독립적이고 자유분방했던 그녀는 남성중심적 사회가 허용하는 여성의 자리에 '조신하게' 머물러 있지 않았다. 밤늦도록 토론을 벌이는 술자리를 즐겼으며, 강의 시간 중에도 담배를 피울 정도로 세간의 눈을 의식하지 않았다. 가부장제의 억압 아래서 상상 속에서나 일탈을 꿈꾸던 당시의 '주부'작가들과 달리 일종의 전문직 여성으로서의 자의식이 있었던 전혜린으로서는, 경제적으로 무능하여 남자들에게 의존하면서도 물질적 사치에 탐닉하는 여성들의 삶을 비판할 수밖에 없었다. 그러나 그러한 모습은 여성의 본래적 문제라기보다 사회와 가정이 여성을 "비본질적으로 교육"한 결과이며, 또한 "비진정하면 할수록 여자다운 여자"라고 간주하는 사회적 풍토 때문이다. 그녀는 여성들이 스스로 "본질적인 자신만의 정신세계"를 가질 것을 호소한다.[12] 이런 점들을 감안할 때 전혜린이 한국 문학 제도와 화해하지 못한 것은, 달리 말하면 당시의 남성중심주의적 시선이 규율하고 허용하는 '여성'의 틀을 승인할 수 없었기 때문이며, 또한 '조신함'으로 위장한 이중성 속에서 보수화 되어갔던 '여류문인'들과의 연대의 지점을 발견하는 데 실패했기 때문이다. 문학에 대해 누구보다도 강한 열망을 가졌던 전혜린이었지만 그녀가 놓여 있던 사회의 객관적 수준과의 화해할 수 없는 거리로 인해 결국 한국문학의 경계 안에 안전한 거처를 마련하지 못했던 것이다.

---

11 박정애, 「'여류'의 기원과 정체성 ─50~60년대 여성문학을 중심으로」, 인하대 박사논문, 2003, 52쪽.
12 전혜린, 「사치의 바벨탑」, 『그리고 아무말도 하지 않았다』, 민서출판, 2002, 180~183쪽.

3. 번역자의 자리, 내셔널리티의 균열

전혜린은 식민지를 거쳐 분단과 전쟁으로 폐허가 된 1950~60년대 현실에서 일본어가 아닌 서구의 언어로 읽고 생각하고 썼던, 몇 안 되는 번역가였다. 식민지 시대에 초등학교 교육을 받았던 그녀는 일본어는 물론이고, 영어 그리고 독어에 능통했다. 특히 그녀는 유학 체험을 통해 당시 유럽의 다양한 문학·예술의 경향을 본고장의 언어와 감각으로 생생하게 체험했던 것이다. 유학 동안은 물론이고 귀국 후의 그녀의 생활도 사실 모국어보다는 외국어로써 읽고 사고한 시간들이었다고 볼 수 있다. 그녀의 글 여기저기에서 원어로 읽은 독서 체험이 기록되어 있고, 공식적으로 번역·출간한 10편보다 훨씬 더 많은 작품을 실제로 번역하였다. 그야말로 번역은 그녀의 가장 흔한 일상이었다. 그렇다면 그녀가 그렇게 쓰고 싶어했으면서도 결국 소설을 쓰지 못한 이유를 그녀가 놓여 있는 특수한 언어 상황과도 관련지어 볼 수 있을 것이다. 번역은 단지 외국어의 개념과 사상을 그것에 대응하는 자국어 어휘의 발견이나, 의미의 동일성을 유지하는 문장 형태로 옮기는 기능적인 작업에 그치지 않는다. 번역은 개념과 사상의 수용을 넘어서 타자와의 대화를 통해 자기 정체성을 자각하는 문화적 실천이다. 더욱이 '서양의 근대성을 따라잡아야 했던 동아시아에서의 번역은 그 자체가 '문명화 과정'이었다.[13] 따라서 근대 이후의 번역은 제국주의적 확장의 결과로 식민과 이산의 경험이 일상적인 것이 되어버린 세계체제의 시스

---

13 마루야마 마사오·가토 슈이치, 임성모 역, 『번역과 일본의 근대』, 이산, 2000, 1 2~30쪽 참조.

템에서 '타자'와의 조우를 매개하고 그것을 통한 '주체'의 재구성을 가능하게 하는 제도라고 정의할 수 있다.[14] 전혜린의 경우, 자신이 읽고 소개하고, 본격적으로 번역한 외국작가의 작품들을 통해 한국문학 안에서의 '주체'의 구성으로 진행하지 않는다. 그녀는 서양문화 혹은 문학을 자신의 것으로 동일시하고 내면화함으로써 스스로를 한국문학의 바깥에 위치시키고 있는 것이다. 그녀의 글에서 한국 작가나 작품에 대한 언급은 거의 찾아보기 힘든데, 이는 기본적으로 당시의 한국 문학을 외면해도 좋을 만큼 한심한 것으로 이해하는 태도와 관련이 있다.

최근 한국 잡지를 보았는데 한마디로 낙담했다. 말하자면 문제도 안 된다고 볼 수 있다. 물론 중부 구라파라는, 내가 지금 사는 위치가 나의 한국에 대한 한국다운 판단력에 그늘을 던져서 그런지도 모르겠으나 하여간 기막혔다. 예를 들면 창작인데 '테마'에 대한 명석한 집중이 없다. 전연 자기가 무엇을 말하려는지 모르고 있다. 보고할 것이 없을 때(인류에)는 침묵하는 것이 예의인 것이다. 인쇄된 글자는 이미 책임을 갖는 것이라는 조그만 사실까지도 모르는 것 같아서 한심스러웠다. 추악한 사실성에만 집착하고 있는 문장이 아니면 또 조금 야심이 있다는 글은 꼭 열등생의 논문 같다. 허세와 억지의 지성은 이미 지성이 아니라는 것조차 모르고 있는 (…중략…) 관념과 언어와 수치감도 없이 유희하고 있다. 서구의 지성을 지향해줘! '한국적'으로 머물지 말아줘![15]

---

14 더글러스 로빈슨, 정혜욱 역, 『번역과 제국』, 동문선, 2002, 48~49쪽; Sakai Naoki, *Translation and Subjectivty*, Minneapolis : University of Minnesota Press, 1997, 2장 참조.
15 이덕희, 『전혜린』, 작가정신, 1998, 237~238쪽 재인용.

냉소와 독설에 찬 이러한 평가는 분명 한국적 맥락을 지워버리는 몰이해라고 볼 수 있다. 그러나 한편으로 그것은, 난숙한 서양 근대문학을 직접 만끽한 전혜린이 '민족'이나 '국가'라는 내적 검열의 기제를 의식하지 않고 토로한 정직한 발언이다. 따라서 서구문학을 읽고 번역하는 작업은 전혜린에게 자연스럽게 서구 유럽 사회와 한국 사회, 혹은 서양문학과 한국문학의 거리를 확인하고 질적인 위계화를 승인하게 만드는 과정이 되었다. 그녀가 한국어로 소설을 쓰고 등단이라는 제도를 통과하여 '한국문단'에 입성하고자 하는 욕망이 내면에서는 있었다 하더라도, 한편으로는 끊임없이 '초라하기' 그지없는 한국문단으로부터 스스로를 구별하려는 의식적인 선택이 진행되고 있었음을 짐작할 수 있다. 그런데 이러한 결과를 놓고 한계나 결여의 개념으로 평가하는 것은 부당하게 보인다. 식민지 경험과 전쟁의 폐허 속에서 온전한 근대적 문학을 상속받지 못한 불모의 세대였던 전혜린에게 직접적인 서구 체험은 그녀의 타고난 기질과 결합하여 전면적이고도 맹목적으로 작용하였다. 서양문학에 대한 절대적 옹호와 탐닉을 소설이 아닌 수필류의 글쓰기를 통해 표출할 수밖에 없었던 것은, 소설 장르를 가능하게 하는 최소한의 형상적 질료들을 만들어낼 의지와 능력이 전혜린에게는 없었기 때문이다. 이는 달리 말해 그녀가 서양문학의 체험을 통해 취사선택한 '순수한 이데아', 정신주의의 추상성은 본래부터가 소설의 요체인 형상성으로 전화하기 힘든 자질이라는 것이다. 따라서 심각한 낙차와 거리를 갖는 문화, 문학권을 매개하는 번역자의 자리에서 전혜린은 일방적인 선망, 전면적인 환멸에 만성적으로 노출되어 있었다고 볼 수 있다.[16]

그렇다면 전혜린이 추구한 문학, 문학성을 규명하기 위해서는 그녀가 심취한 서양문학의 작가와 작품들을 참조하는 것이 필수적인 과정일 것이다. 그녀의 수필이나 번역작품을 통해서 소개된 외국 작가들은 헤세를 비롯해, 릴케, 지드, 카프카, 파스테르나크, 린저, 케스트너, 뵐 등 셀 수 없이 많다. 단편적인 감상에 머물고 있는 독서일기 가운데에서 다소 밀도있는 분석의 태도로 접근하고 있는 대상은 역시 헤세의 『데미안』이다. 데미안의 세계에 속하는 "젊음과 인식욕, 지식학의 심볼, 어린 시절의 성에의 기피에 대한 섬세한 대변자, 관념 속에의 도피, 자아 예찬, 그리고 죽음에 대한 승리" 등을 열거하며, 그가 바로 "우리 자신의 분신"이라고 단정한다.[17] 구체적 일상, 평범하고 때로는 비속하며 반복적으로 되풀이되는 일상을 극히 혐오했던 전혜린은, 문학을 통해 동일시의 대상을 탐색했고 그렇게 선택된 대상이 바로 데미안이고 헤세의 문학이었다. 사실 헤세의 많은 소설들은 현대 사회의 소외 문제를 심리적인 것으로 축소시키고, 정신성과 충동성 사이를 형이상학적 이원론으로 양식화하는 경향이 강하다. 이는 전혜린의 여러 글에서 반복적으로 표현되는 현실ㆍ물질 / 관념ㆍ정신이라는 이항대립과 상통한다. 그런데 헤세가 자신의 소설에서 제공하는 해결책들, 즉 낭만주의적 반자본주의, 현대문화에 대립하는 고전적 시민문화, 내면화ㆍ명상ㆍ의식 변화 및 의식 확장 등을 통한 상실된 동일성의 재획득, 인간의 내면에 존재하는 감성과 정신성 사이의 화해를 통한 인격분열

---

16 번역과 소설 창작을 겸하는 예가 한국문학사에서 없지는 않지만 매우 드문 것이 사실이다. 이와 관련하여 고려해보아야 할 사실은, 서구문화와의 낙차가 컸던 근대 식민지 시대에 본격적으로 서구문학 작품을 번역했던 소위 '해외문학파'의 주요 인물들(김진섭, 이하윤, 정인섭, 이헌구 등)이 주로 수필을 썼으며, 이들에 의해 근대적 의미의 한국 수필 장르가 형성되었다는 점이다(김윤식, 『근대문예 비평사연구』, 일지사, 1976, 162~163쪽 참조).

17 전혜린, 「두 개의 세계」, 『그리고 아무 말도 하지 않았다』, 235쪽.

의 극복 등은 소외의 실제적 원인들을 짚어내지 못하는 한계로 지적되어 왔다.[18] 그러나 전혜린은 소외의 문제를 사회적 원인과 구조로 접근하지 않는 헤세의 그 점 때문에 그에게 매혹됐을지도 모른다. 그녀가 직접 번역 소개했던 에리히 케스트너의『파비안』에서도 일체의 정치적인 참여나 사회적인 실천을 거부하며 자신의 '순수성'과 자유를 보존하기 위해 애쓰는 지식인이 등장하는 것을 보면, 사회적 제약으로부터 벗어나 완전한 정신세계에 침잠할 수 있는 말 그대로 '순수한' 개인주의 혹은 자유주의에 그녀가 경도되고 있음을 확인할 수 있다.

그런데 전혜린이 추구한 이러한 문학성의 자질들은 '사회의식의 결여', '역사의식의 부재'로 비판받을 수 있다. 한국전쟁을 체험하고 부산에서 피난시절을 보낸 그녀였지만 전쟁의 폐허와 세상의 가난에 대해서는 어떠한 언급도 없으며, 유학 후 서울에서 4·19를 겪었음이 분명하지만 그것에 대한 한 줄의 감상도 남기지 않았다. 그런데 5·16과 '제3공화국'에 대해서는 기대감을 표명하고 있는데, "밀수선 나포, 2할 이상 잡곡 섞으라는 지시 어긴 음식점 3일간 영업 정지, 무허가 댄스홀 습격 등"의 '제3공화국'의 "활발한 움직임"을 언급하면서 "정말로 깨끗한 정치가들이 정치를 해준다면 유니폼 입고 잡곡 먹고도 전 국민이 불만 없이 일할 것"이라고 덧붙이고 있다.[19] 히틀러와 나치의 광기에 적극 맞서 싸웠던 뮌헨대학의 반항적 전통과 자유를 누구보다도 찬양했던 그녀가 군사 정권의 규율과 독재를 감싸는 것은 이율배반적이다. 그런데 이처럼 균열된 의식의 심층에는 무엇보다 금욕주의가 규율의 부정성을 의식하지 못할 만큼 강하게 지배하고 있음을 발견할 수 있

---

18 볼프강 보이틴 외, 한창운 외역, 『독일문학사』, 삼영사, 1988, 522~523쪽.
19 전혜린, 『이 모든 괴로움을 또 다시』, 민서출판, 2002, 207~208쪽.

다. 사실 전혜린이 열망하는 자유나 강렬한 체험이라는 것은 철저히 정신적인 세계에 속하는 것이다. 그녀는 뮌헨의 사람들이 지닌 청빈함, 즉 남루하고 검은 옷을 입고서도 '정신의 자유'를 누리는 삶을 늘 예찬했다. 따라서 유학 중 자신이 겪은 물질적 빈곤에 대해 개의치 않았다. 반대로 속물성에 오염된 사람들에 대한 거부감은 그녀의 글 곳곳에서 발견된다. 유학 온 한국인들이 옷과 사치와 여행, 사교에 탐닉하는 것을 두고 "나라는 거지같은 게 돈은 함부로 쓰고 사치에 미친 어리석은 민족"이라고 비난하였고, 한국에 돌아와서는 물질적·세속적 욕망에 빠진 여성들을 "빨리 무너지는 가상적 자아의 바벨탑"에 갇혀있다고 지적하였다. 이러한 의식은 내면세계를 충동하는 다양한 감정이나 욕망의 강렬함도 순간에 불과하다는 허무주의와 닿아 있다. 이는 일체의 욕망을 억압하는 금욕주의로 이어져 정신적 순결과 물질적 청빈함을 덕목으로 강조하게 된다. 결과적으로 전혜린은 독재 정권의 억압적 규율이 지닌 폭력성을 자신이 추구하는 탈속의 금욕주의와 구별해내지 못함으로써, 그녀가 그렇게 집착한 본질, 그리고 자유라는 개념이 추상적인 세계에 속한 것임을 확인시켜 준다. 그런 점에서 그녀의 문화번역 행위는 한국적 풍토 속으로의 중심 이동에 실패했다고 볼 수 있으며, 전혜린은 번역자라는 문화의 경계 위에서 그 어느 곳과도 화해하지 못한 채 균열하는 불안한 존재로 남게 된다.

4. 본질화된 '서양', 반(反)속물성과 정신주의

　　전혜린은 유학을 마치고 돌아와 죽음을 맞기까지의 약 6년 동안 자신이 글쓰기를 통해 재현해낸 슈바빙이라는 이국의 공간에 대한 향수에 시달렸다. "아스팔트 킨트"로서 "나에게는 고향이 없다"라고 단정짓는 전혜린의 의식 속의 고향은 언제나 슈바빙이었다. 이러한 슬픔과 모멸감의 정서를 표문태는 "마음의 조국을 찾아 헤매는 젊은 세대들의 도착향수"로 설명하기도 했다.[20] 평남 순천에서 태어난 전혜린이 살았던 곳은 일제에 의해 계획된 신흥도시 신의주, 서울, 그리고 피난하여 잠시 머물렀던 부산 등이다. 신의주가 그나마 고향이라고 할 수 있을 텐데, 그곳에 대한 기억은 대부분 이국적 풍경과 맞닿아 있다. 도심지에서 떨어진 지역에 있었던 '중국인촌', 벽돌 페치카가 놓인 백러시아인이 경영하는 다방과 금발의 러시아 처녀, 백러시아계의 양복점에서 맞춰입은 "소공녀가 입을 것 같은 흰 원피스", 혹은 아이스크림 등이 그것이다. 이국적인 풍경이 혼재하는 도시를 전전한 전혜린에게 현실의 고향은 아무런 의미도 가지지 못했다. 그녀의 고향은 찾아서 발견해내야 하는 대상으로서, 그것은 바로 슈바빙 / 독일이었다.

　　온갖 물질의 결핍과 가난과 노동, 식사 부족, 수면 부족에도 불구하고 그들의 그 하늘을 찌를 듯한 패기, 오만한 젊음, 순수한 정신, 촌음을 아끼고서 인식에 바쳐지는 정열과 선의, 조금도 외계나 속물과 타협하려고 들지

20　표문태, 「전혜린과 전혜린의 글에 대하여」, 위의 책, 15~16쪽.

않는 자기 유지의 노력, 정말로 이러한 모든 것으로 이루어진 팽팽한 세계가 뮌헨 대학생의 세계인 것 같았다. 반항을 위한 반항이 아니라 옳은 것을 끝까지 옳다고 주장할 수밖에 없는 실존적 성질에서 우러나온 반항이고, 자기를 외계의 작용으로부터 막으려는 그럼으로써 정신의 자유를 지키려는 데서 우러나온 빈곤의 감수요, 초연이며 자기 극복이다.[21]

전혜린에 의해 재현된 뮌헨은 "회색의 포도와 레몬빛 가스등"을 일상적 풍경으로 하면서, 릴케, 토마스 만, 루 살로메 등을 비롯한 문인·예술가들이 거쳐간 곳으로, 초속(超俗)적인 생활양식 속에서 자유의 전통을 이어가는 낭만적 공간이다. 학생이나 예술가, 작가, 기자 등이 주민의 태반을 이루고 있다는 뮌헨, 특히 슈바빙은 "미쳤다"라는 것도 하나의 생활방식으로 인정되는 '자유'의 공간으로 재현된다. 이처럼 전혜린의 이그조티시즘(exoticism)은 단순히 이국적인 풍물이나 사상(事象)에 탐닉하는 차원을 넘어 비가시적인 본질로 관념화되고 신비화되는 단계에 이른다. 이러한 이그조티시즘은 근대의 퇴폐와 절망에 닿아 있으며 현실도피의 낭만주의와도 상통한다.

조선말이나 근대 초기에 소개된 '서양'의 상은 말 그대로 근대문명의 생산자였으며, 이때의 문명은 비교적 구체적인 근대 과학문물과 제도 등을 가리키는 것으로 비문명국인 식민지 조선이 따라 잡아야할 지향점이었다. 그런 의미에서 식민지 조선인들이 일본이나, 서양 문명에 대해 품었던 열등감은, 일정한 시간과 노력이 더해지면 조선이라는 구체적 공간 안에 근대 문명이 건설됨으로써 해소될 수 있는 성질의 것

---

21 전혜린, 「나에게 옮겨준 반항적 낙인」, 『그리고 아무 말도 하지 않았다』, 74쪽.

이었다고 볼 수 있다. 이에 비해 전혜린에 의해 재현된 뮌헨-독일-유럽 문화는 '동양의 약소국 한국이 어떤 경로를 거친다 하더라도 도달할 수 없는 타자로 다가온다. 마침내 전혜린은 노골적으로 "아마 영영 나는 구라파 사람이 될 것 같기도 한 이상한 예감도 있곤 한다. 구라파에 매혹되고 정복당하고 말 것 같은 (…중략…) 독일의 비길 데 없는 이성과 선의에 가끔 지고 말 것 같은 나를 발견"한다고 고백한다.[22]

그런데 여기서 흥미로운 부분은 전혜린의 의식 속에 위계화된 '서양'이 존재한다는 점이다. 당시 한국인들이 생각한 '서양'은 대개 유럽과 북아메리카의 백인국가 / 문명을 포괄하는 것이었다. 그러면서도 그들의 의식 속에는 '서양'을 구성하는 내부를 유럽적인 것과 미국적인 것으로 구분하는 태도가 은연중 자리하고 있었다. 미군정과 한국전쟁을 거치면서 미국이 한국·한국인에게 절대적인 존재로 부상했던 사실은 부정할 수 없다. 그런데 그러한 존재감이 한편으로는 거부감을 불러왔다. 특히 철학이나 문학 등의 인문학, 그리고 예술 분야에 종사하는 한국의 지식인 엘리트들은 한국전쟁 이후 물량적 공세와 함께 미국을 통해 수입되었던 대중문화의 속물성에 거부감을 느꼈다. 유럽 애호에 빠졌던 일부 지식인·예술가들은 유럽을 미국과 차별화하고자 했다. 이러한 심리는, 구체적인 접촉이나 대면 속에서 선망과 함께 혐오를 동시에 불러왔던 일본이나 미국과는 달리 유럽의 국가들과는 구체적인 지배·피지배 관계를 경험하지 않은 까닭에 제국주의의 원조로서의 유럽을 한국인의 기억 속에서 배제함으로써 가능했다. 즉 한국인들에게 일본과 미국은 양가감정의 대상으로 긴장과 갈등 관계에 놓

---

22 전혜린, 『이 모든 괴로움을 또 다시』, 309쪽.

인 반면 유럽의 나라들에 대해서는 비교적 순수한 동경과 우호감을 가질 수 있었던 것이다.[23] 전혜린의 경우에서도 자신이 체험한 뮌헨-독일을 예찬하는 과정에서 지엽적이고 한정된 체험을 유럽문화 일반으로 비약하는 사례가 자주 발견된다. 그녀는 "구라파에는 한국의 전(全) 심각을 합쳐도 모자랄 만큼 심각한 사고와 의식으로 살고 있는 극히 순수한 몇 개의 두뇌가 있"다고 하면서, "그런 사람만이 구라파의, 세계의 역사를 만들어" 간다고 단정한다.[24] 그러면서 한편으로 '미국문화'를 상대적으로 폄하한다.

우연히 S라는 아이를 길에서 보았다. 얼마 전에 미국서 온 아이다. 그애의 우월감(이유없는)과 초연함, 머리·화장·복장에서만 과시하려는, 그곳에만 미국 갔다 온 사람의 특성을 가냘프게 유지하려는 초조하고 혼자 거만하고 일반적으로 무례한 태도는 불과 몇 분 사이에도 완전히 감지할 수가 있었다. 그애가 나를 못 본 것을 요행으로 알고 나는 얼핏 피했다. 구토를 느끼면서… 그리고 나 자신에게서 조금이라도 저런 냄새가 날까 봐 겁내면서… 전에는 순수하고 소박해 보이기까지 했던 그애가 저렇게 속화된 것, 완전히 속물이 된 것은 미국 때문일까?[25]

---

23 최인훈의 소설 『크리스마스 캐럴』(1963~1966)에서 이 문제에 대한 지식인들의 심리를 엿볼 수 있다. "학생 시절부터 그는 유학의 대상지로서 유럽을 막연하게 생각하고 있었다. 어떤 종류의 영국 소설 같은 데 짙게 깔려 있는 어내크러니즘 — 거기서 등장인물들의 의식 속에서 미국은 온전히 변방의 뜨내기 식민지로 칠해지고 있는 그러한 편견이 어쩌면 모르는 동안에 그를 지배했는지도 모른다." (최인훈, 『크리스마스 캐럴 / 가면고』, 문학과지성사, 1993, 88쪽).
24 전혜린, 『이 모든 괴로움을 또 다시』, 147~149쪽.
25 위의 책, 157~158쪽.

'서양의 정수를 체현하는 것으로서의 유럽문화에 대한 한국인의 선망은 해방과 전쟁을 거치면서 한반도에 미군이 주둔하게 된 시기에 더욱 확산된다. 물론 일반 대중이나 관료적 지식인에게 미국이 새로운 '로마'로 부상한 사실을 부정할 수는 없다. 원조경제 속에서 물질적 풍요의 상징이었던 미국의 이미지는 분명 압도적인 것이었다.[26] 그러나 그 와중에도 '서양적인 것', 혹은 '서양문화'의 본질을 운위하는 자리에서 한국의 인문학도들은 '서양'의 내부를 위계화한다. 즉 유럽의 표상은 철학과 예술로 대표되는 '정신적인 세계'이며 반대로 미국의 표상은 역사적 조건의 한계로 인해 주로 자본과 기술로 대표되는 '물질적인 세계'라는 이분화이다. 물론 이러한 이항 대립적 표상화는 한국의 지식인들이 창안한 것이 아니라 유럽의 지식인들에 의해 끊임없이 재생산되어온 그들의 담론 방식으로서, 유럽의 사상과 문화를 자신의 것으로 동일화하는 과정을 통해 한국의 지식인들이 그러한 의식을 모방·이식한 것이다. 표면적으로 문화의 차이를 부각시키고 있는 듯한 이러한 의식의 저변에는 인종 관념도 매개되어 있다. 여기에는 다인종 국가로서의 미국의 잡종성, 특히 한국에 주둔한 미군의 압도적 다수를 차지했던 흑인에 대한 인종적 편견이 작용했으며, 다인종, 다민족이 만들

---

26 1950년대는 미군들을 통해 접한 'GI문화'가 한국인들의 전통적인 생활양식에 큰 변화를 주었다. 주한 미군방송을 통해 미국의 대중음악을 즐기고, 영화를 보면서 미국식 행동양식을 흉내내면서 급속한 미국화가 이루어진다(임희섭, 「해방 후의 대미인식」, 유익영 외, 『한국인의 대미인식―역사적으로 본 형성과정』, 민음사, 1994, 236~244쪽 참조). 유선영은 2차 대전 이후 대중문화에서의 미국화와 수준저하는 분리될 수 없는 개념이라고 설명하고 있다. 대중문화를 통해 확산되었던 미국화는 후진국들에게 결여된 것들, 즉 기술과 풍요, 역동성, 자유, 강력한 국가, 근대성의 이미지와의 비교 심리에서 비롯되었다고 본다(유선영, 「황색 식민지의 문화정체성―아메리카나이즈드 모더니티」, 『언론과 사회』, 성곡언론문화재단, 1997 겨울, 88~91쪽).

어 내는 혼종적인 미국문화를 '훼손된', '타락한' 것으로 이해하려는 근본주의적 태도가 개입되어 있다. 문제는 미국문화에 대한 차별적인 인식이 아니라, '서양 내부의 위계화를 통해 순수한 것으로 재구성되는 '본질적인 서양이라는 관념이다. 이것은 제국주의 침략과 세계대전으로 얼룩진 유럽의 부정적 이미지를 미국이라는 타자에 전이시킴으로써 자기를 구원해내는 방식이라고도 볼 수 있다.

한국 전쟁 이후로부터 국가 재건이 본격적으로 수행되던 1950~60년대는 교육을 통해 이러한 이상화된 '서양 / 유럽문화의 이미지가 한국인의 의식 속에 자리잡기 시작했다. 1950년대 중반부터 유럽 유학생의 수가 증가하였고, 그들이 귀국 후 대부분 교육이나 저술, 창작 활동에 종사함으로써 유럽중심적 의식과 문화를 '고급'한 것으로 확정・유포하는 데 기여했다. 요컨대, '유럽적인 서양'을 내면화한 문화 엘리트들이 근대의 물질주의, 배금주의, 제국주의, 군사주의 등을 '미국적인 것'으로 간주하여 '서양적인 것'의 목록에서 배제시킴으로써 신화화된 '서양의 상이 구성되었던 것이다. 전혜린의 의식세계에서도 확인할 수 있듯이 본질화된 '서양을 동일화의 지향점으로 설정하는 한국의 문화 엘리트들의 내면에는, 분단과 전쟁, 4・19혁명과 군사 쿠데타, 미국의 신식민주의, 그리고 군사 독재로 이어지는 엄혹한 시대 속에서 현실의 속물적 부정성으로부터 스스로를 방어하려는 심리가 작용했던 것이다.

5. 고립된 비범성, 인텔리 여성문인의 운명

천재적인 여성 인텔리의 요절에 대해 대중들이 만들어낸 신화화의 아우라는 평범성과 속물성에 오염된 그들의 욕망을 반증한다고 볼 수 있다. '전혜린'이라는 텍스트는 어쩌면 화려한 풍문에 비해 소박한 대상일지도 모른다. 번역자의 자리에서 그녀가 겪었을 환희와 절망의 딜레마를 제외하면, 순수한 정신주의, 금욕주의로 요약할 수 있는 그녀의 문학성, 그리고 이국취향의 맹목성이 결과한 유럽중심주의는 명료하다 못해 단순하다는 인상을 준다. 그럼에도 전후의 황폐함과 군사독재의 억압적인 사회 분위기 속에서 만성적인 우울에 시달렸을 당시의 대중들에게 전혜린이 끼친 매혹은 결코 폄하되어서는 안 될 것이다.

전혜린이 추구한 문학은 근대의 속물성으로부터 스스로를 방어하기 위한 하나의 선택으로 이해될 수 있다. 속물근성에 대한 혐오가 금욕주의적 탈속의 정신을 '뮌헨 / 유럽'적인 것으로 간주하도록 만들었고, 상대적으로 배금주의와 쾌락주의를 '미국적인 것'으로 이해하게 이끌었다. 이는 귀국 후 목격하게 되는 한국 사회의 물질만능주의에 대한 반감으로 이어졌고, 세태에 대한 그녀의 부적응과 고립은 심화되었다. 스스로 토로한 대로 "의식 밑의 심층에 뿌리박히는 선자 의식이 콤플렉스로 되어 버리고 커갈수록 고립주의, 독선주의"가 강했던 전혜린은 1960년대 한국 사회의 속물성과 끝끝내 불화하였다. 어쩌면 그녀의 돌연한 죽음도 현실을 압도하는 비루한 물질성과 연루되어 있을지도 모를 일이다. 요컨대 전혜린의 세계는 육체와 물질을 배제한 정신과 관념, 공동체가 들어설 자리가 없는 개인주의·자유주의, 현실의 고향과 민족을 괄호쳐 버린 '유럽 / 서양주의자'로 정리할 수 있다. 그러나 당대의 여성 엘리트가 한국 사회에서 부딪혀야 했던 이중 삼중의 억압과 고통을 감안한다면 전혜린에 대한 부정적이고 일면적인 평가는 재고되어야 할 것이다.

사실 한국문학사에서 전혜린의 존재를 배제시키는 논리의 저변에는 한국문학이라는 제도의 보수성과 편협성이 작동하고 있다. 그녀의 글쓰기가 주로 수필이라는 주변 장르에 국한되었고, 외국문학의 번역 작업에 몰두했다는 것, 인텔리 여성으로서의 돌출된 개인사가 신화화되어 소녀 취향적 대중성으로 향수되었다는 사실이 그녀를 '엄숙한' 한국문학 혹은 문단의 경계 밖으로 배제시키는 근거가 되었을 것이다. 명실상부한 중심 장르로서의 시와 소설, 문학 권력의 대표적 헤게모니 투쟁의 장르인 비평이 대접받는 한국문학의 영토에서, 전혜린의 글쓰기가 들어설 자리는 없었던 것이다. 특히 번역이라는 영역을 단순한 외국어 능력 혹은 기술 정도로 폄하하는 한국 지성계·출판계의 풍토 또한 그녀의 문학적 영향을 제대로 평가하는 데 장애가 되었다. 뿐만 아니라 남성중심주의적 한국 문단이, 부잣집 딸로 태어나 타고난 천재성을 '사치스러운' 정신세계에서 허비해버린 '미성숙한' 여성으로 전혜린을 바라보는 한 그녀의 존재의미는 복원되기 힘들다. 따라서 '전혜린'이라는 텍스트를 지금 다시 호명하는 작업은 한국문학 혹은 남성중심주의 문학의 완고성을 문제 삼는 것에 다름 아니다.

참고문헌

1. 기본자료

〈신문자료〉

『경향신문』『동아일보』『대학신문』『연세춘추』『매일신보』『조선일보』『조선중앙일보』

〈잡지자료〉

『개벽』『극예술』『文藝』『문예월간』『문장』『문학과지성』『비판』『사상계』『사해공론』
『삼천리』『삼천리문학』『시문학』『신민』『신천지』『아성』『인문평론』『예술』『외
국문학』『조광』『조선문단』『조선문예』『조선지광』『태서문예신보』『폐허』『창작
과비평』『창조』『해외문학』『현대평론』『혜성』

〈비평 및 소설자료〉

김재용 · 김미란 · 노혜경 편역, 『식민주의와 비협력의 저항―일제 말 전시기 일본어 소설
　　　선』 2, 역락, 2003.

오천원, 『세계문학걸작선』, 한성도서, 1925.

이경훈 편역, 『한국근대 일본어 소설선(1940~1944)』, 역락, 2007.

임화문학예술전집편찬위원회, 『임화문학예술전집』 2(문학사), 소명출판, 2009.

_____, 『임화문학예술전집』 3(문학의 논리), 소명출판, 2009.

_____, 『임화문학예술전집』 4(평론 1), 소명출판, 2009.

_____, 『임화문학예술전집』 5(평론 2), 소명출판, 2009.

정호웅 · 손정수 편, 『김남천전집』 1, 박이정, 2000.

_____, 『김남천전집』 2, 박이정, 2000.

정종현 · 차승기 편, 『서인식 전집』 1, 역락, 2006.

_____, 『서인식전집』 2, 역락, 2006.

『이광수전집』 1, 삼중당, 1962.

『이광수전집』 17, 삼중당, 1962.

전혜린, 『목마른 계절』, 범우사, 1994.

_____, 『그리고 아무 말도 하지 않았다』, 민서출판, 2002.

_____, 『이 모든 괴로움을 또 다시』, 민서출판, 2002.

최인훈, 『크리스마스 캐럴 / 가면고』, 문학과지성사, 1993.

최재서, 노상래 역, 『전환기의 조선문학』, 영남대 출판부, 2006.

〈기타자료〉

『고려대학교 일람』, 고려대학교, 1955.

김병철, 『세계문학번역서지목록총람』, 한국교육문화원, 2002.

『서울대학교 일람』, 서울대학교, 1955.

『연희대학교 일람』, 연희대학교, 1946・1953・1955.

『이화여자대학교 일람』, 이화여자대학교, 1959.

고려대학교90년사편찬위원회, 『고려대학교 90년지』, 고려대 출판부, 1995.

서울대학교50년사편찬위원회, 『1946~1996 서울대학교 50년사』, 서울대 출판부, 1996.

서울대학교60년사편찬위원회, 『서울대학교 60년사』, 서울대 출판부, 2008.

2. 논문

강내희, 「한국의 식민지 근대성과 충격의 번역」, 『문화과학』 31, 문화과학사, 2002 겨울.

강명숙, 「미군정기 고등교육 연구」, 서울대 박사논문, 2002.8.

강유진, 「『인문평론』의 신체제기 비평연구」, 중앙대 석사논문, 2007.6.

고명철, 「해외문학파와 근대성, 그 몇 가지 문제」, 『한민족문화연구』 10, 한민족문화학회, 2002.

김건우, 「한국문학의 제도적 자율성의 형성」, 『동방학지』 149, 연세대 국학연구원, 2010.

김규창, 「괴테의 '세계문학' 개념과 그 한국적 수용」, 『독일어문학』 16권, 한국독일어문학회, 2001.

김동식, 「한국의 근대적 문학 개념 형성과정 연구」, 서울대 박사논문, 1999.

김병옥, 「한국문학 근대화 과정에 있어서의 번역의 위치」, 『한독문학번역연구』 제3집, 한독문학번역연구소, 1995.

김영심, 「식민지 조선에 있어서의 源氏物語-경성제국대학의 교육실태와 수용양상」, 『일본연구』 2, 한국외대 일어연구소, 2005.5.

김재영, 「한국 근대소설 논의의 추이와 이태준」, 『상허학보』 14, 상허학회, 2005.

김지영, 「문학 개념체계의 계보학-산문 분류법의 변화과정을 중심으로」, 『민족문화연구』 51, 고려대 민족문화연구원, 2009.

김효중, 「『해외문학』에 관한 비판적 고찰」, 『한민족어문학』 36, 한민족어문학회, 2000.6.

박광현, 「'경성제국대학'의 문예사적 연구를 위한 시론」, 『한국문학연구』, 동국대 한국문학연구소, 1999.3.

박명림, 「역사사회과학은 가능한가?」, 『역사비평』 75, 역사비평사, 2006.5.

박연희, 「1960년대 외국문학 전공자 그룹과 김현 비평」, 『국제어문』 40, 국제어문학회, 2007.8.

박정애, 「'여류'의 기원과 정체성-50~60년대 여성문학을 중심으로」, 인하대 박사논문, 2003.

박정우, 「일제하 언어민족주의-식민지 시기 문맹퇴치 / 한글보급운동을 중심으로」, 서울대 석사논문, 2001.

박지영, 「위태로운 정체성, 횡단하는 경계인」, 『여성문학연구』 28, 한국여성문학학회, 2012.

박헌호, 「근대지식과 근대문학의 교호 양상에 대한 한 고찰-『신흥』을 중심으로」, 『외국문학연구』 31, 한국외대 외국문학연구소, 2008.

_____, 「'문화연구'의 정치성과 역사성-근대문학 연구의 현황과 반성」, 『민족문화연구』 53, 고려대 민족문화연구원, 2010.12.

서은주, 「1950년대 한국소설과 '세계성'의 욕망」, 『세계문학비교연구』 22, 세계문학비교학회, 2008.

소영현, 「근대 인쇄매체와 수양론·교양론·입신출세주의」, 『상허학보』 18, 상허학회, 2006.10.

송병삼, 「1930년대 후반 '비평의 기능'-『인문평론』의 문화담론을 중심으로」, 『현대문학이론연구』 34, 현대문학이론학회, 2008.8.

신인섭, 「교양 개념의 변용을 통해 본 일본 근대문학의 전개 양상 연구」, 『일본어문학』 제23집, 일본어문학회, 2004.12.

신재기, 「이원조 비평의 전환논리」, 『문학과 언어』, 문학과언어학회, 1989.7.

아라키 마사즈미, 「「자조」(Self-Help)에서 「교양」(Culture)으로-『영어청년』을 통해서」,

『일본문화연구』 제4집, 동아시아일본학회, 2001.

연정은, 「감시에서 동원으로, 동원에서 규율로－1950년대 학도호국단을 중심으로」, 『역사연구』 14, 역사연구소, 2004.

오제연, 「1950년대 대학생 집단의 정치적 성장」, 『역사문제연구』 19, 역사문제연구소, 2008.

유선영, 「황색 식민지의 문화정체성－아메리카나이즈드 모더니티」, 『언론과 사회』, 성곡언론문화재단, 1997 겨울.

유준필, 「형성기 국문학 연구의 전개양상과 특성」, 서울대 박사논문, 1998.

이봉범, 「1950년대 번역 장의 형성과 문학 번역－국가권력, 자본, 문학의 구조적 상관성을 중심으로」, 『대동문화연구』 79, 성균관대 대동문화연구원, 2012.

이상길, 「문화연구의 연구문화」, 『민족문화연구』 53, 고려대 민족문화연구원, 2010. 12.

이승희, 「조선문학의 내셔널리티와 아일랜드」, 『민족문학사연구』 28, 민족문학사학회, 2005.

이양숙, 「최재서 문학비평연구」, 서울대 박사논문, 2003.

이종호, 「1950～70년대 문학전집의 발간과 소설의 정전화 과정」, 동국대 박사논문, 2013.

이혜령, 「1920년대 『동아일보』 학예면의 형성과정과 문학의 위치」, 『대동문화연구』 52, 성균관대 대동문화연구원, 2005.

_____, 「『동아일보』와 외국문학, 해외문학파와 미디어」, 『한국문학연구』 34, 동국대 한국문학연구소, 2008. 6.

_____, 「문지방의 언어들－통역체제로서 식민지 언어현상에 대한 소고」, 『한국어문학연구』 54, 한국어문학연구학회, 2010.

이효석, 「아널드의 교양 개념의 문화정치학적 함의와 열린 교양의 가능성」, 『새한영어영문학』 54권2호, 새한영어영문학회, 2012.

임홍배, 「괴테의 세계문학론과 서구적 근대의 모험」, 『창작과비평』, 창작과비평사, 2000 봄.

장문석, 「소설의 알바이트화, 장편소설이라는 (미완의) 기투」, 『민족문학사연구』 46, 민족문학사학회, 2011. 8.

정명환·김우창·김윤식, 「외국문학의 수용과 한국문학의 방향」, 『외국문학』, 1984 여름.

정수복, 「뤼시앙 골드만의 문학사회학의 불연속성」, 『현상과 인식』 5-1, 한국인문사회과학회, 1981.

정창석, 「'전쟁문학'애서 '받들어 모시는 문학'까지－일제하 소위 '국민문학'논의」, 『일어일문학연구』, 한국일어일문학회, 1999.

조규형, 「코스모폴리탄 문학과 민족문학－루쉬디의 함의」, 『안과 밖』 8권, 영미문학연구회, 2001.

조동일, 「대학 교양교과의 문학교육」, 국어국문학회 편, 『대학의 국문학교육』, 지식산업사,

1993.

조영복, 「1930년대 신문 학예면과 모국어 체험」, 『어문연구』 31-1, 어문연구학회, 2003.

조엘 칸, 「코스모폴리탄적 실천으로서의 인류학」, 『비교문화연구』 8-2, 서울대 비교문화연구소, 2002.

조영일, 「우리는 과연 세계문학전집에서 벗어날 수 있을까?」, 『작가세계』, 작가세계, 2010.6.

조태린, 「일제시대의 언어정책과 언어운동에 관한 연구」, 연세대 석사논문, 1997.

차혜영, 「지식의 최전선-'풍속-문화론 연구'에 대한 비판적 검토」, 『민족문학사연구』 33, 민족문학사학회, 2007.

천정환, 「처세, 교양, 실존」, 『민족문학사연구』 40, 민족문학사학회, 2009.

_____, 「문화론적 연구의 현실인식과 전망」, 『상허학보』 19, 상허학회, 2007.3.

채호석, 「1930년대 후반 문학비평의 지형도-『인문평론』의 안과 밖」, 『외국문학연구』 25, 한국외대 외국문화연구소, 2007.2

_____, 「1930년대 후반 문학 지형 연구-『인문평론』 폐간과 『국민문학』의 창간을 중심으로」, 『외국문학연구』 29, 한국외대 외국문화연구소, 2008.2.

한기형, 「근대어의 형성과 매체의 언어전략-언어 · 매체 · 식민체제 · 근대문학의 상관성」, 『역사비평』 71, 역사비평사, 2005.

_____, 「근대문학과 근대문화제도, 그 상관성에 대한 시론적 탐색」, 『상허학보』 19, 상허학회, 2007.

_____, 「중역되는 사상, 직역되는 문학」, 『아세아연구』 54, 고려대 아세아문제연구소, 2011.12.

허병식, 「교양의 정치학-신체제와 교양주의」, 『민족문학사연구』 40, 민족문학사학회, 2009.

허 석, 「근대일본문학의 해외확산과 국가이데올로기에 대한 연구-명치시대 한일양국의 번역물을 중심으로」, 『일본어문학』 24, 일본어문학회, 2005.3.

홍경표, 「근대 초기 〈문학개론〉의 수용과 그 전개과정-〈문학개론〉서의 서지와 관련하여」, 『어문학』 94, 한국어문학회, 2006.

황호덕, 「제국과 픽션, 일제말 조선어(문단) 해소론의 사정」, 『동아시아 근대 어문질서의 형성과 재편』(대동문화연구원 동양학술회의 발표집), 대동문화연구원, 2006.1.20.

_____, 「피와 문체, 종이 위의 전쟁-중일전쟁에서 한국전쟁까지, 덧씌워진 일기장을 더듬어」, 『한국어문학연구』 54, 한국어문학연구학회, 2010.

3. 단행본

강정인, 『서구중심주의를 넘어서』, 아카넷, 2004.

강진호 외, 『국어 교과서와 국가 이데올로기』, 글누림, 2007.

강현두 편, 『대중문화의 이론』, 민음사, 1979.

권보드래 · 천정환, 『1960년을 묻다』, 천년의 상상, 2012.

_____ 외, 『아프레걸, 사상계를 읽다』, 동국대 출판부, 2009.

고 은, 『1950년대』, 청하, 1980.

구자균 · 손낙범 · 김형규, 『국문학개론』, 일성당서점, 1957.

김건우, 『사상계와 1950년대 문학』, 소명출판, 2003.

김경동, 『인간주의 사회학』, 민음사, 1978.

김기동, 『국문학개론』, 대창문화사, 1955.

김기림, 『현대문학개론』, 문우인서관, 1946.

김덕환, 『문학개론』 상, 정연사, 1960.

김동리, 『문학개론』, 정음사, 1952.

김동춘 외, 『자유라는 화두』, 삼인, 1999.

김병철, 『한국근대번역문학사연구』, 을유문화사, 1975.

_____, 『한국근대서양문학이입사연구』 상, 을유문화사, 1980.

_____, 『한국근대서양문학이입사연구』 하, 을유문화사, 1982.

_____, 『한국현대번역문학사연구』, 을유문화사, 1998.

김순전, 『한일 근대소설의 비교문학적 연구』, 태학사, 1998.

김영민, 『한국문학비평논쟁사』, 한길사, 1992.

김예림, 『1930년대 후반 근대인식의 틀과 미의식』, 소명출판, 2004.

김우창, 『김우창전집』 1(궁핍한시대의 시인), 민음사, 2009(개정판).

_____, 『김우창전집』 2(지상의 척도), 민음사, 1993.

김윤식, 『한국 근대문학 사상연구』 1, 일지사, 1974.

_____, 『한국근대작가론고』, 일지사, 1974.

_____, 『근대문예비평사연구』, 일지사, 1976.

_____, 『작가와의 대화』, 문학동네, 1996.

_____, 『한 · 일 근대문학의 관련양상 신론』, 서울대 출판부, 2001.

_____, 『내가 살아온 20세기 문학과 사상』, 문학사상, 2005.

_____, 『백철연구』, 소명출판, 2008.

_____, 『최재서의 『국민문학』과 사토 기요시 교수』, 역락, 2009.

_____ 외, 『상상력의 거미줄』, 생각의 나무, 2001.

김재현 외, 『한국 인문학의 형성』, 한길사, 2011.

김준오, 『한국현대장르비평론』, 문학과지성사, 1990.

_____, 『문학사와 장르』, 문학과지성사, 2000.

김진균, 『한국의 사회현실과 학문의 과제』, 문화과학사, 1997.

김진섭, 『교양의 문학』, 조선공업문화사, 1950.

김천혜, 『독일문학 속의 한국상과 한국문학 속의 독일상』, 부산대 출판부, 2002.

김 철, 『국문학을 넘어서』, 국학자료원, 2000.

_____ 외, 『문학 속의 파시즘』, 삼인, 2001.

김치수, 『문학사회학을 위하여』, 문학과지성사, 1979.

_____ 외, 『현대문학비평의 방법론』, 서울대 출판부, 1983.

김 현, 『프랑스 비평사─현대편』, 문학과지성사, 1981.

_____, 『문학사회학』, 문학과비성사, 1983.

_____, 『현대한국문학의 이론 / 사회와 윤리』, 문학과지성사, 1992.

_____, 『분석과 해석 / 보이는 심연과 안 보이는 역사 전망』, 문학과지성사, 1992.

_____, 『현대 비평의 양상』, 문학과지성사, 2005.

_____, 『한국문학의 위상 / 문학사회학』, 문학과지성사, 2008.

_____ · 김윤식, 『한국문학사』, 민음사, 1973.

김현주, 『한국 근대 산문의 계보학』, 소명출판, 2004.

_____, 『이광수와 문화의 기획』, 태학사, 2005.

대학사연구회, 『전환의 시대 대학은 무엇인가』, 한길사, 2000.

박광현, 『「현해탄」트라우마─식민주의의 산물, 그 언어와 문학』, 어문학사, 2013.

_____ · 신승모 편, 『월경(越境)의 기록』, 어문학사, 2013.

박성창, 『글로컬 시대의 한국 문학』, 민음사, 2009.

박숙자, 『속물 교양의 탄생』, 푸른역사, 2012.

박지향, 『슬픈 아일랜드』, 새물결, 2002.

박진영, 『번역과 번안의 시대』, 소명출판, 2011.

박 철 외, 『노벨문학상과 한국문학』, 월인, 2001.

박헌호 외, 『작가의 탄생과 근대문학의 재생산 제도』, 소명출판, 2008.

백낙청, 『민족문학과 세계문학』 1, 창작과비평사, 1978.

_____, 『민족문학과 세계문학』 2, 창작과비평사, 1985.

_____,『현대문학을 보는 시각』, 솔출판사, 1991.

백 철,『문학개론』, 동방문화사, 1947.

_____,『문학개론』, 신구문화사, 1954.

문석우,『서구문학의 수용과 한국적 변용』, 한국학술정보, 2004.

_____ 외,『한국 근대문학의 비교문학적 연구』, 한국학술정보, 2004.

민족문학사연구소 기초학문연구단 편,『한국 근대문학의 형성과 문학 장의 재발견』, 소명출판, 2004.

_____,『탈식민의 역학』, 소명출판, 2006.

_____,『제도로서의 한국 근대문학과 탈식민성』, 소명출판, 2008.

사상계연구팀,『냉전과 혁명의 시대 그리고 사상계』, 소명출판, 2012.

서라벌예술대학 편,『문예학개론』, 서라벌예대 출판국, 1956.

송 무,『영문학에 대한 반성』, 민음사, 1997.

신근재,『한일근대문학의 비교연구』, 일조각, 1994.

신미경,『프랑스 문학사회학』, 동문선, 2003.

신형기,『민족이야기를 넘어서』, 삼인, 2003.

심진경,『한국문학과 섹슈얼리티』, 소명출판, 2006.

우리어문학회,『국문학개론』, 일성당서점, 1949.

연세대 국학연구원 편,『근대학문의 형성과 연희전문』, 연세대 출판부, 2005.

_____,『연세국학연구사』, 연세대 출판부, 2005.

우한용,『한국 근대문학교육사 연구』, 서울대 출판부, 2009.

유명숙,『역사로서의 영문학』, 창비, 2009.

유선영 외,『한국의 미디어 사회문화사』, 한국언론재단, 2007.

유익영 외,『한국인의 대미인식-역사적으로 본 형성과정』, 민음사, 1994.

유종호·염무웅 편,『한국문학의 쟁점』, 전예원, 1983.

윤대석,『식민지 근대문학론』, 역락, 2006.

_____,『식민지 문학을 읽다』, 소명출판, 2012.

윤지관,『근대사회의 교양과 비평-매슈 아놀드 연구』, 창작과비평사, 1995.

___,『영어, 내 마음의 식민주의』, 당대, 2007.

윤호병,『비교문학』, 민음사, 1994.

이건우 외,『한국근현대문학의 프랑스문학수용』, 서울대 출판문화원, 2009.

이능우,『입문을 위한 국문학개론』, 이문당, 1954.

이덕희,『전혜린』, 작가정신, 1998.

이보경,『문과 노벨의 결혼-근대 중국의 소설 이론 재편』, 문학과지성사, 2002.

이보영 외,『한국문학 속의 세계문학』, 규장각, 1998.

이선영,『한국문학의 사회학』, 태학사, 1993.

_____ 편,『문학비평의 방법과 실제』, 동천사, 1983.

이원동 편역,『식민지배 담론과『국민문학』좌담회』, 역락, 2009.

이유영,『독일문예학개론』, 삼영사, 1979.

이임자,『한국 출판과 베스트셀러』, 경인문화사, 1998.

이충우,『경성제국대학』, 다락원, 1980.

이한우,『우리의 학맥과 학풍-한국 학계의 실상』, 문예출판사, 1995.

이헌구,『문화와 자유』, 청춘사, 1958.

_____,『모색의 도정』, 정음사, 1965.

임형택·한기형·류준필·이혜령,『흔들리는 언어들-언어의 근대와 국민국가』,성균관
　　　대 대동문화연구원, 2008.

정선이,『경성제국대학 연구』, 문음사, 2002.

장세진,『슬픈 아시아』, 푸른역사, 2012.

정근식 외,『식민권력과 근대지식-경성제국대학 연구』, 서울대 출판문화원, 2011.

정규웅,『글동네에서 생긴 일』, 문학세계사, 1999.

정명환 외,『20세기 이데올로기와 문학사상』, 서울대 출판부, 1979.

정백수,『한국 근대의 식민지 체험과 이중언어 문학』, 아세아문화사, 2000.

정인문,『1910~20년대의 한일 근대문학 교류사』, T&C, 2003.

_____,『한일근대비교문학연구』, 수서원, 1996.

정인섭,『한국문단논고』, 신흥출판사, 1959.

_____,『세계문학산고』, 동국문화원, 1960.

정종현,『동양론과 식민지 조선문학』, 창비, 2011.

정진숙,『출판인 정진숙』, 을유문화사, 2007.

정혜욱,『번역과 문화연구』, 경성대 출판부, 2010.

조연현,『문학개론』, 고려출판사, 1953.

조영일,『세계문학의 구조』, 도서출판b, 2011.

조용만,『문학개론』, 탐구당, 1954.

차봉희 편,『한국의 독일문학 수용 100년』 1, 한신대 출판부, 2001.

차승기,『반근대적 상상의 임계들』, 푸른역사, 2009.

천정환, 『근대의 책읽기』, 푸른역사, 2003.

최재서, 『문학원론』, 춘조사, 1957.

콤 아카데미 문학부 편, 백효원 역, 『문학의 본질』, 신학사, 1947.

한국예술종합학교 한국예술연구소 편, 『한국현대예술사대계』 2, 시공사, 2000.

_____, 『한국현대예술사대계』 3, 시공사, 2001.

한국정신문화연구원 편, 『한국전쟁과 사회구조의 변화』, 백산서당, 1999.

한상일, 『제국의 시선』, 새물결, 2004.

현택수, 『예술과 문화의 사회학』, 고려대 출판부, 2003.

홍성호, 『문학사회학, 골드만과 그 이후』, 문학과지성사, 1995.

가라타니 고진, 송태욱 역, 『일본정신의 기원-언어, 국가, 대의제, 그리고 통화』, 이매진, 2012.

가와이 에이지로 편, 양일모 역, 『학생과 교양』, 소화, 2008.

가토 슈이치 외, 김진만 역, 『일본문화의 숨은 형(形)』, 소화, 2002.

나카무라 미츠오·니시타니 게이지 외, 이경훈·송태욱 외역, 『태평양전쟁의 사상-좌담회 '근대의 초극과 세계사적 입장과 일본'으로 본 일본정신의 기원』, 이매진, 2006.

마루야마 마사오·가토 슈이치, 임성모 역, 『번역과 일본의 근대』, 이산, 2000.

사카이 나오키, 후지이 다케시 역, 『번역과 주체』, 이산, 2005.

_____, 이득재 역, 『사산되는 일본어, 일본인』, 소명출판, 2006.

서경식·노마 필드·가토 슈이치, 이목 역, 『교양, 모든 것의 시작』, 노마드북스, 2007.

스즈키 사다미, 김채수 역, 『일본의 문학개념』, 보고사, 2001.

_____, 정재정·김병진 역, 『일본의 문화내셔널리즘』, 소화, 2008.

야나기 무네요시, 이길진 역, 『조선과 그 예술』, 신구, 1998.

와타나베 히로시, 윤대석 역, 『청중의 탄생』, 강, 2006.

요시미 순야, 박광현 역, 『문화연구』, 동국대 출판부, 2009.

_____, 서재길 역, 『대학이란 무엇인가』, 글항아리, 2014.

우마코시 토루, 한용진 역, 『한국 근대대학의 성립과 전개』, 교육과학사, 2000.

윤건차, 이지원 역, 『한일 근대사상의 교착』, 문화과학사, 2003.

코모리 요이치, 정선태 역, 『일본어의 근대』, 소명출판, 2003.

히라노 겐, 고재석·김환기 역, 『일본쇼와문학사』, 동국대 출판부, 2001.

G. E. 윗드베리, 조연현·김윤성 역, 『문학개론』, 창인사, 1951.

김려춘, 이항재 외역, 『톨스토이와 동양』, 인디북, 2004.

디트리히 슈바니츠, 인성기 외역, 『교양』, 들녘, 2001.

더글러스 로빈슨, 정혜욱 역, 『번역과 제국』, 동문선, 2002.

레이먼드 윌리엄즈, 설준규 · 송승철 역, 『문학사회학』, 까치, 1984.

R. 에스카르피, 민병덕 역, 『출판 · 문학의 사회학』, 일진사, 1999.

로렌스 베누티, 임호경 역, 『번역의 윤리─차이의 미학을 위하여』, 열린책들, 2006.

로제 샤르티에 · 굴리엘모 카발로 편, 이종삼 역, 『읽는다는 것의 역사』, 한국출판마케팅연
　　구소, 2006.

루시앙 골드만, 송기형 · 정과리 역, 『숨은 신』, 인동, 1979.

_____, 조경숙 역, 『소설사회학을 위하여』, 청하, 1982.

_____, 박영신 · 오세철 · 임철규 역, 『문학사회학 방법론』, 현상과인식, 1984.

R. 웰렉 · A. 워렌, 백철 · 김병철 역, 『문학의 이론』, 을유문화사, 1982.

마크 C. 헨리, 강유원 외 편역, 『인문학 스터디』, 라티오, 2009.

막심 고리키, 조벽암 역, 『문학론』, 서울출판사, 1947.

매슈 아널드, 『교양과 무질서』, 한길사, 2006.

볼프강 보이틴 외, 한창운 외역, 『독일문학사』, 삼영사, 1998.

부르스 커밍스 외, 한영옥 역, 『대학과 제국─학문과 돈, 권력의 은밀한 거래』, 당대, 2004.

비노그라도프, 조선문예연구회 역, 『문학입문』, 선문사, 1946.

빅터 E. 테일러 · 찰스 E. 윈퀴스트 편, 김용규 외역, 『포스트모더니즘 백과사전』, 경성대 출
　　판부, 2008.

빅토리아 D. 알렉산더, 최샛별 · 한준 · 김은하 역, 『예술사회학』, 살림, 2010.

아놀드 하우저, 최성만 · 이병진 역, 『예술의 사회학』, 한길사, 1983.

_____, 백낙청 · 염무웅 역, 『문학과 예술의 사회사』 4, 창작과비평사, 2007(개정판).

울리히 바이슈타인, 이유영 역, 『비교문학론』, 기린원, 1989.

유진 런, 김병익 역, 『마르크시즘과 모더니즘』, 문학과지성사, 1986.

W. H. 허드슨, 김용호 역, 『문학원론』, 대문사, 1949.

테레사 현, 『번역과 창작─한국 근대 여성작가를 중심으로』, 이화여대 출판부, 2004.

테리 이글턴, 이경덕 역, 『문학비평─반영이론과 생산이론』, 까치, 1986.

_____, 김명환 외역, 『문학이론 입문』, 창작과비평사, 1989.

_____, 이재원 역, 『이론 이후』, 길, 2010.

_____ · 프레드릭 제임슨 · 에드워드 W. 사이드, 김준환 역, 『민족주의, 식민주의, 문
　　학』, 인간사랑, 2011.

프레드릭 제임슨, 여홍상·김영희 역,『변증법적 문학이론의 전개』, 창작과비평사, 1984.

프랑코 모레티, 조형준 역,『근대의 서사시』, 새물결, 2001.

현태 리, 김순식 역,『번역과 한국 근대문학』, 시와시학사, 1992.

竹内洋,『教養主義の沒落』, 中公新書, 2003.

高田里惠子,『クロテスクな教養』, ちくま文庫, 2005.

_____,『文學部を めぐる 病い』, ちくま文庫, 2006.

山口誠,『英語講座の誕生』, 講談社, 2001.

苅部直,『移りゆく教養』, NTT出版, 2007.